U0795815

知音动漫图书·时代坊
ZHI YIN COMIC BOOK 荟萃名家·品读经典

C语言修仙 下

一十四洲·著

中国致公出版社 知音动漫

Hello, World!
你热爱世界。
我热爱你。

目录

第一章

压缩（上）

“很多地方都可以用没错，算是一种方法。”林浔道，“但是比起其他方法，好像也没有实质的改进，只是多了个选择。”

“嗯哼。”东君道，“你想再了解一点果壳的原理吗？它的应用在这里。”

林浔：“想。”说这话的时候，他看着东君，不自觉地笑了笑。

东君眼中也有笑意，揉了揉他的头发，动作很亲昵。

林浔回过味来，觉得自己仿佛在黏人，但他已经没有什么脸可以丢的了。

事情要从今早刚刚醒来时说起。他单知道自己睡觉的时候爱动弹，但醒来的时候，他觉得自己活像一只八爪鱼。

东君也不知是几百年才修成的涵养，居然就那么纵容了，见他醒来后，甚至还能温柔地问一句：“睡得好么？”

挺好的。就是您可能不太好。对不起，但我下次可能还敢。

不过，一晚过后，他果然感觉自己和东君的距离有所拉近，也不怎么害怕了。

东君：“要继续睡吗？”

“我要起床。”林浔看了一下时间，“……好像有点晚了。”

东君：“还好。”

林浔下床去洗漱，银白色洗手台上放了一应用具。林浔手边的漱口杯里，白色电动牙刷上已经挤好了一层牙膏。他拿起那根牙刷，叼着，理了理自己的头发。镜子里的人人模狗样，还算顺眼。

洗漱完，他出去，小机器人走过来，银白色的托盘上捧着林浔的衣物。看来是它偷偷把衣服洗掉，又熨平整了。

印象里，像东君这种人，房子里应该会配备不少用人，再加上园丁、司机与管家。但在这里，智能系统和机器人完成了原本应该由人力完成的一系列工作，甚至完成得更漂亮一些。

林浔一边穿衣服，一边听小机器人播报今天的天气与早间新闻。

天气依然很冷，今年的夏天姗姗来迟。

东君没在房间，他把自己收拾得差不多之后，环顾四周，发现了一道半开的玻璃隔断门。进去之后，发现是衣帽间，东君坐在一面镜子前，修长的十指正从胸前移开，看样子是刚处理好领带。

林浔走过去，可能是为了表示对东君亲手挤好牙膏这一行为的受宠若惊，他蹭到东君身边，站在他身后。

衣帽间里的灯光很柔和，镜子里的东君眉目分明，有着一种精致的冷淡，漂亮得像是刚从电影里走出来的。林浔盯了一会儿，就见镜子里的东君笑了笑，抬起手肘。看了看桌上打开了的袖扣盒子，林浔领会了东君要自己做什么。

他从盒子里取出一枚袖扣——是自己送东君的那一对之一。然后，他握住东君的手腕，衬衫袖口已经翻折好，他观察了大约半分钟，领会了袖扣的用法。从外观上会露出的一面穿进，穿过两层，然后扣好，另一只手腕也是如此。

暗纹流动的袖扣，优美的手背和关节，这使林浔觉得资产阶级的气息扑面而来。但他同时发现了一件不太好的事。

林浔："一只手好像很难扣上，你之前怎么做到的？"

东君挑眉："我以为你知道。"

林浔："嗯？"

东君转头看他，淡淡道："送袖扣的前提是，你知道对方有一个人愿意天天为他戴上。"

林浔觉得东君这是在教他为人处世的道理，什么礼物该送，什么不该送。

东君眼睫微微弯起，眼里闪烁着傍晚薄雾里的星星那样的光泽。林浔也对他笑。

早饭是智能厨房的产物，机器人也给指针的猫碗放好了猫粮。平静的一个早上，只是临出门前林浔被东君披上了一件黑色外套——他原本的衣服薄了，而今天又是个缠绵湿冷的阴雨天。

路上东君接了一个电话，林浔不知道具体内容是什么，只是听见东君提到了Eagle。银河似乎又要推出新产品，而Eagle选择同期推出同类产品，与此同时，他们好像还有官司在打。

这些年来，这个行业的竞争越来越激烈，银河和Eagle早已彻底放弃早年间的虚假友情，开始针锋相对。比如，银河刚刚推出沉浸式全息体验舱"果壳"，Eagle就开始在各个渠道为他们即将推出的可穿戴全息设备大肆造势。两家的支持者也互看不顺眼，银河的拥趸最常说的一句话是建议东君直接拒绝Eagle使用Glax语言——这样做，Eagle起码有一半的项目会遭受重创。但林浔觉得东君不会，就像科学无国界一样，开源至上，技术永不封闭，这是程序员的风度。而事实上，东君也从来没有这样做过。

林浔悄悄看东君的侧脸，确信自己对他的赞誉不是因为粉丝滤镜像哈勃望远镜那样厚，而是因为这个人确实如此。

东君的住处离银河的所在地并不远，车停稳后，他下车，跟着东君走进银河大厅——穿着东君的外套，肩膀上趴着东君的猫，猫的尾巴还松松缠着他的脖子。

林浔接受着目光的洗礼，回忆自己来到这里的次数。很好，三进宫。无论是什么风言风语，在第三次发生这种事情的时候都该坐实了。对上探询的目光，他礼貌地微微一笑——然后就被带进了电梯。

东君在他面前打开了电脑，键盘放到他手边，指针放在桌上。

“自己玩。”东君道，“我去开例会。”

林浔就自己玩，他戴上耳机，开始全神贯注地分析那场医院大逃杀中洛产生的数据。不知道自己的感觉有没有错，那一个小时中，洛展现出了超乎寻常的灵活，林浔甚至要相信这是一个活人在辅助自己了。

一个多小时后，他发现洛自己偷偷学习了一个语音库。原理很简单，根据情绪的倾向，转换用语。比如把“建议进入电梯”转换成“电梯”，或者把“检测到危险，请注意安全”转换成“你要完了”。行吧，自我学习能力确实是洛本身的一个亮点。

他正打算结束这次检查，忽然蹙起了眉。屏幕上出现一串可疑的符号，有点突兀。他将光标停在那里，打算仔细看一遍的时候，手机响了。

电话号码挺熟悉。林浔一般不存号码，也不给人备注名字，因为他看一遍就能记住。他想了一下，是个意料之外的人。

“你好。”林浔淡淡道。

听筒里传来一道男声：“学长？”

林浔道：“薛新？”

“是我，”声音的主人似乎有点高兴，“学长还记得我。”

“嗯。”林浔没说什么，问他，“什么事？”

“我做了个项目，突然想到学长也是做这方面的。”薛新道，“想和您商量一下……”

薛新是林浔大学时的一个学弟，不是直系的学弟，而是体育学院的。

林浔当年谢绝与人交往的理由是“你代码不行”。于是，世界上少了个运动员，多了个程序员。这学弟自学了Python，进入编程行业，然后一路走上人生巅峰。此事一度传为奇谈，王安全和赵架构最喜欢拿他出来说事，直到学弟开始游戏花丛，他们才依依不舍地放下了这一谈资。

林浔不知道他是怎么找到了自己的联系方式——他号码没换，自己却换过，但也无所谓了。

薛新的意思是，听说学长在做智能系统，我这边也在做，方向也一致，学长不嫌弃的话，可以来我这边指点一下，或者合作，我们都欢迎您。

林浔一边听他说话，一边有一搭没一搭地附和一下。

“学长觉得怎么样？”薛新最后彬彬有礼地问。

林浔顿了一下。说实话，薛新的那个方向他不是没兴趣，其实他对挺多方向都有兴趣，不过——他礼貌性地微笑，正打算回答，忽然感觉身旁有人一动。

他警觉了一下，随后反应过来，东君已经在自己身边挺久了，淡淡、清冷的香水气息也存在了至少十分钟。应该是自己捣鼓洛的时候太过全神贯注，根本没有注意到他回来，而他也没打扰自己。

薛新的声音从听筒里传出来：“学长？您在听吗？”

林浔回过神来，看了东君一眼，打算继续回答薛新。

“在听，我……”林浔只想迅速结束对话，但是刚一开口，东君的手指就轻轻搭在了他的肩膀上，他尾音立即变了调，不敢再说下去。

薛新：“学长？”

林浔把电话挂了，通话挂断的一瞬间，他轻轻吐了一口气，随即眨了几下眼，看向东君。这人看着自己，微垂了眼睫，神色中看不出什么，就像他刚才什么都没做一样。

林浔觉得自己该有点生气，但对着东君这张脸，他又生不起气来，最终只能道：“……你好烦，我没打算和他玩。”

东君：“嗯。”

这个人怎么这样？莫名其妙地，林浔品出了点儿可爱，他觉得东君真实了一点。他看东君，东君也看他。

忽然，东君低低笑了几声，林浔打量着他——色泽偏淡的薄唇有了点血色，衬得整个人都不像人了，轮廓瞬间鲜活起来，危险呼之欲出，像千年道行的妖、万年修为的魔，你只要闭上眼睛，下一秒就会被他拆吃入腹。

林浔眨了眨眼睛。

东君眼里笑意隐约：“……我不吃人。”

林浔心说，刚才你可像了。

东君拿起桌上的眼镜戴回去，那股有点偏执的霸道气势就这么被一副眼镜压了下去，消弭无踪。但与此同时，他整个人的气质也疏离起来，又变回那个高高在上、不理凡俗的男神了。

薛新又打来电话，林浔给挂掉了，回了条短信，表示自己现在不方便接电话，因为项目规划等种种原因，也没有和他合作的意愿，抱歉抱歉。

东君："在看洛神？"

"嗯。"林浔看回屏幕。

"我觉得它有点奇怪，比我想象中还要聪明一点，不排除……"正说着，林浔的眉头皱了皱。

在薛新那一通电话打来之前，他发现了一串不太对劲的代码，正打算研究。他记得很清楚，自己把光标停在了那里。此时此刻，他再看向那里，却发现那只是一串平平无奇的代码，和上下文都非常和谐。他抿了抿唇。说实话，其实在意料之中。

"但也不排除有什么我没发现的因素。"他语气如常地把话说完。

东君："所以得出结论了么？"

"得出了。"林浔关掉界面，"它偷偷学习了外面的东西。"

东君："很厉害。"

"是挺厉害……"林浔小声嘀咕，"东神都花二十万买它呢。"

东君笑意深深："入股而已，买断……我恐怕买不起了。"

林浔也觉得挺好玩："阮芷那天给我打电话，我都想好拿到几千万投资以后要怎么雇人、怎么开发外部功能了。到今天，按照计划，洛神该变成一个成熟的多功能管理系统了。"

"和外部功能比起来，我觉得洛神的内核才是最重要的，"东君道，"就像你比较重要那样。我其实不太想看到你把精力花在管理员工或者开发那些锦上添花的功能上。"

"现在我就不会把精力发挥在那上面了。"林浔看着东君。

东君笑。

林浔回到自己的位置上，问他："今天做什么？"

东君道："做一下规划。"

工作中的东君又刷新了林浔的认知。三个小时的讨论后，他面前出现了一张表格，上面详细列好了这二十天的任务，精确到四分之一天。要不是林浔提出"我和我的队友们时间观念其实没有那么强"，他甚至觉得东君能把任务精确到每小时。

好，老板就是老板。

一起做计划时，东君的办公室也有别人进来——大多数是需要他签个字。

中午，他们一起吃了饭，下午继续在工作中度过，林浔不得不承认自己度过了工作效率非常高的一天。

临近下班的时候，任务进度表上打满了钩，林浔活动了一下关节。

东君给他倒了杯咖啡："还好么？"

"还好。"林浔有点餍足，懒洋洋地在纸上画了几道没有规则的直线，"我感觉回到了学生时代。"

东君："你像是期末考前最后一天才开始复习的那种人。"

林浔笑了，这是实话。学生时代，他每天混迹在数理学院蹭课，考前翻一翻崭新的课本，也能拿个九十来分。

东君："我送你回家？"

"嗯……"林浔道。

东君："或者你来我家住？"

"今晚不行，"林浔道，"我的东西都还在家呢。"

东君："考虑一下。"

林浔没拒绝也没答应。

上车后，他在群里发消息。

林算法：我要回家了。

王安全：你别回了。

赵架构：你别回了。

林算法：？

但是群里一片寂静，再没有人回复了。

林浔感到了些许迷惑。王安全也就算了，赵架构是怎么了？一夜之间，观点发生剧变？他觉得肯定有蹊跷，这更坚定了他回去的心。

道过晚安，目送东君的车开走后，林浔抱着指针回了三楼。

敲门，没有人开。林浔蹙眉，难道有魔物入侵了？他没再犹豫，指纹验证通过，房门打开。客厅空无一人，桌上有外卖盒子，沙发上胡乱摊着几本专业书籍，一切都是有人刚刚生活过的样子。然而整个房间没有一丝声音，只有他自己的脚步声。

林浔的心当时就提起来了。他把猫放下，快步走到离门口最近的赵架构的房间，门没锁，他以近乎破门而入的力道打开，第一眼就看向了赵架构平时打游戏用的电脑桌。

台式电脑的屏幕是暗的，椅子上也没有人。林浔心脏剧烈跳动。然而，下一刻，他看到了一个东西……他几乎要脱口而出不文明用词。

靠近门这一侧，贴着墙壁摆放着一个椭圆形的、线条优美的银色东西，体积很大，能放进去一个人。这东西林浔当然认得，果壳——银河开发的浸入式全息体验舱室。

他的心情大起大落，这一刹那简直要背过气去，他深呼吸一口气，抬脚踹了银白色全息舱一下。

一分钟后，舱盖平滑打开，赵架构顶着一头金发探出脑袋来，看向林浔。

“你回了？”赵架构的态度平淡，“我打游戏呢，冰箱里有吃的，自取。我继续了。”

林浔看着他：“我以为你们死了。”

赵架构：“滚。”

林浔又看了看果壳：“你网贷了？”

“东神送的，”赵架构道，“说儿童节礼物，送了四台。”

行，一台果壳，立刻改口叫“东神”，他终究还是高估了赵架构的操守。

林浔在旁边的椅子上坐下：“他们也在玩？”

“嗯。”赵架构道，“我现在要躺下了，你也去玩吧，我会加你好友的。”

林浔：“……好。”

赵架构说到做到，话音落下，整个人就落回果壳中，舱盖合上，他和世界失去了联系。

林浔心想这时候要是地震，房子里的三个人一个都跑不了。但是转念一想，要是地震，在建筑物里各处乱逃也未必比待在果壳里安全。

没了赵架构，整个房间又陷入坟场一样的死寂，四周只有机械运转的细微嗡嗡声。

林浔转身回了自己房间，一台同样的果壳躺在他的床边，说明书躺在他的桌上。他打开，发现这不是一台普通的果壳，而是顶配的。果壳的定价是分梯度的，普通配置售价二十万，上不封顶，官网上的最顶配是七十万，如果是私人订制，那就什么价格都有可能了。

根据赵架构的说法，在他不在的这一天，银河给他们配送了四台顶配果壳。这就是一整天下来赵架构都一言不发的原因，他可能被彻底地收买了，又或者他其实是佯装被收买，但被游戏勾住了所有心神，所以才没有时间搭理林浔。

不管了。林浔给东君编辑信息，主要是表达感谢。感谢之外，他也没法有别的表示。东君这一送就是接近四百万，他回不了这么重的礼，除非一个月后洛神成了。

信息发出去，暂时还没有回复——他知道这是因为东君在开车。

放下手机，他观察了一下果壳的优美外形，然后根据说明书的指示躺进了舱室中。银白色盖子平滑合上，合上的一刹那，外界的一切细微声响潮水般退去，他陷入真空一般的寂静中，眼前一片茫茫的银白色。

机械装置开始运作，身体被固定住，似乎有细微的电流流过，遍布全身，一种难以形容的感觉蔓延，他知道这是传说中那上万个神经探头的作用。

大约五分钟后，不知是哪里发出一道柔和的机械女声：“配置完成，请您配合完成激活。”一个立体界面在他眼前展开，和系统空间有些许相似。林浔配合系统进行各个选项的设置，然后注册账号。

几分钟后，账号创建完成，他眼前的界面突然一变。刹那的昏眩过后，场景逐渐清晰。这是一个银白色的立方体空间，像个房间，他的姿势不再是躺着，而是站着。

林浔往下看，他身上穿着系统配置的服装，简单的牛仔裤和白色T恤，T恤上有一个果壳的标志，布料很逼真。他试着走了几步，步子有一点点飘，但是确实可以在这片空间里行走自如。

与此同时，系统女声再次响起："欢迎来到果壳空间，请阅读操作指南。"

果壳内部的世界分为三个部分。

第一个部分是他现在所在的"果壳空间"，这是每个用户私有的类似家园的个人空间，用户可以遵循自己的喜好对这里进行设置。你想居住在古堡、现代建筑乃至山顶洞人的洞穴里都可以，当然也可以邀请别的用户来做客。

第二个部分是社区，用来满足用户的社交需求，这一部分无须赘述，人的社交方式总共也就那么几种。但是操作指南上特地说明了一点，由于种种原因，果壳对用户的相互接触有严格限制，不允许脖子以下的亲密动作，如果执意进行，将会被系统强行隔开。

第三个部分最为重要，是游戏平台。各大游戏厂商进驻，用户通过果壳进入到他们设计的各式游戏中，体验全息网游的快乐。

由于技术难度较大，现在平台上的游戏还很少，只有寥寥几款，但可想而知，在将来的几年间，它们会像雨后春笋一样涌出，构建出一个庞大的全息游戏生态。

林浔对游戏倒是没有什么特别的兴趣。他调了几种模式，把自己的个人空间设置成一艘太空船，又领养了一只白猫做宠物，开始坐在飞船上撸猫。这个主题很符合他的审美，银白色流线型的飞船在一望无际的星海中缓缓前行，永恒的星光扑面而来，让人感觉仿佛置身于一部讲述远航的科幻电影里。

手下猫毛的触感挺真实，很像指针，但虚拟产品并不像活物那样灵动，反射都非常机械。比如被摸脖子的时候它会发出一种特定频率的呼噜声，摸耳朵的时候又是另一种，被放下时，它会寸步不离地沿着你走过的轨迹跟着你走。

管家NPC——一个银发蓝眼的小姑娘也呈现出这种状态。她的外观逼真极了，是最顶级CG的规格，交互动作和语言都非常灵活，但是，你毕竟能感觉出她不是真人，因为真正意义上的人工智能系统并没有出现。

林浔就这样把感兴趣的部分挨个分析完，中途接到了赵架构的好友申请，然后把王安全和姜连都加入了好友列表。

好友列表里显示赵架构和姜连都在游戏中，但王安全在社交区。林浔找到一个"邀请好友来家园做客"的选项，点触后，弹出回应，"好友'PHP天下第一'接受了你的邀请。”

五秒后，林浔身旁出现了一团银光，银光散去后，一个人影出现——一个银色长发，穿黑色风衣，戴黑色墨镜，身材修长高挑的美男子。

林浔直勾勾地看了美男子三秒，三秒后，他大笑起来：“可以，你整容太成功了。”

美男子“PHP 天下第一”摘下墨镜，坐到他身边，和他一起看舷窗外的星星。这场景很美，很有诗意，林浔简直要为之鼓掌。但是，下一刻王安全开口，这美好的气氛就被彻底破坏。

王安全：“你这是什么狗名字？”

林浔看了看自己的名字——“一只活泼的麦克斯韦妖”，道：“随便取的，你又是什么狗名字？”

王安全振振有词：“我刚玩游戏，技术肯定生疏，还会被队友骂，所以我叫‘PHP 天下第一’，这样，我坑了队友之后，他们就会记住我名字，从而歧视 PHP 这门语言，觉得用这门语言的都是菜鸡。”

林浔为他蜿蜒曲折的脑回路和与 PHP 不死不休的抗争精神鼓掌。他没再继续这个话题，而是望向虚拟的星空，又看了看一旁侍立的 NPC 管家，她雪白的蓬蓬裙看起来像天上的云彩那样软。

林浔道：“我觉得挺真实的。”

王安全：“可能这就是顶配吧。”

林浔没说话。

王安全：“你怎么了？”

“我在想一个问题，”林浔语速放慢了一点儿，“我们怎么才能确定，我们生活的现实世界不是另一个虚拟现实？”

王安全：“你就瞎想吧。”

林浔：“没瞎想，我说真的。你记得缸中之脑吗？还有自我意识什么的，咱们当初为了凑学分，选了哲学院的一门课，课上讲过的。”

“那个课你考了七十二。”王安全道，“我考了九十，所以在你面前，我是个哲学家。”

“王哲学家，所以你怎么看这个问题？”林浔真诚发问。

“这问题根本用不着哲学，我这就可以给你推翻。”王安全道。

林浔：“您讲。”

王安全伸出他的手来，先是看着有着隐隐淡青色血管的手背，又看有浅浅掌纹的手心。很真实，但有些地方缺少细节，显得过于平滑，比如形状过于完美的指甲，光滑细腻得可以做顶级手模的皮肤。

“技术几乎是顶端了，”王安全道，“但还是显得挺假的。要做得完全仿真，这里有道老伤疤、那里起颗痘之类的，技术要求更高。”

林浔：“嗯。”

说着，王安全手心凭空变出一罐可乐，他打开拉环，碳酸饮料特有的爆气声过后，他把可乐倒出来，就倒在地板上。深色的液体在地板上一路匀速淌开，再通过合金地板的缝隙流下去。这个画面纵然逼真，却缺少现实世界中特有的层次感。

紧接着，王安全用手捏扁了易拉罐，易拉罐成了一团锡皮，罐身被挤压、扭曲，出现了各式折痕。

“这可不是 3D 游戏，这是全息。你想想刚才这一个易拉罐的物理表现所需要的运算量。”王安全道，“这地方的物理反馈都是这个级别的。现在全球有接近一亿台果壳在使用吧，这个运算量，得几台超级计算机合起来才能供应？”

林浔想了想，也笑：“挺多台的吧。”

假如是一台普通机器，你想用它造出刚才那一只手的全息模型，对不起，它能回答你的只有死机或白屏。这种量级的运算，必须要用超级计算机，还不止一台，而超级计算机的成本谁都知道，天文数字。

“所以说只有银河或者 Eagle 能负担得起这个运营成本，就算这样，咱们看着还是觉得挺假。”王安全继续道，“要是这个全息世界真实到你要从哲学角度才能思考出它到底是真是假，你想想技术上的难度。”

林浔望着星空，迷茫地叹了口气。

“就算技术上能实现，搭建成本上也不行，这得多少钱？”王安全一锤定音，“我告诉你，十个银河也架不住这么烧。”

林浔：“你说得也对……我得换别的思路。”

王安全：“啥？”

林浔：“……没什么，我开始后悔哲学课没有好好听。”

王安全拍拍他的肩膀：“小伙子不要怀疑人生，你现在有猫有事业还有东君这个好金主，简直是人生赢家。”

林浔：“你们为什么一点都不惊讶？”

“省省吧，”王安全道，“你什么德行我们还不知道。”

林浔挑挑眉：“我什么德行？”

“你就是喜欢比你厉害的。”王安全。

林浔无话可说，他点触选项，把王安全请出他的家园：“我对你太失望了。”

王安全在消失的前一秒挣扎出声：“那你反驳我。”

要是他能反驳，他还会把人丢出家园吗？王安全显然没有明白这个道理。林浔继续面对星空，思索人生。

星空、太空船，这些东西让他想起和东君一起看的那部电影，继而让他胡思乱想起来。不……不会是那样，答案不会那么复杂。他现在需要的不是一个能够解决所有疑点的奇思妙想，而是更多的证据。对于此，他并非一头雾水，甚至有不断完善的计划。

正想着，系统响起提示音——用户“玩家 X”请求加您为好友。

玩家 X？收到好友申请时，林浔下意识的反应是，会不会是东君？但显然“玩家 X”不是东君起名的风格，因为 X 是一个未知数，它代表摇摆不定的东西。他接受了好友申请。

下一刻，又响起提示音——用户“玩家 X”请求访问您的家园。

那就访问。他允许，随后，身侧银光亮起，是一个穿白大褂、戴黑色方框眼镜的男人——这些人给自己选定的虚拟形象总是奇奇怪怪的。

林浔看着他的脸，挺英俊的五官，目光犀利，依稀有几分熟悉：“薛新？”

“是我，”薛新礼貌地笑了笑，“学长今天突然挂了我的电话，我有点担心。”

“我没事。”林浔淡淡道，“你怎么知道我的 ID？”

“我猜的，”薛新道，“学长之前在学校论坛的用户名是这个，我试了一下，没想到真的猜对了。”

林浔“嗯”了一声，随即道：“你还是要谈合作那件事吗？”

“没错，”薛新的态度非常温和有礼，“我的公司也希望能和您建立合作。”

林浔看向他：“你现在在哪家？”

互联网行业人员流动比较频繁，今天在这个大厂，明天可能就跳槽去了别家。林浔只知道薛新一开始在哪里，却不能确定他现在也在。

薛新垂下眼，似乎有些失落，然后回答：“我在 Eagle，我在做的项目是强人工智能，有把握把布拉德利克系数压缩到 1 以内。学长知道布拉德利克系数吗？”

林浔：“知道。”这个名词东君已经对他提过了，布拉德利克系数用来衡量人工智能接近人的程度，1 以内就可以视为强人工智能，拥有可以媲美人类的思考和学习能力。

“那我就不解释了。总之，我们很需要学长这样的人才。”

林浔看着他。几年不见，当初那个青春洋溢的学弟已经变了模样，成熟沉稳了许多，像个独当一面的商人了。反观自己，却好像没什么长进。

“谢谢。”他道，“但我不能答应。”

薛新：“为什么？”

“我的项目已经接近尾声了。”林浔没提他已经成了半个银河人，而是道，“我们只能在博览会见了。祝你们成功。”

薛新："我 ...... 我很抱歉。"短暂的失落后，他重新看向林浔，"如果我早两年提出，学长会不会就加入我们团队了？"

"希望你不要在意，"林浔淡淡道，"我比较喜欢自由，早两年也不会愿意为 Eagle 做事。"

薛新勉强笑了笑："是我打扰了。"

林浔："谢谢你的好意。"

"那……我就不打扰学长了。"薛新道。

林浔："再见。"

正当他以为薛新会离开的时候，这人突然往他身边走了一步。

"学长的项目顺利吗？"

林浔想了想东君制定的那一张事无巨细的进度表，欣然道："顺利。"

薛新又看了他一眼："学长有什么困难的话，一定要记得找我。"

林浔没什么所谓，他不大想搭理薛新，就无可无不可地回答道："我会记得的。"

"……一定要记得找我。"薛新又重复了一遍，眼睛直勾勾地看着他，仿佛有话要说，但最后只是道，"那学长，我先走了。"

"再见。"林浔目送他化作白光消失，蹙了蹙眉。银河、Eagle，薛新到底知不知道自己和银河的关系？他想干什么？林浔觉得自己或许该告诉东君，等下次见面的时候。

对着星空，他抱膝坐着，过了好一会儿，心中浮现一个念头。他点开好友界面，搜索了一个名字——"Lo"。

系统开始检索，大约一秒后，系统出声："用户'Lo'目前处于离线状态，是否仍然发送好友申请？"

林浔说不清自己是什么感受。所以说，Lo 这个人是真实存在的。要不要发？想了一会儿，他最终还是放弃了，就别去打扰人家了。

从果壳里出来的时候，夜已经深了。到了该睡觉的时候，指针跳上床，在枕头上躺下，却没闭眼，一双蓝幽幽的眼睛看着他。林浔领会了它的意思，这是在催自己睡觉。

他洗漱收拾好，躺到床上。左躺、右躺、平躺，都没找到合适的姿势，最后捞过枕头抱着，才算勉强满意。但即使抱了东西，他也没有睡意，只好枯躺着。平时也是在枯躺中慢慢睡过去的，但是由俭入奢易，由奢入俭难，在东君家体会过快速入眠后，现在觉得怎么都不得劲了。

他翻来覆去地折腾了好大一会儿，最后丢开枕头，把指针抱过来，才迷迷糊糊地睡了过去。

他做了一个不错的梦，也是个平静的梦。平静的梦往往给人印象不深，醒来后，只能想起老房子里的秋千，深夜房里暖黄的灯光，他似乎玩累了，和一个什么人靠在一起睡着，恍惚又是一天。一天，又一天，转眼就是许多年。

林浔看向窗外摇曳的山楂树，不知道那缕轻烟一样的感伤从何而来。

手机里有东君的消息，他今天白天忙，晚上是有空的。

林浔回他一个“加油（笑）”后，开始翻看“相亲相爱一家人”的消息。

前辈们昨天修补了儿童医院地底的裂缝，小小庆祝了一番，而林浔因为两次发现裂缝，被前辈们议论“这孩子点真背”“但背也有背的好处”。林浔笑了笑。

另外还有消息，比如除魔工作稳定开展，元宵最近的成绩长势喜人，以及常寂突破至金丹期，可喜可贺。

金丹期，他的金丹期还没着落。有着落也没用，系统休眠了。但他还是想问问师兄有什么收获，没准自己也能获得灵感。

一只快乐的指针：师兄今天有空吗？

两分钟后，师兄回复了。

常寂：在开组会。

一只快乐的指针：那我等会再来。

还是学术比较重要。但是师兄明显在摸鱼，三分钟后，林浔又收到了他的一条消息。

常寂：你能联系上剑修吗？

一只快乐的指针：欸？

一只快乐的指针：我试试。

他们只认识一个剑修，那就是祁云。他和祁云上次联系，已经是三天前在明明家小区时了。祁云上公交车的时候，还说明天要早起，他毕竟是一个需要练习的练习生。

他给祁云发消息。

一只快乐的指针：在吗？

一只快乐的指针：练习完了吗？

一只快乐的指针：吃早饭了吗？

一只快乐的指针：练剑了吗？

这一连串的消息发出去，林浔笃定以祁云的脾气，他一定忍不住也回一大串。但是过了十分钟，仍然没有人回复。

真的在练习？可现在还是清晨，没到七点，也太早了。常寂开组会能理解，但是练习生居然和博士生一个作息么？林浔顿时对他们娱乐圈的人肃然起敬。

他知道祁云的手机号码，没多想，拨了过去——对方已关机。

林浔蹙了蹙眉，给常寂发消息，说联系不到。

常寂：我从昨天起就联系不到了。

一只快乐的指针：你们经常联系？

常寂：我帮师妹要签名。

……可以，很好，祁云星途可喜。而他作为一个贴心的师弟，必不会让师兄遇到困难。

一只快乐的指针：我知道怎么找。

追星林浔是熟练的。他关掉微信，打开微博与追星软件，操作一番，将祁云的账号全部关注。这人的微博很骚气，内容也很多，要么传个小视频，要么发几张自拍，或者例行营业，发点“早安”“晚安”。但是，账号的更新无一例外停在了两天前。

林浔觉得事情可能并不简单，他果断加了个粉丝大群。

棋云的剑穗：好久没有哥哥的消息了，是我村通网吗？

★^爱棋^★星星：哥哥在专心练舞哦。

★^爱棋^★宁凝：我们也在等哥哥的动态呢。

从群备注来看，画风有点像小学生。这条路是走不通了，林浔打开祁云的百科词条，循着里面对经纪公司的介绍去了官网。别的信息还没注意到，他先看到了地址。

林浔蹙了蹙眉，然后打开帝都的地铁路线图。

十秒钟后。

一只快乐的指针：师兄。

一只快乐的指针：他可能出事了。

祁云经纪公司的位置，好巧不巧就在地铁四号线终点站附近。这个地方林浔印象深刻，因为林可心对他说过，一个裂缝正在这里张开。而祁云三天前还好好的，微信秒回，还经常在群里发战绩，现在却失联了。会是巧合么？

林浔从来不信巧合，话不多说，他和常寂很快达成一致。

九点钟，林浔背着猫包坐上了地铁四号线。早高峰还没有过去，人多眼杂，他戴了口罩。

指针好像有点害怕，在猫包里“喵喵”叫了几声，迎来了邻座姑娘的逗弄。指针转过头没理她。

林浔闭上眼，今天是第二天，系统空间还是无法进入，不过他已经能看见别人的程序框了。他进行过试验——昨晚，他还不能用键盘使出任何攻击招式，像任何一个普通人一样，但今早他已经能挥出剑气了，可见系统确实是在缓慢恢复中。

而从系统的恢复过程中，他可以获得许多信息。比如说，用代码进行攻击是系统最先恢复的功能，也就是说这是最容易修复的功能，难以修复或者说受创比较严重的则是任务模块。

地铁一站一站开过去，人们陆陆续续下车，坐到最后的只有寥寥几人。林浔在最后一站下车，然后到地面上等常寂师兄过来——禅杖无法过安检，他要打车过来。

不多时，一辆出租车在他面前缓缓停下，常寂师兄拿着金色禅杖下来。

林浔：“师兄。”

“师弟。”常寂穿着白色休闲装，手腕上缠了一串佛珠，仍是那副模样，“他在附近？”

“他的经纪公司在这里。”林浔道，“而且，我知道这里大概率会有魔界裂缝。”

常寂：“先去公司？”

常寂素来话少，并没有问他是怎么得知魔界裂缝的——这也是林浔喜欢和他一起行动的原因。

林浔：“等等。”他拉开猫包，把指针放在地上。

“乖，宝贝，”林浔问，“哪里有魔物？带我过去。”

指针在他脚边打转：“喵？”

林浔和它对视：“我知道你不是一只普通的小猫咪。”

指针扒上他的腿，意思是要抱。

林浔：“别装了。”

指针：“喵呜……”

常寂终于出声：“你在做什么？”

林浔问：“师兄，它是一只普通的猫吗？”

常寂：“是。”

林浔：“就是一只家猫？”

常寂：“不然？”

林浔和指针对视。

这不可能，他看着指针：“我命令你立刻把框去掉。”

指针挠了他两下。

林浔无计可施，只能重新背起猫包，跟在师兄身后，继续问：“为什么这只猫有时是一种状态，有时又是另一种状态？它有时候很通人性。”

常寂：“精神分裂？”

师兄不愧是师兄。

“不太可能，”林浔道，“它另一个状态好像有很强大的法力，能用玄学解释吗？”

常寂：“上身、夺舍、通灵，都有可能。”

林浔眯了眯眼睛，问：“什么东西可以有这些技能？”

“妖魔鬼怪。”常寂道。

林浔：“人不能？”

常寂：“修炼邪术或许可以。”

林浔：“总之不是好人？”

“如果是元婴以上境界，也可以。”常寂难得多说了几句，“元婴境界有元神，一念之间，瞬息千里。”

林浔若有所思，继续问：“那师兄，筑基期到金丹期的关键是什么？”

常寂看了看他：“你不是刚到筑基？”

林浔转了转眼睛：“我在思考。我已经学会了把灵力压缩成固态，但是接下来就不知道该如何了。”

常寂道：“快了。”

林浔也知道快了，系统坏掉之前，他的金丹期进度条就停留在百分之九十，但他没有灵感。阻碍他修仙境界提高的最大绊脚石不是知识水平不够高，而是语文水平不够高——他不能有效地把修仙知识和代码知识联系起来。他继续诚恳地请教师兄。

“灵力压缩成金丹，是身内修为。”常寂道，“我的金丹境界，其实是在对敌中突破的。”

林浔：“怎么讲？”

常寂：“筑基修为的一击和金丹修为的一击有天壤之别，但看起来并无不同。”

林浔：“金丹境界之人体内灵力非常多，所以威力更大……是这样么？”

常寂：“不是。”

林浔：“那……”

常寂：“我不能全部告知你，不然你便与作弊无区别。”

“好吧。”林浔知道他们修仙看重个人的悟性，便道，“我回去好好想想。”

沉默了片刻。

林浔：“师兄。”

常寂：“怎么？”

林浔：“祁云可能出事了，为什么我们都不急？”还在不紧不慢地走路，甚至交流起修仙心得。

常寂：“真出事，那也晚了。”

可能这就是佛修的心性吧。

祁云一人出门在外，师父不疼、师弟不爱，失联了也没人注意到。因为阵营的对立，他俩还不敢叫上仙道的前辈。再没有比这位剑修更惨的了。

林浔：“我也只能祝他好运。”

常寂没说话，过一两分钟才开口：“你为什么遮掩面目？”

林浔听到这话，把黑色口罩往上拉了拉。繁华地带人多眼杂，他的照片之前在网上疯传过一轮，现在又带着一只这么明显的指针，他怕被认出来。

口罩有点闷，不舒服，他咳了一声，决定不用乱七八糟的事情去玷污师兄的佛家心性，只说：“有点感冒。”

两人说了一路，终于到了祁云的经纪公司楼下。

这片区域很繁华，有很多同类公司，也有一些拍摄地点。写字楼拔地而起，但因为天色晦暗，玻璃上都映着一层沉沉的阴云。

他们按照官网上的地址来到了祁云的公司。这家公司名叫“繁星文化经纪有限公司”，擅长打造年轻偶像，正准备推出几位种子选手，去参加一款人气很高的青年团训节目。

前台的姑娘很漂亮，眉眼清秀。林浔向她说明了来意，说要找一个名叫棋云的艺人，说唱的那个。

小姑娘狐疑地看了他们两眼，问：“请问两位先生和艺人是什么关系呢？”

“我是他哥。”林浔道，然后又拉过常寂，出家人不能打诳语，所以他替常寂打，“这是他表哥。”

小姑娘继续轻声细语地问：“请问两位可以提供能够证明你们关系的材料么？”

此时，林浔敏锐地察觉到门口的保安多看了他们两眼。他心想不对，他和常寂估计被认成找上门来骚扰的脑残粉了。这姑娘看着漂亮，脑子却不太好，也不想一下，除了小学生谁还能粉上祁云这玩意儿。

他摘下黑色口罩，打算好好和姑娘讲讲道理。摘下的瞬间，姑娘好像多看了他几眼。

“我们不是坏人。”林浔对她笑了笑，举起自己的手机，调出自己和祁云的聊天记录，假装看不见那满屏的爸爸儿子，温声道，“你看，我们真的认识，还在一个家庭群里。”

他又点开祁云充满忧郁自拍的朋友圈：“看，是他本人。”

姑娘又多看了他几眼，说：“先生稍等。”

随后，她拨通了桌上的座机，似乎在和一个什么主管沟通，询问祁云的去向。半分钟后，她皱了皱眉，放下电话，对林浔道：“我们也已经两天没有联系到这位艺人了。”

林浔和常寂对视了一眼——真的出事了。

第二章

压缩（下）

艺人失联，公司有责任，但祁云不是很有名的艺人，经纪公司没动多大阵仗，只派出了祁云的经纪人协助他们调查。经纪人姓谢，三十多岁，不是祁云一个人的经纪人，这一批练习生都是他带的。

监控录像显示，祁云此前的行为都很正常，是一个练习生该有的样子——每天早起练舞，晚上回屋睡觉，至于回屋后又刷手机到几点则不得而知。

事情发生在两天前的一个晚上。在这个晚上，公司停电了，当时，祁云和几个同期的练习生在餐厅吃晚饭。停电后，监控录像的绝大部分线路也停转，自然没了画面。二十分钟后电力系统恢复，却无论如何也不见祁云的影子了——哪里都没有他。

谢经纪人脸色有点白，或许是终于意识到了事情的严重性，也或许是害怕了——一个大活人就这么在公司里凭空蒸发了。他喊来那几个练习生。

一个娃娃脸的练习生说："那时候我们都在玩手机等灯亮。"

一个清秀漂亮的练习生说："他好像拿了根荧光棒去上厕所了。"

另一个妖里妖气的练习生说："他平时就有点怪，可能是去找灵感了。"

最后一个英俊帅气的练习生说："他那天都心不在焉。"

娃娃脸："难道他出楼了？"

妖里妖气说："那不可能，餐厅在十一楼，电梯停运，除了脑子有坑的人，谁会摸黑下楼溜出大门？"

不，也不能这样说，祁云的脑子确实有点坑坑洼洼。林浔观察了一遍他们的外貌，心说各个类型的小哥都齐了，那祁云在这个团队负责什么，负责智障吗？

林浔翻来覆去地看断电前最后两分钟的录像，问："断电原因是什么？"

谢经纪人："好像是线路老化。"

林浔："楼挺新的吧。"

谢经纪人："那可能有点豆腐渣工程吧。"

林浔无语。他来来回回把那段录像放了有十七八遍，道："我们去餐厅看看。"

常寂："你看出了什么？"

"也没什么，我就是觉得，祁云这种人，他的行为规律不能用逻辑来推测，"林浔道，"我要到那个情景去代入一下。"

餐厅很大，很通透，这个位置的视野也很好，向外正好能看见高楼大厦林立的城景，向内则能看见整条走廊。

"那边是应急通道，八百年没人进去过了。"那个妖里妖气的练习生说，尾音还有点儿嗲。

谢经纪人说："从应急通道跑下去了？"

林浔坐在祁云那个位置上，看着对面，道："应该不是。"

谢经纪人："那还能跑哪儿去？"

一个练习生说："要不咱们报警吧。"

谢经纪人："影响不好，咱们先自己找。"

说话的这一会儿，自告奋勇去应急通道那儿看的娃娃脸回来了。

"门把手上全是灰，应该没人去过。"

谢经纪人："那要是踹门呢？"

"我记得他也不是往那个方向跑的。"

林浔和常寂对视了一眼。林浔站起来，往窗边走去，常寂跟上他，他们从窗外往下看。

一个人工湖，挺大，还漂着点儿荷叶。

林浔问："你们的湖？"他觉得挺奇怪的，这种寸土寸金的商圈，一般不会有人修一个占地面积这么大的池子当景观。

谢经纪人道："是公司的湖。"

林浔有点好奇："你们修湖的目的是什么？"

"我知道。"妖里妖气的练习生说。

谢经纪人："你别说话。"

林浔看向他，又看了看谢经纪人，最后道："先生，不然咱们还是报警吧。"

谢经纪人皱了皱眉，又瞥了练习生一眼，似乎是允许他说的样子——看来他真的不愿意惊动警方，练习生就说了。

半年以前，这里还不是湖，是停车场，还是死过人的停车场。因为一些不太好说出来的原因，一个小明星跳楼了，死得挺惨，血还把老板的车给弄脏了。老板有点在意，加上又发生了一点不吉利的事情，就请了风水大师来看。大师扯了一通，最后得出结论，得建个湖，这湖就建起来了。

“主要是为了辟邪，就种了荷花，还养了点锦鲤。”他最后道。

林浔又看了那湖一眼：“锦鲤有点胖了。”

经纪人和练习生都凑到了窗前，往下看。林浔也继续看。

乍一看确实看不出什么东西来，但仔细看，就会猛地察觉到怪异之处。湖中央四分之三那么大的一片不规则区域，水色很深，而周围一圈的水颜色都很浅。

人工湖一般并不深，控制在淹不死成人的深度，再假意挂一个“水深危险，请勿下水”的牌子，所以在白天，它不应该呈现出那么深的颜色，尤其是在外围一圈的颜色很正常的情况下。有两种可能，第一种，这湖中央比外圈深，第二种，湖里有东西。林浔当然是倾向第二种。

视频里，祁云坐的位置是面对着外面窗户的，而且在监控视频结束前两秒，林浔看见他转头看向了自己的吉他盒子。吉他盒靠在他的座位旁，很大。按照祁云的行为逻辑，剑修，剑不能离身，他八成是把剑放在了盒子里。但是……以坐在十一楼的祁云的视野，他怎么会发现湖里有古怪呢?

林浔收回看湖面的目光，又看向楼外悬挂的空调外机、突出来的窗台。

经纪人：“你怀疑他从窗户出去了？”

旁边的练习生说：“不能吧。”

“他不是唱跳艺人么？”林浔看着最近的一台空调外机，“可能蹦蹦跳跳地就下去了。”

周围人流露出迷惑的表情。

林浔没管他们：“你们在上面继续找，我们下去看看。”

公司人多眼杂，他和常寂不好直接从窗户下去，所以还是坐电梯。电梯晃晃悠悠，运行时中发出吱吱呀呀的声音，看来这栋楼确实有点“豆腐渣”。

下到一楼的时候，前台的小姑娘又多看了他一眼，甚至拿出手机拍了张照。

林浔并没多想，被拍和被求合影这种事他还是挺熟练的。大学的时候去食堂吃饭，有时刚一坐下，余光就能看见有姑娘举起了手机。

他和常寂来到湖边。水色确实很深，即使不从俯视的角度看，也能察觉到湖中心黑压压的一团。

常寂俯身拨了一下水，他的指尖逸散出丝丝缕缕金色的东西，片刻后消失：“水里是魔气。”

林浔望着湖中央：“所以说，中间有东西，然后魔气扩散出来，染黑了这个湖？”

常寂：“嗯。”

林浔站在湖边的人造石头上，有一点点怅惘：“祁云要是淹死了怎么办？我觉得他确实有点危险。”

常寂：“活要见人，死要见尸。”

林浔附和了一声，捡起一块挺大的石头，走上了小湖的栈桥——这是个附庸风雅的湖，湖心还修了亭子。他面无表情地站在黑气最浓的地方，把石头丢了下去。

一声沉闷的声响，不知道砸没砸到东西。紧接着，“扑通”一声，常寂扔了块更大的石头。

他俩静静地盯着湖面。过了大约三分钟，仿佛从很深的地方传来一道尖锐的哭声。

常寂蹙眉：“水鬼？”

林浔打开搜索引擎查看词条。水鬼是民间传说中的一种生物。这东西由自杀或意外死亡的人转化而成，潜伏在水中，引诱人落水，变成自己的替死鬼。综上所述，对水鬼吸引力最大的，是徘徊在水边的人。而对魔物吸引力最大的，是林浔自己。

林浔把键盘搁在一边，让师兄往后站了站，然后将左手伸进了水里。水挺凉，他感受到浮力，又往下伸了一点儿，整个手掌都没入水中，只留一截手腕在外面。

一分钟。两分钟。林浔看着水面粼粼的波纹，倒数了三个数。三，二，一——一只冰凉的、皮肤溜滑的、手指很长的手，从水下握住了他的手腕。

说时迟那时快，常寂瞬间将手搭在了林浔肩上。林浔心中安定不少，反握住那东西，手腕瞬间发力，向上猛地一提！——但没提动。

手底下的重量似乎有几百斤，他往下看，见一个巨大的黑影缓缓接近水面。下一刻，常寂将他向后猛地一扯！佛光骤然升起，在他们面前隔出一道坚实的金色结界。

“哗啦——”巨大的水声响起，湖水泼过来，一个庞大的黑影狠狠地撞在了结界上。

林浔定睛看这水鬼的长相，第一反应——太丑了。它像条变异了的鱼，浑身浮肿，最上方有一张惨白的、类似人脸的东西，猩红的嘴咧到两腮。鼓起的球形身体是黑色的，覆盖着一层铠甲一样的鳞片，阴沉沉的，没有一点光亮。最违和的东西是它身体两侧垂下来的、细长的手，白惨惨的手指细而长，指间连着丑陋的蹼，手臂上缠着黑中透绿的长长水藻，正滴着水。

一击不中，它再次发力撞上来，身后湖水翻起惊涛骇浪向这边拍过来，然后尽数被庄严的金光挡住。

常寂简促地说道：“金丹后期，小心。”

林浔应了一声，他被常寂护在身后，有了一点空闲，于是将自己能用上的攻击手段都用了起来。当然，主要还是用祁云的剑气——用他的剑气去救他，也算物尽其用。

见到这个诡异的水鬼魔物，林浔几乎确定祁云的失踪和它有关了。居然还是金丹后期，他觉得祁云凶多吉少。想到这里，他特意看向水鬼球一样的身体和膨大的肚子，怀疑祁云已经被吃掉了。

他脑中念头转得飞快，手上动作也没停，剑气唰唰唰地向水鬼袭去，然而在撞击到它坚硬的鳞甲时，无一例外破碎消散了。

常寂来到结界的边缘，一朵虚幻的金色佛莲将他的身体托了起来，他悬浮在半空之中，手持禅杖与水鬼斗法，每一击都势大力沉，仿佛有千钧之重。而水鬼竟然也不惧怕，靠着坚硬的鳞甲防御硬生生扛下常寂的攻击，用双手、尾巴与他缠斗。

打斗过于激烈，再加上水鬼操纵的湖中巨浪，一时间使人眼花缭乱。不过，林浔离得近，看得更清楚一些。目前两人战况胶着，似乎难分胜负，但水鬼是金丹后期的实力，常寂师兄才刚刚进入金丹期，时间一久，水鬼难免会压过他。

林浔抿了抿唇，深呼吸一口气，在键盘上敲了几下。成千上万道剑气浮现在空中，箭雨一般朝着水鬼射去！

剑气袭去，眼看就要将水鬼扎成刺猬，水鬼却张开猩红大口，发出一声浑厚至极的号叫。林浔眉尖紧蹙，他看见仿佛有无形的波动从水鬼身上震开，纵然是成千上万道剑气也没能突破水鬼的防御。

这就是境界的差别么？即使数量再多，也抵不过一道灵力结界。既是这样，其中的原理又是什么？

林浔正想着，忽听常寂道："小心！"

水鬼庞大丑陋的身体忽然从水中蹿起，高高跃过常寂的防御，朝他扑过来！

林浔心说不好，估计是自己扎刺猬的打法激怒了这个丑东西。他飞快后退，轻身术起效，脚尖在水面连点，退出去十来米远。但片刻之间，他身后涌起惊天巨浪，逼得他不能再后退。键盘浮在面前，他双手迅速敲击！

然而，一切突然平静了。水浪消失，水鬼缓缓沉下水面，丑陋的面孔渐渐消失在水面下。林浔不为所动，噼里啪啦的敲击声持续着，他将手速发挥到了极致，恨不得长出三十根手指，二十六个字母一个键分配一根，剩下四根分别控制回车、分号和大括号。

一秒，两秒，十秒……巨大的水浪声再次响起，他身下的水面浮现出可怖的黑影，水鬼再次蹿出，血盆大口直直向他咬来！

千钧一发之际，林浔身体浮起，目光直勾勾地看向水鬼，手指在运行键上轻轻一按！

没有声势浩大的漫天剑气，也没有层出不穷的病毒攻击。他身边的空气仿佛刹那间被抽成真空——也不能说是真空，就仿佛这方天地中的所有东西都被硬生生挤压到极小的一个点上，一滴水滴、一个质点，或是什么别的东西，然后，朝着水鬼弹去。

一道剑气，白色的、平平无奇的剑气，仿佛海豚的背鳍在海平面上划出的一条白线，缓慢但平滑地刺向面目狰狞的水鬼。鳞片如铁，漫天剑气都无法伤到它分毫的水鬼，却仿佛被固定在了原地，不能动弹分毫。当剑气的尖端触碰到它的那一瞬间，它猛地发出尖锐的嘶声长号！

这一招可以从很多地方讲起，比如地球。地球是一个行星，它的半径有六千多千米，质量大约是六乘十的二十一次方吨。

宇宙中还有一种天体叫白矮星，一颗半径有三千千米的白矮星——也就是说它的半径大约是地球的一半，它的质量大约是地球的三十万倍。

再换一种天体——黑洞，它的质量更加恐怖，因为它的密度在理论上是无穷大。

这说明，质量的大小重点不在体积，而在密度。怎样提高密度？靠坍缩。

天文里面，叫坍缩，计算机里面，叫压缩。

比方说你要给一个人发送一段信息，这段信息是 1 到 10000 这一万个数字。假如你按部就班地老老实实发送一万个数字，就显得太蠢了。现实技术上是这样做的，将一万个数字压缩，把它们压成一个简单的信息“1-10000”，这个简单的信息会轻盈而迅速地传到接收者那里，在接收端经过解压，拆成原来的那一万个数字。这就是压缩，它保证了互联网的传输效率。

这个概念也是金丹期的关键，之前林浔已经实践过压缩算法，把金丹期的进度打到了百分之九十。但他那时只是对自己使用，并没有对外界使用，也就是说，只是将自己身体中的灵气凝结成了一颗金丹，并没有掌握金丹的真正用途。而这一次，灵光闪现，他用出来了。方才那一剑，看似只是一道平平无奇的剑气，实际上由万道剑气压缩而成。

这一剑，万剑化归，无坚不摧！

凄厉的号叫声响起，简直要刺破人的耳膜。紧接着，像是承受着剧烈的疼痛，水鬼那庞大丑陋的身躯在半空中疯狂挣扎扭动起来。它的身体被那道剑气破开了一道口子，仿佛一个被戳破的气球，从破溃处流出无数肮脏的黑色液体，身形开始迅速缩水。

正当此时，常寂的攻击也至，半空中仿佛有一只无形巨掌，庄严柔和的力量几乎无法阻挡，将它从空中拍下，毫无怜悯地拍在栈桥上，整个栈桥和亭子都震了几震。

水鬼在地上滚了几滚，像是被拍蒙了，软绵绵地倒在栈桥上。令人惊讶的是，缩水之后，污泥水藻间现出一个人类大小的躯体，黑色长发，身体看不清楚，形状像人鱼。

常寂眉头微蹙，就地盘腿坐下，佛莲轻绽，金色光晕笼罩小亭，像是在度化魔物。林浔在旁边坐下，回顾刚才那神来之笔的一招。

久违的机械音响起。

“主线任务：达到金丹期，进度百分之百。恭喜完成。”

“系统修复速度加快，预计完成时间：24 小时。请等待。”

林浔轻轻舒了一口气，起身去查看被金色佛莲包围的水鬼。多谢压缩算法，方才那一剑并没有消耗他多大的力气。

他拨开水鬼脑袋上黑色半透明的、说不出是水藻还是黏液组织的东西，一张脸露了出来。闭着眼的人脸，五官挺好看的，只不过残存着一些青黑鳞片，平添不少妖邪气。

林浔愣了愣，下一秒，他笑出了声：“师兄，你看看这是谁。”

常寂睁开眼睛，看向那人：“竟然是他。”

林浔笑得停不住，拿起手机就是一顿十连拍，边拍边道：“他这是被水鬼变成替死鬼了么？还有得救么？”

拍完，他又备份了一套。照片上，一条脏兮兮的人鱼在一团烂泥水藻里盘着，昏迷不醒，只有一张苍白的脸还算清晰。而这张脸，端端正正的五官，分开看都不错，合在一起就有点欠打。不是别人，正是失联两天的祁云！

祁云失联的两天，竟是在公司的人造湖里当鱼，林浔寻思他的艺名不要叫棋云了，“鳍云”就挺好。

他去拍祁云的脸：“祁云？醒醒，起来练剑了。”

没醒。他继续拍：“练习生，起来跳舞了。”

还是没反应。他略一思忖，微微俯下身：“你剑丢了！”

祁云竟然还是不为所动。

林浔仔细思索，最后在他耳边喊：“哥哥，你上热搜了！”喊完去拍他的胸口。

祁云咳出一口水，林浔立即把他翻过面来，用力拍他的背。

背是光裸的，这是当然，你不能指望水鬼穿衣服。林浔往下看，却没看见祁云的腿，只看见了一条鱼尾巴！墨绿色的，和水鬼的颜色一样。

常寂还在用佛光度化水鬼，祁云身上的黑色魔气污迹也渐渐散了。正是因为散了，人身和腰以下的鱼尾巴就更加明显。

“师兄，”林浔道，“有东西能盖住他吗？影响不好。”

常寂起先好像是要脱外套，但外套盖住上身，就把鱼尾巴露了出来；盖住尾巴，上半身又什么都没穿。虽然头发挺长能盖住一些，可是也不太像话。最后，林浔看见他拿起了放在一旁的背包，从里面拿出了一条——璀璨辉煌的金红色袈裟。

常寂将袈裟往祁云身上一裹，把整条鱼都包住了。

祁云又咳出不少水，睫毛颤了颤，终于睁开眼睛来——他的瞳孔也透着一丝诡异的绿光。“我……”他声音虚弱。

林浔：“恭喜你，变成美人鱼了。”

祁云双目无神，转过脸来，看着他。

林浔已经做好了看祁云感激涕零的准备，这个时候，即使祁云喊他爸爸，他也丝毫不会意外。

祁云："你怎么……你怎么才来？"

林浔当即就撒了手。

祁云整条鱼在栈桥上滚了滚，差点掉下去。

"你……"祁云支起身子，似乎是打算爬起来，这一动作，他就看到了自己的鱼尾巴。

祁云呆滞了。"我……"他短促地喊了一声，然后揭开袈裟，一条墨绿的人鱼尾一览无遗。他睁大了眼睛，看向林浔。

林浔示意他爱莫能助。

"我怎么了？！"祁云一脸震惊，捏着自己的尾巴，然后看向自己的手指。被常寂祛除魔气后，他手指的状况其实比之前好多了，只是苍白了一些，连着不显眼的蹼，远看还是正常的。

祁云又捞起自己湿淋淋的长发。林浔记得，这人一直留着说短不短说长也不长的骚气发型，然而两天之间已经变成了及腰长发。异常情况并不止于此，祁云的耳朵也变成了尖尖的人鱼耳朵，整个人都透着一股妖邪气。

祁云审视完自己，看向林浔，又看向常寂："我变成鲤鱼精了？"

"我们也不知道，你刚才还打我。"林浔道，"所以你怎么到湖里去了？"

"我……"祁云似在回想，十几秒后，他说，"湖里有个东西，其实我之前就感觉到不对了，但是想再观察观察。"

林浔点点头——祁云居然还知道再观察观察。

"然后，那天我和别人吃饭，我看见一个……一个……"祁云组织语言，最后道，"一个丑东西。"

"那个丑东西沿着楼墙爬上来，爬到了窗户上，我正好看见了。它可丑了，嘴特别大，还长着两条丑手。有魔气，是个魔物。我看见它把窗户推开了，肯定是想进来吃人。"

林浔："然后，不知道为什么断电了，你就跳出去打它？"

"不是，断电是我搞的。"祁云说，"有时候我练剑不想被监控拍到，所以在总闸那里留了一道剑气，想停哪里的电就停哪里。"

行。林浔："然后你就出去和它打架，打着打着到了湖里？"

"也不是。"祁云道，"那个丑东西应该有金丹后期的修为吧，我是筑基期，但我是个剑修，我打它，那是绰绰有余。"

林浔就听他信口胡吹。

"但是我们吊在楼外面打架，位置太差，"祁云道，"我的剑不小心掉下去了。"

林浔笑出了声。

"你别笑。"祁云没好气道，"我就跳下去找剑，可能是掉湖里了，我和剑有感应，打算下湖去捞，但是没想到那个丑东西也下来了。”

祁云挠了挠头发：“然后我就忘了，我好像突然被吃了，但我不想死，就……一直不想死。”

常寂道：“他成了替死鬼，但水鬼也没能把他彻底消化，所以他还能保持一部分人的形态。”

林浔注视着祁云：“真好，你知道吗？你和那个丑东西合体了。”

祁云暴躁了：“你还敢说好？”

林浔：“你该谢天谢地，变成了人的上半身和鱼尾巴，不是鱼头组合人的腿。”

祁云：“那我现在怎么办？”他的鱼尾巴在地面上拍了好几下，试图直起上身，但是未遂。

“不能怎么办。”林浔道，“但是你好像要火了。”

祁云精神一振：“什么？”

林浔抬起头来，看向周围的高楼大厦，此时高楼的窗户齐齐打开，探出无数颗看热闹的脑袋。而湖边的路上更是围了一大圈人，他们聚成一团，伸长脖子看着这边，神情有的震惊，有的害怕，还有的看热闹不嫌事大。

林浔：“完了。”他回想他们刚才都干了什么。

公共区域，无数人围观下，和水鬼在水面上打架。常寂师兄全程浮在半空中不说，他也飞来飞去，甚至表演了一出水上漂。重要的是，长了眼的人都能看见，湖边没吊威亚。最后，狰狞庞大的怪物水鬼变成了一条人鱼。这情形简直像部奇幻片，还因为特效不够绚丽而显得很劣质。

“我不是人了，他们还看见了。”祁云双手捂脸，“你这是想让我死。”

事已至此，林浔只能疯狂思索对策。就在此时，他看见一辆车缓缓驶来。

“死不了，没事了。别哭。”他安下心来，拍拍祁云的“狗头”。

祁云心如死灰：“谁都救不了我了。”

“我给你唱首歌吧。”林浔道。

祁云：“你怎么还……”

“没妈的孩子像根草，说的就是你。”林浔道，“我和师兄就不一样了，我们有家长。”

他话音落下，一辆蓝色幻影在湖边缓缓停下。蝴蝶夫人身穿一袭深紫长裙，踩着高跟鞋朝这边走过来，她身后是蓝色套装的孔雀夫人。随即，另一辆车上也下来了夫人经常带在身边的、脸上有苗族刺青的两个保镖。

众人的目光移到蝴蝶夫人身上，开始拍照——影后的待遇就是如此。

只见蝴蝶夫人快步走过来，声音微带嗔怪：“你们就是不会让人省心。”

林浔过去搀住蝴蝶夫人，开始装乖："这不是知道夫人的工作室就在附近么。"

"要不是周天星斗阵显示这里魔气异常，"蝴蝶夫人并没饶他，"我倒要看看你们三个小玩意儿怎么收场。"

林浔："下次，下次我们再也不单独出去了。"

一只紫色蝴蝶落在蝴蝶夫人肩头。她身后的孔雀夫人不知从哪里拿出一支骨色长笛，幽幽吹起。越来越多的蝴蝶飞过来，翅膀洒下带着微光的粉末，林浔感到微微眩晕。

蝴蝶夫人道："我收拾局面，你们快回车里去。"说罢，她又看了看地上那条鱼，"这个也抱回去。"

林浔："他还能变回来吗？"

蝴蝶夫人："尽人事，听天命吧。"

祁云整条鱼都半死不活了。

林浔不知自己是否抱得动，好在常寂先行一步，把祁云拦腰抱了起来，长长的鱼尾巴搭在他另一只手的手腕上。

祁云被裹在袈裟里，无法动弹，只能把下巴搁在常寂的肩膀上，生无可恋地看着后面的林浔。因为苍白的脸色，竟然显得有点可怜了。林浔笑。

离开湖水的那一刻，祁云的尾巴忽然僵了僵。

"我好渴。"他叫道，"我是鱼！我不能离开水！"

常寂没搭理他，把他塞进了后座。

林浔抱着神情天真、一直在状况外的指针，也坐到车里。

祁云挣扎："我要死了，你们谋杀，我要渴死了。"

林浔："你是人鱼，两栖动物，你可以的，等会儿给你安排一个浴缸。"

祁云："你死了。"

林浔："你省省吧。"

一番反抗无果，祁云整个人萎靡地躺在后座上，裹紧袈裟，道："我要手机。我手机掉水里了，剑也没捞到。"

林浔看他实在是委屈，就把自己的手机递给他。

祁云抱着他手机滚了滚，嘀咕道："我没醒的时候好像听见有人说我上热搜了。"

是，我编的。林浔正打算打破祁云无谓的幻想，就见祁云鱼尾巴猛地拍打了一下车座。

祁云："真的上了！还是带着你上的！"

林浔疑惑。

"快看，快看！"祁云把手机杵到了他面前。

林浔定睛一看，热搜第一条既不是祁云，也不是林浔，而是“东君”；下一条“东君小朋友疑似与棋云有关”；还有一条“棋云人鱼造型”；再下一条“棋云访谈”。

“你公司买的？”林浔问。

祁云：“可能吧，我经纪人刚发了一条微信让我好好干。”

林浔感到迷惑，点进第一条“东君”。最先出现的是四个字“贵圈真乱”。再往下看，却看到了熟人。

银河－老板娘：今天看到小朋友背着猫猫来公司找人，对，没认错，就是小朋友，他化成灰我都认得。小朋友说公司的艺人棋云是他弟弟，我以为只是平常的找人，结果却发现了了不得的事情。

还附了一段录音，就是林浔找人那段。然后是两条视频。

第一条是祁云单人的。这人靠直播 rap 和短视频起家，有点话痨，他还是个无名上传者的时候就跟观众叨叨过许多。视频中的祁云打扮还没那么骚气，用很日常的语气回答弹幕提出的问题。弹幕问，他一个人跑到大雪深山里录视频，家里人不担心吗？“不担心，我家里没人，”祁云笑嘻嘻地说，“我没亲人、没朋友，是师父带大的，平常也只和师弟玩。”视频到这里戛然而止。

林浔自称祁云他哥，和祁云的说辞自相矛盾，这没什么。要命的是下一条视频。

互联网是有记忆的——一段陈年视频被扒出来了。说是陈年视频，其实最多不过十天前。那是祁云第一次上热搜，那个热搜叫“棋云我靠”，内容是祁云在台上宣称要给大家带来一段 rap，它的名字是……然后，祁云脱口而出了一句“我靠”。

当时就有人对比各个角度的视频，扒出来棋云脱口而出不文明用词的原因是台下的另一个小哥哥。祁云刚刚登场时，该小哥就看着台上的祁云笑了出来，并且持续“笑意盈盈”。然后，棋云环视全场，自然看到了坐在前排的这位小哥，棋云与他对视了片刻，下一秒就说出了一声不知道到底是什么意义的“我靠”。听到那句话后，该小哥笑得更厉害了。

这段视频当时有人放出来过，可惜播放量不高，然而，现在它沉渣泛起，获得了不计其数的播放量。原因就在于，他们发现视频上的这个人，好像就是东君家的那位小朋友。

银河－老板娘：直觉告诉我这件事不简单，小朋友，你笑得也太漂亮了吧。

笑得太漂亮？林浔回想那个时候，他确实笑了，笑得很开心，不过是嘲笑——笑剑修的业务范围那么广泛，都上台来选秀了。

但是网友不这样想，他的笑和祁云的片刻失态太微妙了。林浔是真的没想到，他竟然还能和祁云这玩意儿扯上这样的关系。他想，估计祁云自己也硌硬。

没想到祁云看得津津有味，不仅逐条观看，还对林浔说：“那你正好和我炒作一下吧。”

林浔：“不炒。”

祁云：“这么好的机会，爸爸带你C位出道。”

林浔冷漠道：“今天要不是我和师兄过来，你已经C位出殡了。”

说真的，祁云已经是个死过一次的人了，要不是凭着那一点生存欲，现在早就神志全失，彻底变成一只毫无人性的水鬼，然后被林浔、常寂或是修仙界的前辈们打死。

“救命之恩，以身相许。”祁云道，“你看，我带你火起来，这不是正好报答吗？”

“你想清楚，我是一个程序员，”林浔道，“这东西对我有什么意义吗？”

“你给自己代言呗。”

林浔竟然无法反驳。

这一轮争论，他落了下风，祁云越来越来劲：“你看，我上热搜上得不光彩，你也不光彩，这就叫黑红，黑红也是红，很有前途的。”

林浔：“我不。”

林浔：“我现在很烦。”

林浔：“我烦死。”

祁云：“你怎么了？”

常寂也出声：“浮名都是虚幻，你不必挂心。”

“不。”林浔抱紧了指针，撸着它的毛，双目放空，“我……”

祁云：“你什么？”

林浔转过头去，双目无神地盯着他：“东君不会同意的。”

祁云仿佛终于意识到了什么，从欢快地刷热搜，到惶恐地刷热搜。

林浔也跟他一起看，发现有一拨网友的意见很有意思。

棋云身为一个唱跳艺人，长得还算可以，但业务能力不行，rap唱得又土又魔性，小小练习生也没什么资产，无论是哪个方面都和东君这种全方位无死角的男神八竿子打不着，居然还能跟东君的小朋友有关系。高手，高手，难道他有什么不为人知的特殊之处？

“啥？”祁云喃咕出声，“夸东君也就算了，踩我干什么？”

林浔：“反正你死了。”

祁云迟缓地转了转眼珠，目光中流露出惊恐神色：“那他不会搞我吧？”他支起上身，凝视林浔，“东君好像很厉害的样子。”

林浔凝视着他：“你才知道。”

祁云：“有多厉害？”

林浔：“他买你的经纪公司就像买一包泡泡糖。”

祁云：“……那你赶紧认错，说点好听的。”

他开始出谋划策。

“东君，我错了，那天选秀节目我不该笑祁云爸爸，我和他只是父子关系。”

“东君，对不起，我以后再也不会和奇奇怪怪的人上热搜了。”

林浔的智商被祁云拉低，手一抖，险些真的发出去。他用袈裟裹住祁云的头，让他闭嘴，然后小心翼翼地给东君发了一个表情。

一只快乐的指针：（哭）

祁云一脸嫌弃：“这有什么用？”

“我先试探一下他的心情。其实我觉得他一眼就能看出这都是谣言，我只是怕他有点不高兴。”林浔道，“假如他回我‘怎么了？’说明心情还不错；假如回我‘嗯？’说明心情不太好；假如回一个‘？’说明我会死。”

祁云一脸吊儿郎当：“怎么死？”

林浔没有搭理他。

一分钟过去了。两分钟过去了。十分钟过去了。车都已经驶到蝴蝶夫人居住的别墅区，要缓缓停下了。

祁云：“那他不回你，说明什么？”

林浔沉思——沉思无果。

车停下，祁云一眼就看见了别墅院子里的游泳池，叫道：“快，快放我进去！我要渴死了！”

常寂没说什么，把尾巴已经干燥无光的祁云抱了起来，丢进游泳池里。

却见祁云在里面疯狂挣扎起来。林浔袖手旁观。常寂拿禅杖捞了捞他，他拽着禅杖，终于攀住游泳池的池壁栏杆。他的鱼尾巴被水泡开了，墨绿尾鳍舒展，尾端像很名贵的纱，倒很是漂亮。

这人本身却大煞风景，他咳出几口水，扒着栏杆，露出头来，望着岸上的人：“我不会游泳。”

林浔：“鱼用鳃呼吸，你有鳃吗？”

祁云：“啥？我用鼻子呼吸啊，刚才我差点就淹死了。”

林浔：“那你渴什么？”

祁云：“我尾巴渴。”

此时，指针试探着走到了游泳池旁边，伸了伸爪子，似乎要去捞鱼。

“猫！”祁云尾巴一个激灵，就要往水深处窜。结果整个人刚没进水里，又被呛着了。

最后还是常寂慈悲为怀，扔给他一个救生圈，让他漂浮在水中央，尾巴在水下，脑袋在水上，还远离了岸上的猫，他才终于消停了。

游泳池还是太深了，林浔想，这东西活该一辈子待在浴缸里。泡游泳池还要戴游泳圈，鱼尾巴并不能帮助他学会游泳，世界上恐怕再没有比祁云更丢人的人鱼了。但这人事多，真待在浴缸里，恐怕又会觉得空间狭窄。

正想着，就见祁云扑打着尾巴吊着救生圈又游了过来。“还有一件事。”他湿淋淋的头发披在两肩，先看了看林浔，又看看常寂，“我找不到我的……我的……了，我的……那个什么。”

常寂微微蹙眉：“什么？”

祁云欲言又止，把目光投向林浔：“和尚不提的那个。”

“哦。”林浔领会了。

祁云：“在哪里？”

“我不是鱼。”林浔低头看了看仍然没得到东君回复的微信，继续道，“等会我们去屋里，你自己慢慢找，乖。找不到也没关系，反正世界上也只有你一条人鱼。”

指针又凑上来了，作为一只猫，它对鱼仿佛有特殊的好奇。于是祁云又被迫退回了游泳池中央，他仿佛一条死鱼：“我还能变成人吗？”

“等夫人回来吧。”林浔心情也有点低落。

这时候，他的手机亮了亮，却并不是东君，而是蝴蝶夫人。

蝴蝶夫人：小宝贝儿，微博 ID 给我，我帮你们澄清一下。

林浔犹豫了一下。不是他不想给，而是他的微博有点不能见人，话有点多。他如实告诉了蝴蝶夫人。

蝴蝶夫人：有多不能见人？让我看看。

林浔硬着头皮把微博 ID 发给了夫人。

如果这个微博上的内容被公之于众，那他这个人无异于得到了社会性死亡。

他们会发现这是一个“柠檬精”，每天都在叨叨一些“为什么他们都有猫，而我没有？”“Lo 到底是什么东西？”之类的“酸言酸语”。

他们还会发现这是一个“舔狗”，一天到晚都在号叫“Glax 天下第一！”“东神天下第一！”“男神的代码是最好看的！”有时被老婆粉带偏，还会发“哥哥也太厉害了吧！”——这类内容占了百分之九十。

他们还会发现一个程序员的深夜号叫，“还是跑不动，我厌倦了。”“交了一篇论文，感觉不好，我又制造了一片学术垃圾。”“Jef 算法好用。”

甚至，还有一些鸡零狗碎的日常，“这家餐馆还是手写点单，安全点了一份蘑菇，后来不想吃，用‘//’注释不要了，结果上了十一盘。”

当然，其中也有一些真知灼见，比如与计算机和数学相关的科普文章，但要从垃圾信息的汪洋大海中捞出。

林浔对自己的微博稍稍回顾，迷惑于自己怎么有那么多话要自言自语。开这个号的初衷，是他的所有社交账号都被同学朋友知道，稍微发一点东西就被关注，其中不乏孜孜不倦的追求者，于是他就不发了。但是，又有些话想说，想说给什么人听。可能有点寂寞，又或者是精神压力比较大。

半晌，夫人回答了。

蝴蝶夫人：你好可爱啊哈哈哈。

蝴蝶夫人：扯你耳朵。

一只快乐的指针：……

一只快乐的指针：我开小号来得及吗？

蝴蝶夫人：小号多没诚意，现在就挺好的。

蝴蝶夫人：崽啊，你是真喜欢东君呀。

一只快乐的指针：（哭）

蝴蝶夫人的话让他想到了一些东西。

一只快乐的指针：这样，夫人，你可以晚点发吗？

和蝴蝶夫人商议一番后，话题终于转移开。

蝴蝶夫人：最近这块地方不太平，应该会有大型魔物现世。

看来修仙界也注意到了这个问题。

蝴蝶夫人：你尚在筑基期，最好不要参与。

一只快乐的指针：其实我好像快要突破了。

蝴蝶夫人：？

蝴蝶夫人：？？

林浔发了一个无辜挠头的表情。

蝴蝶夫人：我从未见过修炼这样快的孩子。

林浔开始发送卖萌猫的表情。对于这种情况，他是有经验的，而且是丰富的经验。毕竟，从小到大的学习生活中，老师都会用“我从未见我学习这样快的孩子”的惊诧态度对待他。而最初的惊诧过后，慢慢就会平静、习惯，最后平常对待了。修仙界的长辈们还没有习惯，不过想必很快也会接受了。

唯一让林浔苦恼的只是怎样向长辈们解释自己用键盘攻击的奇怪方式——这东西完全不在他们的固有认知之中。

在林浔的表情包攻势下，蝴蝶夫人没有就他的境界展开深谈，而是话锋一转。

蝴蝶夫人：我处理好这边的凡人了，现在要探查这片城区，暂时不能回去。不过我叫了南海孤山君来查看那变鱼的孩子的状况，你们先别离开。

一只快乐的指针：好，谢谢夫人。

祁云抱着救生圈漂在水面上，头发湿漉漉的，整个人左脸写着“无”，右脸写着“助”。

祁云：“那我要一直待在池子里了？”

林浔：“是。”

祁云：“我睡觉也这样睡？”

林浔：“鱼怎么睡，你怎么睡。”

祁云：“那我半夜从游泳圈里掉出来怎么办。”

林浔：“被淹了你会醒的。”

祁云：“那我就淹死了。”

林浔：“浴缸欢迎你。”

祁云无话可说了，似乎在低头思考。半晌，他抬起脸来，奋力扑打了几下尾巴，神情如丧考妣：“那我也不能去公司了，不能发视频了，我们还要组团出道，我怎么办？我不是人了，我要做不成偶像了。”

林浔坐在游泳池的躺椅上，悠然抱着猫：“其实你因祸得福。”

祁云：“怎么说？”

林浔：“夫人用幻术影响了那些人的记忆，让他们认为只是看到了一个仙侠奇幻片的拍摄现场。但是，已经有视频发到网上去了，还有热搜，大家都看到了你的人鱼造型，这个实在没法解释。”

祁云的尾巴直挺挺地垂下去。

林浔：“夫人只能把和她工作室有合作的一个大导演正在拍的一部电影的人鱼角色给你，这样就解释得通了。你现在好像就是人鱼吧。”

祁云尾巴猛地一卷，往岸边游了一大段：“真的？你不要逗我。”

林浔：“没有，一会儿工作室就发声明了。”

祁云“嗷”了一声，往后一个倒仰，差点栽进游泳池：“我是不是要火了？”

林浔：“醒醒，那个角色总共也没出场几分钟。”

祁云：“但已经足够把我的帅气展现出来了。”

林浔看他这个样子非常不顺眼：“别的人鱼一哭，眼泪就会变成珍珠，你会吗？”

祁云闻言还真的低下头，扁了扁嘴，试图哭出来。然而，两分钟过去了，他脸上的神色几度变化，扭曲至极，就是没有哭出来，甚至还像在笑。

祁云终于以一声笑结束了这次失败的尝试。

“三分钟前我会哭出来，”他笑得很猖狂，“现在不会了。”

就在这时，孤山君西装革履地来了，林浔知道他的凡人身份是一个功成名就的博物学者。孤山君是南海剑派的一位真人，成名于一招“孤山不孤”。与此同时，他博览群书，精通各种奇淫技巧，是仙道中的术法大家。

孤山君来得很快。孤山君迷惑得也很快。

“真是见所未见。”孤山君对着游泳池里的祁云评论道。

他用灵力把祁云牵过来，仔细探查了他的尾巴：“剑修的个人意志果然有其特殊之处。水鬼吞他未成，竟被他反噬，只是魔气深重，仍化为鱼尾。若能将魔气全部祛除，或许能够重获人身。”

说着，他看向常寂：“常寂小师父是佛家弟子，最克魔物，若每日为他驱魔，想必可行。”

常寂垂眸，没有什么多余的表情：“好。”

过一会儿，只听他淡淡道：“我是单人宿舍，带独立浴室，但没有浴缸。”

话不多说，佛家弟子慈悲为怀，没有就买。祁云不好出门，林浔就和常寂出门买了一个复古浴桶——一个做成古代木浴桶样子的大浴盆，并搬到常寂的宿舍。

博士生的宿舍果然和本科生不同，是一个窗明几净、设施完备的单间。阳光通透，整洁的房间里，素色床铺上挂了白帐，书架上放满佛家典籍，书桌上的笔记本电脑停在一个电子文献库的界面，空气中似乎有淡淡的佛檀香息，让这个地方一下子宁静起来。

他们将浴桶安置好，紧接着开车把祁云接过来，车停在宿舍楼下，用袈裟把人鱼裹好，找一个人少的时机，迅速把人抱上楼。饶是这样小心，还是被隔壁正推门出来的一位博士生多看了几眼，他审视的目光仿佛在思索这是不是在杀人抛尸。好在这位邻居只是多看了眼，没有再多事。

祁云平安地被送进浴桶中，放好水，再安排一部手机，这人终于安静下来，开始在塑料小黄鸭的陪伴下刷视频——小黄鸭是买浴桶时商家赠送的，这东西不开口的时候倒也赏心悦目。

安置好人鱼，林浔打算走了。至于祁云怎么和师兄相处，那就要看他的态度了。林浔预感祁云可能会在师兄的制裁下改掉满口胡言的毛病。

走前常寂给他泡了茶，但林浔心绪不宁，没喝出什么味道来。

折腾了一天，已经是傍晚了，但东君还没回信。正当他打算回住处的时候，手机“喵呜”响了一声，是指针的叫声——他给东君设的来电提示音。

林浔戴上耳机，接起。

东君冷冷清清的嗓音在听筒里响起：“在哪里？”

林浔：“在P大，和一个师兄在一起。”

东君：“你不是隔壁毕业的么？”

林浔：“串门，师兄是和尚。”

东君笑了一下，但声音仍让林浔心中如打鼓般沉：“你的朋友各行各业都有。”

好了，东君肯定是看见热搜了。

林浔避重就轻：“我打算回去了，你在哪？”

“我在附近，”东君道，“地址发我。”

那边祁云已经在打游戏了，并开始骂队友。常寂微蹙眉头，最后似乎忍无可忍，推开了浴室门。

林浔戴好口罩下了楼，没过一会儿，东君的车就停在了他面前。进了车里，他没说话，指针也一声不喵。

东君似乎一切如常，道：“晚上想吃什么？”

林浔：“都可以。”

车辆缓缓启动，就像一个平常的晚上，他们去共进一顿平常的晚餐。但越是这样，林浔越是觉得不安宁。最终，车开到半途的时候，他道：“你看到网上的消息了吗？”

东君语调淡淡：“看到了。”

林浔小声道：“那是个误会。我和祁云只能勉强算朋友，我们之前有点过节，我捉弄过他。那次选秀，我是陪一个邻居去的，然后正好看见了他，我不知道他是做这一行的，感觉很巧，就……”

他没说下去，因为东君踩了刹车。不是慢慢踩的，而是忽然一停。

东君转向他，摘下眼镜，修长的五指将镜架复位，然后搁在一旁。

那双形状漂亮的、墨黑的眼睛，平时对视的时候会有一些温柔的光泽。但是没有这种光泽的时候，你才会注意到它的形状，眼尾有些上挑，略微窄长的形状，漂亮是很漂亮，但也很有压迫力——尤其是他注视着你的时候。

林浔垂下眼：“所以只是个误会。”

“我知道，在处理。”东君道。

“等等。”林浔拿起手机，点开夫人发过来的链接。

蝴蝶夫人：@一只快活的柠檬精 @棋云和他的剑 师兄弟的感情一如既往的好呢，两个孩子是师兄弟也是好朋友，希望大家不要发散思维了，不然我们小朋友的家长会生气的，哈哈。

底下的评论又变风向了，第一条评论的也是个熟人，是酸菜鱼。

一条酸菜鱼：蝶姐都出来了，所以谁能告诉我这个小朋友到底是什么来头？

林浔举起手机给东君看：“你看。”

东君看了他一眼。

林浔触电般收回手："对不起，不是这个。"
他从链接里点开自己的主页。

ID：一只快活的柠檬精。
个人简介：今天也是喜欢东君的一天。

他把手机再次推到东君面前："给你看，但是不准笑。"

第三章

论文

林浔：“你已经看了二十分钟了，我觉得你应该看完了。”

“嗯？”东君淡淡道，“还没有。”

“其实你不是非要看完，”林浔道，“我觉得看多了也没有什么意义，因为都差不多。”

“嗯哼。”东君道，“还好，种类很多。”

又是五分钟过去。这是林浔第一次见东君的车开了自动驾驶系统，在城市车流中高速穿梭——为了让东君专心看他的微博？

“东君，东君？”林浔道。

东君微微勾起唇角。

林浔继续：“你看完我就想隐藏了……网上应该还有挺多人看的，我估计已经社会性死亡了。”

“不会。”东君道，“他们会觉得你很可爱。”

“还会觉得我是个‘柠檬精’，是个‘舔狗’。”林浔道，“东神，老板，你能放过我吗？你再看我就要自杀了。”

东君转头看他，黑白分明的一双眼，带着点儿笑，不过谈不上温柔，林浔硬生生品出了点儿促狭：“你在微博上不是这么喊我的。”

林浔：“那我像微博上那样喊你，你会把手机还给我吗？”

东君挑眉：“会。”

“男神。”林浔放弃治疗，破罐子破摔，“你是男神，你别看了。”

东君淡淡看了他一眼，又面无表情地转回去，继续往下翻微博。

这个男神，怎么出尔反尔的？林浔磨了磨牙，往那边凑：“你说好给我的。”

东君头也不抬：“不是这个称呼。”

那是什么称呼？林浔稍微一想。他对东君的称呼，常用的统共也就东神、男神两个，再有别的……那就只有“哥哥”了。

林浔坐立不安。手机是挺想拿回来，但喊也是真喊不出，最后只能把指针往怀里一抱，开始放空大脑，忘记今天发生的一切。——放空不了。

寂静的一分钟过后，东君道：“你也可以看我的。”

你的？林浔拿过东君的手机来，银色，很薄的机身，但挺沉，也没手机壳，金属的冰凉质感很明显。锁屏自动打开，桌面背景是指针的背影，一条雪白的尾巴微微勾了个卷儿。而这些东西也没什么好看的。

东君的手机上只有寥寥几个应用和银河的几个产品，没装任何娱乐的东西。假如看通讯记录，他又怕自己看到什么商业机密说不清楚。

微博还要从网页进，好在是自动登录的。但东君的账号除了评论区老婆粉和技术粉们的疯狂吹捧外实在没有什么可看的东西，只有两条微博，其中一条还和 Lo 有关——他根本不想看见。那条多年前的微博——“Lo 问我为什么看星星。我觉得银河和代码是同一种东西，这也是一种回答。”莫名其妙得简直像一句情话。

林浔转头看了一眼专心翻他微博的东君，一时恶向胆边生，在搜索栏里搜了自己的 ID，点了个关注。点完，他开始刷热搜。

蝴蝶夫人的澄清微博出来后，又有一拨人下场了。

蝴蝶夫人是什么人？三金影后，高贵女神，气质冷艳魅惑，最有代表性的角色是烽火戏诸侯的祸国妖妃，是娱乐圈的资深前辈，奖项拿到手软，粉丝不计其数。现在，一个十八线唱跳艺人和一个不知名小花瓶的绯闻话题竟然引来她亲自发言，这水就更浑了。

只见微博下方评论里，由三拨人争夺热门位置。

一拨是蝴蝶夫人的粉丝在控评，说一些请大家冷静的套话；一拨是祁云的粉丝在控评，说一些感谢蝴蝶夫人澄清的套话；一拨是老婆粉在询问，这位让蝴蝶夫人都亲自下场的小朋友到底是什么来头。

局面一时十分混乱，林浔也有点不懂他们的操作。他切出去，下一刻就被自己的微博截图糊了一脸。

最顶端的微博是一个老婆粉发的，语气不敢置信：“翻了翻微博，他这是……搞到真的了？”

接着又是一条：“我喝硫酸。”

林浔想了想，这句“我喝硫酸”应该是“我吃柠檬”的进阶版。别，生命最重要。

紧随其后的是硫酸的制法：“硫在氧气中点燃得到二氧化硫，通入双氧水中得硫酸，蒸馏浓缩。姐妹们学会了吗？”

再下一条是老板娘，老板娘的情绪从文字中透了出来，似乎有一丝丝的疲倦。

“哭了，他对男神怎么比我还真情实感？”但老板娘没有就此认输，“我不服，怪我不够好看吗？”

林浔腹诽，假如你能写出优美的算法，那也能一试，但恐怕还是没我写得好，最终还是我应有尽有。

当然也有人发现了他的身份。

“居然不是娱乐圈的人，是个程序员？”

“看着技术还不错的样子，这就是近水楼台先得月吗？恨我选错专业，不然今天小朋友就是我。”

“我关心他的发际线。”

“业内有人知道这人是什么来头么？看他成天深夜跑不出来程序，是个水货吧？”

“男神会不会还会给他调程序？我酸了，我彻彻底底地酸了，我哭了，我眼泪哭成太平洋环绕五大洲随洋流流到南极变成冰块。”

整个话题都被类似的号叫充斥，空气中弥漫着浓缩柠檬的气息。偶尔有一两个程序员技术粉冒头，说“大家还是不要过多关注男神的私生活”，但很快就被老婆粉“我只是意难平，我酸，我螺旋酸”的号叫压下去，就像不善言辞的程序员总是在与胡搅蛮缠的产品经理的辩论中落于下风那样。他们最后只能苍白地安慰几句“我看着小朋友也挺好的。”“直男觉得好看。”间或也会有一两句不起眼的“我怎么觉得有点眼熟？”

林浔心想自己还是销声匿迹太久了，想当年，他也是名字能后缀一个“神”字的。也正常，这一行新人换旧人，一段时间没有消息，就会在大浪里沉底。

他漫无目的地刷微博，目之所及，一片兵荒马乱。但是看着老婆粉们哀鸿遍野，他竟然感受到了快乐，即使微博被公开处刑也盖不住的快乐。可见，人类的虚荣心在这一刻得到了淋漓尽致的体现。但当他抬头看东君，就感到快乐归快乐，处刑还是要被处刑。他的微博少说也有几千条，至于从什么时候开始的，好像……已经很久、很久了。

就在他快乐并痛苦地刷微博的时候，周边景色逐渐熟悉，他发现东君并没有带他去别的地方吃饭，而是径直回了住处。东君下车，他跟随，指针跟上。

跟随的过程中他刷到了一个熟人的微博。一个师姐，叫叶愿，是数学系的师姐。他印象很深，因为这位师姐成绩极其优秀，但梦想与众不同。她不想成为一个数学家，而是想成为一个科普工作者。

那年暑假有个活动，他和师姐去数学所打杂。有一个访客，数学所的门卫大叔早已眼熟——拿着几张草稿纸的中年大叔，声称这是自己的惊世之作，用初等数学的几个公式证明了费马大定理，将推翻现有的、无用的、原地踏步的数学体系，他要求面见院士。门卫驾轻就熟地对其展开驱赶，据说基础科学的这几个院所的门卫都已经对这种人司空见惯，物理所的门卫甚至可以笑谈有某某大师声称肉是由肉原子组成的，无稽之谈使人发笑。

这时师姐就会上前，向这些民间科学家解释，费马大定理的证明必然建立在严密的现代数学逻辑下，绝对、绝对、绝对不是朴素的初等数学可以挑战的。这其中又涉及……

但是科普这种事，和佛法一样，只度有缘人。师姐的说法并不能打动他，他甚至勃然大怒，驳斥师姐为科学的奴隶，思维已经僵化，要不是林浔寸步不离、目光不善地守在师姐旁边，他恐怕要动手。当然，最后还是由手持电棍的门卫大叔对其完成驱逐。

林浔那时候劝师姐不要多费口舌，说这是解释不通的。师姐叹了一口气，说："但我想让更多人理解科学和科学的方法。它可信，因为它体系严谨，不是空中楼阁，也经得起时间的考验。我的梦想是，有一天老头和老太太被推销保健品的时候，第一反应是去查论文，查有没有数据和理论的支持。"

林浔说那我的梦想就是微不足道地改变一下世界。师姐说像自动驾驶系统那样吗。林浔说差不多吧。师姐说加油，等你好消息。

后来师姐进了相关的行业，为实现梦想而努力去了。同时，她各个社交平台的账号也经营得风生水起，微博上她是个有千万粉丝的科普博主，战斗在网络科普与辟谣事业的最前线。

粉丝无数的师姐大概是看不下去众人对他身份的各种离谱猜测了，她转了林浔一篇随手记下的算法灵感。

叶愿－第零定律：多年不见呀，浔神。

林浔眼眶一热。

此时，一只手抽走了手机，但没有拿远，他看见东君给这条微博点了个赞。很随意的一个举动，却像恰好落在关键处的鼓点，让他心绪为之一动。

然后，东君把林浔的手机还给他。

林浔接过来，抬头看东君。东君只是专注地看着他。

"我们以前认识吗？"他看着东君的眼睛，忽然道。

窗外，天近黄昏，室内也昏暗下来。夕日余晖在东君眼睫下投下淡淡的影子，也让他的瞳孔中似有淡金色的碎光，像薄暮时分天边的星星点点。

东君声音很轻："为什么这么问？"

似曾相识的感觉又浮现在他心头，很平静柔软的一种心绪，仿佛这不是他们认识的第十三天，而是第十三年。他低声道："我也不知道……所以我们认识吗？"

"不认识。"东君眼中神情微微扬起，"但我觉得你很好。"

林浔笑了笑，他嗅到了东君身上清清冷冷的气息。

一旁的指针开始喵喵叫，根据叫声的质地和频率，是饿了。林浔给它倒猫粮，开罐头，又添水。指针进食，林浔揉了一把它的脑袋，看向沙发，发现东君一直那样笑意微微地看着自己。

东君长得好看，笑起来像三月的一泓春水。林浔看着他的轮廓，心想，时光倒流十几年，这人小时候肯定是个雌雄难辨的美人。即使十几年后的现在，五官的细节都还那么精致，眼神又那么温柔，不生气的时候，简直是个羽毛洁白的大天使长。

林浔走过去，很认真地问了东君一句话——他一向是个善于发现问题、解决问题的人。

林浔："你是不是有一点精神分裂？"

东君弯起眼睫，笑意一下子浓了。大约笑了五秒钟，东君才收起笑意来，神情重新变得淡淡。

"没有，但我有时候性格会不太好。"东君道，"我有心理医生，很多时候也会控制住。你觉得不适的时候，要告诉我。"

林浔愣了愣。这个东君是真的会黑化？不过，这不算什么问题。

"没有不适。"他看着东君。

东君没说话，就那么睨着林浔，像只做了不好的事情但又不承认的猫一样，把林浔给看笑了。

林浔："我觉得没什么，还觉得你挺真实的。你平时就太男神了，像个高级人工智能。"

"嗯哼。"东君回了他一个意味不明的语气词，然后问，"你不是喜欢男神么？"

林浔面无表情："是啊。"

东君就笑。

晚饭进行得很正常。中途林浔刷了会儿手机，师姐的微博、东君的点赞又在互联网上引起了一场轩然大波，似乎还有人叫出了他的现实姓名。

林浔内心平静。真没什么，他的现实履历，不过是一个不管什么年龄段、什么性质的比较都排第一的人罢了。他就没细看，主要原因是不想回顾自己这十几年来大大小小的奖杯和论文——也不对，用词不当，没有小。另一方面是祁云正在给他发消息，疯狂地辱骂着常寂。

根据祁云的叙述，事情发生在晚饭的时候。祁云要吃烤串，要常寂给他买。常寂不沾荤腥不给他买。祁云说你必须给我买。常寂说你可以吃其他的。祁云说我不吃素，打死我也不会吃的。然后常寂强行喂给他一粒辟谷丹，并表示就这样吧，不用吃东西了。

这下可好，祁云这一个月都不用吃饭了，他失去了整整三十天进食和咀嚼的快乐，简直要被气死。

紧接着他开始控诉常寂——按照林浔对祁云的了解，他控诉常寂的话可能不是那么好听。于是，继被剥夺了吃东西的快乐后，祁云又被下了禁言咒，失去了说话的快乐，他只能疯狂按动手机键盘，向林浔表达他对和尚的不满。

林浔气定神闲。

一只快乐的指针：我截图给师兄。

寄砚宗－飞虹：？

林浔不由自主地笑出来。笑完，他觉得周身气温有点低，抬起头，见东君看着自己，指针也看着自己。他乖乖吃饭。

吃完饭要工作。被水鬼事件一闹，下午该做的事情没做，只能挪到晚上。而东君同样要处理事务，于是他们两个一人一台电脑相对敲键盘。

男神是真的忙，这两天尤其如此，好像是因为 Eagle 持续作妖。不过林浔倒是不担心，这次全息风潮由银河牵头，Eagle 明显没有赶上，估计要走下坡路了——这可能就是他们狗急跳墙的原因。

东君那边的事情接近尾声，他合上电脑放好，并摘了眼镜。

林浔："我论文好像还没看。"

东君笑了一下，道："我也没看。"

行业的更新换代很快，所以林浔有每两周读一次论文的习惯，一般都雷打不动地固定在周五晚上，如果因为太忙而没有读，他就很难受。

今天就是周五。他看了看身边专心读论文并标注的东君，心想，或许男神也有这个强迫症。然后，这一晚上就如同行云流水一样，流过去了。

林浔早上收到了赵架构的消息。

赵架构：这是你夜不归宿的第二天。

林算法：实不相瞒，昨晚我和男神一起看了三个小时的论文。

林算法：我和他在灵魂上共鸣了。

赵架构：？

林浔把昨晚最喜欢的两篇论文发给了赵架构，并要他阅读，然后把手机撂在一旁，快乐地起床。赵架构肤浅，而男神不。

虽然是周六，但在这个以"996"为标杆的行业，周六是板上钉钉的工作日，程序员尤其如此。而东君虽然不必投身到烦琐的工作中，却还有一些会要开，几个文件要签字，几个人要见，于是要穿正装。

男人身上的配饰，其实丝毫不比女人少，带银链的领带夹、袖扣、手表……完全合身的西装衬托出无可挑剔的身材，严格但又神秘，动作间隐约露出的配饰像在夜色里发现的一支玫瑰。这种魅力很致命，而林浔竟然从打扮东君的过程中得到了快乐。

但这次林浔没跟着他去银河，而是待在了家里。一方面，在舆论的风口浪尖上，他不大想再引起风波了。本是同根生，相煎何太急。他是一个有同理心的人，如果能让社交平台的程序员同行压力减少一点，他很乐意。另一方面，他还有别的安排。

林浔喝了一杯冰水，让自己的脑子来到最清醒的状态，然后用一个上午的时间解决了一整天的工作量，在计划表上打了数个钩。打完钩，他收了邮件，又看了一下消息。

“相亲相爱一家人”群里，逍遥子发起了位置共享。

青城－逍遥子：两点钟，于此处集合，降服大魔，寻找裂缝。

这个位置正是祁云经纪公司附近。以祁云的遭遇为引子，前辈们经过一夜的勘察，已经找到魔气最浓重的地方。修仙界被动挨打了这么久，终于要开始先发制人了。

这是一件喜事，但林浔心中有些许苦恼。这是修仙界的第一次集体活动，他难以解释的用键盘攻击的修仙方法，终究还是要被长辈们发现并盘问了么？但生活还是要继续，他想，或许自己不解释，长辈们反而会用自己的理论把这件事解释通，就像他那些在答辩中浑水摸鱼的同学一样。

林浔跟着大家复制，回了一个“收到”后，看了一眼时间，心中默数。

三，二，一——

“系统修复完成，正在激活。”

“激活完成，正在加载，请稍候。”

紧接着是“叮叮”连响之声。

“系统修复，给您带来不便，补偿已发放。补偿内容：大还丹 ×1，双倍灵力机会 ×1。”

“恭喜完成主线任务。获得奖励：双倍灵力次数 +1，灵力 +100，门派领地等级 +1。目前领地等级：3，最高等级：9。”

“恭喜完成支线任务‘看不见的朋友’。获得奖励：灵力 +15，法器等级 +1。目前法器等级：3，最高等级：未知。”

“主线任务激活。任务目标：达到元婴期。任务奖励：门派资金 +1000，灵力 +100。任务进度：0。”

林浔闭上双眼，进入久违的系统空间。他的程序平台目前还够用，对灵力的需求不是很大，所以没有第一时间去看技能树，而是直奔实物奖励发放的位置。

法器等级 +1 会是什么？它现在已经是可以悬浮的键盘了，难道还能进化成会自己敲程序的键盘？

任务栏前，一把灰黑金属色的小剑静静悬浮着。林浔怔了怔，伸手去触碰。微凉的触感传来，小剑化成二进制的流光淌进了他的键盘里。键盘边框的线条变得更加优美，而上缘的logo悄然变化，成了一个红色剑形的标志。

假装我是一把剑？林浔默默注视着这个小标志，心中隐隐约约有了一个猜测。他离开系统空间，从背包里拿出键盘。果然，现实中键盘的logo也变成了那把红色的小剑。

他用手抚摸那把小剑，下一刻，小剑微微灼热，他眼前的空气中好像有一阵波动拂过，而手中的键盘发生了令人惊讶的变化。键帽缓缓往回缩，最后隐没在暗银色的底盘里，金属的转动摩擦声传来，底盘与边框移动、拉伸、组合，最后变成了——一把剑。

一把暗银色的剑，没有花纹，剑身五十厘米长——有点短，不过窄窄的剑身让它的线条看起来很优美流畅。总体非常简朴，看起来就像粗制滥造的儿童玩具，但挺沉，和他的键盘相差无几。

好，一把“剑盘”。林浔开始探索怎么用这把“剑盘”写程序，他觉得系统明白他的水平，应当不会断掉他的生路。果然，代表自己程序的那个界面，他现在可以用意念操纵了——复制、粘贴、选择、运行。

林浔觉得这解放了自己的双手，他尝试输入一些新的东西——如果能完全靠意念输入，那这次升级就太完美了。靠脑中的想法就能打出程序来，这可能是许多程序员的梦想，就像作者希望自己提供一个想法，文档里会自动浮现三千字那样。但是，当他试图用意念输入第一个字母时，手中的剑柄微微颤抖，竟是又回到了键盘的状态，与此同时，机械音响起：“当前法器不支持此功能。”

林浔知道这近乎妄想，但能在一定程度上减免复杂的运行操作，还能在修仙界长辈面前变得符合修仙人的画风，已经是系统给自己的大礼了。他定了定心神，随便吃了点东西，略微收拾了一下，就出门往西城区去了。

地点在祁云经纪公司的对面，他们在一家肯德基集合，统共有二十多人。

林浔一下车就看见常寂向这边走来。他们打过招呼，林浔问：“祁云没来？”

常寂：“还是一条鱼。”

林浔：“他在做什么？”

常寂：“睡觉。”

林浔：“睡这么久？”现在已经下午了。

常寂：“浴桶里不舒服，晚上没睡着。”

林浔有一点想笑。

他们并肩走进肯德基，见霍老头正端着一杯可乐慢悠悠地喝着，那神态仿佛在饮用上好的乌龙茶，里面还加了枸杞。逍遥子信奉养生，面前什么食物都没有，只放了一个巨大的卷轴。蝴蝶夫人坐在高脚椅上，戴着一副硕大的墨镜，正在和什么人打着电话，说着“协调一下场地”云云。孤山君好像暗恋她，正在献殷勤。碧海仙子穿着一身轻灵的纱衣，披着乌黑的长发，长发上有一个贝壳配饰，她正清点着瓶瓶罐罐：“回灵丹、聚灵丹、止血草……应当是足够了。”

这群人有的现代打扮，有的穿道袍，有的戴方巾，有的戴羽冠，手中什么样的武器都有，好在这里是影视公司聚集的地盘，旁边的客人好像已经司空见惯。

“徒儿啊。”霍老头见他来，慈爱地朝他招了招手，“怎么遮遮掩掩？”

林浔咳了一声，看了看餐厅里的人，还是没有摘下口罩。现下网上关于他的消息传得沸沸扬扬，也不知道到了什么地步。他的照片被发出去没关系，但要是带着这么一镜框奇装异服的修仙界前辈被拍下来，那就太热闹了。

林浔：“徒儿对空气过敏。”

霍老头老神在在，没管他的信口胡言，道：“这两天都不见你归家，也不知去了何处鬼混。来，让为师看看你的修为进境。”

林浔上前。霍老头伸手，林浔递上右手。

霍老头气定神闲，闭上双眼，并起食指和中指，在林浔手腕上轻轻横抹，气度浑然，仙气十足。

林浔默默看着自家师父，心中倒数：三、二、一。

“孽徒！”霍老头猛地睁开了眼睛，看向林浔，目光冷凝如箭，接着低声喝道，“你莫非是去与歪门邪道双修了？！”

第四章

最短路（上）

双修？不，没有影子的事情。

林浔试图辩解："师父，没有。"

"还敢狡辩！"霍老头手掌往桌子上一拍，眼睛瞪得铜铃一般大，"你修为进展如此快速，定然是走了歪门邪道！"

说罢，他用恨铁不成钢的眼神看着林浔："年轻小儿不知天高地厚，走入歧途。这种金丹根基不稳，气息虚浮，很快就会毁坏，让你走火入魔，你……"

"师父息怒。"林浔道，"徒儿没有双修，这金丹是自己修炼得来的。"

"满口胡言！"霍老头道，"那我问你，你这两天不归家，是去了哪里鬼混？"

"回师父，徒儿和计算机界的前辈一起研读论文，过于专注，这才忘记回家。"

霍老头一口气险些没喘上来："狡辩，全是狡辩，等你金丹崩毁，才会知道其中利害。"

这边的动静引来了大家的围观。蝴蝶夫人电话也不打了，看向这边，碧海仙子更是轻轻"啊"了一声："你……"

霍老头转向碧海仙子："我不懂医术，仙子快过来查看着这小孽畜的金丹。"

碧海仙子从椅子上下来，提着纱裙快步走到这边，一边走，一边嗔怪林浔："你年纪轻轻，怎可做这种事情？那妖女是何方人物？采补双修之法乃仙家的大忌……"说着，她右手搭上林浔脉搏，一股清凉的灵力流进了他的体内。

碧海仙子道："果然已经到了金丹。唉，你这个月才筑基，筑基到金丹，莫说是一年半载，就算是十年八年也不算长，你怎能如此急功近利？"

霍老头气呼呼地转向一边。仙道众人引颈伸头，似乎在看热闹。蝴蝶夫人却是饶有兴趣地看着林浔，而一旁的常寂面色如常。

清凉的灵力在林浔体内游走，最后汇聚到丹田。碧海仙子轻声道："……咦？"

"怎么了？"霍老头道，"这小孽畜还能活么？"

“不，不对……让我再细细检查。”碧海仙子道。

霍老头眉头一皱。林浔轻咳一声，他是个有生活经验的人。去医院做检查时，如果医生一下给出诊断，那大家有病治病，有药吃药，没有什么事情；如果医生说，要再细细检查一遍，就坏了，看病的人和他的亲朋好友一定惴惴不安，生怕检查出大病。

碧海仙子闭目，林浔感到她又往自己体内输入了灵力。

大约三分钟后，碧海仙子睁开双眼。霍老头、逍遥子、孤山君，连带一干仙道长辈都问：“情况如何？”

“这……”碧海仙子看着林浔，目光中似有不解，“我已然探查详尽，却未发现任何不妥之处。”

逍遥子眉头大皱：“怎会如此？”

碧海仙子道：“算儿的金丹浑圆稳固、神完气足，并无任何歪门邪道的痕迹，分明是自己一步步修炼而成的。青山真君，有徒如此，可喜可贺啊。”

霍老头方才先是大怒，听碧海仙子说话时是大惊，碧海仙子说完，他似乎回过味来，变成大喜。

“好，好，好！”他连说三个“好”字，拉过林浔的手，“是为师错怪了你，未想到我爱徒竟是这般绝世之才，我无极宗后继有人！为师的房产终于找到可以托付的人了！”

前辈们先是愣了愣，然后一个个都走上前来，探林浔的境界，随后开始附和“恭喜青山真君。”“后生可畏！后生可畏啊！”云云。几位仙子与元君更是对他格外关照，不过一会儿，他就收到了十几罐巩固境界的丹药和灵泉。只有逍遥子低声嘀咕：“我家元宵至今尚到筑基，哼，他高考刚结束，还在玩耍，我也不便这就催促……”

霍老头状似没有听见他的话，抚着胡须，自言自语道：“老夫这一双慧眼，火眼金睛，比某些人那是高出了百倍啊。”

林浔给前辈们回礼，一边回，一边客气应对，说一些“小辈也是误打误撞。”“还要多亏常寂师兄指点。”“御雷真人的著作确实是字字珠……珠……”之类的话。这次的场面应付过后，他到元婴，甚至到更高的境界，长辈们就不会再这么惊讶了。就像他的老师在看惯了他的满分考卷后，也会对他获得的各种竞赛金牌司空见惯。

这样说了半天，仙道中人陆续来齐，他们出发前往该去的地方。

这是一个小型的拍摄基地。说是拍摄基地，其实就是地铁站旁边用绿树、栅栏、墙围起来的几栋不高的小楼，周围景观美丽，现代剧里经常出镜。

他们的目的地不在楼里，而在地下。蝴蝶夫人已经协调好了场地，整个区域空荡无人，只有喷泉在哗啦哗啦寂寞地流淌。

逍遥子展开他一直拿着的巨大卷轴。画卷徐徐打开，帝都的立体地形图升起，图上金色细线经纬交错，其中黑气流转代表有魔气出现。林浔认得这东西，它叫“诸天星斗大阵”，能够监测魔气，为除魔提供极大的便利。

逍遥子念动咒语，地形图逐渐放大，景观建筑也逐渐清晰，最终，呈现在他们面前的是这几栋小楼的缩小版魔气图。

逍遥子一摆拂尘：“我今日要出手伏魔，无法根据星斗大阵统筹安排，需要一人监控此图。”他目光在众人身上扫过，最后停在林浔身上，“林算小友，你初至金丹，想必武学还不精通，就掌管大阵罢，若在图中看见魔气袭来，及时告知我们即可。碧海仙子的丹药也存放于你处，若有人受伤，便来找你支取。”

林浔道：“好。”这意思大概是要他负责后勤工作，不用在前线打魔物。

逍遥子逐个安排好其他人的职责后，一行人向中央那栋小楼走去。进入之后，他转身将大门锁死，避免凡人入内。

这不是一栋普通的小楼，这是一栋正在拍摄鬼片的小楼。走入大厅，一股穿堂阴风没来由地吹过来，卷起大厅角落里的几张白纸，发出“呼啦”一声。

林浔抬头，看见惨白的天花板上泼着一团血迹，吊灯摇摇欲坠。大厅前台的柜台似乎被斧子劈掉了一块，里面传来叮叮当当的敲打声，似乎有人。

蝴蝶夫人已经协调好场地，清了场，怎么还会有声音？逍遥子蹙眉，带着一干人往那里去，在一米外站定，道：“何方妖孽？”

“……啊？”只见柜台后面，一个人探出头来，是个挺清秀的小年轻。

小年轻目光环视他们一圈，道：“你们走错了吧？这里是拍鬼片的，没有古装的棚子。”

“是人？”蝴蝶夫人摘下墨镜，走向他，“你是做什么的？没收到清场的通知吗？”

“蝶……蝶姐？”那小年轻见了夫人，显然有点手足无措，“我……我是个道具师，来这里做效果的。”然后，他摸出手机，按了按，面露尴尬之色，“没电了，没收到通知。”

蝴蝶夫人微蹙眉，道：“那你跟好我们，不要乱走。”

道具师挠了挠头，不明就里，但还是答应下来：“……好。”

林浔知道为什么要留下他。首先，大门已经被锁死了，让他走他也出不去；再则，让他去外面待着，一会儿引出魔物，恐怕会伤到凡人，不如放在身边放心，大不了出去之后，一顿幻术洗掉记忆完事。

但这个道具师好像是个多话的道具师，还好像是蝴蝶夫人的粉丝。

道具师问蝴蝶夫人：“蝶姐，你们要拍戏吗？”

蝴蝶夫人并没回答他，而是道：“这里的场景都是你布置的？”

道具师似乎挺自豪：“是我，都是我弄的，现在不好看，晚上才吓人。”

林浔抬头看向白惨惨的墙壁、灰扑扑的地板、地板上的血迹、角落里堆着的假人偶残肢，心想果然专业。

说完是自己做的，道具师继续喋喋不休：“我们的片子叫《午夜民宿》，讲三个客人来到这家青旅，半夜听到别的客人在玩杀人游戏，他们凑热闹也去玩，结果第二天出了死人的事故，人死的顺序是按照昨晚的杀人游戏来的……他们想要逃出这栋楼，却找不到出口，最后躲进地下室，发现别的旅客死后，尸体都被放进了地下室的冰窖，晚上一到，尸体们就在地下室徘徊……”

碧海仙子听得直蹙眉，打断他：“不要再讲了。”

道具师乖乖闭了嘴，但眼睛往清丽出尘的碧海仙子瞟去，一边瞟一边说：“这是蝶姐公司新培养的艺人吗？我从来没见过，不然姐姐先给我签个名……”

“行了。”蝴蝶夫人道，“带我们去地下室。”

“啊？”道具师没反应过来。

蝴蝶夫人：“地下室。”

“哦。”道具师机械地执行指令，转身带他们往一个方向走去，“在这边。”

他们走入一扇不起眼的暗门，狭窄的通道里没有灯，潮湿且阴暗，脚步声还带有回音，气氛一下子诡异起来。

道具师走在最前，边下楼梯边道：“这里有点窄，是为了效果，地下的空间其实可大了，是地下车库改造的。我们有个场景，十二点的时候冰窖打开，死尸在这里开 party，半空飘着人手、人腿、人眼珠。酒店的大厨正在做菜，其实是在肢解活人。主角装成死人跟着，大厨让他搭把手，他发现大厨在杀的人正是自己失踪的同伴。同伴还没彻底死亡，正在瞪他，可能下一刻就会叫出来，说他也是活人……”

他喋喋不休地走到最深处，拉开一扇铁皮门，走进去，伸手在墙壁上摸索：“进门就到了，我看看灯能不能打开，之前好像坏了一次……啊——”

突然响起的杀猪般的号叫在地下室走廊回荡，天花板上的灰尘都被震下来不少。号叫声半晌才停，借着昏暗的光线，林浔看见他从头上拿下来一个白惨惨的人手模型。

道具师边哆嗦边道：“对……对不起，我被吓到了，这个……这个场景太专业了……”

没人说话。道具师环视四周，林浔也环视自己周围。

不知什么时候来到他身边的常寂手持金色禅杖，禅杖顶端散发着柔和的光芒。逍遥子穿着一身蓝色道袍，手持八卦罗盘，罗盘正在疯狂转动；孤山君手执七星长剑，长剑已经出鞘；神机真人身边漂浮着六道黄纸符咒，朱砂笔迹清晰可辨；碧海仙子手托一澄蓝色鲛珠，身上飘带无风自动。

道具师挠了挠头，干笑两声：“你们……也挺专业的哈。”

大概是看大家都没说话，他又看向蝴蝶夫人：“蝶姐的团队还是厉害。”

蝴蝶夫人冷淡颔首，率先走下楼梯，高跟鞋叩地，通道里响起回声。

道具师在门口守着，神机真人路过他的时候，他还特意瞅了真人身边环绕的符咒一眼，开口问道：“这是什么道具？高科技吗？我从来没见过，能给我介绍介绍吗？”

神机真人道：“不介绍。”

道具师可怜巴巴地扒着门框，一张脸上全是对知识的渴求。

林浔是个容易共情的人，他知道向往知识的感觉，所以不能忍受道具师被神机真人拒之门外，下半生都活在对这几张漂浮符咒原理的胡思乱想里。他说：“我们公司的新产品，虚拟 3D 技术。”

道具师惊讶：“推广吗？”

林浔面不改色：“暂时不推广，我们是来做测试的。”

道具师眼睛发亮：“怎么测试？”

林浔：“等会你就会看到了。”说完，他跟着霍老头穿过铁皮门，来到地下空间。

人差不多都进来了，道具师用他那独特的碎碎念语气唠唠叨叨地给他们做介绍。

“这里就是开 party 的地方，人偶没收起来，等会大家别害怕。地方挺大的，大家注意别撞到东西，也别迷路。”说着，道具师终于摸到了墙壁上的灯开关，“这个灯……”

一声开灯声，黑暗的空间毫无动静。

“等会儿。”道具师说，“灯不好，得读条。”

大约十秒过去，天花板上某个位置，或许是灯管的位置，发出一声“嗡——”，苍白的光闪了几闪，然后灭了。碧海仙子猛地“啊”了一声。

霍老头问：“灯坏了？”

“没有。”道具师道，“让它再缓缓。”

一行人继续等待，又是十秒过后，同样的“嗡”声响起。水泥天花板上，一条灯管终于颤巍巍地亮了起来，苍白惨淡的光线微微波动，让人能够感同身受这可怜的灯管是怎样勉力亮起来的。这个亮度也实在丢人，就像亮度开到最低的手机屏幕一样，暗得人眼疼，眼前的所有东西都仿佛蒙上了一层愁云惨雾。

但是，眼前的场景却让人的精神为之……一惊。空旷的大厅里，最引人注目的是中央的一张大型宴会长桌，大约二十米长，桌边摆着三十来把白色的铁艺椅子。有的椅子上搭着白色餐巾，有的椅子上溅了血迹，在暗淡的灯光下显示出十足的恶意。

长桌上躺着一个盖白布的人偶，脑袋和露出来的手足逼真极了。腹部盖着的白布上也有血迹，旁边放了一把三十厘米长的染血尖刀和一把银色的大剪刀。周围环绕着十几个精致的银色餐盘，有的里面盛了一些血色的、看不出形状的东西。

道具师又哆嗦了："这……这就是大厨解剖人的地方，他……"

碧海仙子打断道："你可以不用说了。"

道具师："我一害怕就想多说话。"

碧海仙子："这不是你亲手做的么？"

道具师："我……我不知道效果这么好……我做的时候光照挺好的。"

林浔想，作为一个道具师，这位年轻人应当被嘉奖。但是，作为来到这里的人，就有点恶心了。这部恐怖片的演员心理素质一定非常过硬。

他环视四周，地上和角落里都铺满了人偶的残肢，天花板上则有一些黑色的、杂乱不明的符号。没有规则的东西总是让人联想到混乱和恶意，魔界裂缝假如诞生在这种地方，那它不愧是个魔界裂缝。

孤山君问："你们的演员精神还好吗？"

道具师说："不太好，请假了三个，住院了一个，大家都说每晚做噩梦。他们整天因为这个批我，开机的时候明明上香了……"

孤山君道："为什么不用特效来做这些？"

道具师："我们导演比较追求完美，他说演员能借助这个环境入戏，这样效果才是最好的，比花里胡哨的特效表现力高多了。"

逍遥子道："开始吧。"

林浔会意，没管道具师那见了鬼一样的目光，徐徐展开星斗大阵。大阵上，金光与魔气相互缠绕，林浔调整了卷轴的朝向，观察三秒，道："左前方魔气最重。"

逍遥子不知从哪里拿出一个白色物体，交到他手上："房间太大，用这个，我们就都能听到。"

林浔下意识地以为是什么扩大声音的法器，但定睛一看，这竟然是一个朴实的大喇叭。喇叭上还有按钮，他心说这莫非是逍遥子前辈从青城山下卖瓜的菜贩处得到的？

本着探索的心理，林浔按了一个按钮，喇叭里突然传出洪亮的声音："苹果三元一斤，五元两斤，十元三斤——"行吧，不是卖瓜，是卖苹果，数学还不大好。他面无表情地关闭，仔细观察喇叭按钮的标志后，按下另一个，切换到扩音模式。

此时，道具师的眼神已经从迷惑的眼神变成看傻子的眼神。霍老头悄无声息地走到道具师背后，往他背上拍上一张黄符。

道具师又是一声杀猪般的惨叫，回头发现是活人，整个人好似要死一样，有气无力："您……您……"

霍老头背着手走向前方："跟好，别掉队。"

一行人按照开始时的安排默契分开，房间的四个角落各有两个人走过去，林浔居中策应，站在中央长桌旁，常寂和碧海仙子站在他身边，以防出现前来攻击林浔和破坏大阵的魔物。星斗大阵能显示魔气，但在显示魔物这个功能上，它要先认识魔物，才能将同类魔物标出，若是出现了新的魔物种类，大阵很难立刻显示出来。

道具师哆哆嗦嗦地藏在常寂身后，大概是觉得他比较有安全感。其余的前辈结成翼形阵，朝左前方走去。那里灯光最昏暗，有一个大型的银白色长方形物体。

林浔：“那是什么？”

道具师：“冰柜。”

林浔：“有什么？”

道具师：“道具，还有冰水。”

林浔不再和他说话，专心看着星斗大阵。整个地下区域都弥漫着一层淡淡的灰黑气，而左前方冰柜处，魔气来回聚散，尤其浓重。他举起喇叭，道：“注意冰柜。”声音经过放大，在地下区域回荡，他感觉自己不是在指挥行动，而是城管在街头执法。

“洛，”林浔按下喇叭，对自己的手机道，“今天过后我必须拥有一个合适的语音系统。”

修仙界一行人向冰柜行进，在霍老头脚步落下的一瞬间，熟悉的机械音在林浔脑海中响起。

“支线任务激活。任务名称：西城区地下。任务目标：协助寻找并修补西城区裂缝。任务描述：来到西城的人们，心情总是会变得低落。任务奖励：混沌宝箱 ×1，灵力 +10。任务进度：0。”

他们来这里探查裂缝，魔物一定会出来阻止，两方对上，那就只好不死不休了。听到系统声音的那一刻，林浔迅速道：“开始了。”

话音刚落，冰柜里突然传来当啷当啷的敲击声！孤山君执剑向前，逍遥子手中罗盘飞转，金光激射而出。

“冰柜魔气还在变浓。”林浔语速极快，“西北角出现魔气，东南角有一点。师兄，注意天花板。”

一时之间，众人法器齐出，各色光芒闪作一团。神机真人符箓飞转，他的念咒声音最大，但吐字不清，也或许是林浔文化水平不够，翻来覆去只听清一句“灵宝天尊”。

常寂金色禅杖挥出，与半空中一股极浓的魔气相撞，金色佛莲隐现，魔物仿佛被它灼伤，发出一声嘶叫，往西南方向去了。

“西南角小心，十秒后有东西过来。”林浔相信常寂的实力，根本没有分出注意力去管魔物，目不转睛看着星斗大阵，“冰柜要炸了，三、二、一——”

一声巨响，冰柜门发出一声尖锐至极的爆裂声，无数破碎的肢体向四面八方激射而出，每一块肢体都仿佛有自己的生命。一只被福尔马林泡透了的手紧紧扼住孤山君的脖颈，霍老头硬生生一扯，运掌拍碎。

“夫人后面有东西，神机前辈注意脚下，御风前辈后退！”林浔说完，听见旁边的道具师发出一声惊天动地的崩溃惨号：“这到底是什么——”

林浔：“声光电特效。”

“我信你个鬼——”道具师眼看就要哭出来了，但是紧接着，他停下穿透力极强的号叫，变成崩溃的、什么都说不出来的状态，“手，手，手……”

不用他说，林浔余光已经注意到了，地板上那些破碎的肢体缓缓从地面浮起，每一块残肢上都有浓重的魔气，有些在房间中乱窜，有些则有聚拢成人体的趋势。

林浔道：“起结界。”金色佛莲结界开始在周围凝结。

道具师深吸一口气，默念：“拍片，蝶姐都在呢，虚拟的，3D的，摸不到……”他面部肌肉微微抽搐，看得出来是在努力管理表情，然后颤巍巍地伸出手来——捏住了一颗软绵绵的硅胶眼珠。

林浔余光看到这一幕，心想，道具师应该很开心吧，搞了这么久假的，这次终于搞到真的了。道具师开心得脸都白了；开心得双眼一翻，眼看就要往后倒了。

电光石火间，常寂侧掌击打他的手腕，道具师手腕受力，手指松开，眼珠回到空中。道具师张了张嘴，什么话都说不出来，喉咙里发出“咯咯”的声音，双腿一看就是软的，站不住。常寂扶了他一下，把他放在长桌上。

道具师躺在长桌上虚弱地喘气，仿佛一条即将脱水死亡的鱼。过了一两分钟，或许是适应了这个环境，也或许是发现那些东西突破不了结界，他的脸色好了点，用手肘支起身子，试图起身。结果这一转脸，就和长桌上那个被剖开肚子的人偶对上了目光。

又是一声惨叫，林浔知道这人彻底凉了。但他无暇去管，常寂也无暇去管，只有好心的碧海仙子往他脑袋上放了一张蓝色的方帕。

道具师已经失去神志，喃喃说着一些乱七八糟的话：“我知道你们骗我，我不该去摸……我不该不带充电宝……”

“西南方向天花板三只，西北对角线两只，冰柜里还有东西。”林浔拿出他的键盘来，一边指挥，一边趁着大家注意不到他，按动键盘，给魔物“咻咻咻”地发射病毒和压缩剑气。

“尸块正在变人，注意打散。御雷真人左手旁有一个要变人了，万禅大师右后方有两个。夫人注意后面。东南对角线一只，位置不好，师父可以帮下忙吗？雷霆真人不要动。”林浔的大脑全速运转。

战斗节奏的安排十分很重要，安排好了能够解决很多问题，就像一个优化程序。比如一个魔物出现在东南对角线，试图攻击诸天星斗大阵，负责东南区域的雷霆真人看到后，大概率会抽身离开现在的战局，让他的队友青阳子先一力承担战斗。而与此同时霍老头手边没有魔物，游走在同伴旁边，看到东南的魔物，大概率也会飞身而出，来解决这边的东西——但他到的时候，雷霆真人可能已经在打怪了。

这造成了两个后果，一个是雷霆真人的同伴更加危险，另一个是霍老头进行了无效的移动。这时候，林浔就要先判断东南角和冰柜处哪里情况更危险，从而得出让谁来对付东南对角线上的魔物。当然，前提是他的判断和反应要比雷霆真人和霍老头的直觉反应快，否则命令和他们的行动冲突，就会乱成一锅粥。

不过，要比脑子的运行速度，除了电脑，林浔还真没怕过谁。随着他一声声的指挥，原本混乱的场面也一点点明朗起来。

地上和冰柜里的碎尸块会重新组合成尸体人偶，在房间中机械地缓慢徘徊，这时候它们除了长相丑陋之外没什么攻击性。房间的四个角和冰柜里会涌出不成形的黑色怨气魔物，大多数是金丹期，用仙道的术法可以克制。但是假如一个游荡的、没有被牵制住的魔物遇到了没有被打碎的尸体人偶，它们就会结合为一体，战斗力成倍增加，有几乎相当于元婴期的实力——要知道，整个仙道达到元婴期的前辈也不过十五六人罢了。

前辈们的灵力一直在被耗损，魔物却无穷无尽，所以，即使现在看来游刃有余，林浔还是从前辈们的出剑、出招、念咒速度中默默计算着他们剩余的灵力，尽量让剩余灵力多的前辈承担多一点的战斗任务，剩余灵力少的前辈多一点喘息之机。并且还要加入一道容错处理环节，最大限度保证目前境界最高的逍遥子的实力，以保证出现实力极高的魔物这种极端情况下，他能有一战之力。而在抵挡魔物攻击的同时，还要保证有足够的眼睛观察各处，寻找裂缝的蛛丝马迹——这是他们来这里最主要的目的。

霍老头解决完东南对角线上的魔物，林浔立刻注意到目前这个距离刚刚好，他快速道："师父帮东南角天花板一把。"

霍老头隔空挥出一掌，随后飘然离去。东南角天花板一个俯冲而下的魔物来势一滞，雷霆真人恰好一道符咒拍出，将其接下，道一声："好策应！"

林浔笑了笑，继续指挥。

一个间隙里，常寂问他："能打多久？"

"两小时。"没等常寂说话，他继续道，"一个不稳定因素，道具师是凡人，如果被感染，我们很——"话没说完，他的余光里忽然闪过一道寒光！

林浔眼睛连眨都没有眨一下，抡起键盘。键盘迅速变成剑，"叮"的一声，剑尖与尖刀相撞，撞得他虎口发麻。他回过头，看见面色青白的道具师浑身缠绕着漆黑的魔气，朝他咧嘴一笑，左手挥起银色尖刀，再次朝他刺来！

"当啷"一声，常寂的禅杖挡住了他的攻击。常寂道："金丹后期。"

林浔抿了抿唇，分出注意力来看道具师身上的程序。

道具师一手挥刀，一手握拳，一个组合招式朝他袭来。金丹期的攻击以压缩手段为主，看谁能够举重若轻，用最多的灵力使出一招。

但压缩与压缩之间也有不同。两个相同长度的视频，一个是复杂精细的3D影像，一个是一张从头播放到尾的白屏，第二个视频可以压缩到极限小，第一个视频却不能，因为它们含有的信息量不同。而假如硬要将第一个视频压缩到很小，就只能牺牲视频的质量了——这叫“有损压缩”。

移植到修仙理论里，越简单的招式、越直白易懂，越能叠加更多的灵力；越复杂的招式、花样和变化越繁复，所能承载的灵力也就越小！

林浔的压缩剑气和道具师现在的攻击正是两个相反的极端。他毫不犹豫地在自己的编程界面中启动了一个算法，开启压缩剑气，手中长剑带动他的手腕，以迅雷不及掩耳之势在道具师的手腕和尖刀柄上连点。

道具师一时没有握住刀，“当啷”一声尖刀落地。常寂并指为掌，将他往后方猛地一推，恰被碧海仙子接住。她手中飘带飞舞，看似柔软，实则坚韧，不一会儿就将道具师缠倒在地。

常寂：“刚才那一招？”

林浔一笑：“出去告诉你。”

又是十五分钟过去。

逍遥子道：“角角落落皆已探查完毕，无裂缝迹象。”

林浔蹙眉看着星斗大阵上魔物的动向：“魔物还是源源不断，裂缝不在这里，就只能在非常近的地方。劳烦彩霞元君推一下右手边的铁门。”

整个地下区域已经一清二楚，目前只有一扇不起眼的铁门后没有探查过，但是那个方向并没有任何魔物涌出。

彩霞元君使长刀，用刀背猛撞铁门门闸。“吱呀”一声，铁门被撞开，门里发出偏蓝调的白色冷光，打开的同时一股水雾逸散出来，冷气甚至传到了林浔身边。看来，里面就是道具师说的“冷窖”了。

彩霞元君踏进去，一边查看情况，一边向这边递消息：“全是冰，没有魔物，不过还有个冰柜。算儿，能打开么？”

林浔看着星斗阵里的显示，道：“做好防备就可以。”

沉闷的推动声传来，三秒后，彩霞元君略带迟疑的声音传来：“冻的还是残肢，不过我觉得有点不对，有点像真的。碧海妹子，你来——”

林浔迅速出声：“保护元君！”这是预判，假如冷窖里冻的东西不是假的，而是真人的尸体，那就是整个空间怨气的来源！

门口附近的仙道众人立刻拥进房间。人还没进完，只听彩霞元君急促地“啊”了一声，接着响起乒乒乓乓的打斗声。一声一声，势大力沉，似乎拳拳到肉，令人发怵。星斗大阵迅速识别新的魔物，对应的微型地点上出现一个浑身青绿，有六条大小不一的手臂，脑袋上长满肉瘤，身上粘连着无数碎尸的巨大尸怪。

五分钟的打斗后，里面传来怪物轰然倒地的声音。众人把这个丑陋的尸怪拖出来，空气中立刻弥漫着一种蛋白质变质的恶臭。

虽然很不舒服，但林浔还是舒了一口气。还好预判及时，没有出现重伤，彩霞元君也只是受到了惊吓。

然而，一个情况出现了。霍老头显然也发现了，道："里面也没有裂缝的痕迹。"

神机真人道："不可能，我们根据大阵的定位，裂缝就在此处，此处也只有这一个魔气浓重的地下室。我们继续寻找。"

林浔的眉头越蹙越紧，他仔细回想着已知的一切消息。

定位无误，裂缝就在这栋小楼。裂缝只出现在地下，所以是在这栋小楼的地下室。地下室的冰窖中有疑似人类尸体的东西，满足魔物诞生条件。地下室有源源不断的魔物，只有裂缝存在的地方才会出现这种情况。

综上，裂缝一定在这里。但是为什么找不到？在水泥里吗？在土壤里？或者在更深的地方？更深的地方……系统提示，任务描述，来到西城的人们，心情总是会变得低落。来到西城的人们……他脑海中一道惊雷乍响，顿时遍体生寒！

"洛，投影地铁路线图。快！"

手机屏幕亮起，洛在灰暗的天花板上投影出帝都的地铁路线图。林浔的目光投在四号线上，追溯它的终点站。

西城站，一个边缘的地点，而它的地理位置——林浔的心脏狠狠一跳！他迅速看向星斗大阵，两个地点的位置重合。这个地下室的深度不过十米左右，而更深的位置，俨然是终点站的所在！魔界裂缝在地下，如果不是在这个地下室，那么——

林浔拿起手机："洛，呼叫曹警官。"

呼叫开始，那边还没接，林浔拔腿往楼上跑去。地形图在他脑子里展开，出去之后翻过围墙，跑大约两分钟到达地铁站的 D 出口，从那里下去，再往反方向跑三百米，就到了地下室的正下方，也是星斗大阵所确定的裂缝地点的最深处！

一片混乱中，他听见常寂问了一句："你去哪里？"

他短促道："裂缝在地铁站！"随后三步并作两步上了楼梯。

上楼的过程中，曹警官接起电话，听筒里传来声音："您好。"

"曹警官您好，我是林浔。"

"林浔啊。"曹警官的声音欢快了起来，"怎么了？又有事情了？这次是在哪里？

贩毒还是杀人？”

林浔还在跑步，喘气声比较大，曹警官的声音顿时紧张起来：“怎么了？你被绑架了？”

“没有，”林浔喘了口气，用轻身术翻过围墙，来到外面的路上，地铁口就在不远处，“警官，西城站可能有恐怖分子。”

曹警官顿了一下，然后用严肃得多的语气道：“恐怖分子？确定吗？线索发给我。多少人？有杀伤性武器吗？”

林浔：“暂时还不知道，但是非常非常危险。”一辆地铁列车最多能载两千人，假如它一往无前地撞进魔界裂缝——帝都一百年都不一定能失踪这么多人，“您能协调一下地铁调度那边吗？证据我一会儿就给您发过去，恐怖分子杀伤力很大，地铁千万不要往这边来——”

他一边赶路一边信口胡言，动作匆忙，胳膊肘擦到了一个大娘。他短促地说了一句“不好意思，我赶时间”后，忽见那大娘眼珠子转了转，主动缓缓地往地上栽去！

对不住，我现在没有精力应付您的碰瓷。林浔径直跑进地铁口。

曹警官道：“你注意安全！”

林浔胡乱应了一声“好”，挂了电话，继续往里面去。进了站内，他发现远处拥挤的等待人群好像有一个核心，他们在围观某些东西。地铁终点站没那么多弯弯绕绕，他顺利过了安检，刷卡通过闸机，走到等候区域——然后发现，被人们围观的俨然是一群奇装异服的……修仙人士。

这时，碧海仙子发现了他：“算儿，你怎么跑得这么快？我们根本没有把你喊住。”

不该是他先到达地铁站，然后修仙界众人再追上来吗？林浔问出了自己的疑惑。

逍遥子神秘一笑，拈出一张符咒：“我青城术法精湛，只需一张土遁符便可抵达地铁大厅。”

对不起，是我低估了你们。林浔为自己多走的那几步路感到了难受。他喘了几口气，平复了剧烈运动带来的影响，开始打量地铁站内部的景象。

潮，这是他的第一感觉，像是梅雨季节的空气那么潮。与此同时，整个地铁大厅还透着一股奇异的晦暗，总之非常压抑。

正想着，大厅一角传来喧哗声，是一个男子寻衅滋事，正被保安拉走。林浔展开星斗大阵，只见整个地铁大厅黑雾缭绕，比地下室浓重许多。

林浔看向逍遥子，逍遥子手上罗盘疯转，他们对视一眼，逍遥子神情凝重，朝他点了点头。这个点头的动作说明，魔界裂缝确实更有可能出现在这里。可是既然如此，为什么地下室又会有源源不断的魔物攻击他们呢？他紧蹙眉头，心中忽然浮现不祥的预感。

“西城站的魔界裂缝没有完全打开，或者说，正在逐渐打开的过程中，但是还没有到在现实中能看到的程度？”

逍遥子点头：“根据星斗大阵推算，魔气浓重已极，裂缝打开之时，就在今日下午。”

“所以，如果我们还在地下室一寸一寸地搜寻，魔界裂缝彻底展开时，是否就……”

逍遥子抚着胡须，神情更加凝重：“你说得不错，若我们没有反应过来魔界裂缝不在地下室，而是在更深的地铁站……那时，魔界裂缝出现并扩张，你我众人因恰恰站在裂缝相隔颇近的上方，定会被悄无声息地吞噬。”

霍老头道：“先离远一点。”

逍遥子会意，蝴蝶夫人也会意，她素手轻点，成群的蝴蝶自虚空中翩跹而来，翼翅上洒下一些细小的粉末。凡人沾染这些粉末后，双目变得无神。随即，蝴蝶夫人吹起长笛，众人便像失去意识的丧尸那样，缓缓离开等待区域。

任务描述上说，来到西城的人们，心情总会变得低落。变得低落是因为魔气，而“来到西城的人们”是一个全称，在什么样的情况下，抵达西城的大部分人都会被魔气所影响？地铁。地铁的终点是魔气的源头，也就是裂缝即将出现的地方。

林浔猛地抬头看向电子屏幕，距离下一班地铁的到来还有三分钟。而此时此刻，星斗大阵所显示的魔气浓度已经到了魔界裂缝出现的临界点！

曹警官的电话又打了过来：“能提供现场照片吗？”

林浔扫了一眼被蝴蝶夫人用幻术控制的丧尸一样的众人，拍了十几张照片给曹警官发过去，并道：“好像没有多少时间了。”

曹警官：“难道是生化武器吗？了解，我立刻去协调。”

林浔挂了电话，却见前辈们都如临大敌地看向列车轨道终点的方向，他顺着望去，瞳孔骤缩——

虫，似乎是一只黑色的小虫。透明的空气中似乎有一道无形的屏障，而一个黑点像一只虫一样，蛀开了屏障，探出头来。然后，以它为中心，浓浓的黑色雾气刹那间以极快的速度扩散开来！

逍遥子大喝一声：“阵起！”

青城众人立刻护持到逍遥子身边，其余各位前辈按阵法规则站好，各自手掐法诀，一时间，各色光芒齐现。遥子所在的阵眼处升起一道沛然清光，一股无形力量像一只大掌，朝雏形裂缝笼罩而去！

林浔不会术法，常寂刚入金丹，也没来得及学会。

忽然，正在凝神吹笛控制众人心神的蝴蝶夫人笛声猝然中断，咳出一口鲜红的血来。

林浔：“夫人？”

蝴蝶夫人猛地睁开双眼，声音嘶哑了些许：“魔物正在夺去凡人神志！”说罢，她重新拿起长笛，吹起尖利杀伐的旋律来。

周围的凡人脸色几经变换，仿佛身体在承受着一场激烈的拉锯战。常寂加入其中，念诵佛经，佛经似乎有稳定心神的作用，蝴蝶夫人苍白的脸色好转不少。

但是，既然有入侵人体的魔种，就必然有能够脱离人体独自存活的魔物——就像地下室那些源源不断的魔物一样！果然，下一刻，四面八方传来无数道魔物尖啸，像是蝗灾的时候农田上方铺天盖地的蝗虫，成千上万道黑影呼啸着扑上来，一部分朝着林浔，一部分朝着正在结阵阻挡裂缝扩张的前辈们!

此时此刻，前辈们要专心弥合裂缝，蝴蝶夫人和常寂要帮助凡人抵御魔物的侵占，剩下的只有林浔和寥寥几个护法之人。

林浔拿出键盘，挥出漫天剑气，一部分魔物被他制住了，另一部分仍然悍不畏死地扑上来！他在自动售货机和长椅上闪躲，心中的不安却越来越强烈。

如果自己没有反应过来裂缝其实是在地铁站，那么，地铁站的裂缝肆意扩张，他和前辈们已经葬身在悄然笼罩此处的魔界裂缝里，修仙界的主要战力几乎全军覆没。而地下室中源源不断的魔物误导了他们，让他们以为裂缝就在地下室里。误导……地下室像个精心布置好的陷阱。如果是陷阱，又是谁引他们过来的?

一个念头猛地掠过！仙道众人怎么发现的这个可疑地点？——因为祁云经纪公司楼下那只可疑的水鬼。水鬼为什么会被发现？——因为祁云失踪了，被林浔发觉。林浔什么把祁云的失踪放在了心上？——因为在儿童医院，那个小姑娘告诉他，地铁四号线的尽头，一条巨大的裂缝正在缓缓张开。

说时迟那时快，推理过程刹那间在他心中转过。林浔望向玻璃门后的地铁轨道，但见影影绰绰间，有一个矮小的白裙子身影。

林，可，心!

第五章

最短路（下）

林浔心脏重重一跳，变键为剑，飞快往林可心处掠去！刹那间，漫天魔物放弃原本的战斗，朝他飞扑而来！此时，距地铁到站还有一分三十秒。

漫天黑影纵横交织成一张巨网，在林浔靠近玻璃门的那一刻，已经有至少八只魔物逼近了他。他耳边满是呼啸的风声与锐器破空的声响——魔物的爪子有着不符合生物法则的坚硬和锐利。剑气交错，以林浔为中心向四面八方激射而出，抵挡住了一波攻击。

挡住一时，挡不住永久，剑气是有限度的，且直接关系到林浔的身体状况。他也没想挡住永久，剑尖直直朝玻璃门刺去，巨大的反震力传来，他手腕发麻，剑柄差一点脱手。而防爆材料制作成的玻璃门确实坚固，他这金丹境界的一击仅仅破了一个蛛网状的裂缝，他重复击打数下，终于感到手下的玻璃微微凹陷了。

门内那个矮小的白影缓缓朝这边走来，但此时，他的手腕已经因为脱力发软发颤了，还泛着不正常的红。林浔看着那个白影，心想自己有断网绝技，不论这姑娘到底是什么等级的魔物，也不至于归西。这样想着，他横下心来，朝已经布满密密麻麻蛛网裂缝的钢化防爆门踹去！

“哗啦”一声，碎玻璃纷纷坠下，林浔感到膝关节处传来一阵难以言喻的疼痛，和脱臼的感觉相差无几，但是还能走。

白影的面目清晰地呈现了出来，白裙子，扎了两条发辫，熟悉的五官，毫无疑问就是儿童医院里的林可心。但与那时不同的是，她的双眼全部被黑色覆盖，眼白荡然无存，她从幽深的地铁隧道中走来，像个了无生气的木偶娃娃，鬼气森森的那种。

显然，她被魔物控制了，而在林浔离开儿童医院的时候，她还像个正常的姑娘。她的身体里是谁？那位“看不见的朋友”吗？这样说来，“看不见的朋友”就是这个陷阱的始作俑者？在林可心说出地铁四号线后，他想方设法误导众人进入小楼的地下室，又或者，林可心和她的那位朋友本来就是串通好的，他们共同布下了这个圈套。这个圈套的目的毫无疑问是把修仙界一网打尽，然后捎带上林浔，或者……目标本就是林浔。

林浔脑子一刻没停，身边的剑气也没停。他心知一会儿打起来，自己不能被弄到地铁轨道上去，他肉体凡胎，直面地铁那种钢铁怪物还不如直面外面的几千魔物。于是，他且战且退，往后退了十几步。

林可心缓缓从玻璃门的破洞中走进来，直视林浔。周边魔物的动作慢慢停下来。

林浔也望着她，开口问："你们要做什么？"

林可心仍然直勾勾地望着他，然后歪了歪头，似乎在思考着什么。下一刻，她腾空而起，以一个诡异的姿势猛地朝林浔扑过来！她伸出右手，纤细的五指钩成爪状，朝林浔的天灵盖抓来！

明明还隔着几米，熟悉的刺痛却又出现他脑子里，就像系统损坏的那天一样。他立刻知道，魔物不会和他谈判，更不可能握手言和，他们的目的就是从他的身上得到某个东西，或者置他于死地。与此同时，他身边的魔物也飞扑上来，黑影铺天盖地，以一个人的力量对付这成千上万的敌人，无论从什么角度来说，都不可想象。

林浔的力量是有限的。的确，只要他愿意，可以挥出任意数量的剑气，也可以挥出任意强度的剑气，但这两者是不能同时做到的。要提高剑气的强度，就必然牺牲数量，而这些魔物既筋肉结实也数量庞大——尤其其中还有一个不知道实力的林可心。

这不是螳臂当车了，而是一根小树枝漂在水面上，试图挡住上游即将冲下来的黄河洪涝。但林浔没慌，他手中的剑光芒流转，变回键盘的姿态。在这生死攸关的两三秒之间，他调出一个程序，五指点按，修改了两个参数。

有些问题，对于人来说难以想象，对于计算机来说却并非如此。而在抽象的意义下，一切概念都是数学。

每一个魔物都有一个位置，三维空间里，抽象为一个点。林浔手中的剑也是一个点。点和点之间可以连一条线，是魔物和剑气移动的路径，数学概念叫路。那么整个场景，就是一张图。应用数学里，有一个领域叫图论，有一类问题叫组合优化问题。城市地下水道的铺设，交通路线的规划，金融网络中的现金流……都是它的用武之地。

林浔如何才能用最快的速度阻挡所有对他有生命威胁的魔物，并与林可心正面交手？怎样保证在攻击到魔物的同时，剑气的强度在他能做到的范围内最大？

第一个问题，叫最短路问题；第二个问题，叫最大流问题。能解决这两个问题的成形算法很多，Dijkstra、Prim、SAP、HLPP……这就是数学和数学的应用。

风声呼啸间，生死之际，林浔神色如常，按下运行键。有时候，面对魔物就像面对一场期末考试。他的心跳很平稳，因为他不是一个不学无术的人。在这种情况下，不学无术的人会死，但他不会。

空气凝固了一秒。下一刻，万千剑气齐出！剑芒犹如实体，像是阳光下的白刃，撞上魔物的手臂、脑壳、肩上的棘刺，“唰唰”破风声之后，便是硬物碰硬物的“铛铛”连响！而剑气攻击到魔物之后并不会立即消散，而是各自转向，攻向下一个魔物，如此循环。

刹那之间，铺天盖地的魔物群生生被他撕出一道口子来。在重重魔物保护下正欲攻向他的林可心，身前出现一大片没有魔物的空白区域，身上要害尽显！而此时此刻，攻击魔物的万千剑气已经完成前一阶段的使命，它们以不可思议的速度迅速聚拢、凝结，归为一体。

一道细长的白线，像摇摇欲坠的蛛丝。可是没有人会认为它是一条蛛丝，因为它闪耀着刺目的寒光，仅仅是看着，就让人觉得视网膜会被灼伤。这就是以林浔的力量压缩到极致的剑气。

一个物理概念，压强——物体所受的压力与压力面积之比。根据压强公式，同等力量下，受力面积越小，对方受到的压强越大！祁云信誓旦旦，剑宗千年传承登峰造极，是天下第一完美的功法，只是，比起物理公式来，终究棋差一招。

这一道线缓缓前行，看起来缓，其实极快，因为这个时候，你的心神已经为其所摄。如同白虹贯日，它贯穿了林可心的心脏。而此时此刻，林可心的爪尖距离他的天灵盖不过十几厘米！

林可心动作猛地顿住，缓缓低头看向自己的胸口。一个血洞，只不过流的不是血，而是浓郁的黑色魔气，像下水道最黑的污水。她张嘴发出一声凄厉至极的尖啸！

这时，林浔余光看见霍老头强行中断自己的阵法运行，向这边凌空掠来，他心头一热。刚刚那一道剑气已经把他的灵力差不多耗尽了，林可心即便不死也要重伤。忽然，他眼神一凝，只见林可心看着他，露出一个怨毒至极的笑容，然后四肢猛地炸开！

一个人形活生生在林浔面前炸成黑色的烟花，浓重的腐朽气息和灰尘粉末呛进林浔肺里。他下意识地闭上眼，两秒后再睁开，却看见周围魔物正疯狂地吸收着那些黑色的粉末，然后它们的形体膨胀起来！

虽然不明白这到底是什么术法，但林浔也能反应过来，林可心这是破釜沉舟，用自爆给自己这方的魔物带来恐怖的实力增幅！比先前强劲了许多倍的劲风袭来，方才离林可心最近的魔物变成了一只足足三米高的庞然大物，尖利的镰刀状手臂以肉眼无法捕捉的速度捅向他的心脏！

这一击，对于方才损耗掉所有灵力的林浔来说是致命，他甚至难以挪动半分，因为踹开地铁玻璃门的那一下伤到了腿。但他觉得弄死了林可心，在修仙界的价值观里也算不亏。只可惜脑子里的算法写不出来了，王安全、赵架构指望不上，只能让洛自行进化，不过还有东君在，可以放心。

风很大，林浔微微闭眼。下一刻，风却忽然停了。他睁眼，看见霍老头背着左手，黑色唐装被烈风吹起，矮小的身形岿然不动，挡在自己面前。

说时迟那时快，霍老头右手为掌向前推出，与魔物的镰刀状手臂悍然对上！灵力波动风起云涌，五秒的僵持后，魔物的身形逐渐缩水，身上魔气逸散，变回正常大小。

霍老头冷哼一声，左手也出，双手横空一拍！一道无形的冲击波以他为核心迅速四散开，周围魔物被猛地掀飞，清出一大片空白区域来。

这时，方才被其他魔物缠住的几位真人也纷纷过来，林浔身边的魔物压力瞬间没有了。看到霍老头脸色苍白，林浔扶了他一把，问："师父怎么样？"

"无妨，方才强行破阵，受了些内伤。裂缝弥合不能功亏一篑，大阵缺不得我，你们打，我先去。"霍老头语速很快，并立刻付诸了行动，身形起落，回到阵法队列中。

林浔喘了口气，但另一道声音瞬间又将他的思绪拉回紧绷状态。

修仙人耳聪目明，隐约的轰隆声从地铁轨道深处传来，地铁要开过来了，电子指示牌上的倒计时跳到了三十秒。霍老头文绉绉的说辞他没有彻底听懂，听语气，大概意思是裂缝的弥合就在旦夕之间，可现在确实还没有弥合，怎么办？

林浔强忍着腿上的剧痛，正要往铁轨处走，身旁却擦过一个白色的影子，是常寂。他还没来得及转头，就见常寂递了一个什么东西到自己面前——门禁卡，他记得这东西是用来开宿舍门的。

"人鱼还在浴桶里，记得换水。"

林浔不解其意，机械地接下。

常寂向前走去，穿过地铁玻璃门上的洞，站在地铁轨道中央，身上发出柔和庄严的金色光芒。

隔着这么远，林浔仍然感到一股澎湃巨大、难以想象的力量正在常寂身上凝聚。他一愣，师兄的意思……是以一人之力去挡住地铁么？

那边正凝神吹笛的蝴蝶夫人猝然断掉笛声，厉声道："小和尚！"

地铁的轰隆声逐渐近了，整个大厅传来细微的震动，那辆地铁上载着至少一千凡人的肉身和性命。

林浔怔怔地看着常寂。进入修仙界以来，虽然算是有了境界，世界观也摇摇欲坠，可林浔仍然觉得修仙这件事很虚无。但此刻，他心动神摇，忽然知道了什么是佛家的慈悲。

常寂一手持禅杖，一手成掌竖于胸前，微微垂首，是很谦和平静的姿态。金刚怒目，菩萨低眉，他身边的金光里，万千佛莲与"卍"字符浮动。

指示牌上的倒计时已经从三十秒变成了"列车即将进站"。轰隆声震耳欲聋，地铁轨道前方亮起雪白的光，那是地铁的车灯，像两只眼睛。

林浔握着门禁卡，喉头一哽，酸涩得什么话都说不出来。他想往那边去，但腿好像断了，挪动不了一步。

紫影闪动，蝴蝶夫人飞身往那边掠去，随后又是几个前辈。

忽然——轰隆声渐渐减弱，已经能看得清车头的地铁行驶速度明显降低，竟是要停止的样子。与此同时，地铁进站口处突然响起扩音设备的声音，严肃而庄重。

“这里是朝阳区武警大队和西城区特警大队，里面的犯罪分子请注意，放下你们的武器……”

地铁的行驶速度越来越慢，最后彻底停止，车头堪堪停在常寂面前五步远的位置，而且没有打开车门。隔着玻璃，林浔看到了满满当当的乘客和乘客们茫然的脸。他还没有仔细观赏，就见蝴蝶夫人素手一挥，成千上万的紫色蝴蝶翅膀上洒下细微的尘雾，笼罩住了车窗。

而他们背后，急促、沉重的皮靴踏地声响起，林浔转身，看见二十几个穿得结结实实、装备也齐全的黑衣警察正向这边疾奔，黑色警服上写着两个大字——“防暴”。为首的两个人，一个他不认识，另一个俨然是曹警官。

他一边轻舒了一口气，一边又提起了心来。地铁停了，师兄的生命得以保全，显然是曹警官的功劳。当时在电话里，他表示这就去和地铁调度中心协调。但是，这个场面又该怎么和他解释？

林浔环视四周。魔物还有百十只，正和武器齐出、声光电特效俱全的几位护法真人混战成一团，胜负难分，僵持不下。

魔物这种东西很奇怪，霍老头曾经说过，这东西由一股“魔气”生成，就像修仙人的招式由“灵力”构成一样。严格来说，魔气和灵力都不是真实存在之物。人凭借一股先天之气，肉眼能够看到它们，肉身能接触到它们，浸润过灵力的机器摄像头也能够看到，但一般的摄影机器是很难拍下来的。所以，警察们在监控录像中看不到魔物，也看不到修仙人的法术特效，只能看见一群奇装异服的人拿着各式刀、剑、棍、链、杖胡乱挥舞，演得像真的一样。

地铁站内的乘客仍然保持着丧失意识的状态，面无表情、目光迷茫地四处游荡，像在做布朗运动（悬浮在液体或气体中的微粒所做的永不停息的无规则运动）。而阵法那边，奇装异服的各位前辈席地而坐，紧闭双眼，各自做着奇怪的结法印手势。里面居然还有几个正常现代人装束的，这就使他们这个群体显得更不协调了。

呈现在监控录像里的，不像是恐怖分子袭击，倒像是精神病院的墙倒了。但是，一旦他们真正到了地铁站内，这个场景足够引起世界观的巨大震荡。

果然，为首的两个警官下了楼梯，一个拐弯后，齐齐停下了脚步。曹警官拿起他的警用扩音器，在一片混乱的打斗声中喊道："林浔同志？林浔同志呢？这是怎么回事？"

林浔也举起他的喇叭，和曹警官对话："我在里面！先把这些黑色的东西干掉！"

曹警官："我先向上级报告！"

林浔："别报告！"

曹警官："我必须报告！"

林浔："我快死了！"

曹警官："怎么打？"

林浔："我也不知道！"

曹警官："这里是不是有烟幕弹？"

林浔看了一眼空气中弥漫的黑紫色雾气，这是蝴蝶夫人的东西，能让人的神志产生一定程度的混乱，理智程度与智商下降些许，但是只要蝴蝶夫人不吹响长笛控制他们的心神，就没有大碍。他道："没事！"

曹警官："好！"

武警大队和特警大队不愧是身经百战的队伍，他们的心理素质并非常人可比。只听曹警官一声令下，特警部队出动，参与到混乱的战局中。

魔物发现了他们，几只魔物嘶吼着扑上去。最先冲过去的曹警官胸膛率先受了一击，但他安然无恙，因为他穿着防弹衣，他甚至拔出手枪，对着魔物硕大的头颅来了一下！魔物被击中，发出一声尖利的号叫！

其他特警队员如是效仿，修仙界众人压力顿减。此时，阵法处突然亮起一道浩然清光！逍遥子沉稳的声音中难掩激动："阵成。"

阵成，也就是说，魔界裂缝被弥合了，不会再出现更多的魔物了，他们的任务只剩下解决现在的这些。

前辈们从打坐中醒来，爬起，祭出各自的刀剑法器，投身到战局中——只是在看到警察们的身影时，动作有了一丝丝的僵硬。

霍老头道："徒儿指挥！"

林浔单腿蹦跳到旁边的等候座椅上，展开星斗大阵，举起喇叭，却发现自己的声音有些沙哑。体位改变，腿上剧痛加倍，他一时间疼得说不出话来。正要勉强开始指挥，忽见手机屏幕亮了起来。

洛清亮且带有一丝奶气的声音从手机里传出，通过喇叭的扩大，在整个地铁站里响起。

"尊敬的用户您好，我是智能系统洛神，请听指挥。"

"御风真人请后退。"

"孤山君左方，三个魔物。"

“012号警官，注意后面。”

“116号警官请向右前方移动三十米，支援114号警官。”

林浔把喇叭放在它的发声处，摄像头对准诸天星斗大阵，自己靠着柱子笑。他们人数多，又有合理指挥，不消一会儿就完全占了上风，剩下的只是时间问题。

碧海仙子空出手来，从混战中脱身——她原本战斗力就不强。碧海仙子落在他身边：“算儿，你怎么样？”

面对医生的询问，林浔将那时的情况和盘托出。

“傻孩子。”碧海仙子摇了摇头，托过他的腿，自膝盖至脚腕捋了一遍，道，“幸好未断，只是脱臼。”

没断就好，离科技博览会只有十来天了，林浔并不想瘸着上去讲PPT。

碧海仙子轻声细语道：“你近日在做什么，过得怎样？”

她问得突兀，但林浔没多想，回忆了一下最近的生活：“我最近——”话音戛然而止。

一股钻心的疼痛刹那间从膝盖钻到天灵盖，来得太快，他连个“疼”字都没能说出来，只看着碧海仙子的纤纤素手在自己膝盖上用力一拧一按，然后从容放开。

骨头被接好，他气都喘不过来，额上滑下一滴冷汗。好在这疼来得快，去得也不慢，五秒钟后就渐渐消退，回落到了可以忍受的范围内。

林浔声音虚弱：“……有劳仙子。”

碧海仙子拧开一个玉瓶，将一枚丹药在林浔腿上抹开，热流从皮肤向深处传递。随后，她将玉瓶交给林浔：“此药名为紫霄断续丹，每日用一次，不出三日伤势即可好转。但毕竟是伤筋动骨，你这几天还是好生躺着休养吧。”

林浔收下：“多谢仙子。”

碧海仙子一笑，去给蝴蝶夫人送药。

收尾战斗持续了大概半个小时，等到所有的魔物要么灰飞烟灭，要么被各位真人的法器收走封印后，地铁站陷入了诡异的寂静。以曹警官为首，特警、武警一字排开，与对面的修仙界众人默然对视。

死一般的寂静持续了一分钟。最终还是逍遥子沉稳开口：“警官下午好。”

“下午好。”曹警官的神情有些疑惑、僵硬、空白，“请问你们是哪个朝代的人？有没有地方住？跟我走一趟？”

林浔笑出声，曹警官的想象力和他的心理素质一样强大。

只见逍遥子掏出一张身份证：“警官，我不是黑户，这是我的身份证。我是青城山第三十七代掌门人，目前管理青城山旅游景区，门票都是国家定价，我们从不逃税漏税，也不强制上香。”

“我也不是黑户，我是龙虎山掌门，也没有偷税漏税，我们不仅不强制上香，还从不强制消费。”

“我们也不强制消费。”

“咳，我是无极宗宗主，虽然没有景区，但我也没有少交过房产税。”

“我是……”

曹警官认真地看着他们：“我不是来查税的。”

蝴蝶夫人款款走来，递上一张名片：“我们在这里排练，警官见笑了。”

曹警官木然看着她，即使隔了那么远，林浔也能看出来，曹警官眼里写着明明白白的五个大字——你看我信吗？

但见曹警官缓缓看向他，语气变得恶劣：“过来！”

林浔仗着自己在曹警官那里九十点之高的好感度哼唧：“我腿断了。”

曹警官冷哼一声，走了过来：“你们到底在搞什么鬼？”

林浔声音虚弱：“报告警官，这个地方有化学气体，你看那些紫烟，它有迷幻作用。”

曹警官眼里浮现一个问号：“你不是学计算机的吗？”

林浔：“理科都是一家。”

曹警官：“你继续编。”

“我们只是在西城区的一个地下室发现了一起疑似命案，地下室是拍鬼片用的，里面放了许多道具，挺吓人的。还有个冷库，我们以为冷库里的尸体也是道具，但竟然像是真的。”林浔道，“您也知道，我们这群人是热心市民，很关心帝都的治安。我们就四处寻找线索，找到这里的时候，就被这些烟雾迷惑了，开始跳舞。你们也被影响了，也跳舞，还开枪了。不过多亏您及时叫停了地铁，不然就有更多人下车来跳舞了。”

曹警官看着他的眼睛，神情凝重：“然后你跳舞把自己的腿跳断了。”

“我比较活泼，您知道的。我以后再也不敢这么活泼了。”

好感度对曹警官具有一定程度的迷惑作用，再加上蝴蝶夫人的迷雾，曹警官似乎已经相信了。他目光扫过一脸迷惑的人群和拿出证件的修仙界众人，审慎而严肃道：“带我们去那地下室看看。”

蝴蝶夫人带着他去了。其他人自觉不好在警察眼皮子底下逃逸，被两位特警看着，也跟去了。林浔没法直立行走，常寂于是给他在附近的医院扫了张共享轮椅，推着他也去了。

一进入地下室，林浔就听见了道具师熟悉的号叫。不，也不能算很熟悉，因为他的嗓子叫哑了。

只见道具师连滚带爬地从楼梯口出来，一个警察控制住他，他就抱住警察的大腿哭叫：

"我一醒就躺在尸体堆里！虽然都是我做的，我……我……"

警察安抚他："你先站起来。"

道具师崩溃："我醒之前，尸块还会飞，我一醒，我……"

这时，林浔才想起，他们集体离开地下室去往地铁站的时候，道具师还在餐桌上昏迷着，他的身边就是那具被大厨开膛破肚的人偶。

太可怜了，林浔向他投以怜爱的目光。不过，这对道具师来说，可能是一次灵魂上的升华。正如没见过猪跑的人做不出真正的好猪肉，只有被吓到灵魂出窍的人才能做出最好的灵异道具。

西城区的警局离这里很近，法医不一会儿就乘着另一辆警车来了。冷库里的尸体组织被确认是出于人体，似乎还不是一个人的。这情况众人早有预料，毕竟魔物的存在大多与凡人内心的扭曲有关，西城站出现的是一条巨大的裂缝，那么这些冷冻尸块很可能牵扯了一桩远超大家想象的大案。

曹警官与林浔握手："感谢你的积极举报，但我还是很好奇你们进行这一系列活动的原因。其实第一次见面，我就觉得你们可能是一群奇人异士，或者有一些特异功能。"

林浔坐在共享轮椅上，眨巴了一下眼睛："我们这群热心群众是一直在为治安操心的。"

系统音响起："好感度 +10。目前好感度：100，上限：100。"

"特殊人物好感度达到上限，获得奖励'曹警官的信任'。物品介绍：遇到突发情况时，可以召唤出曹警官进行援助和收尾。"

"得道多助，失道寡助。累计达到二十人好感度上限，获得奖励：灵力 +10。下一奖励单位：50。"

这二十人林浔知道，仙道的真人、仙子和元君们时不时就能跳个好感度满值，但除了最开始时完成了一个"拜入山门"的支线任务外，并没有什么奖励，林浔也没注意过。原来这也是一个隐藏任务。

而曹警官这个特殊奖励的价值就太高了。这意味着下次再有什么大动作，如果遇到仙道中人不好施展的场合，或者像今天一样搞出太大的动静，就可以请动曹警官协调和收尾！从某种意义上来说，他觉得对于自己这群人有特殊力量的事，曹警官早已心知肚明，只是到底该怎样合作、能不能过明路、最后的报告怎么写，还有待商量。

只听曹警官道："再遇上这类事件，你们要首先确保自己的人身安全。"

林浔对曹警官道："谢谢警官，虽然我瘸了，但我作为热心市民的心还是火热的。"

曹警官："是，我也一而再、再而三地让你给忽悠瘸了。"

林浔："……"

曹警官冷哼一声，表情严肃地继续投入到工作中——但他临走时摸了一下林浔的头。

接着，警官们又忙碌了很久，既要整理线索，又要做现场笔录。等到他们这些人被放出来，已经是下午五点了。

但是被放出来的前辈们并没有作鸟兽散，而是围到了林浔身边。林浔一开始以为是自己的指挥要被夸奖，结果霍老头的第一句话是："给我们看看那个小手机精。"

林浔给师父献上洛，手机开始在众位前辈手中传递。洛在这些人面前表现得十分乖巧，和他们进行了友好的对话。前辈们啧啧称奇。

林浔安坐在共享轮椅上，开始营业："这是我名下公司的主要产品，十几天后就要正式推出了。前辈们有空闲可以去科技博览会看看，到时候还会有别的环节，如果看好它，可以给它投资。"

前辈们表示这个东西很好用，我们考虑考虑到时候去给你投资。霍老头更是非常得意，表示要现场投资，知道自己给林浔的那五十万现在还没被用上后才作罢，说等乖徒花完再给。

就这样谈论了很久，洛也被一而再、再而三地调戏了很久，众人这才各自散去。

本来常寂要送林浔回去，但祁云突然发了一长串消息过来。他自己没事干在浴桶里扑腾，结果把桶扑腾翻了，现在水流干了，桶也扶不起来，他要干死了，还摔了胳膊，让常寂赶紧回去，限时半个小时。林浔就只能被推进医院大厅里，仍然坐在那张共享轮椅上，等待自己的家长来接。

手机屏幕上出现了三个字："好累哦。"

"你累什么？"林浔道，"我更累。"

洛："你累什么？"

林浔："我腿断了。"

洛："你自己弄断的。"

"断也不是问题，"林浔道，"但他要下班了。"

下一刻，东君的消息就弹了出来。

好的事情无论许愿多少遍都很难发生，但坏的事情只要想一下就会立刻映照到现实当中。林浔用自己的生命再次证明了墨菲定律。

看着信息，林浔做了一番思想准备，不知道为什么，他现在的心态就像小时候闹出了事情不敢告诉家里人。但最后，他还是拨通了东君的电话。

"怎么了？"男人的声音很低，也很温柔，听背景音，应该是在车里。

"我……"林浔顿了顿，决定长话短说，"我把腿摔断了。"然后闭眼等待批评。

这件事情确实不行，如果他是东君，肯定不高兴。这可能和他自己的性格有关系，他挺执着于一件事做得好不好，今天这个断腿的事故，确实是自己情急之下的疏忽。他皮了一下午，到了东君这里，就有点不敢皮了。

东君确实沉默了三秒。“骨折？”他的声音传来，语速较平时有所加快，“去医院了吗？现在在哪？”

“没折，”林浔道，“脱臼，现在好了，有点拉伤，所以不能走。”

“身边有朋友吗？”

林浔：“没有。”

“我去接你。”东君的话很简短，但顿了顿，又问，“疼吗？”

“还行，”林浔道，“不严重。”

东君：“等我十分钟。”

电话挂断，洛自觉地发了地址过去，然后开始和东君的智能说车轱辘话——仿佛刚才说“好累哦”的不是它。而林浔转着轮椅出了医院大厅，寻思自己该怎么求生。

医院周边有很多礼品店和花店，他去了最近的一家鲜花店。

店里的小姑娘瞅了他好几眼：“先生，您要什么？”

林浔从小到大被瞅习惯了，现在标准已经降低到只要不是东君的老婆粉，怎么瞅都行。他看了一圈，最后买了一支漂亮的玫瑰。只买一支是因为觉得单支好看，多了就太密集了。

小姑娘笑眯眯地给他包装好，在一堆缎带里挑了又挑，最后选了一条浅银灰色的递到他手里。

林浔接过去，道了一声谢。

小姑娘和他搭话：“您是来挂号的吗？一个人方便吗？”又道，“我推您出去吧，轮椅挺不方便的。”

“谢谢，”林浔道，“我等个朋友。”

小姑娘道：“一般您这种坐共享轮椅的都是来挂急诊的。”

“应该用不着。”林浔道，“我没骨折。摔断腿的人很多吗？”

“挺多的。”姑娘笑得花枝乱颤，“急诊门口一天能见着十五六个吧，摔成什么样儿的都有。”

林浔也笑：“那我不算摔得厉害的。”

小姑娘道：“大多数还是要拍个片子的。”

“摔断腿的都是什么理由？”林浔带点请求的意味道，“小姐姐帮我想一个吧。”

姑娘又笑起来了：“您想这个干吗？”

正说笑着，林浔看见一个人朝这边快步走过来。这人实在太显眼，比例完美的挺拔身材一出现在视野里，即使还没看清脸，都已经打了高光，跟众生格格不入。不过姑娘没注意到，姑娘专心看他，还在说说笑笑。

东君来接自己，自己却还跟外面的小女孩搭话，林浔有点心虚，咳了一声。

姑娘："嗯？"

林浔："我哥哥来了。"

说完，他觉得当前这种情况，确实应该找个靠谱的人求助，于是道："我把腿摔了，怎么解释他才不会生气？"

"啊？"姑娘愣了愣，然后又笑。她应该是江浙人，说话带着一丝软软糯糯的感觉。

"要是哥哥，哪能生气呀？"她的尾音带点儿娇气，"心疼还来不及呢。"

说话间，东君已经走到了他面前。姑娘消声了，这很正常，一般人看到东君的脸都需要一段时间来反应。

东君看他，或者说目光从一开始就没看过别的，他问："哪条腿？"

"右边。"林浔道。

说完，看到东君微微倾身的动作，林浔抓住他的胳膊，语气有点慌，但很坚决："不，不用看……"这是在外面，东君要单膝跪下去看他的小腿。不是不给看，而是他觉得这对男神的形象不好。

东君被他紧紧拉住，也没继续动作，而是深深看了他一眼，又看轮椅，蹙了一下眉。

林浔也打量了一下轮椅，弱不禁风的一个小绿东西，还有点旧。

东君俯身，一只手臂从他肩后绕过去，另一只手臂穿过他的膝盖弯。

"这样疼吗？"东君轻声问。

林浔摇头，脱臼的部位复位后就不怎么疼了，现在疼的是膝盖往下那部分。下一刻，他被打横抱起来了。骤然失去着力点，他只能抱着东君的肩膀。由于慌张，他还扑腾了一下，被东君按住了。

东君说了个指令，停在不远处的车将门打开，一个银白色的小机器人滑了下来。它下方出现滚轮，朝这边移动，到了脚边，银色圆盘组合变化，伸出两只机械手，把共享轮椅往医院的停放处推过去。

林浔刚才还在想，东君抱着他，应该怎么还轮椅。这可能就是东君跟其他人的不同之处，他有很多黑科技，完全不需要自己动手。

花店的小姑娘"哇"了一声。东君转身抱着他往车里走去，他抱得很稳，林浔回头望那姑娘，姑娘挥了挥手表示再见。

他问："我沉吗？"

东君："不沉。"

车门弹开，林浔被放进副驾驶座，靠在座椅背上，抱着他的那支玫瑰。

东君拉开另一边的车门，但没启动车子，而是看着他。严格来说，是看着他手里那支红得漂漂亮亮的玫瑰。

林浔和他对视，眨了眨眼睛。

东君："她送你的？"

"不。"林浔把花举到他面前，抿了一下唇，然后笑，"我送你的。"

东君挑了一下眉，没说话。林浔把花继续往前送，东君接下来，将花放在一旁，启动汽车，边开车边问："在哪里摔的？"

"地铁口。"林浔没有办法编出一个合情合理的不得不摔的理由，只能承认这是自己的疏忽，"一不小心……就摔了。"

东君："楼梯上？"

林浔："……嗯。"

东君："其他地方呢？"

林浔："其他地方没事，只有这里。"

东君往左打方向盘，驶入主路，然后道："然后自己去医院拿轮椅？有人帮忙吗？"

一个人从地铁口蹦蹦跳跳到医院，那也太可怜了。

"没有，那时候我师兄在，就是那个学宗教学的师兄。他去拿了轮椅，又把我推去医院的。"瞅了瞅东君的神色，林浔继续道，"然后他朋友在另一个地方摔了，他就过去帮那个朋友了，我留在医院里。"

东君转头看他，林浔拿不准他的情绪，但看起来还是挺温柔的。

只听东君问："然后你才想起来找你的朋友。"

林浔无法接话。

东君转回头去，继续开车，淡淡道："以后小心。"

林浔："会的。"

"如果出门有事，可以喊我一起，不喊别的朋友。"顿了顿，东君继续道，"我不会把你丢在医院大厅。"

林浔一时没有说出话来，他觉得自己在发热，鼻尖还有点儿酸，很小声道："知道了。"

车子拐过一个弯，离开主干道。这条路车辆和行人都很少，路边的绿化带格外繁茂，广玉兰开得雪白浓郁。这既不是林浔熟悉的路径，也不是他熟识的景色。

五分钟过后，东君的车开进了一家建筑非常精致的私人医院。林浔抬头看了一眼牌子，这里似乎属于某个赫赫有名的医疗集团。

走进大厅，一个穿白大褂的年轻医生笑眯眯地看着他，道："去三楼吧。"

林浔就被他们所支配，最后被推进了一台巨大的核磁共振仪器里。他觉得自己不用看医生，即使看医生，照个 X 光看看骨头就已足够。杀鸡焉用牛刀，治我焉用核磁共振，平白浪费医疗资源，有个名词叫过度医疗。但是再一想，东君确实没带他去公立医院浪费人民群众的医疗资源，而这整个医疗集团没准还是挂在银河的名下。东君开心就好。

十来分钟后，他被一个漂亮的护士送回等候室，东君在等候室的沙发上等他。

窗户很大，往下望去，梧桐树和广玉兰交织在一起，深绿、雪白的颜色。树枝在风里轻轻慢慢地摇，很宁静，这种宁静让他觉得似曾相识。

林浔坐在沙发上，东君搬过他的腿来。他今天穿得偏宽松，裤脚可以很轻易地挽上去，露出膝盖和整个小腿来。他有点不自在，反射性地往后退了一点，但被东君握着脚踝拉了回去。他就哼唧了一声，说脚踝也疼。

东君看他，他看东君。东君低头去看他的腿，他也低头看自己的腿。

他有点基因优势，据说和他那早早过世的父母一样，身上的毛发不太明显，一眼看去挺光滑。这两年没怎么见过光，皮肤尚且算白。由于今天的磕碰，或者那什么“紫霄断续丹”的效用，腿上泛了一点儿不自然的粉，膝盖周围出现了淤青，很是扎眼。

东君放开他的脚踝，手指轻轻搭在膝盖上，问他疼得厉害么。

这话他今天已经问了好几次，林浔说不是很疼。

东君问不是很疼是哪种程度的疼。

林浔就对他笑，说你看我这不是还能维持正常的表情吗。

东君说你脸色有点不太好。

林浔说你再这么关照我，我就要娇气了。

东君勾了勾唇角，抬起手来，给林浔理了理头发。他动作自然，像是再寻常不过的一个举止，对林浔来说却不是这样，没有人用这么亲密的动作对他表达过关心。他觉得之前的自己低估了某些东西。到现在，东君一句重话都没对他说过。

笑眯眯的年轻医生走进门来，在他们对面坐下，手里拿着一张报告单。他条理清晰地说了一堆“软组织”“膝关节”的名词，最后下了结论，没有什么大事，你可以回去好好休息了，五天后过来复查。

林浔接过单子来，说谢谢。

医生直勾勾地看着他的腿，直到东君冷漠地把他的衣服放下。

“啧。”医生道，“你家小朋友的腿很漂亮，教科书一样的骨头和比例。”

东君：“所以？”

“所以下次摔断请一定还要找我。”

林浔就看着他俩对视。

只听东君道：“不会有下次了，我会捐款给地铁增加防滑措施。”

医生的语气很诚恳："再多的防滑措施也挡不住一个蹦蹦跳跳的人，我觉得他有了第一次就会有第二次。"

东君的语气也很认真："下次的话，他的腿将会是因为一个人溜出门而被我打断。"

"你可以下手重一点，不用心疼。"医生道，"我都能治好。"

东君："麻烦你了。"

林浔："……"我上一秒还在想你真是个温柔的人，真的。

第六章

D-L

林浔一路保持着警惕的状态回去了，被横着安置在沙发上之后，他仰头望着东君：“我觉得不对。”

“嗯哼，”东君发出一声很轻的鼻音，“哪里不对？”

“你不会把我扔在医院大厅，”林浔认真道，“但也不会打断我的腿。”他看见东君眼中有微微的笑意。

接下来，东君把指针放进他怀里，道：“听话。”这话看起来是对指针说的，但林浔觉得是对自己说的，他感觉不妙。

医生开了镇痛的喷雾，东君在他身旁坐下，将他的腿放在了自己膝上，从膝盖到脚踝喷了几个来回，丝丝凉意透了进去。

碧海仙子给他涂的活血药是热的，现在又来一层冷的，林浔觉得个中滋味有点难以形容。但这罐喷雾的效用立竿见影，凉意瞬间将疼痛掩去不少。

从医院回来的车程有半个小时，这半个小时里，血液循环几遍，原来没来得及淤青的那些地方也争先恐后地淤青了。黄昏时分，光线很暗，空气里像是涌动着什么东西。东君的衣服是黑色的。他的腿搭在上面，底色是白的，上边泛了好几处青青紫紫。

针走到林浔腿旁，伸出爪子试探着要扒拉他膝盖上最大的那块淤青。然后被东君拎住了命运的后颈皮，流放到地板上了。指针对着东君恶声恶气地“喵”了一声，“噔噔噔”跑走了。

林浔笑：“你把人家弄生气了。”

东君道：“每次它被一个人留在家，就会容易生气。”

林浔：“指针确实喜欢和人在一起。”

东君没说话。林浔收回看指针背影的目光，看回东君。或许是背光的原因，东君的眼神显得很深——他是瞳孔是很纯正的黑色，眼睛黑白分明，对比尤其强烈。

东君的声音略有压低："你一个人在外面，出了事，我也不会高兴。"

林浔拍了拍他，说："不生气啦。"

东君："你为什么这么熟练？"

很好，你问出了我想问的。林浔："我……天赋比较好。"

他不好动弹，于是晚饭在客厅解决。吃完后，东君又把他抱了起来。林浔寻思东君确实是要成为他这几天的交通工具了。但走到楼梯口时，他还是觉得有点不好意思。他想起上学的时候，赵架构是白种人的体格，是他们三个人中最能打的一个，但你要是让他把一桶水一口气提上六楼，他必然要号半天。更何况一个成年男人比水桶沉多了。

他是不胖，但也不是很瘦，正常的体格，于是也有正常的体重。东君要抱着他上三层楼，他觉得还是不太妥当。于是他道："我觉得我可以跳上去。"

东君："你在说什么？"

"我不是在质疑你，"林浔道，"我是怕累到我男神。"

东君："哦。"他转过身，林浔迎面看见电梯门。

林浔："……对不起，是我没有见识。"

回到房间，指针原本在床上安卧，一看到他俩进来，就立刻跑进衣帽间不理人了。

东君占领了指针的位置，坐在床上，并没有把他的猫抱回来的意思："晚上做什么？"

林浔想了想，没想出除了看论文之外的第二种消遣方式。

东君得知他的诉求后，揉了揉他的头发："那先洗澡。"

问题来了：林浔诚然是要洗漱的，但是显然，他不能单腿洗澡，而假如他双腿着地，立刻就会被疼痛打倒。

林浔："我觉得我不行。"

东君："我可以帮你。"

林浔："也不行。"

"折中一下。"东君笑，"我送你进浴缸，然后接你出来。"

林浔："如果你的语气不那么像要送我去幼儿园一样。"

东君："我现在不是你的监护人吗？"

行了，林浔觉得现在他知道和男神相处的正确模式了，那就是抬杠。而他在今天的抬杠中落于下风，屈辱地说："谢谢监护人送我去浴缸。"

东君："我去放水。"

林浔则把自己裹进机器人送来的大浴巾里，直到作为监护人和交通工具的东君把他抱走，像下饺子一样放进了已经起好白色泡泡的浴缸里。他也像一个乖巧的饺子那样找好了自己的位置，从泡泡里露出肩膀和半个胸膛，开始观察浴缸的功能按钮。

小机器人抱着浴巾、浴袍和一系列用品也站到了浴缸前。林浔听见东君对机器人道：“照顾好他。”但凡是个怀有感恩之心的人，都会被这无微不至的、来自监护人的关爱所打动。

怀有感恩之心的林浔抬头看东君，东君身上被下饺子时溅起的水花打湿了。东君注意到了他的视线，微微挑眉，似笑非笑地看了他一眼，然后转身进了淋浴间，拉上磨砂隔断门。

林浔在浴缸里扑腾了几下，也开始收拾自己，最后乖乖地泡在里面等东君出来。

东君出来的时候，身上只披了一件白色的浴袍。因为头发半干，脸颊旁的几缕发丝微卷。这人肩宽腿长，再加上时尚的完成度主要靠脸，披浴袍也像穿高定。雪白、柔软的布料没能中和他身上略带疏离的气质，而摘下眼镜后五官的轮廓更显冷淡。

浴缸是嵌入式的，白色的大理石边缘很宽，东君落座，拿了一块毛巾在手里，林浔配合地低下头。东君手上的力道不轻也不重，把头发擦到半干，然后打开了吹风装置，温度正好的风从头顶上方吹下来。

林浔微微眯了眯眼，道：“其实我生活可以自理的。”

东君道：“你可以选择不自理。”

“我觉得你不能让我习惯这个。”林浔提出这个议题并不是一时兴起，虽说一切都随东君，但他并不习惯当一个心里没底的人。

东君只是看着他，眼睫微垂，黑白分明的眼瞳里有一点清幽的冷光。浴室的柔和光线打在他身上，显出一种珍珠白的光泽。

良久，东君道：“你长得像谁？”

“像我母亲吧。”林浔想了想，“别人都这么说，虽然我不记得她。我很小的时候，她和我爸就因车祸去世了。”

东君的声音微微有些低：“她一定是个美人。”

林浔：“我也觉得。”他忽然想起那一天，在墓园的大雨里，和东忱擦肩而过的那一刻光景。

东忱也有这样一张浓墨重彩的脸。虽然林浔不喜欢东忱的为人，但他不得不承认那个男人有一张富有魅力的脸。这也说明无论岁月怎样流逝，二十年后，他家男神还是那个男神。至于东忱，他为什么会在那片墓园里出现，这是林浔一直没想通的。

“你长得有一点像东忱先生。”林浔道，“半个月前我在东郊墓园见过他，你知道他去做什么吗？”

东君：“我不了解他。”

林浔：“那传闻是真的？网上说你很讨厌他。”

“我和他只有血缘关系。”东君缓声道，“但我没有立场讨厌他。”

林浔问：“怎么说？”

东君的声音压低：“因为我像他。”

林浔就笑，东君微挑眉。

“我觉得不太一样。”林浔道，“你还挺好哄的。”

东君拿起手机，登陆了微博，林浔跟着看。他俩之前闹出来的风波还沸沸扬扬没有停息，至今还满首页都是“柠檬”言论。有少部分人被他的履历所折服，不再对这件事进行攻击。当然，也有一大部分人在阴阳怪气。

最显眼的言论有两种。一种是抓住林浔毕业后默默无闻的这三年，说他接受了顶尖的教育，现在却不知道在干些什么，除了和东君扯上关系外一事无成，使人发笑。还有一部分说你们想象力好丰富哦，东君就是发了一个“小朋友”而已。

林浔没什么想法，却见东君点进了师姐的主页。

师姐转发林浔科普文章的那条微博还高高挂在置顶，内容也没有任何改变，还是：“多年不见呀，浔神。”下面一群人在膜拜当年的林浔。然后，他看见东君点下转发键。

银河－东君：抱走。

东君关闭屏幕，将手机放在插着玫瑰花枝的玻璃瓶旁。

林浔没去看网络上后续的风浪，可能是因为他的虚荣心现在已经得到了极大的满足。

林浔因为腿伤没有出门，在这三天里，他靠互联网和外界交流。

祁云被佛光度化，现在每天能保持三个小时的人形了，但其他时候还是要待在浴桶里。西城站的裂缝弥合后，帝都呈现出一派天下太平的模样，几乎没有新的魔物出现了，不知道是魔物被彻底清除了，还是暴风雨来临前的宁静。

曹警官那边则在全力侦查地下冷库碎尸案，目前的线索指向一家有洗钱嫌疑的娱乐公司。在聊天中，曹警官提到，类似的案件曾经在南郊发生过，但后来不了了之，线索也已经消失殆尽。

其他的时间，他都是和东君一起工作，完善洛神。东君没上班，他给自己放了一周假。当天的工作完成后，两个人在房子里，其中一个人不能直立行走，娱乐项目也有限，除了窝在一起看几部电影、读几篇论文，就只有躺全息舱里打游戏。

东君的 ID 居然叫“Java 天下第一”，林浔跟着他改了名，叫“C++ 天下第一”。他们两个和朝阳小区里那三个组队，王安全叫“PHP 天下第一”不用提，赵架构叫“Python 天下第一”，姜连只能盲目从众，改成了“SQL 天下第一”。这样，一局游戏下来，所有人都能知道，真正天下第一的语言是 Glax 了。

三天下来，林浔腿上的伤渐渐好转，能慢吞吞地走一段距离的路了。而同时，他打游戏也打得要自闭了。终于，第四天的早上，东君道，带你出去玩，去南郊兜风，顺便见几个朋友，一起吃个晚餐。

下了楼，林浔以为这就出门了，但他没想到东君先带他去了地下车库。

东君：“想坐哪辆？”

其实车不多，也就……三十来辆吧。

林浔：“你是不是对买车有特殊的偏好。”

“其实没有。”东君道，“只有两辆是我自己订的。”

林浔：“我猜你想要让我猜。”

东君：“我没有那么无聊。”

林浔：“那我也要猜。”

东君笑。

林浔道：“一辆是你一直开的那辆。”

东君：“嗯。”

然后林浔在里侧一辆深蓝色布加迪和黑白科尼塞克间犹豫了一会儿，选了布加迪。

东君摸了一下他的头，林浔知道他猜对了。

在副驾驶位坐下，林浔听见东君问：“你的推导过程？”

“怎么说呢……我看你的代码，觉得你挺疯的，所以我觉得第二辆车会是性能顶尖的那种。然后，这两辆的外形你应该会喜欢。”林浔道，“但我直觉你疯得也没有很厉害，还能控制住，科尼塞克有一点不要命的感觉。所以排除法，我选这个。”

东君勾了勾唇角：“那你喜欢哪个？”

林浔思索一会儿，道：“自己开想要最快的，带人的话就免了。”

他看着窗外一排排的车辆，发现自己差不多都能叫出型号。他有一点疑惑，因为他的对车没有特殊的偏好，不应当能够全部认出来。但是转念一想，自己的记忆力还是略有一些优秀的，当一个人有近似过目不忘这种技能时，他拥有许多意料之外的知识也无可厚非。

东君启动车辆，出车库，上路。下一刻，林浔就知道为什么东君在市区内一直开宾利而不是开这辆了。因为这种车，它的油门踩下去最高能飙出比高铁还快的速度，别说让它委屈在车流里排队了，连等红绿灯都是一种痛苦。不过男神是一个有耐心的男神，直到驶出城区才开始正式加速。

林浔抱着指针看了一眼目的地，然后又看了一眼。最后他蹙了蹙眉，打开和曹警官的聊天记录。他确认他们现在要去的那座私家庄园，恰好就在曹警官提到的，多年前那件不了了之的案子的发生地附近。

路上的风景很好，空气不错，只是天色有些暗沉。

那座私家庄园，说不清占地面积有多大，因为林浔一眼没能看到头。庄园的主人是认识的人，那位给他看过腿的医生。

医生第一句话就是："恢复得怎么样了？"

林浔道："可以走了。"

医生："走路的时候会疼吗？"

林浔："不会。只有特殊角度的时候会疼一下。"

"恢复得很快了，"医生边带他们往里走，边道，"但还是要注意一下，不要跑，不要跳，不能爬楼梯，也别跪，注意一下轻重。"

东君面上看不出表情，淡淡道："好。"

在来的路上，林浔已经从东君口中得知了此行的目的。医生新买下了这座私家庄园，免不了要邀请几个关系很好的朋友小聚。所以说，东君和医生是不错的朋友。虽然林浔不知道传闻中社交关系极端简单的男神怎么会和医生有交情，但想想他们资产阶级的交友方式和自己并不相同，也就理解了。

东君在路上提起医生的时候，也介绍了这位医生的为人。医生是一个有着崇高理想的医生，留学时接受了顶尖的教育，回国后投身最繁忙的医院，立志要普度众生。

但他没能实现愿望，因为他非常敏感，而且共情能力非常强，以至于到了和病人共病的程度。病人头疼，他也会头疼；病人肝痛，他的肝也就隐隐作痛起来，所以他每天都不舒服。他不得不怀疑自己得了各种各样的疾病，不但没有成为行走的希波克拉底，反而成了行走的神经病。

在内科的时候，他怀疑自己长了寄生虫；去往神经科后，他开始认为自己脑袋里长了肿瘤；在皮肤科的日子里，身上每一个毛孔的改变都能引起他的警惕。更别提世界上还有很多医学根本没有攻克的疑难杂症，他活在无尽的怀疑中。

后来，这人终于消停了几年，因为他去了妇产科。停止疑病后，他本可以实现自己从小的愿望，做一个优秀而高尚的医生——如果他没有结婚生子，继而开始怀疑自己的身边人。最后，他被忍无可忍的爱人拎回家去，大家逼迫他继承家业，但他誓死不从，最后各退一步，他成了高端私人医疗机构的全科医生，每月接诊的病人降到个位数，终于不再密集地焦虑了。

不再焦虑的医生挽着妻子的手，笑眯眯地引他们在庭院里的聚会桌前坐下。

桌边已经有了几个人，其中一个林浔眼熟——辛普森博士，著名神经生物研究所的负责人。他是个清癯有礼的中年人，银色头发，灰蓝色眼睛，很温润，像是看透了一切。

东君给他做介绍，除了辛普森博士以外，其他几位也都和研究所有关。

“很高兴认识你。”辛普森博士和林浔握手，中文有些生涩，和赵架构还没有彻底熟悉这门语言时的语调相似。

林浔：“我也很高兴能和您见面……我看过您的著作。”

辛普森博士笑：“荣幸之至。”

辛普森神经生物研究所，和银河有密切联系的一个研究机构。果壳中，那些感知人体表面神经电流的微型触头就是他们的杰作，在果壳的发布会上，东君的致辞结束后，紧接着就是辛普森博士的发言。这位年近半百的学者为果壳的发明贡献了不容忽视的力量，将人的动作转化为虚拟世界的信号，一个惊人的成果。

医生在桌前坐下：“我下半年就要和博士共事了，昨天接到邀请的时候，激动得很久没有睡好。”

辛普森博士摊手：“抱歉，Lin 向我推荐你的时机太不巧了。”

林浔微微蹙眉，他听见一个熟悉的音调，英语腔的“林”，赵架构以前喜欢这样喊他，但在现在的语境下显然不是指林浔。

却见医生看向了东君，还耸了耸肩：“你这几天好像很闲。”

东君看着林浔，微微笑道：“我请假了。”

“这些天的新闻头条全部被银河和Eagle的争端充斥，”医生从开始就没停下过笑，“连花边新闻的板块也被你霸占，你的假请得倒很是时候。”

东君似不在意，只是道：“我有更重要的事情。”

辛普森博士看向林浔：“你们最近在共事？”

林浔点头：“是的。”

辛普森博士似乎饶有兴趣：“我对你们的项目内容很好奇。”

林浔道：“是一个智能引擎。”

“引擎，”辛普森博士重复了一遍，“Engine？”

林浔点头。

“我很少听到这个名词。”辛普森博士的眼睛睁大了一点，“你们是一个很小的团队，我的意思是，它听起来是一个庞大的工程。”

“从功能上来讲，它是一个能够统筹管理权限范围内功能接口的智能系统，”林浔给他介绍，“它本身并不具有特别的功能，只是获取能够获取的信息，根据一定的规则管理自己能管理的东西。”

博士举起了他的手机，问：“那它和我的 Siri 有什么区别呢？”一个很直观的问题。

林浔道：“它不需要指令。”

“哇哦，”博士发出感叹，“我可以将引擎理解为大脑么？”

林浔：“确实是这样。”

辛普森博士沉吟了一下，道：“但我们都知道人工智能直到现在都是一个骗局。”

其他几个人都露出笑意。林浔也笑：“是的。”

辛普森博士道：“你的洛神是否也是一个……由大型的统计工作构成的骗局？”

“我不知道，”林浔道，“但作为一个了解它构成的人，我认为它比别的智能系统聪明一些。”

辛普森博士再次露出惊讶的表情：“我可以了解你为什么这样认为么？”

林浔抿了抿唇，然后笑道：“这就涉及商业机密了。”

辛普森博士朗声大笑：“那我就等待十天后了。”

林浔：“希望不会让您失望。”

这场交谈告一段落，更多的人走上前来和东君寒暄，不过他们无一例外都很关注林浔，似乎有问不完的问题，而且他们确实很友善。

林浔在和人交谈的间隙里抬眼去看东君，看见他很专注地看着自己。这是很认真的态度，仿佛……自己已经被他默认为很重要的人一样。

不过，虽然他们都很友善，但全部应付下来还是有些头痛。林浔已经很久没有经历这么密集的社交了。

东君或许知道这一点，和医生说，他们进房间去看看。医生欣然说好，又问要不要管家领着，房子结构有点复杂，会迷路。说完，又道，哦，不用了，你们的记忆力都是人肉摄像机级别的。他们两个人就进去了。

整栋建筑很有艺术感，大面积的白色，无规律的线条和几何形状，天花板吊下来一些什么东西，装饰花很抽象，林浔勉强能欣赏十分之一。不过他目的并不是欣赏，他只是想静静。他觉得东君也想静静，毕竟男神是高岭之花不是交际花。于是他在草坪前玻璃房后的栏杆旁趴了一会。

东君：“不高兴？”

林浔转过身去面对他：“我有一点……困惑。”

雪白的窗帘被风吹起，非常轻的质地，像流散在天空的大片的云，涌到了他和东君之间。东君拨开它们，道：“你在想辛普森博士说的话吗？”

“嗯。”林浔抱臂，看着东君的衬衫领——其实他只是随便找了一个眼神的焦点。

“我觉得博士那句话很重要，我要怎么证明洛神不是一个大型的统计工作构成的骗局呢？”

人工智能约等于统计，这是业界众所周知的原理。你对人工智能说一句“你好”，它会回一句“你好”，这不是因为它学会了人话，而是因为在它的数据库里，面对一句“你好”时，绝大多数人都会回一句“你好”，于是它遵循统计规律，也回答“你好”。

东君没说话，林浔继续道：“我确定它比现在正在使用的人工智能都要优秀，但这是因为我数学比较好，我写出了更自由的算法。但是本质上，大家的原理都相似。洛能和我对话，它有自己的说话风格，但这是它在自己的数据库里以这一风格为目标挑选出的结果。它的自主性仍然比不上人。”他问东君，“你觉得呢？”

东君：“我觉得你的语文不太好。”

林浔真诚道：“我相信你能理解。”

“在某种意义上，你的问题是不需要被考虑的。”东君沉吟了一会儿，然后道，“我们不也是统计工具吗？”

是。一个人出生时，他是空白的。耳朵和眼睛是他的接收器，他接受外面世界的一切信息，从这些信息中学习，逐渐变成一个社会意义上的人。人工智能从海量的数据集中学习的过程也是这样。

“但是，驱使我们去学习的东西是什么？”林浔道，“或者我换个说法。在已知我喜欢你的情况下，我会说‘我爱你’，这件事情计算机也能做到。但是驱使我喜欢上你的那个东西是什么？我该怎么用公式和算法把它写出来？”

“我之前从来没考虑过这个问题。”他的声音低了下来，“假设我是一个模仿人类的人工智能，我有一个本能模块，里面有个命令叫‘寻找恋爱对象’。我在成长的过程中通过统计和学习逐渐完善一个标准：会写代码，长得好看。然后我遇到一个人，那个人满足我目前的标准，因此这个程序被触发，我爱上他。”

东君挑挑眉。

林浔总结道：“虽然可行，但是你不觉得很可笑吗？”

“按照这个逻辑，如果要在人工智能身上实现人类的感情，”东君道，“你需要往本能模块里写入很多命令，‘寻找朋友’‘和亲人建立关系’‘确立人生理想’之类。”

林浔接上：“然后这些命令同时执行。只要你写入的东西足够完善，它就能像一个正常人那样生活，以假乱真，谁都看不出它是一个人工智能。我无法证明我自己不是人工智能，你也不能证明你不是一个人工智能。”他无精打采，“但它很丑，还没有灵魂。”

“我不知道你想做的能不能实现，但我有一种直觉。”东君道。

林浔抬头看他：“是什么？”

“如果是为人工智能创造灵魂，”东君的眼神很静，语气笃定，“它的运算不会很复杂。”

林浔静了静。到了他们这个分上，很多直觉都是正确的。

“对。”他道，“如果灵魂能变成一道公式，它必然不是一套按部就班的复杂程序，甚至可能非常简单，但我现在找不到。我感觉很难受。”

东君的手抚上了他的头发，是安抚性的一个动作。

“但你提出了一个有意义的问题，”东君语气正经，“2027年的一个上午，计算机科学家林浔提出‘灵魂公式’概念，成为强人工智能研究的核心问题，为……”

林浔：“你的语气还不够正式，写不进教科书。”

“那降低一下标准，科普读物。”东君道，“我语文也不好。”

林浔眨了眨眼睛：“那就叫D-L公式吧，我名字都想好了，就差一个式子了。”

东君：“L-D公式比较好，我没有什么贡献。”

林浔：“不，你想，假如我没有和你认识，就不会纠结你到底欣赏我什么，也就不会没事找事思考灵魂了。”

东君：“你为什么会纠结这个问题？”

林浔：“难道不值得纠结吗？”

东君：“那你纠结的结果是什么？”

林浔想了想：“想不出来，可能是我可爱吧。”说完，他发现自己又把男神逗笑了。

“你发现了问题但没办法解决问题的样子确实很可爱。”东君道。

林浔：“你把快乐建立在了我的痛苦上。”

东君：“我也可以把快乐建立在你的快乐上。”

林浔：“没有公式，我快乐不起来了。”

“不对。”林浔突然蹙了蹙眉，缓缓道。

东君：“嗯？”

林浔：“我们偏题了。”

“我是在和你谈论技术问题，”林浔道，“不是来斗嘴的。”

东君：“你先偏题。”

林浔：“是你先。”

东君静了一秒，道：“回滚吧。”

“好，”林浔道，“那就叫D-L公式吧。”

东君：“L-D公式更加适合。”

林浔笑：“你看，就是这里开始偏题的。”

东君：“我认为是你的下一句。”

林浔：“不可能，是因为你的这一句我才会说出下一句。”

东君：“同理我的L-D也是因为你说了D-L。”

“我说D-L的根本原因难道不是因为东君么？东君，D。”

“你主观地想起了东君，”东君道，“这是偏题的根源。”

沉默，短暂的沉默。

东君开口：“你发现问题了么？”

林浔：“发现了。我们仍然没有回到正题。”

东君：“你打算怎么解决？”

林浔：“绝交吧。”

东君：“十分钟。”

林浔：“二十分钟吧，我觉得这个问题不简单。”

东君：“二十分钟你就可以完全解决了么？”

林浔：“事实上这不可能。”

东君微微笑道：“站累了没？坐下慢慢想。”

于是林浔坐在了一旁的沙发上。

绝交时间结束，东君摸了一下林浔的头。

虽然结束了，但是对于这个问题的探讨没有任何进展。林浔知道会是这个结果，因为这种东西不是十分钟或者二十分钟能想出来的，甚至十年、二十年也不可能。有时候，做一件事情需要的并不是时间。

“我希望我有生之年能做出来。”林浔道，“或者看到别人做出来也行，只要做出来就可以，我不酸。”说着，他叹了口气，“这种东西就是里程碑吧。”

强人工智能至今都是遥不可及的想象，可想而知，假如有一天真的实现了，不仅会是科技上的里程碑，整个人类生活和社会结构都会受到它的影响，就像人类文明受到两次工业革命的影响一样。

林浔看向东君，东君看着他，专注在听的神色，他背后的白色窗帘像浪花一样涌起。

林浔微微垂下眼：“我……”

东君：“嗯？”

“我有点……尴尬。”林浔说着，笑了笑，“刚才的话题，强人工智能，挺异想天开的。要是跟别人，我肯定不会说出来，怕别人说我白日做梦。但是对着你，就突然很想说。”

“没事，”东君移开眼神，看向窗外，“你很好。”

林浔站了起来：“出去走走？”

东君：“嗯。”

走出这个房间后，回廊向上延展，整个屋子像雪洞一般。

很冷，这是林浔的第一感觉。他心里惦记着曹警官和他说过的那件案子，想查探一下，但又担心这地方牵连到魔物，而他是个行走的魔物吸引机，怕连累东君，于是一直没有说话，只跟着东君在房子里漫无目的地乱逛，与此同时用上了天眼术，一直在观察周遭。

风平浪静。他的目光从一排抽象画上扫过，这地方是一间琴房。

“好奇怪。”林浔道。狂乱的线条透出一些癫狂的气息，他不能准确描述自己看到这些东西时的感受，只是觉得很混乱——他喜欢有规律的东西。他继续看下一幅，边看边问：“医生喜欢这些东西吗？”

东君没有跟着他一起看，而是倚在钢琴旁，淡淡答道：“不是他。”

林浔：“那是他夫人？”

“有一部分是原主人留下的。”东君道，“是个很有名的导演，医生喜欢他。房子里有一些个人风格很浓重的地方，就保留下来了。”

林浔：“这样啊。”

“导演”这个词让他眯了眯眼睛。曹警官说过，这座庄园附近发生过的案件与修仙界众人在西城区地下室遇到的案件相似，而两者都与拍摄有关。但凡学过概率论的人都知道，世界上并没有那么多巧合。而且他觉得，这些艺术品和房间装饰都透露出一股错乱的气息，喜欢这种东西的人，性格或为人必定有一些不同于常人的地方。

“但是我不喜欢。”林浔道，“我感觉很不舒服，可能太艺术了。”

东君道：“你喜欢什么样的？”

“你的房子我就很喜欢。”林浔道，“很有规律，我觉得很舒服。”说完，他回头看东君——他发现了，自己总是时不时想回头看东君一眼。明明才认识短短二十天，但习惯养成得居然这么快。

这一看，竟然好巧不巧和东君对上了目光。东君倚着巨大的三角钢琴，无论从什么角度看都是个美人。他的五官很对称，林浔时常想拿尺子量一量他的眉眼，看是否符合黄金比例。他今天的衣服也没有别的颜色，黑白分明，像琴键。

这个人和他的房子一样，好像是照着林浔的审美在长。而他看着自己，眼神很深，已经不能用“看”这个字描述，要用“凝视”，眼睛里似乎有一些复杂的情绪。但东君眼里的戏向来很多，对视不出两秒钟，那些形容不出的东西就和平过渡成正常的神色。

林浔笑：“你看我做什么？”

东君眼睫微弯，林浔也不跟他深究。这事其实不是第一次发生，他觉得东君要么非常在意他，要么对他别有所图。前一种的可能性比较大，因为除了脑子比较好使外，他没什么可被图的，而东君也不缺脑子。

林浔转开眼。就在这时，地上突然擦过一道黑影，他猛地转头看向门外！他在的地方，假如存在魔物，那魔物一定会被吸引过来，这几乎成了一个雷打不动的定律。

走廊外空无一物。林浔下意识地用出天眼术，一片虚空中，一串代码飞快掠过，消失在视线的角落里。他快步走过去，手指搭上扶手，看见一个飘忽的黑影迅速消失在楼梯的尽头，逃命一样的速度让他心中有些许不真实感。他不清楚这是不是自己的错觉。

一只手轻轻搭上了他的肩膀。很熟悉的感觉，没有引起他直觉里的警惕，是东君。

东君问："怎么了？"

林浔想了想，还是开口问："你刚才……有没有看到什么东西从这里过去了？"

东君蹙了蹙眉。

林浔："一个……黑影，飞得很快。"

"没有。"东君道，"你有看到？安保系统没有报警。"

林浔没继续说话。迄今为止他看到的所有魔物都是冲着他来的，还没见过打了个照面就逃的。他看着旋转楼梯，它是浮空的结构，这几层都可以通过它到达，下面或许是地下车库，也可能是酒窖或者别的什么。

东君走到他身边。既然东君什么都没有看到，林浔也不想让这些怪力乱神的东西去打扰他的认知，于是道："错觉吧，可能是这里太冷清了。"

东君道："最近没有休息好？"

林浔摇摇头："没有。"

东君："你刚才反应很大。"

反应确实挺大的。林浔清楚地记得那一幕，地板上有他的影子，影子边的一团黑色猛地扑了过来，是有东西从他背后攻击的姿态。他下意识地转身迎战，然后出去查看情况了。

不过，这举动落在东君眼里确实很奇怪。东君说，他并没有看到什么。这可以理解，东君不是修仙之人。但是系统居然也像死了一样一声不吭，要知道，系统发布任务的积极程度是非常高的，一般来说，只要魔物露头，机械音就会立刻响起，把任务分配给他。

真是幻觉？可这地方确实不是普通的地方。算了，东君还跟着，也不好下去查看。林浔觉得自己现在挺像聊斋故事里的鬼，藏着一个什么秘密，得想方设法瞒住自己的身份，不能让东君发现自己并不是平常人。他眨了眨眼睛，试图蒙混过关。

东君的目光却顺着他方才的视线往下看去。寂静的建筑物里，穿堂风不知道从哪一层的落地窗刮了进来，呜呜的声音回荡着。

"有点吓人。"林浔道，"我们出去吧。"

东君转身往走廊走去，林浔跟上，边跟边瞧着东君的背影。刚才那个问题东君没有深究，他以为他会深究的。今天的很多事情都透着奇怪。其实东君身上有很多东西他也没有深究，他悄悄勾了勾唇角。

正想着，就见东君转过头来道："你在笑什么？"

林浔迅速收起表情："我笑你好看。"

东君用眼神淡淡扫了他一下，然后伸手扶着他，把他带下了楼。

草坪上阳光很好，林浔觉得自己刚才在房子里沾了一股诡异的冷气，正好被外面的阳光驱散。聚会区域放了许多小桌，医生和辛普森博士坐在一起，身边是他们的同行。林浔默默围观，感觉这些人已经把聚会变成了高端学术会议。

东君意不在此，偶尔才搭一两句话。

他们聊天的内容是果壳2.0的创意。和专注游戏性、价格略微昂贵的1.0版本不同，2.0会分为几个型号投入专业领域，在削减一部分视觉和体验效果的前提下，大幅度降低成本，以便能够向大众推广。其中的一个领域是医疗。世界上有很多无法行走或者长年卧病在床的病人，接入果壳后，他们或许能在虚拟世界里体验正常人的生活。而现有的一些数据表明，人脑与肢端神经信号与果壳接收器的相互转换，在一种程度上也会刺激这个器官本身——这或许具有重大的医疗意义。

意义是重大的意义，难也是真的难。果壳1.0能把人脑中的活动转换成虚拟世界的动作，并不是只靠读取人脑的神经信号，或者说，只有四分之一是靠读脑，其余四分之三是在捕捉四肢的微动作带来的信号，两者相加，就能够近乎完美地把用户的意愿投射到全息世界中。但是，假如躺在果壳里的是一个全身瘫痪的病患，又该怎么办？所以，果壳2.0要克服的技术难题，就是如何详尽地"读脑"。

林浔听得很认真，直到医生问他："你在想什么？"

"我有个问题，但是很不专业。"林浔说出这句他惯用的开场白。

这是他在打游戏的过程中发现的。一般情况下，打输了会被队友嘲讽，但是，假如一进场就对随机匹配到的队友说一句"我好怕"，被骂的概率就会大大降低。赢了，队友会夸你；输了，也不会太过责备——前提是游戏人物长得不难看。于是，他在和别人讨论专业问题的时候，也会先说一句"我很不专业"。

医生："我也没有指望你提出专业问题。"

林浔笑，笑完道："如果'读脑'技术彻底实现，是不是……人脑的所有活动，都能用电信号在外界呈现出来？"

医生："这太难了，但理论上是这样的。"

林浔："然后电信号可以转化成计算机能够识别的信号。"

医生："没错。"

"那如果我在脑子里想，123456789×987654321，这个信号上传，反馈给计算机，计算机把结果回传，输回我的脑子里，我的大脑是不是就在计算力上得到了延展？同理还有记忆力这些东西。”

医生认真地看着他：“我记得你是搞人工智能的。”

林浔点头：“是。”

“你应该想怎么让计算机像人，而不是让人像计算机。”医生拍拍他的头，“年轻人，你的想法很危险。”

林浔拍开医生的手：“其实这两个问题是一个问题。”

医生：“怎么说？”

“假如计算机的运算能够完全模拟人脑的活动，那人脑的活动也能反馈成计算机的运算。”林浔道，“我觉得这是个可以讨论的问题。”

医生对他进行了驱赶：“这和我们今天的主题八竿子打不着，你和东君去说。”说完，还转头看东君，“你管管他。”

东君只是微微笑了一下。林浔撇了撇嘴。

东君道：“你想做？等做完洛神可以考虑。”

“这不行。”医生又掺和进来，“伦理，这俩问题都有伦理争议。我一直很奇怪，为什么有人搞基因实验会引起大范围的社会争论，人工智能就不会有人骂。”

林浔回他：“你也很不专业，我们这一行还没发展到要谈伦理的地步。”

医生：“万一你真搞出来了呢？”

“我只是随便说说。”林浔继续道，“距离能实现起码还有个一百年吧。”

医生诚恳道：“那你好好回去经营洛神吧，别想这些有的没的了，乖。”

东君面无表情：“你别凶他。”

“你不能惯着他。”医生道，“你看，你把他放出去，他就自己摔断了腿，你假如放任他搞一些奇怪的研究，可能又会出事。”

怎么又提他的腿？他的腿已经好了，真的。林浔不理医生了，拿起手机在群聊里发消息，把这里的地址标出来，说疑似有魔物，建议密切关注。负责每天监视周天星斗大阵的师兄回了一个“OK”的表情。

接下来的活动都很正常，聚餐过后，庄园里有很多可供游玩的地方，简称有钱人的快乐。不过林浔玩得心不在焉，他一直在留意是否还有魔物的痕迹，很可惜，一整天下来，这里都风平浪静到了令人发指的地步。

离开时，夕阳下，他最后看了这座雪白的庄园一眼。

“我有时候会觉得这个世界很奇怪。”

东君也回头望，淡淡道：“哪里奇怪？”

林浔：“说不清楚。”

第七章

OS（上）

到底是哪里说不清楚，林浔现在还不能清楚地说出来。

他打开行程表，勾去今天的日期。四天后是科技博览会的预选，分地区进行，要实地展示。再过两天，就是终选。

回去之后，把东西再整体调试一遍，剩下三天只需要做一些细枝末节的改动——为了表达效果，赵架构在PPT里把洛神吹得天花乱坠，其中掺杂了不少尚未实现的虚假功能。林浔打算最后过一遍，能实现的就实现掉，不能实现的就删掉。总之，一切顺利，他把目前自己能够做到的都做好了，最后能拿到什么名次，取决于别人做到了什么地步。

调试和核对方面东君比他熟练，林浔抱着指针偷闲了一晚，再加上今天活动量有点大，隐隐有些困意，几乎东君一靠过来，他就开始瞌睡了——虽然他觉得自己睡得这么快有点不地道。

清醒过来的时候，周围是熟悉的场景。洁白安静的庄园，翠绿的草坪，浓荫环绕的回廊。他身边的人是医生。

“我看到果壳的市场份额跌下百分之五十了。”医生懒洋洋地支着脑袋，拨弄一旁藤蔓上垂下来的白花，“你真不管银河的事情了？”

“还好吧，”林浔道，“你们不是做出2.0了吗？为什么还不上市？”

“可能是某人想看看你到底有多狠心。”医生叹了口气。

“我没有……”他好像怔了一下，然后放轻了声音，“他现在怎么样？”

“别吧。”医生的声音猛地大了，“你俩真没联系过？”

林浔摇了摇头。

医生看他：“所以你到底是什么意思？”

“不说这个。”林浔转移话题道，“我听说你们不仅做出了2.0，连3.0都要成型了。”

医生挑挑眉："你的消息倒是很灵通。"

林浔耸了耸肩："一半都是我的人，我想不知道也不太容易。"

"3.0，连我都没想到能做得这么好。"医生用肩膀碰了碰他的肩膀，"你一定不知道细节，到时候给你个惊喜。"

林浔笑："好啊。"

"不过今天找你不是要说这件事。"医生正了正色，"Eagle 最近那款全息舱看起来很厉害，你知道。"

林浔看向他，点了点头。

"我们查了，他们家现在的手段有点不光彩。"医生说这话的时候，扬了扬眉，眼中有一点讥诮的神色，"总之现在我们所有的工作都提了一个密级，你那边……"

林浔道："我的东西都会做好保密的。"

"我不是说这个。"顿了顿，医生才接着道，"你的东西一直保护得很好，我只是想说，你注意自己的人身安全。"

静了一会儿，林浔回答："好。"

医生道："你也不可能回去住，我想让你住在我这边。至少比一个人在外面安全一些。"

林浔点头："我会考虑的。"

医生仿佛终于放心了一点儿，伸了个懒腰，站起来，说："夏天要到了。走，我带你去看看酒窖，我搞了一个新的。"

林浔抬头看碧蓝色的天空，天空中流荡着丰满的白云，远处隐隐约约传来蝉的叫声。

今年的夏天和之前任何一个夏天都没有不同。想到这里，他猛地清醒了一下。看着周遭的景色和医生往远处走的背影，他意识到这是梦。他已经很久没做梦了，确切地说，自从搬到东君这里，他就没有做过这种类型的……仿佛真实一样的梦。

林浔深呼吸一口气，睁开眼睛，从床上坐起身来。他环视四周，看到衣帽间的门口缝隙处有一线隐隐约约的蓝色幽光。他下床朝那边走过去，没来得及穿鞋。

还差几步远的时候，他听到了从缝隙处泄露的一丝声音。不是东君的声音，甚至不是人的声音，而是一道机械合成的声音，他和这种声音打过很多交道。

那个声音听不出任何感情色彩，平铺直叙地说："毕竟你什么都做得出来。"

三秒的寂静后，响起的是东君的声音："这种莫名其妙的事情，不是你一直在做么？"

对方回答："我不执行自相矛盾的操作。"

东君的语气很淡，也很冷，像薄薄的刀锋："我知道了。"

机械音道："如果不是你——"声音戛然而止，黑夜里落针可闻。

林浔觉得是自己被察觉了，他轻轻推开门："我……"

东君转过头来，面前是一块蓝色的悬浮光屏，又是林浔没见过的黑科技。幽淡蓝光的映照下，东君的侧颜像冰雪一样寂静，神情未来得及收起来，确实很冷，就像他方才的语气一样。林浔自忖还没有见过东君这个样子。

看到他后，东君的神情缓和了许多，他道："吵到你了？"

"没有。"林浔道，"我自己醒的。"

"抱歉。"东君关了屏幕，朝他走过来，揉了揉他的头发。

林浔："你不继续了么？"就那样把人家挂掉了？

"没事。"东君道，"是人工智能。"

林浔："……哦。"

"这么晚了，是有什么事情吗？"林浔问。

"嗯。"东君道，"明天要出门。"

林浔跟着他往外走，却看见东君低下了头。

"我刚醒，"他看着自己踩在地板上的脚，"有点失智。"

东君淡淡看了他一眼。

林浔坐到床上，抱着枕头往旁边缓缓蠕动，给东君留出一个位置。

东君问："怎么醒了？"

"做了一个梦，"林浔揉了揉眼睛，"然后就醒了。"

东君笑了一声："继续睡？"

林浔感受了一下自己的精神状态："我暂时不困了。"

"嗯？"东君道，"那你想做什么？"

林浔观察了一下东君——这人靠在床的靠背上，姿势略微慵懒。他爬了起来，居高临下地看着东君："我有点东西想问你。"

他是有点不清醒，但他的不清醒，也比正常人的不清醒要清醒一点。这个世界真的很奇怪，刚才做的那个梦则更加奇怪，信息量还很大。他的智商没问题，任何一个智商正常的人都会察觉到一些不太寻常的东西。更何况最近东君对他太过放任，让他觉得自己可以质问一下。

果然，东君笑意淡淡："问。"

林浔没和他客气，拿起一旁的手机，翻到东君的微博。东君迄今为止只发了三条微博。第二、三条是和林浔有关的，没关系；第一条则是林浔一直好奇的。

"Lo 问我为什么看星星。"

"我觉得银河和代码是同一种东西，这也是一种回答。"

林浔把这个界面杵到东君眼前，并且出声：“Lo 是谁？”

东君握住他手腕，按下，眼里似有一点促狭的笑意：“你是不是想问很久了？”

林浔：“……现在是我在问你。”

东君把手机拿开，浓睫微垂，神情非常无辜，回答：“一个朋友。”

林浔对东君这个表情的抵抗力近乎于无，一看他这个样子，瞬间觉得自己罪大恶极。但他不会打住，他继续问：“很多年前就认识的朋友吗？”

“嗯。”东君道，“一起成立银河的朋友里的一个。”

林浔想了想，又道：“那……我应该听过他的名字？”

东君摇了摇头，林浔略微疑惑。

下一刻，东君从靠背上起身，在他耳旁道：“他已经去世了。”

林浔愣了愣，声音有点涩：“……对不起。”

“没关系。”东君道，“已经过去很久了，所以我没有对你提过。”

“这样啊。”林浔道。他嘴上说着“这样啊”，心里却已经闪过无数可能——什么“Lo 车祸去世，东君立誓研究自动驾驶系统”之类的三流小说剧情。虽然心知不该这样不尊敬死者，但架不住他是个天赋异禀的柠檬精。

于是，他犹豫了一下，还是问道：“是生病了吗？”

“不是。”东君道，“自杀。”

一时之间，林浔不知道该说什么。他支起身子来，看东君的神色。

还未等他出声，东君便先道：“我母亲也是自杀。”

林浔便没说话，静静地听他说。

“那天她对我很好，对东忱也很好。”东君轻声道，“她给东忱打电话，声音很温柔，让他早点回来。”

“然后……她说回房间睡觉。”东君的手指轻轻抚着他的头发，“后来，我就没有再见过她了。”

林浔低声道：“对不起。”

东君笑了一下，林浔觉得他安静的神色里有一丝隐约的疯狂。他听到东君轻声问：“你也会自杀吗？”

林浔还真的认真想了一下这个问题。想完，他笑道：“怎么可能……”

东君：“嗯？”

“我不是那种会自杀的人。”林浔看着东君的眼睛，“你看，现在我和男神一起做事，没必要自杀，好好活着还来不及。要是有一天我们不一起了，我可能会有点难过。”

“但是，也不会到想自杀的地步。”他抿了抿唇，“我还有很多朋友，安全和架构都活得好好的。还有我姐，我不可能做出那种自己选择去死的事情。”

东君眼睛一眨不眨地看着他：“还有呢？”

“还有就是……假如有一天，你们都没有了，我和这个世界没有联系了，”说到这里，林浔笑了笑，“那我还能写算法呢，我还有洛神。或者给我一台电脑，我觉得我一辈子都能过得不错。”

他继续说道：“只有万念俱灰的人，或者受到很大打击的人才会自杀吧，我不可能的。我一直有事情做。”

东君又问：“那你讨厌什么？”

“我……没什么很讨厌的东西吧。”林浔边想边道，“我算是个挺积极的人，精神状态很好的。”

“不过，好像从小就不太喜欢别人管我。”他补充道。

东君：“喜欢自由一点？”

“算是吧。”林浔俯下身，像东君平日里给他顺毛一样捋了捋东君的头发，“总之我没什么心理问题。”

东君的眼睛里似有一丝落寞。

林浔想，眼前这个人失去过很重要的人。或许是他的母亲，或许是Lo，都不重要了，反正他是不会让这种事情重演的。他抱了抱东君：“除非你不想跟我玩，否则我肯定不会走的。”

东君：“真的么？”

林浔：“真的。”

东君微微勾了一下唇角：“你这么听话。”

林浔：“我最会听话了。”

东君笑了一声。

林浔还是有点在意，他道：“你对别人也这么好吗？”

东君：“没有。”

林浔：“真的没有吗？”

反正他今天询问Lo，柠檬属性已经在东君眼里暴露得彻彻底底，还不如借机把想问的都问了。

“没有。”东君眼里的笑意很温柔。

“那我暂时相信。”林浔小声嘀咕。

东君看着他的眼睛：“暂时？”

林浔：“万一你骗我呢。”

东君的眼睛像是一潭望不见底的潭水，可又有一点微茫的光，像是星星的光辉，他语速很慢，一字一句道："我永远不会骗你。"

这句话的语气郑重得出乎林浔的意料，他几乎以为这是在立下什么誓言。而他也真的信了，并不是因为这句话多么有理有据，或者他的语气有多么令人信服。面对着一个这样的人、这样的神色，无论他说什么，你都会信的。

林浔觉得自己现在终于摸清了东君的诉求，他恐怕是个很没安全感的人，所以会想要紧紧抓着什么东西不放。那次薛新给他打电话，被东君听到，这人硬是一句话都没让他接着往下说。前几天自己在外面弄伤了腿，东君和医生说再溜出去腿打断，那语气真得不能再真了。

但在他们这些天的相处里，这种诉求，东君并没有表现得很明显。他就像一个完美的家人，体贴、温柔，还会无底线地纵容你做任何事情。林浔认为这并不是真实的，东君真的不是这样的人。程序员的代码就像画家的画，但凡看过东君代码的人都能体会到他不可能是个温柔随和的人。

"你觉得没有安全感的话，可以看管得紧一点。"林浔对他道，"我不会害怕的。"

东君的手臂微微绷紧了一些："你不是喜欢自由一点么？"

"那也要看情况的。"林浔道，"你想看管多紧都可以，真的。想关我也没事，给我留台电脑就行了。我们粉丝对男神从来没有底线。"

东君的神色终于温柔了下来。林浔躺在床上，被困意打败，睡了过去。

第二天，因为东君有事情要出门，林浔快乐地给他搭好了衣服。他的审美可能在这些天里出现了质的飞跃，怎么看东君身上的衣服都很顺眼——当然，也可能是因为东君穿什么都好看。

唯一可惜的一点是，东君穿正装比较多，虽然好看，但没有什么发挥的空间。而经过他对东君衣柜的观察，这人的衣服种类其实非常多，只是没有机会穿出来而已。假如他姐看见，一定会因玩了太久的换装游戏而当场昏厥。

抱着指针送东君出门的时候，林浔轻轻扯住了东君的袖子："我今天回朝阳小区那边，和架构一起改一下 PPT。"

东君倒也没有禁止："注意安全。"

林浔："好的。"

东君："权限都给你了，车随便开。"

林浔："好的。"

"算了，"东君道，"我先送你。"

林浔：“……好的。”他和指针就被打包送回了朝阳小区。

大门一开，赵架构和王安全夹道欢迎。

王安全：“你还知道回来。”

赵架构：“事实上，他能知道回来，我已经感到很惊喜了。”

林浔：“你在 PPT 上写了太多不实信息，我今天是来搞你的。”

“搞，您随便搞，我这就给您铺床。”赵架构道，“来，小姜，我们恭迎浔神。”

林浔：“滚。”

赵架构：“你脾气怎么还是这么差？东君没把你教好吗？”

林浔：“我双标，你又不是不知道。”

赵架构：“行。”他打开电脑，调出 PPT，“那来吧。”

这一来就是四个小时，他们四个人凑合吃了一顿外卖，直到下午一点才一一核对完毕。

林浔略有些虚弱，委顿地靠在沙发上。赵架构开了一盒牛奶，把吸管给了他，保存文件，然后道：“我晚上再美化一下，就可以发给展方了。”

“美化外观可以，”林浔道，“但不能胡编乱造。”

赵架构：“我从来是有一说一的。”

林浔：“我相信你。”

赵架构伸了个懒腰。

写算法和编程虽然有的地方很难，但毕竟是有趣的。然而像写论文、写报告、做 PPT 这种事情，就非常恶心了。还好赵架构和他的爱好不一样，赵架构能从做 PPT 和写报告中得到快乐，这是林浔比不过的，因为有赵架构分担各种报告，他的大学生活和现在的生活都很快乐。

王安全倒在沙发上：“那我就放假了？”

“嗯哼。”林浔道，“我们都放假了，我把工资发掉。”

王安全：“姜哥怎么说？”

林浔看向姜连。这一个月的工作内容已经结束了，姜连可以回老家结婚了。

姜连道：“再等等吧，等展会出结果。”

安全道：“结婚重要。”

姜连诚恳道：“没有对象，回去要先相亲。”

赵架构：“那也重要。”

安全道：“哥，要是你留下，等我们拿了第一，正式变成公司，我们就不放你走了。”

姜连笑了笑，道：“我觉得咱们挺好的。”

王安全吹了一声口哨：“成了。”

林浔鼓掌。

姜连举起可乐罐：“祝咱们越来越好吧。”

林浔拿牛奶盒和他碰杯，王安全和赵架构也凑了过来。这一碰杯，不管最后的成绩怎么样，今年的夏天就算圆满了。

圆满了的夏天，生活的意义只剩下打游戏。林浔跟着赵架构连输了五局后，终究还是自闭了。

“我走了。”林浔道，“再见，你好好打。”

“这也有你的责任，”赵架构道，“我们两个都需要练习。”

“我觉得你练不出来了。”林浔拉开门。

“不，你留下，我们好好说话，我们会赢的。”

林浔回头凝视着他：“你以后不要期待赢了，还是从打游戏本身寻找快乐吧。”

“不可能。”赵架构说着，又开了一局，“打游戏就是要赢。”

林浔扬了扬眉，一手拎着猫包，一手拎着收拾出来的几件衣服，回到赵架构旁边：“你赢一场我看看。”

“那你还是走吧。”赵架构问，“下次我们什么时候见面？”

林浔：“预选，很快了。”

“啧。”赵架构摆摆手，“赶紧走。”

林浔：“那我不走了。”他把东西放在沙发上，转身回了自己的房间，闭上眼睛，意识沉入系统空间。

自从腿伤了，时间又被东君和工作支配后，他已经几天没来过这里了。

系统空间还是那个样子，灵力也攒着没有用，林浔按照自己对各种语言的熟悉程度把能兑换的都兑换了，然后来到任务区。他环视一圈空间，中央的屏幕非常庄重，语言树随着他灵力的增多越来越繁茂。

“系统。”林浔出声问，“这么完善的设定，给我玩，你不觉得很亏吗？”

系统没出声。林浔笑了笑，来到任务区前。金丹期的主线任务已经完成，随之而来的主线任务是达到元婴期。

这个系统有主线任务、支线任务，有技能树和技能书，有分为三六九等的法器，甚至还有各式各样的物品奖励。林浔想起有句俗语叫“窥一斑而知全豹”，从他现在所接触的系统功能来说，这个系统必然有一套详尽庞大的升级和奖励体系。

可惜，可惜是他在玩。假如是一个程序语言的初学者，从“Hello,World!”开始，熟悉编程的各种基础操作，然后升级技术，中途解锁各种各样的语言，最后渡劫飞升，想必他定能成为程序界的一届大神，而其中的趣味性也非常强。

但是，这个系统对他来说，可玩性就有点不太够了，因为他已经不是新手了。他了解非常多的程序结构，而且拥有无数可用的文件，没有时间也没有必要再亲手敲下程序来升级。与此同时，他升级还很快，很容易就能推进主线，快到了修仙界众人难以接受的程度。不过，他对于达到渡劫期还是很向往的。就像赵架构说的那样，玩游戏就是要赢。

他定了定心神，开始回忆《漫漫仙途》中对元婴期的描述。

这个世界是一个实体的世界，人也是实体的人。因为两者是同一种意义上的物质，所以他们之间能够发生互动。譬如人可以呼吸空气、喝水、吃东西，可以在这个世界上活动。但是，修仙意义上的世界和凡尘俗世不同，是由天地罡气、天地灵气混合构成的。金丹期以下之人的法力不过是粗浅地吸纳灵力，并且用出来。而更高层次的利用，需要他与灵气、罡气组成的那个世界产生共振或者共鸣。

要与灵气、罡气产生共振，那么你自己得是它们的同类。于是就有了元婴一说，元婴是修仙之人在丹田中孕育的一个“道胎”，或者说“法身”。它全由灵力构成，但又与人本身息息相关。元婴身为灵气的聚合体，能够向上与天地灵力沟通，而人又能通过丹田控制元婴。这样一来，元婴相当于一个转换器，人可以通过元婴间接接触到天地灵气，获得更高一层的法力。

在一定程度上，元婴就是金丹的进化版，只不过金丹过于呆板，只是灵力的压缩体，元婴却是一个人形，是活人在灵力世界中的映射。

理解完理论上的弯弯绕绕之后，林浔开始在自己了解的领域内回忆，有什么东西的作用和它类似。思索一会儿，无果，玄学与科学的相互转换实在很难，这个升级系统对他其实也并不友好。

他漫无目的地翻看着文件夹，学生时代的许多项目都很有意思，有些东西现在的他未必能写得出来。他有点出神，如果……不从玄学的角度思考呢？在之前的修炼里，他已经算是精通了种种基础算法和数据结构，再往上应该学什么？或者说，一个程序员在学会了算法和数据结构之后，应该去学什么？

这个林浔很清楚，他该学习怎样成为一个合格的程序员了。而一个合格的程序员，要有独立开发的能力，要开始接触用户的需求了。他应该知道怎样把只有电脑能够读懂的程序语言，变成一个用户能够下载使用的软件，把程序的各项功能在这个软件中呈现出来。代码不再是几万行只有程序员才能读懂的天书，而是所有人只需要通过简单学习就能使用的工具、游戏，或者别的什么。

如果说修仙人要面对的是天地灵气、天道，那么程序员要面对的就是用户——当然也可能是产品经理。说到底，还是面向对象。而要做到这一点，需要的技能也很简单，就是封装、打包，和金丹期有异曲同工之妙，重点在元婴和金丹的不同之处——那个功能齐全的“道胎”“法身”。

林浔寻思，系统的意思可能是要他写一个操作系统。行，写，不过是一个操作系统，浔神岂是浪得虚名。他立即退出系统空间，来到客厅，看向沉迷游戏的王安全和赵架构。

“以前的操作系统作业还有吗？”

答案是，有。妥善保存自己写过的程序是一个程序员应该具备的基本素养。

林浔从他们的电脑中将其拷走，传到系统空间，开始运行。他心中并没有负罪感，虽然不是自己的程序，但他确实认真修仙了，在参透了原理的基础上，才开始进行拷贝式修仙。和其他的学科不同，合理的拷贝也是程序员必须具有的素养之一，“Ctrl+C”和“Ctrl+V”是世界上非常伟大的一个发明。

但三分钟后，他再次来到客厅：“为什么你们的系统都有错？”

王安全挠了挠头：“我写得好像有点水。”

赵架构从游戏中抬起头来：“我写得也不太好，花里胡哨的。”

林浔：“你们让我失望。”

王安全：“哦？那你写的呢？”

林浔：“我的程序难道不一直都是你们两个的杂交结果吗？”

赵架构：“哦，我的有错，安全的也有错，所以你的只能错上加错。”

林浔：“没错。”

他看向姜连，姜连自觉道：“这门课我也是水过的。”

王安全：“看，计算机基础教育的悲哀。操作系统一门大课，就培养出了我们四个水货。”

赵架构：“啧。”

他们三人离开林浔，去游戏舱玩全息游戏了。林浔只能回到系统空间，安全的程序报错最少，林浔打算改他的。然而，改了半个小时，错误不仅没有减少，反而在增加。这可以说是林浔修仙道路上遇到的最大阻碍了。他离开系统空间，给东君发消息。

一只快乐的指针：男神。

一只快乐的指针：你写过操作系统吗？

一只快乐的指针：我想要。

东君这时候估计在忙，不过过一会儿他就会看到的。

这时一个电话打进来，不是别人，正是三天没有联系的祁云。

林浔接通电话：“你好。”

“你好。”祁云有气无力道，“你有空吗？”

林浔：“有，你怎么了？”

“我现在是条鱼。”祁云道。

林浔：“我知道。”

祁云：“我三点就能变成人，变六个小时。”

林浔：“恭喜。”

祁云：“但我三点的时候要到夫人给我联系的人鱼剧组报道。”

林浔：“恭喜，你有戏演了。”

祁云：“其实我的理想不是演戏。”

林浔：“但演戏能增加你的知名度。”

“确实。”祁云道。

林浔：“所以你找我做什么？”

祁云：“我是条鱼。”

林浔：“所以呢？”

祁云：“我要在三点前赶到剧组，我没有腿，走不过去。”

林浔：“师兄呢？”

祁云：“他说开会，回不来。”

林浔：“我有车。”

祁云：“谢谢哥。”

林浔挂断电话，他寻思这一趟也用不了多久，就自己出门了。

祁云要演这部电影纯属机缘巧合。那天他和常寂在西城区打水鬼，没想到水鬼就是祁云，不仅如此，祁云的人鱼模样还被无数人拍到，并在网上大范围传播。蝴蝶夫人的迷雾能够让在场的人忘记发生了什么，却不能洗去互联网的记忆，只能假戏真做，给祁云联系了一个有人鱼角色的剧组，用来模糊人们的视线——反正她手里不缺影视资源。

林浔跟宿管阿姨撒了个娇，拿到备用的门禁卡，刷开了常寂的宿舍门。这里一如既往的干净朴素，浴室里传来“哗哗”的水声，祁云正在玩水，看到林浔的第一句话是：“我想吃东西。”

“你辟谷了，听话。”林浔把浴缸里的水放掉，然后用一件大衣把祁云的鱼尾巴裹起来，抱着他下了楼。祁云湿漉漉的手臂搭在他的肩膀上，长发垂下来，不看脸，确实是条盘亮条顺的美人鱼。

美人鱼半死不活地躺在后车座上，变成了一条死鱼。林浔问好了地点，捷达的自动驾驶系统启动，朝影视城开过去。

后座的人鱼说了一句脏话。

林浔：“怎么了？”

“你游戏段位怎么这么低？”

“你这个战绩负的也太多了吧。”

“你这不是青铜，是青铜矿石。”

林浔：“……你才知道？”

祁云：“你菜找我啊，爸爸带你打。”

林浔：“不用了，我打高了过几天又会被队友拉低。”

祁云：“行吧。”

这人天生多话，没安静一会儿，就又凑过来，道：“我跟你讲，夫人给我联系的这个戏很厉害的，大导。”

林浔：“怎么说？”

祁云：“高廖，你听过吧。”

还真听过，而且不止一次，甚至最近几天的经历也和他有关。

林浔：“西城区地下室那部片子，是不是就是他的？”

祁云：“啊？”

“对不起，我忘了你没去。”林浔道，“有部恐怖片，讲一家青旅里的灵异事件，是他吗？”

祁云：“对，是他。”

林浔眯了眯眼睛。地下室的恐怖片是这位高廖导演的作品，医生的那座庄园之前的主人也是他，这个导演可能和地下冷库碎尸案有千丝万缕的联系。冤家路窄，现在祁云竟然要演他导的电影了。

林浔问：“你的电影演什么？”

“克苏鲁，你懂吧？”祁云道。

林浔：“我不懂。”

祁云：“其实我也刚懂，好像是一种比较前卫的恐怖片。”说着，他调出资料来，给林浔看。

片子名叫《迷失海岸》，讲的是一个水手的故事。

水手从小在海边长大，他的家族世世代代都是优秀的水手。他很爱这片海，大家都认为这是因为他出身于水手世家，但其实，另有一个浪漫的原因。

水手一直坚持认为，小时候的自己曾经在潮水退去的礁石上见过一条美人鱼。长大后，有关美人鱼的场景仍然在他梦中时时出现，他坚信他的美人鱼一直在海里的某处等待着他。于是，他有了一个梦想，想要去到海洋的最深处，和美人鱼相见。

终于，他的机会来了。在一个大雾弥漫的夜晚，一支载着珍贵货物的船队在海上出事，他作为最优秀的水手加入了救援队，打捞货物时，他在海洋深处发现了一个神秘王国的入口。然而，那并不是人鱼的国度，而是不可名状的怪物的巢穴，难以用语言形容的古老、恐怖、丑陋。

电影简介到此为止，它的噱头是用海下王国诡奇、疯狂的画面探索人类认知的极限。

林浔蹙起眉头。这样看来，这部片子的人类演员很少，有名有姓的主角甚至只有一个水手。他诚恳地问祁云："你演什么？海怪？"

"不可能，太丑了。"祁云用尾鳍拍了拍座椅，脸上露出得意扬扬的神色，"我演一开始的'梦中情鱼'。"

"行吧。"林浔瞅了瞅祁云苍白到近乎透明的脸，"你变成人鱼以后，还真有点超出性别的美。"

祁云："你的意思是说我不男不女？你是不是想和我打起来？"

"这不是说你漂亮嘛。"林浔道，"不过你的导演可能有问题，你多观察一下吧。"

祁云眼珠转了转："拍这玩意儿的人确实有点变态。"

"嗯哼。"林浔附和了一声。

他们一路插科打诨，四十分钟后抵达影视基地。今天没有实际的拍摄任务，主要安排是报到和看剧本。祁云在下午三点钟的时候把林浔赶下了车，十分钟后出来，已经是一个穿着衣服并且有腿的人了。

这人穿得简单又不简单，黑T恤、黑裤子，样式很简洁，但前胸后背缀着不少金属锁链装饰。黑色的衣服衬得他的肤色白到透明，不是正常的白皙，而是一种病态的苍白。

祁云注意到了他的目光，道："变鱼的后遗症。"

林浔后退几步，从头到尾把祁云打量了一遍。虽然变成了人，但那一头长发没有收回来，还是齐腰的长度。脚踝纤细雪白，脖子、手腕、锁骨都透出一种脆弱感。五官在原来的基础上发生了一些微妙的变化，原来只能说是清秀好看，现在则是又病又美，像一碰就碎的水滴。

"虽然你有了腿，"林浔客观评价，"但还是有一些鱼气。"

"滚。"祁云显然也知道这件事，"烦死了。"

林浔："我现在相信你能演好了。"

"我当然能演好。"祁云不耐烦地瞟他一眼，"快扶我进去。"

林浔："是是是。"

他今天充当的角色是祁云的助理。当然，鉴于他这张脸上过多次热搜，容易被发现，于是祁云没戴口罩，他反倒戴上了。

祁云的腿虽然是条腿，但是根本不实用，整个人走路轻飘飘的，弱柳扶风，像一条鱼，大部分时候都要靠林浔帮他维持重心。他们因此走得慢了些，到会议厅的时候，里面已经坐满人了。

林浔一眼就看到会议室尽头的智能白板前，拿着一支笔给工作人员和演员们比画什么的中年男人。他身形高大魁梧，但其貌不扬，眼神有些沉，鹰钩鼻盘踞在脸中央，显眼得很，和搜索引擎上显示的高廖导演的照片相符。

祁云似有些体力不支，轻轻喘了几口气，环顾四周，试图找到空出来的位置。但是，能看到的地方都坐满了人。

“尴尬。”祁云小声地对林浔嘀咕，气力不足，声音也虚弱得厉害。

林浔却没看祁云，而是看着高廖，这人暗沉沉的目光活像找到了猎物的鹰隼，直直地向这边射来。他向左侧挪了一下身体，高廖的视线没有移动丝毫，他确定高廖看的是祁云。足足五秒后，高廖转头，向旁边的工作人员打了个手势。工作人员搬了一把椅子上来，放在第一排。

高廖的意思很明显了，林浔带着祁云走过去。这条鱼变成人后明显虚弱了一个档次，靠在椅背上，又喘了几口气，眼尾晕了一点儿红色。

林浔总觉得高廖又往这边看了一眼，他给祁云传音：“他好像看上你了。”

祁云：“别吧。”

“加油。”林浔道，“去接近他。”

祁云：“接近他？”

林浔：“你现在是一条美貌的鱼，你还美得很病态。你看他的眼神，是不是想吃了你？”

祁云：“……我现在修为不太高，我没剑。”

林浔：“他只是个普通人，你应付他绰绰有余。”

祁云：“我怎么觉得绰绰无余？”

“你太让我失望了，”林浔道，“剑修的尊严呢？”

祁云：“行。不过他干什么了？”

林浔：“他拍了一部鬼片，在地下室和冷库拍的。我们那次除魔，发现冷库冻着的人体模型里有一部分是真的尸块。”

祁云：“厉害。”

林浔：“而且类似的案子几年前也发生过，在郊区的一座庄园里，那座庄园曾经是他名下的房产。”

祁云：“所以他是个碎尸杀人狂？”

林浔：“可能吧。你现在演他的戏，很容易能接触到，可以收集一下线索。”

祁云："那他要是想碎我的尸呢？"

林浔："那你就喊师兄。"

祁云翻了个大大的白眼，然后就不跟他传音了。

那边，高廖开始讲戏了。他用来讲解的PPT的背景是一团墨绿色的东西，深浅不一的色块以一种难以言喻的方式相互纠缠，拥挤又松散，充塞着人的视野，让林浔感觉到有点恶心，和那座庄园里的装饰画一样。

不过，高廖讲得倒是很好。这不是一部商业片，也不是文艺片，严格来讲，是一部纯粹的恐怖片。市面上的恐怖片大部分都靠灵异和血腥来吸引眼球，卖足噱头，但《迷失海岸》不同，它追求的是极致、纯粹的恐惧。这种恐惧并不来自鬼、幽灵、杀人犯，或者人性的黑暗面这些常见元素，而是来自另一种巨大生物的存在。

海洋深处的王国是一个不属于人类文明的栖息地，那里生活着巨大的古老生物，它们形态丑陋，超出人类的认知范围，所拥有的力量也令人难以想象。人类的存在，对比这些经过了亿万年文明轮回的生物，只是一粒微小的尘埃，人类面对它们时的濒死的恐惧，对它们来说也不值一提——这部电影想要表达的东西就是这样。

主角追寻心中的美人鱼来到此处，却遭遇丑陋、古怪又疯狂的巨大群居生物，他饱受惊吓和折磨后，竟然渐渐领悟到一种独特的美。感官的战栗令人上瘾，意识到自己的渺小后，他对这些力量近乎神的生物产生了崇拜，甚至想永远居留在深海，成为它们的信徒。这就是片名《迷失深海》里的"迷失"两个字。

高廖说这些的时候，脸上现出狂热的神色，让林浔觉得他不是在讲电影，而是想让在座的人都体会到他想要表达的感觉。林浔没有艺术的细胞，因此不能进入那种狂热的氛围，不过底下显然有好几个人已经入戏了。

就在这时，祁云的传音传来："好烧钱，这要多少特效？"

林浔："我也是这样想的。你片酬多少？"

祁云："不高，我没多少镜头。"

林浔："但我觉得你会被拍得很美。"

祁云正经起来："他现在就是我的衣食父母。好了，我要认真听了，我肯定能演好'梦中情鱼'。"

祁云还真的听进去了，而林浔始终是随便听听。

讲完了"恐惧"，高廖开始讲"慕强"。水手最终迷失在深海中，就是因为他被这些巨大生物来自远古的力量所吸引。人总是会注意到在某些方面远远超过自己的事物，这是一种恐惧或者嫉妒，有时候也会转化成热爱。

林浔觉得他说得对，比如男神的编程水平远远超过他，所以他就喜欢男神。说到底，自己还是个俗人。

林浔的听课态度逐渐消极。高廖导演的表演终于结束，编剧又上来讲了二十来分钟后，进入自由讨论环节。

祁云来这里是蝴蝶夫人牵的线，因此虽然是生面孔，却仍有不少人来跟他客套，其中不乏这一行的前辈。要是平时的祁云，一定非常高兴，但现在的祁云是条半死不活的鱼，走两步就要喘一喘，和这么多人客套过后，已经连话都不怎么能说出来了。

林浔正要给他倒杯水，却见一个装了水的一次性杯子直直递到了祁云面前。

祁云接过去，气若游丝地说了一声“谢谢”。林浔抬头，见来人正是高廖。祁云捧着杯子小口地喝了几口，眼神终于有了一丝活气。

高廖问：“你是棋云？”

祁云：“是的，导演。”

高廖的目光久久停留在他的身上和脸上，最后说：“你身上有水的气息。”

祁云小声道：“谢谢。”

等他喝完，林浔接过杯子，扔到几步远的垃圾桶里。回去的时候，高廖正朝祁云伸出右手，是要握手的姿势。祁云将手伸过去，细白的手指被高廖握住，看起来握得还很紧，大概有五秒才放开。

高廖：“合作愉快。”

祁云：“……合作愉快。”

“身体不好可以先去休息。”高廖道，“你的戏份不重，不要勉强自己。”

祁云：“谢谢导演。”

高廖转身离去。祁云磨了磨牙齿。

林浔：“啧。”

祁云没好气道：“你‘啧’什么。”

林浔：“啧你好看。”

祁云：“滚。”

林浔除了笑不知道该干什么。谁能想到这么一个病歪歪的美人，皮底下是一个没文化的暴躁剑修呢？起码他第一天认识祁云的时候，绝对想不到这人会沦落到这个地步。

接下来倒是风平浪静，剧组众人拉了微信群，明天开机仪式，然后就是为期四个月的拍摄和制作周期，其中祁云只需要在剧组待十天。

祁云视线从手机屏幕上移开，抬起头来，对着高廖的背影龇牙咧嘴。

林浔：“怎么了？”

祁云：“他要加我好友。”

“加油。”林浔，“除魔破案的任务就交给你了。”

祁云白了他一眼，边在衣服上反反复复地擦手，边嘀嘀咕咕：“还是和尚好，碰都不让我碰，抱一下我就像要杀了他一样。”

林浔的手机屏幕忽然亮了，弹出好几条消息。点开，是赵架构。

赵架构：你在哪？

林算法：有点事情，等会儿就回。

赵架构：你以为我会管你在哪吗？东君问的。

林算法：？

林算法：你告诉他我就在朝阳小区，我马上回去了。

赵架构：他现在就在朝阳小区，他是来接你的，结果你呢，你飞了。

林算法：……我完了。

赵架构：你死了。

林算法：我这就回去。

赵架构：回他家吧，他确认你不在就带猫走了。

林算法：那我岂不是死得更惨。

赵架构：嘻嘻。

关上屏幕，林浔对祁云说：“我快完了，东君找我，我要回去了，你自己加油。再见，我让师兄来接你，你顶住。”

祁云：“欸！你！”他想要拉住林浔的衣服不让他走，奈何人虚，没扯住。

林浔立刻溜了。朋友本是同林鸟，大难临头各自飞。反正祁云再虚也是金丹期的人鱼和金丹期的剑修，不至于真被怎么样。

路上，他给东君发了条信息，说有点事情出去了，这就回。

东君：（笑）

一只快乐的指针：么么哒。

东君：么么哒。

一小时的车程过于漫长，东君的车已经停在院子里了。林浔深呼吸一口气，如同一只即将被下锅的兔子，怀着英勇赴死的心态推开了门。

东君不在客厅，这一点他已经预料到了。他上楼，来到东君的卧室。东君还穿着早上出门时的那身衣服，背对着他坐在床上，指针从他肩膀上露出两只耳朵和半个脑袋来，“喵”了一声。

林浔心中莫名其妙地生出了愧疚。他坐到东君身边，指针用尾巴钩住他的手臂。

林浔：“我回来了。”

东君：“嗯。”

林浔认错：“我以后去什么地方会和你说的。”

东君：“嗯。”

林浔继续认错：“我以为我很快会回来的。”

东君：“嗯。”

林浔持续认错：“我错了。”

东君看了他一眼，态度像春风一样温和：“我给你带了礼物。”

林浔：“是什么？”

东君：“不给了。”

林浔：“我错了。”

东君饶有兴趣地挑了挑眉：“错在哪里？”

林浔闷闷道：“我刚才不是都说了么？”

东君：“说得不对。”

林浔：“我想不出别的词了。”

东君又冷冷淡淡地睨了他一眼：“继续想。”

林浔：“那你教教我？”

东君：“不教。”

林浔：“教吧，这样我下次就会了。”

东君：“你还有下次。”

林浔：“……我的话你听听就算了。”

东君眼里有微微的笑意，那是一种看小兔子或者小猫的眼神。“不用怕我。”他淡淡道，“不论你去做什么，我都不会把你怎么样。”

林浔：“……哦。但是如果你不高兴，我也就不高兴了。”

东君：“不会让你不高兴。”他起身，来到电脑桌前，打开了一个文件，是洛神的文件。林浔看着他又点开桌面上一个他不认识的图标，进行了一番操作，房间突然暗了下来。

东君道：“送你的。”

一片漆黑的房间里，突然亮起一点幽微又清澈的蓝光。0 与 1 组成的代码条交织，仿佛银河流淌，一个悬空的人影在林浔面前缓缓浮现。

一个十二三岁的少年。寂静里，它缓缓睁开眼睛，一双霜蓝色的眼睛，五官精致漂亮，又有一丝清冷，整张脸带有骄矜又淡漠的神气。它有一头银色的长发，穿着一身华美的银纹白袍，上面点缀着蓝色的扣子，像童话故事里的精灵王子。

“嗨，”它朝林浔伸出手，是熟悉的声音，“你好。”

林浔的声音微微有些颤：“你叫什么？”

“洛神。”

林浔愣了愣，看着这少年朝自己伸手的动作，伸出手虚虚和它触碰。他道：“你长得和我想象的不一样。”

洛翻了个白眼：“那你希望我长什么样子？”

说着，光芒闪烁，它换了个打扮，一头银发束了起来，穿着漂亮的衬衫和马甲，像个中世纪庄园里的小少爷：“这样呢？”

五秒钟后再变，变成穿银蓝色校服的初中生：“这样？”

再变，换了一身宽袍大袖的雪白古装：“这样？”

还变——

“行了。”林浔真诚地对面前戴着一枚银色耳钉的滑板少年道，“你真的要听吗？”

洛：“听。”

林浔：“小萝莉，你明白吧。”

洛和他对视了三秒，身上亮起变身时的白光，但是三秒钟后，那光又暗淡下去了。

“设定冲突，无法执行。”洛朝东君看了一眼，对林浔道，“你去和他说。”

林浔看东君，东君微挑眉。

东君：“我以为你喜欢这样的男孩。”

林浔：“为什么会这样觉得？”

东君：“猜的。”

林浔：“我好奇你这样猜的依据。”他扯了扯洛的脸，心想他从来没有表达过这种倾向，东君为什么会觉得他喜欢这种漂漂亮亮的小男孩形象。

东君：“你不喜欢？那我把设定改成萝莉。”

“不，不用了。”林浔赶忙道，说完又对洛道，“你变回最开始那个样子。”

洛撇了撇嘴，变回穿精致华袍的银色长发少年。

林浔看着它笑。别说，他还真的挺喜欢这样的漂亮男孩子，看到就想上去抱抱它。他伸手去碰洛的脸，洛往后跳开。

林浔：“你就这样对待你爸。”

洛给他做了一个鬼脸。

林浔：“你需要一些敲打。”

洛在他旁边坐下，袍子下的两条小腿晃荡来晃荡去。它把手伸向指针，指针当即就炸毛了，向后猛地一跳，过了好大一会儿才试探着凑上来看看陌生人。

林浔就看着它，忽然发现自己一直不自觉地勾着唇角，笑得仿佛一个充满慈爱之心的父亲。

只在电子屏幕上进行文字交流，果然还是太过平面，变成全息影像后，洛的形象一下子鲜明了起来。无论那些动作出自什么样的计算和推演，从外表看来，它像个人了。

林浔看向东君，发现东君一直在看他，眼里也有微微的笑意。螳螂捕蝉，黄雀在后。他看洛，东君看他。他端详了一会儿东君的五官，又去看洛。

“你俩长得有一点像。”他道。

“有么？”东君道，“像你多一点。”

“没看出像我，眼睛像你。”林浔道，“不对，眼睛的形状像你，但是颜色像指针。”

“嘴巴像你一点。”东君道。

“那我可能是瞎了。”林浔看向洛，发现它已经熟练掌握了逗猫技艺，右手指尖发出蓝色激光，激光点投在墙壁上，引着指针去扑。他问东君：“你给它加了新功能？”

东君对洛招了一下手。洛耷拉着眼睛走到他面前，虽然表情不大配合，但动作却泄露了它的乖巧。

东君伸手摸了一下洛的头发：“我只找人设计了形象。”

林浔凑过来：“但它连逗猫都会了。”

东君：“你自己设定的。”

林浔：“……哦。”

东君拿出一个银白色的球形小装置。林浔的手机就搁在一边，他拿过来，将圆球往手机侧面的插孔旁一扣，细微的“嗒”声后，圆球和手机严丝合缝地扣上了。

林浔拿过手机来观察，将它转了几圈，看明白圆球里面是一个平衡装置，能保证无论手机以什么位置摆放和运动，装置里的微型镜头都始终对准前方。微型镜头里透出一丝蓝光，方向与洛的位置相同——这正是全息投影的来源。也就是说，只要这个镜头在，洛的全息投影就能在任何环境下出现，随身跟着他。

什么级别的黑科技能做到这种程度？银河，恐怖如斯。

林浔蹭到东君身边，将手肘搭在他的肩膀上：“您真好。”

东君冷冷淡淡地睨他一眼：“你是改不过来了么？”

“改不了，真的。”林浔道，“您就当这是种情趣吧，喊‘您’才能表达我的崇拜。真的，您送我这个，我要高兴死了。”说罢，他看到东君的表情明显缓和。

林浔觉得自己已经摸透了东君的性格。某种程度上，东君和指针性情相仿，有些时候需要顺毛。但绝大多数时候，这人就像心情平和的指针一样，脾气真的很好，那已经不能叫温柔了，叫软。生气的时候，随便哄一哄就好了；不生气的时候，你想干什么他都会惯着。林浔打小没见过他爸，不过按照常理揣测，就算是他爸也未必会对他这么好。

“我上辈子可能是个好人吧。”林浔有感而发。

东君挑挑眉。

林浔：“但不是那种很大的好人。”

东君：“为什么？”

“要不然，我该在你小的时候就认识你。”林浔看着和猫玩得不亦乐乎的洛，不知道为什么脱口而出，“我觉得你小时候也这么漂亮，性格也没那么冷淡，拿根棒棒糖就能拐回家。”

“嗯哼，”东君声音很低，“现在也可以拐。”

“那我拐了。”林浔道，“来，跟哥哥回家。”

东君不动，林浔便泄气地仰倒在床上。东君家的装潢风格那么冷硬——黑白银灰、横平竖直的一栋房子，就差把“我主人是性冷淡”这七个字放在LED大屏幕上循环播放，床和地毯倒是很软，即使是这样大幅度的动作也磕碰不到。哦，还有沙发。

东君：“在想什么？”

林浔看着他，眨了眨眼：“您家床挺软的。”

东君淡淡道：“你是第一天睡这里么？”

林浔：“不是。”

第八章

OS（下）

第二天早上东君去了银河，他走之后，整栋房子都静了下来。林浔摸出手机，刷了一下群聊。

修仙界一派祥和，这两天来没有发现任何魔物入侵，平静到了反常的地步。逍遥子说，或许是人间结界自己加强了。

私聊里，祁云不知道辱骂了他多少条。他胡乱翻了翻，得知这人跟剧组去吃饭，最后无人来接，差点被导演“顺路”带走，多亏师兄终于开完了会，险险将他接到。

一切正常，但林浔觉得自己昏昏沉沉，脑子像是进了水，浑身都不舒服。他丢开手机，下一秒就又睡了过去。

梦里却挺清醒。他在小心翼翼地爬墙，还不是自己家的墙。底下是他姐，正帮他扶着梯子。他寻思自己小时候没干过这种偷鸡摸狗的事情，真的。他打小就乖，再没有比他更乖的小孩了，每天混在深网的技术论坛里，在那里跟什么样的人打交道、做过什么暂且不论，三次元里反正没做过坏事，不拿别人一针一线。

这面墙壁上有浓密的爬山虎，深碧的一片，他有点怕梯子打滑，小心翼翼地往下看。这一看，心脏就猛地一跳。

斜对面是这户人家的一楼客厅，窗户窗帘只拉了一半，他看得清楚，地板上有一个女人，一个躺着的女人。她有一头乌黑的长发，一张很美的脸，闭着眼睛，像睡着了一样。她的睫毛很长，像是黑色的蝴蝶栖息在了眼睛上。她有一段优美的脖颈，但脖颈以下的部分被白布覆盖，只现出一个隐约的人形。梦里模糊的认知告诉他，这是一个死去的女人，她的睡颜之所以如此恬静，是因为她死于自杀。

女人旁边的沙发上坐着一个穿黑衣的男人。男人低着头，看不见表情，茶几上的烟灰缸里满是烟头，三分钟过去了，他也没动一下，不像活人，倒像座黑色的雕像。

林浔知道自己为什么要爬梯子了，面对一个这样的男人，没有人敢敲开客厅的门，从屋里的楼梯上去。他定了定心神，握住梯子的扶手，继续小心翼翼地向上攀爬。阳台栏杆触手可及，他轻巧地翻上去，不像生手，像个惯犯。他在阳台上走了几步，推开一扇窗户。

这是一间琴房，房间中央放着一台巨大的斯坦威黑色三角钢琴。是斯坦威，没错，潜意识告诉他，这架钢琴会流淌出非常动听的乐曲。而此时的琴凳上坐着一个人，他并没有弹琴，只是望着黑白琴键发呆。很纤细的一个人影，有着和楼下的女人一样乌黑的长发，穿着精致的白色丝绸衬衫，微微低着头，侧脸安静又漂亮。他好像很伤心，林浔想。

应该是听到了动静，他抬头朝这边望来。林浔觉得自己从来没见过这么漂亮的一双眼睛——但他也从来没见过这么空洞的一双眼睛。里面的这个人就像一个没有生命的漂亮人偶，而他想让他笑一笑。

林浔将手伸进衣服的口袋里，里面有一根准备好的七彩棒棒糖，这是他在商店里试吃一遍后，选出来的最好吃的一种。他将握着棒棒糖的手伸进窗户："给你吃糖。"

林浔余光看见窗外的太阳，阳光透过梧桐树和山楂树照进来，有些许晃眼。阳光的余波和他的眼睫毛发生了奇怪的反应，在他眼前折射出一圈淡淡的虹彩，赤橙黄绿青蓝紫，像那根七彩棒棒糖的颜色。

钢琴前那个像洋娃娃一样漂亮的男孩子没有动，但手指无意识地下落，按动了一个琴键。

"咚"的一声，在房间里打了几个旋儿。这声钢琴响仿佛一个终止符、一个大括号，结束了这场突如其来的梦。那颗糖到底有没有被接下也不知道了，或许是接了。

林浔睁开眼睛，雪白的天花板让他微微迷惘，一线阳光从窗帘的缝隙透进来，他伸出手想要抓住，却只抓住了一缕虚无的空气。

他轻轻吁了一口气，从床上支起身子，坐起来靠着靠枕。活动了一下胳膊，他打开备忘录敲下二十来个字，又把自己零零散散记下的东西从头到尾仔仔细细地看了一遍。

"嗨，林浔。"身后传来一道清亮的少年音，语气很奶，同时有蓝光亮起。

林浔："你可以喊爹。"

"哦。"洛绕着床走了几步，在床边盘腿坐下，右手手肘放在床沿，托腮。它银色的长发顺着动作落下来，霜蓝色的眼睛显得又冷清又调皮。林浔也不知道这两个形容词是怎么同时形容一种东西的，可能是因为洛的眼形有点像东君，但眼神不像。

洛："你的衣服在那边。"

林浔："谢谢。"

洛："但我其实不建议你起床。"

林浔认真道："我也觉得。"

洛："建议躺下。"

林浔："但我总觉得有不好的事情要发生，你推算一下是什么。"

洛的语气很冷漠："请你给我写入这个功能。"

林浔："你是人工智能，不是智障，我命令你找一个预测模型。"

"哦。"洛说，"搜索完毕，选择模型，墨菲定律。如果你感觉到了不好的事情，那它一定会发生。"

林浔抬手把它给关了。人工智障有时候智障得仿佛是一个真的智能。他抬起胳膊，手腕压在眼睛上，漫无目的地想着什么，然后起身。

三楼的尽头有一个他没去过的房间，按照整栋建筑的格局推测，这是一个两面都有落地窗的大房间。他赤脚走了过去，地板有点儿凉，白色的房门并没有锁，轻轻一拧就开了。他的手按在冰凉的门把手上，将房门向内推开，还未看到房内的景象，就先嗅到一种久无人居住的气息。

房门打开五十度，他看到窗边靠着一架巨大的黑色三角钢琴。他呼吸一滞，猛地关上了门，将背抵在房门上，抹了一把额头，冷汗涔涔。

蓝光亮起，洛出现在他身边，对着他微微歪了一下脑袋。

"没事。"林浔说，然后伸手牵起它的手，打算回原来的房间。洛慢慢地跟他走。

"洛。"林浔忽然道。

洛转头看他，十二三岁的少年，身高刚到他胸前，眼神很清澈。

林浔问："你会骗人吗？"

洛静静地看着他，没有任何表示。林浔也就没说话，他知道这个问题超出了洛能回答的范围。一般来说，人工智能并不会骗人，它们是以为人类服务为目的而被制造出来的。不过，它们与生俱来的严谨不会让它们轻率地许下承诺。

洛持续面无表情，这可能表示它正在搜索可行的回答。林浔转回去，继续往前走。走了五六步，他听到身后响起少年人清亮的嗓音。

"我会永远陪在你身边。"

"答非所问。你是进了什么互联网情话语言库吗？"林浔道，"重选。"

洛："……哦。"

他们继续往前走，忽然，林浔耳边响起一连串消息提示音，十分密集。这种发消息的风格他十分熟悉，只有祁云喜欢这样连发数条来炸人，而且都是没有句号的丑陋消息。

寄砚宗－飞虹：哥，在吗？接我，我嗑药长腿了

寄砚宗－飞虹：下午要去试戏了

寄砚宗－飞虹：哥，你在吗？

寄砚宗－飞虹：哎，我感觉我很弱小

寄砚宗－飞虹：哥，给我点面子，我不能连个助理都没有

寄砚宗－飞虹：和尚昨晚通宵改论文，我估计他还没醒。哥，我只有你了

林浔寻思这祁云终于知道心疼师兄了，怎么不也心疼心疼他？他也是刚刚才醒。

一只快乐的指针：我在。

寄砚宗－飞虹：哥，你真是我哥

说着，祁云就把定位发过来了。

寄砚宗－飞虹：你快点来

一只快乐的指针：行。

林浔正要关手机，却见祁云又发了一条信息过来。

寄砚宗－飞虹：哥，你能开辆好点的车过来吗？

寄砚宗－飞虹：那辆捷达真有点破

林浔还真没见过这么能蹬鼻子上脸的人。

一只快乐的指针：你为什么没有助理？

寄砚宗－飞虹：我没人要

寄砚宗－飞虹：我们团共用一个经纪人、三个助理，我分不到

一只快乐的指针：行吧。

一只快乐的指针：你怎么这么快就开拍了？不读剧本吗？

寄砚宗－飞虹：我演的那个角色你觉得有剧本需要读吗？

一只快乐的指针：明白了，你就刷个脸。

寄砚宗－飞虹：所以顶多拍两天，我公司也不管我。哥，你罩我

一只快乐的指针：行吧，儿子。

寄砚宗－飞虹：？

林浔笑了笑，切到和东君的聊天界面。

一只快乐的指针：我出去玩了。

为了避免不必要的纠纷，他打算养成良好的报备习惯。

东君：好。

一只快乐的指针：晚上回来。

东君：注意安全。

一只快乐的指针：嗯嗯。

东君发过来一个文件。文件叫“OS”，命名非常简单，操作系统的缩写。

林浔打开，里面是一套简易操作系统的源代码，是他之前问东君要的。他大致翻了一下，这东西应该是东君学生时代的作业，数得上的基本操作全都涵盖了，是个标标准准的满分作品，和王安全、赵架构那种水货的作业截然不同。

一只快乐的指针：谢谢！

东君：（笑）

林浔收拾了一下，选了一件平平无奇的黑色套头卫衣穿上，再扣了顶不起眼的帽子，看起来很像助理。但穿衣服这么点儿活动量就让他连着喘了几口气，他感觉骨头缝都发酸。然而祁云的事情还是要去处理的，不然堂堂剑宗大师兄竟然沦落到出来拍戏连助理和车都没有的地步，那也太惨了，修仙界的面子往哪儿搁。

祁云现在的身体状况就像一条刚上岸的鱼，要挥剑是很困难的，而剑修不修灵力，离了剑真的不行。即使是金丹期的剑修，在手无寸铁的时候，战斗力也只有原来的一成不到。要等到元婴期，他们以自己的身体为剑炉，心神精气为火，淬炼出一柄“心剑”，从此心神一动，剑气如臂使指，才算摆脱了外物的束缚。

林浔蜷了蜷手指，看着洛：“我真的不想动。”

洛：“我建议你鸽掉。”

林浔：“不行。”

那个导演——高廖，脸上就差写着“我和魔物有关系”几个大字。他去陪祁云，不完全是当助理，也相当于潜伏进魔物世界当卧底，得做好恶战的准备。

林浔想了想，转头进了系统空间。第一件事是把东君发给他的操作系统加载到系统上。加载进度条开始移动，进度很缓慢，他转向一旁的任务区域。

任务区域的物品栏里有一样他至今没有使用的东西，是几天前支线任务获得的一枚丹药，名叫“大还丹”。他将手指放在圆滚滚的丹药表面，眼前出现悬浮字样。

“大还丹：疗愈圣药，疗治内、外伤，恢复生命值。”

林浔将它握在手里，想吃掉，最后还是放下了。他离开系统空间，翻出碧海仙子送他的丹药，吃了一颗内服的。清凉感流遍全身，情况好了许多，他快乐了。

快乐的林浔下了楼。祁云让他开辆好点儿的车过去，那也行，东君家里还真的不缺这点东西。

车库门识别到他，自动徐徐升起，林浔走了进去。不知道娱乐圈里明星出行都是什么规格，印象里还挺铺张的。于是他挑了辆看起来就很值钱，但车型和颜色又比较低调的。他坐进去，自动驾驶系统启动，后背传来推力，车辆平稳地滑出车库。

林浔坐着，忽然觉得自己的行为过于心安理得了一点。他的状态很奇怪，既怕东君不高兴，又知道无论自己干什么东君都不会怎么样。

诡异，他保持着这种诡异的心态望向后座。指针在后座上安坐，优雅地舔了舔爪子。再望向副驾驶座。洛靠在座椅靠背上打盹，这是它的待机动作。

二十天前他还是个在出租房里叼着可乐吸管敲程序的码农，今天却开着东君的车穿梭在城市中，与猫和人工智能共处一室，去接一条人鱼上班。

人生就像本魔幻小说，或者一个以荒诞为主题的游戏。他把车内音乐开到最大。

“哥。”祁云诚恳地望着林浔。

林浔：“嗯？”

祁云：“我让你开好一点的，不是这么好的。”

林浔望向四周，发现了一些往这里瞧的目光：“我也不知道，我挑了个辆比较低调的。”

祁云把手机上的搜索结果给他看。这车的牌子虽如雷贯耳，但不是最顶尖的那几个，他知道这一点，他觉得还行，不会引人注目；再往下是说车型，全球限量三台。

林浔无话可说。

祁云：“会不会传出我被包养的消息？”

林浔：“没事，你又没有违法犯罪，被拍了就说我是你哥。”

祁云：“你的？”

“不对，不是你的。”祁云好像突然想起了什么，“想起来了，你金主的。”

“不是金主。”林浔道，“是朋友。”

他们就这样边说边上了车。

祁云：“有钱的朋友就是金主。”

林浔：“有钱的朋友还是朋友。”

祁云：“话不能这么说。”

林浔面无表情：“他有钱和我又没关系。”

祁云：“不可能。”

林浔：“可能。他总共才给了我二十万。”

祁云：“二十万零花钱，这难道不是金主吗？”

林浔：“不是零花钱，是用来买我的项目的。”

祁云表情严肃：“这已经超过了我的片酬。”

太惨了，林浔觉得他俩太惨了。

祁云：“你赶紧溜吧，我给你找个富婆。”

“不，二十万不是他的本意。”林浔道，“我朋友很怪的。”然后他就看到祁云的眼睛亮了。

祁云："他有什么特殊爱好吗？"

"不是这个意思。他有点强迫症，我最近才发现的……我发现他摆牙刷要摆同一个角度，误差不会超过五度。我们出去吃饭，不论是在哪家，他选的位置也都差不多。"林浔边说，边回想，"倒酒倒标准的四分之三，餐具也要摆在固定位置，跟他写代码的时候差不多。他以前忽悠我这二十万是为了……为了什么来着，我忘了，但肯定是忽悠我。"

林浔琢磨了一会儿："他其实不大会骗人，我觉得他可能要么有点特殊的喜好，想看我从零开始搞事业；要么二十万是个有意义的数字，他强迫症，不给二十不舒服。这个人真的，我那天就随便放了俩东西，他路过的时候看见了，非要给摆成平行的。猫的毛玩乱了，也非要顺回来。"

祁云不着痕迹地往外挪了挪："跟剑修无关，你别跟我说这种东西。"

林浔扬了扬眉："但我和你没有共同语言。"

祁云："那你玩手机。"

林浔："我不喜欢玩。"

祁云扔给他两本什么东西："反正你闭嘴吧。"

那是两本封面配色诡异的书。他翻了翻，上面的一本是剧本，他没兴趣。下面的似乎是剧本的原著小说，书名和电影同名，封面图案是大团墨绿的色块，里面隐约有一些杂乱的触手，书名下有一行银色的小字。

"在你看不到的地方，很多事情都在发生。"

这行字比书名更吸引他的注意，他翻开封皮，看到扉页。扉页的风格与书名、书皮和小标题类似，也写着一些话，像是呓语。

"隐喻，隐喻和表象构成了这个世界。肉眼所见的世界仅仅是另一个巨大而不可思议的存在在可见维度上的投影，可理解与不可理解之事皆有更为深刻的解读，然而人类终其一生都无法领悟。"

这段话他看了挺久，久到祁云探过来问他："你搞什么？"

"没什么。"林浔道，"这话挺对的。"

"实话告诉你，我没看懂。"祁云道。

林浔："我知道，你的文化水平基本上告别看剧本了。"

祁云："那你很有文化？"

"我和你差不多。"林浔道，"但这是我的专业。"

祁云："哟。"

反正在路上没事做，林浔就和他漫天扯淡。

"比如说一个操作系统，它有很复杂的结构，它很难写，但是体现在你的电脑屏幕上很简单。”林浔的操作系统编写水平虽然挺水，但也是考九十七分的那种水，拿点基础概念忽悠人还是可以做到的，他继续道，“比如内存，软件要放进内存里才能运行，光是这个概念就涉及物理地址、逻辑地址、寄存器等。存储方式有连续、分页、分段等好多种，每一种又涉及实现它们所需要的数据结构。当然硬件也挺重要。”

反正祁云听不懂，他就草草略过，继续道：“总之，它们都是很精密的东西，你在计算机或者其他电子设备上的每一个操作，背后都牵扯到你想象不到的结构和运算。它有很多细节，也很宏大，但是呈现在你眼前，就只有一个操作和这个操作的结果。”

祁云：“那呈现在你眼前呢？”

林浔：“我当然和你不一样。”

祁云：“但是这和这本书又有什么关系？”

林浔：“没什么，就是……作为一个用电脑的人，他就算不懂得操作系统的构造也能用得很好。”

祁云：“但我的电脑经常死机。”

林浔：“那是因为你买电脑花的钱还不够多。”

祁云：“……行。”

“生活在这个世界上的人，不理解这个世界的构造也能过得不错。但这个世界确实存在许多我们没有办法理解的东西。可能我在的这个世界，和我能理解的那个世界还是不同吧。”

祁云耸耸肩。

林浔这句话是有感而发。从前他认为这个世界就是科学解释的那样，但是修仙、系统甚至东君的出现，让他感到了动摇。他觉得祁云不理解操作系统，可能在更高的地方，有一个人觉得林浔不理解这个世界。

他继续往下看，一开头，情色描写就撞进了他的眼睛，描写的是海雾中礁石上一条半裸的长发男美人鱼。其实这并不色情，还很高级，他知道，但耐不住他没有文学品味，无法欣赏。他只能笑，笑到抽搐，直到祁云忍无可忍地把书夺回来：“你有病吗？！”

“对不起。”林浔，“我不是笑书，我只是……”

祁云：“那你笑什么？”

林浔：“一想起来你要演这段，就很想笑。”

祁云不理他了。

林浔：“错了，哥。这是艺术，我知道。”

祁云拿眼睛瞟了瞟他。

祁云：“其实我也不懂艺术。”

林浔：“那你还演。”

祁云：“因为我虚荣。”

林浔：“我今天就和你结为没有血缘的兄弟。”

祁云：“行，弟弟。”

林浔：“算了。”他终于知道自己为什么觉得祁云好玩了，因为物以类聚，文盲和文盲之间毕竟有点吸引力。

快到地方的时候，他拿出一个黑色口罩给自己戴上，祁云也默默戴了一个。说实话，林浔根本不知道助理应该做什么，他问祁云，祁云也不知道，可能这就是剑修的坦然。

作为整部电影里最简单的一场戏，这场是在室内拍摄的，甚至不需要任何道具，全靠特效。而祁云只需要扮成一条人鱼，倚着一个什么东西，凝视面前的空气就好了。反正他有人鱼血统的加成，现在的气质湿漉漉得像颗一碰就碎的水珠。

车辆缓缓停下，车门打开，林浔先下去，然后拉开副驾驶座的车门，表现出自己心目中一个合格助理的职业素养，半扶着祁云的胳膊，伺候他下了车。

祁云和他传音：“你不像助理。”

林浔：“嗯？”

“你知道丫鬟吗？跟着一个小姐的那种，你像那个。”

林浔放开他的手，面无表情地后退了几步，让他自己走。

祁云：“现在你像保镖。”

林浔：“差不多得了，又没粉丝拍你。”

“谁说的？”祁云道，“我故意把自己的行程泄露出来了，粉丝组织里有我的小号。”

正说着，外面突然响起几声尖叫：“哥哥！”林浔看过去，见几个小姑娘在举着东西拍。

祁云拉下口罩对那边笑，如是营业一番，缓慢走了一路。但进了门就不行了，鱼的腿毕竟不比人腿，走几步就虚了。

林浔正打算扶他，忽然看见迎面走来一个人，是高廖。

高廖眼中带笑，彬彬有礼地对祁云道：“你好，路上很累吧？”

祁云：“还行吧。”

“辛苦了。”高廖走到他身边，似乎想要扶他上楼梯。

祁云往旁边小幅度躲了躲，高廖没有强求，和他并肩上楼，林浔则在后面跟着。

“很抱歉，其实这场戏不该这么早拍，我的准备也很仓促。可能的话，我希望我们能在真实的海滩礁石上拍摄。”高廖低声道，“但是我实在太迫切想要看到你扮演的人鱼了，希望你能理解我对于美丽事物的追求。”

祁云含混不清地“嗯”了一声。

高廖："昨天我见到你后，对电影的情节有了一些别的想法，希望能有机会和你探讨一下。"

祁云继续："……嗯。"

高廖笑了一声："抱歉，我的态度可能太过热切。你身上有一种美，和我一直追求的东西惊人的一致。第一眼看到你的时候，我就知道我看到了我的缪斯。"

祁云的脚步顿了顿，抬脸看向高廖。林浔在后面静静观看。

祁云张口。他和人鱼混血后的唇色很奇怪，很薄的嘴唇，形状很干净，但比正常人要红一些，而且很……很"水"，像是马上要滴下来一样。

高廖的目光仿佛黏在了他微微张开的嘴唇上。

祁云很认真，眼中闪烁着好学的光芒，这光芒让他看起来像个小智障。他问高廖："缪斯是什么东西？"

高廖一时语塞，大概过了三秒，才听他道："灵感的来源。"

祁云："哦。"

林浔控制着自己的表情，好让嘴唇勾起的幅度不要太大。

试戏的地点在二楼，说是试戏，其实不算，因为基本上已经敲定由祁云来演了。只需要再细化一下造型，以及让祁云进入状态。

推门进入后，潮湿的雾气扑面而来，林浔一眼就看到了房间一侧以及天花板四角的大型造雾机。这是一个很大的空间，四百平方米左右，天花板极高，色调灰暗。

据祁云说，这部电影除去少量海滩镜头外，其余都是水下镜头和特效镜头，因此有许多室内拍摄的部分。

巨大的绿幕，造雾机的嗡鸣声，整个房间弥漫着灰白的雾气。房间右上角亮着一盏白色雾灯，暗淡的光线透过雾气投射出来，像是薄暮或入夜时分的景象。

"高导，"雾里一个很年轻的声音道，"你看这个。"

一个人从雾中走出来，怀里抱着一截滑溜溜的不明物体。走近了，林浔眼角一跳——那俨然是一条畸形的触手，而这个声音他有点耳熟，这个人也有点眼熟。

道具师！被带进地下室鬼屋，然后被吓到崩溃的无辜的道具师。那部片子就是他跟着高廖导演做的，如今出现在这里，也不稀奇。

林浔微微低下头，他不想唤起这位可怜人的记忆，虽然蝴蝶夫人的迷雾可能已经让他忘记了那些东西。

只见高廖伸手扒拉了几下道具师怀里的触手。这东西的质地是半透明的，像果冻，颜色是肉粉到灰黑的渐变，上面除了吸盘外，还有密密麻麻的突起和棘刺，这些诡异的东西毫无规律地挤在一起，足以引发任何人的密集恐惧症或者其他奇奇怪怪的症状。

高廖道："可以了。"

"终于可以了。"道具师松了一口气，"那我组一下，还挺大的，累死了。"

高廖颔首："好。"

道具师捧着触手，脚步欢快地消失在雾气里。

高廖转身面向他们两个："化妆间在这里。"

化妆师是个戴黑框眼镜的姑娘，看见祁云，眼中流露出明显的讶异。"皮肤状态真好。"她本来拿着一支刷子，端详了祁云一分钟后，将刷子放下，转而寻找别的东西，边找边道，"底妆已经很完美了，我给这个角色设计了两套妆容，做出人鱼感，但是你现在的状态太好了，是你们公司的化妆师做的吗？"

祁云："我没妆。"

化妆师的动作停滞了三秒，然后起身，回头，捏他的脸。

"真没有？我的天。"她重新拿起刷子，"那我们还是从底妆开始吧。"

林浔默默地看化妆师在祁云脸上涂来涂去，感觉自己的神态有几分呆滞。

做完前期准备工作，化妆师开始往祁云脸上刷颜色了。她用刷子蘸了一些液体，颜色是很轻的粉白，然而那层粉白一旦在祁云脸上涂开，某种感觉就一下子消失了——水汽，他脸上朦胧的水汽，仿佛一被涂上人类的颜料就消失了。他变得更像一个人，而非一条来自海洋的人鱼。

高廖在旁边皱了皱眉。化妆师左右端详了祁云一会儿，最后还是擦去了那层妆："你真漂亮。"祁云眨了眨眼睛。

"根本不需要这些东西，我知道该怎么办了。"化妆师叹了一口气，拿出别的工具来，这次的重点移到了祁云的上半张脸上。他的眉毛被延长了一些，眉尾挑了一个飘忽的勾。烟雾一样的灰绿在眼皮和眼尾晕染开，颜色并不重，似乎着意营造某种朦胧的氛围。

"蓝色会让你的气质更缥缈一些，"化妆师边涂边道，"但我们电影的整体氛围并不干净，我们最后还是选定了灰绿来做主色调。你的角色需要一种很美但又神秘、邪恶的感觉，像潘多拉的魔盒那样。"

幸好，祁云没有再脱口而出"潘多拉的魔盒是什么东西"。色彩的渲染结束后，化妆师又拿出一支黑色的笔状物，在祁云眼角勾勒几下，加深轮廓，最后一笔忽地从眼尾往外延长，拉出一条妩媚的线来。然后化妆师处理这条线，让它从一条明显的黑色线条变为墨绿、模糊的印记。

祁云整个人的气质猛地变了，很……妖。林浔默默拍了一张照，发给师兄。

一只快乐的指针：我感觉他还真可以在娱乐圈发展。

高廖微微倾身，眼中神色愈深而专注。他手中拿着纸笔，看了几眼之后，开始在纸上写写画画起来。

化妆师又在祁云的侧颊点了几下："这个位置，后期特效会加上，是十片鳞片。"

祁云点点头："好。"

化妆师似乎满意了，开始在他的侧脸和脖颈处绘制奇怪又疯狂的图案，最后加深整个的轮廓，整个过程耗时将近一小时。紧接着是造型，头发被打到半湿，发尾卷曲，湿漉漉的两绺额发垂下，上身衣物被脱掉，只用垂下的长发半遮。

祁云终于从镜子前站起来的时候，旁边几个工作人员都"哇"了一声。只见他下半身隐在浓浓的、缓缓流动的雾气里，而肩背与胸膛因皮肤色泽雪白几乎与雾气融为一体，乌黑的长发与墨绿的眼睛浓墨重彩，给人一种并非人类的遥远神秘感。

在这瞬间，林浔突然觉得能理解一点儿高廖所追求的那种"美"了，因为这一刻视觉上的冲击非常大，远远超出性别、扮相、物种之类的标签。

祁云往这边走了几步，踏着雾气，仿佛从远古神话中走来。快门声响，工作人员在一旁迅速拍照。闪光灯让祁云的瞳孔缩了缩，他微微眯起眼睛，而这脆弱的神态愈加刺激了摄影师的热情。

密集地拍了三分钟后，高廖道："来这里做几个动作。"

祁云走过去，那里有一些黑色的礁石形状的道具。

"躺下，在这里，闭眼。"高廖给他指导，"一个从礁石上醒来，支起上半身往前看的动作，慢一点。"

祁云躺得很板正。剑修当然躺得板正，因为人剑合一是他们的终极梦想，即使变成了软骨鱼类也不会改变。

"松弛一点，放松。"高廖单膝跪地，一只手摆放着祁云的手臂，另一只手放在祁云腰上，"这里塌下去，身体要有弧度，软一点，伏在地上。对，继续。"

林浔觉得祁云全身的毛估计都炸起来了。

"你不是在睡眠，是小憩，支着头，对……"

几经调整，祁云终于做出了一个足够柔软的动作。一条人鱼单手支腮，在岸边礁石上小憩，雾气弥漫，浓白的雾随风涌动，像是在抚摸他的身体。他上半身未着寸缕，肌肤雪白，胸脯和腰上缀着细密的水珠，不知是从身体中浸发出的，还是雾气依附而成的。

鼓风机启动，吹得他的头发微微扬起，更加专业的摄像和打光设备围了上来，拍了几个短片。

其间，祁云不断被高廖以及造型师摆弄，一个剑修几乎失去他的全部尊严。林浔也悄悄拍了一些照片，他不是不懂得欣赏的人，但是拍完之后，觉得留在自己相册里有点可惜，往外发又不知道发给谁才合适，最后一股脑打包发给了师兄。

终于，大约四十分钟过去，祁云暂时结束了他被摆弄的进程，当然他体力也不支了。高廖摆了摆手，摄影师、打光师以及造型师散去，林浔看到他的眼眶竟然有点红。

高廖：“辛苦了。”

祁云：“没事。”

林浔扶他起来，就听高廖道：“谢谢……谢谢你能来尝试这个角色。”

“啊？”祁云似乎一时语塞，过一会儿才反应过来，回道，“谢谢您给我这个机会。”

高廖道：“这部电影里人鱼的镜头非常少，如果你有意愿继续和我合作的话，我下一部想做一个解谜电影，主线人物中有一个瓷器人偶，我觉得你非常适合这个角色。”

祁云开始左顾右盼。林浔一见他这个样子就知道他在想什么了。这部电影刚刚开拍，下一部不知道要等到什么时候，至少也要过一年。可能到时候常寂早就把他度化完，让他彻底变回那个骚气的剑修了。

左顾右盼后，祁云没有想通，便点了点头：“我会考虑一下的。”

高廖还想说些什么，一直在角落里不知道捣鼓什么的道具师忽然喊了一声：“高导。”

高廖：“怎么了？”

道具师翻着手机，喊了一嗓子：“老郑喊你了。”

“好。”高廖转回去对祁云道，“我先去一趟三楼。”

祁云：“那我可以回去了吗？”

高廖又语塞了。林浔想，高导可能还是第一次见这种傻儿子。

高廖：“晚上剧组聚餐，你有急事么？”

祁云：“我……好像没有。”

高廖笑了一下：“我希望能和你多交流一下。”

祁云：“那我先去穿衣服。”

“好。”高廖道，“我大概十分钟后回来。”

道具师继续蹲下去捣鼓东西，高廖则带着助理推门离开。

门一关，祁云就抱怨道：“累死我了。”

林浔：“还行，挺美的。”

祁云：“那我要不就一直‘鱼’着？”

“不行，”林浔还没说话，他先自己否定了自己，“我得拿剑呢，不能老是做这种靠脸的勾当。”

林浔心想，你除了脸好像也没有什么特别出色的东西。他扶祁云去化妆间，房间空旷，响起脚步的回声。

“冷。”祁云道，“我怎么这么虚？”

林浔："我也有一点冷。"

造雾机仍然在工作，可能是因为空气太潮湿，连带着整个屋子都有种奇异的森寒。正想着，角落里忽然传来一声惨叫，是道具师发出的。

道具师惨叫后的声音带着一丝颤抖："这个……这个……"

此人的大惊小怪程度林浔早有体会，他看了过去，只见道具师的身影在颤抖，手里拿着的海带条道具也在微微抖动。道具师面前堆着一座触手山，那些丑恶的触手扭曲着缠在一起，林浔只看了一眼就有点想吐。

林浔："怎么了？"

道具师："啊！"

林浔上前。

"你突然说话，吓死我了。"道具师道。

林浔："你刚才说什么？"

"这个，就这个。"道具师指着地板上一团相互纠结的触手，道，"我眼花了，刚刚看见它们在动，现在又不动了。"

"也是……"他的声音低了下去，半蹲在地板上，捡起一条较细的触手，像是在自言自语，"这种材质太滑了，东西又都堆在这里，太沉了，稍微一滑就很吓人。高导怎么老是玩这些东西，上次那个深夜青旅就把我搞得够呛，我明明胆子不小，但还是连着做了好几夜噩梦。下次高导的电影我再也不来了，给古装剧做道具多好。"

林浔笑了一下。道具师虽然被蝴蝶夫人用幻术抹去了相关的记忆，但是记忆能够被修改，情绪却深深地刻进了心底，他还是一个曾经被吓破了胆的可怜人。

说话间，整个触手堆又是一动。道具师伸手抓住一个从顶端滚落下来的人头道具，将它堆在一边："真的很滑。"说着，他还抚摸触手的表面。

电光石火之间，林浔拉开背包拉链，反手将键盘猛地抽出！

"怎么了？"道具师回过头来，这一回头，整个人被吓得跌坐在地上："啊！！"

林浔用键盘格开一条忽然从天花板垂落的触手，叹了一口气，变键为剑。一道剑光闪过，整个区域的雾气被清光破开，可见度顿时增加一米。他环视四周，一片寂静，只有道具师哆哆嗦嗦地捡起从天花板上掉落的那条触手："这个……怎么来的？"

"活了。"林浔道。

与此同时，系统音响起："触发支线任务'迷失海岸'。任务描述：在你看不到的地方，什么事情都在发生。任务目标：逃出水雾。任务奖励：混沌宝箱 ×1，灵力 +10。提示：含有隐藏任务，请探索。"

这地方有蹊跷，早就在他的意料之中，因此他一直开着天眼术观察四周。就在刚才，一串代码飞快闪过，他下意识地格挡，打落了一条不知道为什么从天花板上掉下来的触手。他没有想到这里潜伏着的危险并不是来自高廖导演，而是来自这些被随意堆放在角落里的道具。地下室鬼屋那次，好像也是道具。

道具师：“你不要故意吓我。”

林浔没跟他废话，提起他的后领，把人往后一拽！地面滑，道具师一下子滑出去两米，后背着地，结结实实地栽了个跟头。

说时迟那时快，三条肉粉色的丑陋触手猛地从触手堆里窜了出来！林浔飞快调动代码，三道剑气以他为中心向三个不同的方向激射而去，和触手正面撞上，发出沉闷的“咚咚咚”三声连响。

触手的质地绝不像道具师说的像果冻那样又软又滑，而是外软内硬，这是林浔从声音中听出来的。这三道剑气是他的正常水准，却只将触手截断一半，可见这些触手绝对不止普通金丹期的修为。

林浔：“祁云！”

“啊？”祁云不明就里的声音从不远处传来。

林浔后退几步，持键盘谨慎地环视四周：“这里有东西，你过来帮忙。”

“你还有没有良心？”祁云道，“我现在走个路都要喘，你不知道吗？”

林浔：“你想办法！”

正说着，一条粗大的触手悄无声息地来到他的背后，像非洲巨蟒一样弯折盘旋起来，似乎想把他缠住。但林浔是什么人？他是有天眼术的人。在触手正式发起进攻的前一秒，他猛地转过身来，经过极度压缩的一道剑气带着刺耳的破空尖鸣声和触手相撞！

一声钝响后，触手被生生打烂四分之三，凝胶材质飞溅。林浔按动键盘，又是一击，触手应声软软落地——正落在道具师面前。

仰面朝天摔在地上的道具师四肢并用，快速往后爬行，脸都白了，话也说不清楚：“你……我……这……”

这人吓到失智的情形林浔不是第一次见了，见怪不怪，倒是祁云那边又传来了声音。

祁云的脚步声缓慢靠近：“你在搞什么？”

“没什么。”林浔警戒着四周缓缓后退，“有魔物，道具活了。”

“那些触手？”

“嗯，”林浔道，“你同类，小心。”

“滚，我是鱼，又不是章鱼。”

“反正你们老家都在水里。”

“拉倒吧，我是淡水鱼。”

水雾里，他们俩背对背撞在了一起。

林浔："小心！"

破风声传来，十条来自不同方向、丑陋得各有特点的触手，带着难闻的腥气向他们扫来！林浔"咔咔咔"连按数下键盘，漫天剑气在空中凝结，剑气有薄有厚，形状有大有小，强度、力度不同的剑气同对应粗细、长度不同的触手，仿佛有着自己的心智一般向着十条触手袭去！

祁云："你怎么还在用我的剑气？你给我钱了吗？"

"出去再给你。"林浔道，"谢谢啊。"

"不是，"祁云说，"你这几道剑气虽然都是我的，但怎么还不一样？"

林浔："我调整过的。"

祁云："不可能。像我这种天纵之才，也只能同时发出四十九道相同的剑气，而不能让它们各自变化。你怎么能一心多用？我不服。"

林浔想回过身去用键盘狠狠敲一下祁云的脑壳，现在这种紧迫的情况，这人居然还有心情掰扯修仙练剑的技术。他的"一心多用"其实并不是什么独家绝技，更不是因为他智商比较高，而是因为他加载了操作系统，一个合格的操作系统。

操作系统的五大功能：进程与处理机管理、作业管理、存储管理、设备管理、文件管理。正是因为这些功能，机器才能有条不紊地运行，处理用户交给它的各项复杂任务。进程，就是针对不同任务的运算，无时无刻不在计算机上发生。一台合格的计算机，怎么可能只能维持一个进程的运行？在操作系统的调配下，多任务并行执行又有何难？

但是对祁云，他不能这样解释，于是他道："因为我到元婴期了。"

"啊？"祁云发出一声不成调的惨叫，和角落里蜷缩着的道具师展开了一场二重奏。

这位争强好胜的剑修看来是崩溃了，林浔打算脱险之后和他好好讲讲道理，剑修就好好练剑，不要每天缠着师兄要吃肉、要打游戏，要珍惜在浴缸里安静修心的时光。

正这样想着，他心下忽然一凛。他觉得背后有点凉，刚才明明是暖的，他和祁云为了方便防御，背靠背贴在了一起。不仅有点凉，还有点……空，他猛地转过头去，身后空空荡荡，只有白色的雾气，哪里还有祁云的身影？

"祁云？"林浔大喊一声。

远处传来窸窸窣窣的声音，林浔："你在哪里？"

"我在……这里。"祁云虚弱的声音从右边传来，似乎濒临窒息，"有东西缠住我的脚，把我拖走了，你快过来！我现在真不能打。"

林浔飞掠过去，见一堆触手兀自翻涌，旁边地上躺着无力挣动的祁云。触手堆已经将他的小腿吞了进去，一条触手死死缠住了他的右手手腕。林浔变键为剑，朝那条触手砍过去，触手应声而断。祁云腾出双手，在空气中无助地扑腾了几下之后，抓住了林浔的手。林浔将他往外拉，他双腿挣动，试图摆脱缠住他的那些触手。

“别拽！”祁云的声音忽然变得很惨。林浔的动作顿了顿。

“有吸盘，我腿上的皮被扯住了。”祁云喘了几口气，“疼，别拽，你先打触手。”

林浔一手扯着他，另一手挥剑，剑光激射，朝触手堆扎过去。

“啊！”祁云又发出惨叫，“别打！你一打它们就动，一动我就疼！”

进退两难，林浔环视四周，想看看有什么工具。整个房间空无一物，除了触手就是雾气。雾气……雾气！他猛地抬起头来，他的左手边就有一台造雾机！他扑过去，摸索了几下，将功率开到最大。

“你就这么放开我？”一条触手缠上了祁云的脖子，其余的触手则已经将他的下半身吞没，长发也被细小的触手拽住，他整个人只有上半身露在外面，形象凄惨又无助。

“撑住。”林浔专心对付那些想把他也拉进去的触手，不时用余光打量远处匍匐前进的道具师。这人的胆子虽然比上次见面时又小了一些，但竟然没有晕过去，还能听懂他的话，可见地下室鬼屋的经历还是在无形中锻炼了他的心理素质。

林浔往墙壁中央跑，连着拧开了全部的造雾机开关！潮水一样的嗡鸣声响起，白雾瞬间浓重了许多，不像造雾，更像是降雨。

林浔被雾气糊了一脸，面前的空气简直要滴出水来，他觉得自己像游在水里。他对即将被触手淹没的祁云大声道：“这个浓度够了吗？你可以变身吗？”

祁云：“啊？”

“你是鱼！”林浔道，“你是水鬼！”

话音落下，墨绿色的鳞片从祁云两侧耳根处生发，向脸颊缓缓蔓延。而他正和一条触手较劲的手指逐渐变得修长，指甲染上墨绿色，长而尖锐，生生扣入触手里。

祁云道：“你是个天才。”

第九章
云（上）

祁云原本黑色的瞳仁泛出墨绿的色泽，配合他今天长眉上挑、刺青凛冽、妖冶诡异的妆容，那股一碰即碎的脆弱感瞬间消失，取而代之的是某种非人的狠戾！

光滑的墨绿色鱼尾从触手堆中挣脱，巨大的鱼尾末端是墨绿的薄纱，在浓到几近于水的雾气中舒展飘荡开来。祁云飘浮在半空，所有的雾气都朝他涌去。浓重的水雾以他为中心开合翻涌，不到一分钟，整个房间为之一清，唯独祁云身旁环绕着一片雪白的云海。六台功率强劲的造雾机仍源源不断地制造着水雾，这些白色的水雾汇成六道庞大的水龙卷，持续涌到他身边。

祁云猛地转身，鱼尾柔韧灵活，在半空划出一道弧线，质地却坚硬如金石，鱼尾一扫，一条触手立刻被狠狠击落，软伏在地。

"啧。"祁云道，"你看，这东西怎么可能是我的同类，太弱了。"

林浔不说话，有些事情还是看破但不说破比较好，他决定暂时忘记刚才祁云㞞到仿佛要哭出来的样子。而整个房间的水雾被祁云吸过来之后，房间的全貌便清清楚楚地呈现在了林浔面前。

地板没有了水汽的浸润，瞬间变得干燥，不用再担心滑倒。天花板上，密密麻麻纠缠着将近一百条触手。他和祁云面前——方才道具师给他看的那个道具堆，更是触手的聚集处。除此之外，门框上也爬满了触手，它们牢牢守着房间的出口，道具师正往那里移动，想要逃出去，但一条触手绊住了他，他便拼命挣扎。好在触手并不欺压弱小，没有多余的触手去找道具师的麻烦，更多的还是向他们这边蠕动而来。

林浔不知道它们的目标到底是祁云还是自己，或者两者兼有。他对祁云道："你先顶着，我放大招。"

祁云回道："好。"

说话间，又有两条触手袭来。祁云动作敏捷，左手握住一条，在空中倒转身形，右手抓住另一条。他不再是那个手无缚鸡之力的虚弱美人了，殷红的嘴唇勾起，他双手使力，生生将这两条触手拽近、拉长，恶毒地将它们打了一个死结。

林浔在心里给他鼓了鼓掌。水雾涌过来，将他纳入祁云可以保护到的范围。与此同时，洛在半空中现身，蓝光照亮了原本有些昏暗的房间，它开始为祁云警戒周围，就像那次在地铁站里指挥前辈们对付魔物一样，帮助他判断触手的方位和攻击时间。

祁云奇道："这是谁？"

林浔："你弟弟！"

祁云："过来让哥哥看看。"

林浔笑，盘腿坐下，摆上键盘。有了祁云和洛保护，他的压力大大减小，有足够的时间修改代码，让自己的攻击变得更加完善和有针对性。他有操作系统统领所有进程，可以一心二用甚至一心百用，如果再加入一些优化方法，让每一道剑气都能自动找到最合适的攻击方向和攻击力度，那么控场根本不在话下。

短短五分钟，修改完毕。林浔按下 F11，万千剑气以他为中心漫天卷起！那些剑气边缘薄，散发着微光，长短、大小不一，像白色的落花。落花飘零，似乎对魔物有特殊的眷恋，被看不见的风裹挟着，朝它们刮去。剑光边缘并不柔软，反而锋利无比。落得有些慢了，是因为每一片都在计算，寻找最适合的角度和轨迹。

林浔再按一键。万剑齐出，整个房间的触手猛地挣扎抽搐起来，拍打在天花板、地板、墙壁上，咚咚作响。被切断的触手落在地上，很快化成黑色的雾气，消失在空气中。一条，两条，无数条，每一片剑光都在收割着触手的生命，过程甚至有一丝优美的味道。

祁云："……厉害。"

林浔："你过几天也进阶元婴试试。"

祁云咧嘴一笑，撕开一条触手，掷于地上："好啊。"

剑气一出，又有祁云这么一个凶恶的水鬼手撕同族，两人很快占据了压倒性的优势，不到十分钟，活着的触手已经减少到二十来条。它们好像㞞了，动作逐渐僵硬，最后缓缓退去，像被撒了盐的蜗牛一样，蒸发在空气中。

这些丑陋的触手消失无踪，仿佛从没有出现过。角落里仍然放着一堆静止的道具，像大团的果冻。只不过不远处多了一个面色苍白，因为过度紧张而不自然地抽搐，在昏过去的边缘摇摇欲坠的道具师，他现在没有惨叫，估计是喊哑了。

系统声响起："任务完成，奖励发放，请领取。"之前说的隐藏任务却没有任何端倪。

祁云仍然飘浮在空中，恋恋不舍地看着自己的身体："好强，我不想变回去了。"

林浔将道具师扶起来，把他往外拖，边拖着走边道："你师父同意吗？"

祁云："他肯定会骂我有辱门楣。"

这人还知道有辱门楣。“没事。”林浔道，“跨物种交流很有意义的。”

祁云：“造雾机多少钱一台？我要在和尚宿舍里安上，晚上就不用睡浴桶了，硌得慌，我要睡床。”

林浔：“他睡哪里？”

“他不愿意跟我挤就睡地板，不然浴桶我让给他。”祁云道。

“宿舍限电。”

祁云垂头丧气：“哦。我穿衣服，你别看。”

林浔：“行。”他把道具师放置在一旁，面对着墙壁闭上眼睛，进入系统空间。

任务奖励是一个混沌宝箱，考验人品的时候又来了。

林浔将手按在箱盖上，深吸一口气，眼睛望向别的地方，和之前的许多次一样，趁其不备忽然打开。箱子里静静躺着一本技能书，奇怪的是，技能书的封皮上没有任何字，这种情况他还是第一次看见。

林浔将技能书取出，打开，扉页也是空白的。他继续往后翻，哗啦啦翻完全本，没有见到一个汉字甚至字母。无字天书……难道是神器？还是抽到了什么垃圾？林浔觉得第二种可能性比较大。然而，正当他想把东西放回原处时，系统机械音响起。

“获得珍稀物品‘技能强化书’，技能书作用：任意技能进阶一层，请选择技能。”

悬浮光幕在他眼前展开，展示着几个选项。

“技能一：轻身术。”

“技能二：天眼术。”

“技能三：挪移术。”

这是他已经获得的三个技能，每一个都有各自的用处。

其中轻身术让他能够在空中飘浮，身体的敏捷性和移动速度大大增加，每次战斗都能派上用场，他根本离不开这个技能。根据简单的逻辑推测，轻身术加强的结果必然是让他更加轻盈，飞得更高也更快，甚至可能变成一道闪电，这让林浔非常心动。

天眼术，这个技能对他来说是最为鸡肋的一个技能。天眼术的功能只有一个，让世界在他眼中变成一些凌乱的代码结构，有敌人出现的时候他可以及时侦察到。离开这个技能，战斗确实会受到一些限制，但只要他足够警惕，总能够观察到潜在的危险，更别提现在还有洛的全方位辅助。所以，他不考虑加强天眼术。

最后一个选项，挪移术。这是林浔觉得最有趣的一个技能了，甚至可以说是程序员的灵魂。它的功能是复制，把非敌方目标的代码复制到自己体内，一共有三次复制机会，每次最多能复制一万行代码。假如加强了这个技能，会有什么改变？可复制范围从非敌方目标变成全部，还是复制行数增多，或者复制次数增加？无论是哪一个，都可能带来意想不到的收益。

林浔陷入了纠结。加强轻身术可以大大提高战斗的效率，加强挪移术则可能成为神来之笔。他思索了很久也没有得出结果，最后决定将它们暂时搁置。当程序员遇到一个难以解决的 bug 时，选择搁置是他下意识的举措。

估摸着时间差不多了，林浔睁开眼睛。祁云已经穿好了上身的衣服，下身却缩在他的黑色铆钉薄风衣里，鞋也没穿，风衣及膝，雪白的小腿露在外面。

祁云哭丧着脸道："裤子没了。"

林浔："没了？"

"变鱼的时候灵力波动太大，震碎了。"

林浔打量了祁云几眼，见这人被风衣裹着，倒也严实，只是小腿露在外面，脚踝异常纤细，因为没有衣物的遮挡，比原来的样子又脆弱了几分。不过，还算不上有伤风化，就是光脚有可能被杂物硌到而已，这并不是什么不能克服的困难。

"还行吧，你下午没别的安排就回家。"林浔戴好口罩，一手拖着半死不活、脸色苍白的道具师，一手拉着虚弱无助、衣衫不整的祁云，推开门走出去。

三人刚一出门，就见对面的电梯门缓缓打开，高廖带着他的助理出现在他们眼前。看到这一幕的高廖似乎微微呆滞。

"高……高导。"祁云低下头裹了一下自己的衣服。

高廖看向林浔。

林浔解释道："……对不起，我们打了一架。"

高廖的声音有些许飘忽："打架？"

祁云咳了一声，补充道："道具有点滑，打着打着就……就掉进道具堆了，就……"

高廖眉头抽动："就？"

祁云眼睛一闭，自暴自弃："就这样了。"

高廖看向神游天外，俨然已经失了智的道具师："他呢？"

林浔："哦，是这样的，我们是打的群架，他也参与了。道具长得太丑，他被吓到了。您也知道，他胆子有点小。"

高廖："他平时胆子并不小。"

林浔："那可能是掩饰得太好了，您贵人多忘事。"

高廖的双眼中似乎出现了两个问号，他看向祁云："你的其他衣服呢？"

祁云："……打没了。"

高廖久久没有说话。林浔忽然觉得，虽然他们三人在房间内经过一场恶战，每个人都失去了一些东西，譬如他因为疯狂组织攻击有些头疼，道具师被吓破了胆，祁云更惨一些，失去了他的裤子，但高廖才是最值得同情的一个。祁云只是失去了一件衣服，高导却失去了他的缪斯。

林浔让道具师靠在一边的墙壁上，自己往前走了几步，把祁云拉到身后，对高廖道：“对不起，他现在的情况不太适合去聚餐，我先带他走了。”

高廖似乎仍然处于某种微不可查的凌乱中，几不可见地点了一下头。他的助理则面无表情地在一旁充当石头。

林浔拉起祁云的手腕：“那我们先走了。”

高廖：“等等。”

林浔停下脚步，祁云也随之停下。

祁云的妆花了一些，侧颊的鳞片尚未完全退去，留着一些青青紫紫的淤迹，头发更是凌乱。高廖的眼神久久停在祁云脸上，久到祁云忍不住发问：“您……”

高廖目光发沉，高廖的声音也发沉：“你……现在也很美。”

祁云的神念传音在林浔脑海中响起：“他好变态啊。”

林浔：“我觉得他还真有点艺术追求。”

“我鸡皮疙瘩都起来了。”

“鱼没有鸡皮疙瘩。”

“溜了，赶紧走。”

祁云脸上露出假笑：“谢谢。”然后试图越过他往电梯门走。

一只手搭上了他的肩膀，高廖的声音愈发沉哑：“你没有在听我说话吗？”

林浔心中警铃大作！天眼术开启，一闪即逝的代码在他眼前掠过。天花板！他猛地抬头，走廊的天花板上滴下一滴水，隐隐约约的阴影投射在一旁光滑的墙壁上。与此同时，黑色的雾气从高廖身后爆发出来！

林浔：“小心！”

祁云弱不禁风的身板在危险的边缘终于利索了一回，他猛地撤身后退！林浔把祁云往旁边一推，变键为剑，运起轻身术，朝高廖刺过去。

黑色浸透了高廖的眼瞳，他整个人仿佛失去神志，不，他确实失去了神志。被祁云气到了？走火入魔了？

林浔心中飞快转过几个念头，手下动作没停。一条触手斜刺过来，卷住他的剑。他手中发力，剑气激荡而起，触手从中间裂开，掉落在地。

高廖后退两步，紧接着，天花板的水渍中伸出无数条触手！——丑死了。

林浔催动程序，心念刚动，眼前却一阵发黑，他知道自己方才在房间里消耗了太多精力，有点透支了。但高廖并不给他任何休息的机会，直直向他攻来！

林浔心一横，踏起轻身术悬浮起来，暂时躲过攻击，获得几秒喘息之机。他从衣服口袋里掏出一个小玉瓶，倒出一枚圆滚滚的金红色丹药——大还丹。

中午离开家的时候，他本想把这东西吃掉，但又觉得可惜，任务奖励的物品或许有更大的用处，于是退而求其次，只吃了碧海仙子炼制的一些内服丹药。现在看来，他的选择确实是对的。

他将丹药塞进嘴里，丹药立刻化开，一股暖流贯穿四肢百骸，天灵盖和丹田处开始发热，神思为之一清。他勾了勾嘴角，万千剑气再次凭空生出，朝着四周的触手以及中央的高廖袭去！

高廖的助理此时此刻双眼也完全被黑色覆盖，两人的实力比周围那些触手更高一层。不过，他们仍有几分胜算，只要……林浔蹙了蹙眉，打住自己的思路，全力攻击，余光看见祁云正试图拧开原来房间的门，让造雾机再给他一次变身的机会。

这时，走廊的灯猛地灭了！因为无窗而格外沉闷黑暗的走廊里，只剩下停电时的应急灯发出的微弱光芒。林浔心下一凛，洛凭空出现，淡淡的蓝光照亮整片区域。他看见墙壁上有一个应急电闸，而一条丑陋的触手正盘在上面。

拉闸了，所以停电了。那间房里的造雾机自然也无法工作，祁云的战斗力正式宣告破灭。林浔深吸一口气，后退几步，留一道剑气护住祁云，沉下心来应付触手和高廖二人。好在有洛在后面策应指挥，虽然是勉力支撑，但并没有被对面压制。

十分钟，林浔觉得已经过去十分钟了。

洛的声音响起："提示，根据上次的战斗经验，你的灵力即将耗尽。"

林浔抿了抿唇。不过，这十分钟的恶战很有成果，面前这两个失了志的、没有感情的攻击机器身上都有了很严重的伤，触手也折损了大半。

高廖的攻击又至，拳头狠狠砸向他的肩头。林浔没动，生生受了这一击，被打落在地。

祁云正缩在角落里，在他的背包里翻找着什么，见状忙道："你没事吧？"

"有事。"林浔喘了一口气，"我要凉。"

祁云扶了扶他，语速很快："那怎么办？"

"我……"林浔望向四面八方源源不断出现的触手，向后退了一步。

洛忽然拉响刺耳的警报声！

林浔后背碰上了一个人，凉意从他脖颈处传来，一条触手卷上了他的脖子，一条手臂也横过了他的脖颈，轻轻的吹气声在他耳边响起。那人的衣服是林浔熟悉的——道具师。

林浔："你才是魔物？"

道具师没说话，林浔的脖子被勒得越来越紧。下一刻，他被猛地摔在地上！千万条触手涌了上来，面无表情的道具师居高临下地看着他。

道具师……道具，每一次都是道具出的问题。先前隐隐约约的预感竟然是真的。还有试戏时高廖看向祁云的发红眼眶，那一刻林浔几乎相信他是因为艺术上的追求而不是别的目的接近祁云了。现在看来，高廖确实是无辜的，是个幌子。面无表情但眼睛黑白分明、显然留有神志的道具师就是最好的证明。

林浔试图聚起灵力，熟悉的头疼又袭击了他。他和祁云出了房间，没有造雾机，祁云失去战斗力；他吃掉了疗伤用的大还丹，用完了所有能用的底牌。而眼下道具师占据了绝对的上风。

林浔有了操作系统，到了元婴期。元婴期的修仙人能够调动无穷无尽的灵气，因此强大无比。但是，假如天地间的灵气可以无限制地被元婴期修仙人使用，岂不是元婴境界之人互相之间永远分不出胜负？因此，打斗中还要看个人的境界，或者说心神、技巧。打个比方，一台电脑连上了网络，可以调动互联网上的所有资源，但到底能够做多少事情，还要看这台机器本身的硬件设备——就像低配机打游戏没办法把画质调到最高一样。

一条触手缠住了林浔的腰，他再次重重摔在地上，嘴里涌上来一股血腥味。手机从口袋里跌了出去，洛的影像在空气中扭曲变换了几下，勉强恢复了正常。在高廖抬脚朝这边走来的时候，它往后退了几步，站在林浔身边。

洛低头看着手机屏幕，抿了抿唇。求救信息其实早已经发出去了，只是一切发生得太快，即使是前辈们也无法立刻赶来支援。但此时屏幕亮起来了，显然是洛在操控。

因为受了重伤，林浔眼前有点模糊，但屏幕一亮起，他就看到了东君的名字——洛在拨打东君的电话。

林浔一愣，却见一只手拿起手机，干脆利落地掐断了通话，整个过程不足两秒。林浔是一个对时间和数字敏感的人，他知道，从做出拨打操作到信号正式连接需要一段反应时间，在反应时间内掐断的电话，对方根本不会收到提示。这通电话根本没有打出去！

道具师抬脚向林浔走来，黑色皮鞋踩在光滑的地板上，发出规律的声响。林浔低头咳了几声，握住剑，手指发抖，胸口剧痛，一旦想要凝聚注意力发出什么招式，立刻感到难以呼吸。用修仙的术语来形容，这可能就是修为耗尽。

算了，输人不输阵，他一手撑着地面，和道具师直直对视。手指却忽然被人掰开，湿滑的触感，他一开始以为是触手，但感觉到了人类手指的骨节。手中的剑被抽出来，他看见一个黑色的人影挡在了自己面前，肩头很单薄，站姿却讲究。

剑修，坐如钟立如松，肩背永远是挺直的。

只见祁云看着道具师："你……别过来。"

道具师似乎勾唇笑了一下，但配合漆黑无光的瞳孔和周身环绕的黑气，更显出异于寻常的诡异。

祁云："滚。"

道具师缓缓抬手，黑雾聚合成一只手掌的模样，朝祁云当头拍下！

林浔闭上眼睛。不是因为不忍心看接下来的情景，而是他觉得剑修和键修一样，都是不会被轻易打死的东西。

系统空间！他疾步来到任务界面前，大还丹已经用掉了，只有那本没有使用的空白技能书还静静地漂浮在奖励物品栏。

"技能书作用：任意技能进阶一层，请选择技能。"

"技能一：轻身术。"

"技能二：天眼术。"

"技能三：挪移术。"

林浔深吸一口气，心脏不住跳动，因为成败在此一举。他的目光扫过轻身术和挪移术，最后停在天眼术的选项上。他不喜欢做不确定的事情，但这不代表他讨厌赌。条理分明、说一不二的确定逻辑，和飘摇不定、瞬息万变的概率可能，本就是数学女神的一体两面，左手和右手。

林浔点触"天眼术"选项。

"选择技能'天眼术'，是否确定？"

确定。

"技能'天眼术'正在升级，请稍候。"

"升级完成。"

林浔睁开眼睛，大千世界在他眼中拔地而起，错综复杂的代码世界消解、重构。他眼前出现一条流淌着的蓝色光河，如同夜空里横亘着的巨大浩瀚的银河。他沉下去，观察每一颗星星。那并不是纯粹的蓝色光点或代码，File、Edit……Debug，而俨然是一个一个空白的程序写入界面。

林浔抬头，上面有数千个蓝色程序框在缓缓移动，每一个蓝色方块都有自己的移动轨迹。或许每一个方块都映照着现实世界中的活人。他再往右侧望，同样，密集的方块川流不息，看似杂乱无章的运动，却因为规模的宏大显出一种近似于混沌的壮观。

林浔记得这栋大楼的构造，上方是办公区域，右侧是楼下繁华熙攘的商业区。他看到的仍然是这个世界，只不过与肉眼所见的真实世界不同，这是一个代码世界。在被解构的世界里，他的视线不再被天花板、走廊、钢筋水泥的结构所阻拦，而是直接洞见了这一片所有物体的结构，乃至每一个人——每一个人在他眼中都是一个空白的程序界面。空白的界面是无用的，只有写进去一些什么，它们才能发挥值得一提的作用。

巨大的撞击声响起，林浔恍惚了一下，回到现实。

祁云被道具师提起来，右胸口受了重重一击，后背狠狠地撞在走廊墙壁上，整个人向下滑落。他嘴角流血，整个人显得更加脆弱，但并没有碎掉。

道具师重新转向他。林浔和道具师对视，但手上的动作没停，他在敲键盘。与此同时，他直视着道具师，问："在地下室，你是装的？"

如果是装的，能装得那么像也不是等闲之辈。如果不是装的，那就是地铁裂缝开启的时候，他染上了什么东西。

道具师没有回答，他眼中有一种狠戾的神色，像无机质。应急灯下，他脸上有着深深的阴影，在这一刻，林浔毫不怀疑他会毫不留情地杀掉自己。靠在墙壁上的祁云动了动，但下一秒就剧烈地咳嗽起来。道具师抬脚朝林浔走过来。生死关头，一切在他眼里都成了慢动作，只有手指在键盘上的飞速叩击是真实的。

有时候，林浔真的很感谢自己的手速。当道具师的手掌裹挟着尖利嘶叫着的黑色雾气抬起，而他的四肢和脖颈被触手缠上时候，他喘了一口气，按下 F11，调用了一个曾经使用过的程序。

说来也巧，这个程序和祁云有关。他们第一次见面，在青城山山门打了一架，后来在后山见面，又打了一架。祁云用得最得心应手的一招是剑阵，几个剑修弟子用步法和阵法相连接，他们的修为和灵力汇聚到一起，能发挥出超越单人的威能。这是 DDOS 方法，将几台机器连在一起，共同为一个目标进行计算，计算力就会大大提升。

不过，几台机器——在计算机这一行，两位数以下的数字并不能算大。当然，在那个时候，祁云能够借用的平台只有眼前的几个同门弟子。但在此时此刻，天眼术加持之下，成千上万人的程序界面都无一遗漏地展现在林浔眼前了。

怎么写入？并不难。复制、互联、传染，速度就像计算机病毒爆发一样呈指数增长。几台机器连在一起，计算能力累加，能够完成一台机器无法单独完成的计算任务。那么一百台机器连在一起，会有多强的计算能力和处理能力？一千台，一万台，十万台呢？

拼命提高一台机器的性能，让它能够胜任庞大的运算，这是超级计算机。而将运算任务分配给计算力不那么优秀，但是数量难以计数的机器，最后将运算结果合为一体，完成计算任务，这叫作分布式计算。换一个众所周知的名词，云计算。

云，互联网技术又一个辉煌的里程碑，也是他今天在这死路里唯一的生关。

F11 按下，键盘上光芒流转，片刻间又变回暗银色的剑。林浔手持剑柄，迎上道具师的手掌！"锵"的一声相撞，巨大的反震力让他吐了一口血，所剩无几的灵力让他在这场对冲中毫无疑问落于下风。

道具师手臂发力，手掌就像威力可怖、有万吨之重的钢铁机器一样向他缓缓压来，林浔突然想，螳臂当车说的可能就是这个。他握剑的手在发抖，手臂上的肌肉微微抽搐。

挡不住，他的灵力不够，但他现在是主机，所有能建立连接的机器都是他的计算资源，而连接需要时间。

一股灵力忽然涌入他的身体，虚空中代表祁云的程序框微微闪烁，他和祁云之间好像建立了微妙的联结。连结还在进行，像蛛网向外铺开。

1 个，他右手颤抖的幅度小了一些。

4 个，离他们最近的两个方块同时闪烁，他拿稳了剑。

34 个，剑芒亮起。

76 个，剑刃向前，道具师的手掌破了一道口子，汩汩流下黑色的血液，“滴答”一声落在地板上。

571 个，他手臂猛地发力，将剑刃向前推！道具师吃痛，脚下不稳，退后一步。

已经够了，但互联网中浩瀚的联结不会到此为止，也永远不会停止。2 的 10 次方是 1024，一个完美的数字，或许有一点儿小。但只需要加上一点儿，2 的 20 次方，1048576。一片星河，以他为中心骤然亮起。

林浔数不清了，能让他数不清的数字，位数必然恐怖。他喘了口气，勾起唇角，对道具师笑了笑，然后再次出剑！

剑尖触及道具师胸膛的瞬间——“轰隆”，空气泛起一层涟漪，他听不见声音了，仿佛身处真空。下一刻，以他为中心，狂暴的灵力激荡而出！

林浔没有经历过核爆，很多人终其一生都不会经历。但此时此刻，他觉得应该就是这样。他感觉有什么东西充盈了自己的身体，或许是灵力，他的四肢百骸中有江河在流淌，自己可能下一刻就会爆炸。他又好像已经分崩离析了。没有人是他，也没有一个人不是他，他好像变成了一个更高的、无处不在的存在，这浩瀚星河中的每一个人、每一件物，都是他的化身。

就在这零点几秒之间，庞大的灵力波动如同不可阻挡的潮水洪流，向四面八方炸开！刺耳的魔物嘶吼声响起，道具师的身形有一瞬间的僵硬，下一秒，浩瀚的灵力波动就到了他的身前。

小船当然抵挡不住海啸，与灵力波动相触的一刹那，道具师的身体就化作了黑色的飞灰，他的那些触手也是。只留下干干净净的走廊和坐着的祁云，还有躺着的高导和高导的助理。

电闸打开，走廊的灯由近到远依次亮起。

祁云目光呆滞，嘴唇颤抖：“你……你……”

林浔：“我……”他不知道该说什么，因为机械音在他脑海中响起。

“打败隐藏魔物，隐藏任务完成，灵力 +20。分布式计算实现，主动解锁平台：

Hadoop。主线任务‘达到元婴期’完成。主线任务‘达到分神期’完成。主线奖励合并发放，请等待。欢迎来到大数据时代。”

祁云：“你……”他的声音中有一丝不可置信，有一丝颤抖，还有一丝柠檬。

林浔注视着他：“我好像又进阶了。”

祁云：“你！”好像下一秒就想和他反目成仇。

不过，现实并没有给祁云多少酝酿嫉妒和仇恨的时间，因为高廖动了动，似乎要醒了。林浔眼疾手快，往空气中撒了一点儿蝴蝶夫人的迷幻粉末，紧接着拉起脸色更加苍白、神色更显憔悴、精神更濒临崩溃的祁云。

高廖睁开眼睛，高廖从地板上坐起来，高廖眼中有一丝迷茫，高廖看向他们。眼下，事情已经很清楚了，高廖是无辜的。

“高导。”林浔道，“您刚才突然晕倒了，我刚想打120，您又醒了。我觉得您如果有空的话，可以去做个脑CT。”

高廖看向仍在昏迷的助理：“他也是？”

“他不是。”林浔真诚道，“您昏倒的时候把他砸晕了。”

高廖神情木然：“哦。”

“对了，您的道具师。”林浔道，“他好像不见了。”

说实话，他心里有点慌。道具师化成了飞灰，岂不是意味着他背上了人命？不，不对。那个小女孩林可心也是一样，被他打得灰飞烟灭了。他回去之后回过味来，觉得自己好像背上了人命，但打通儿童医院的电话后，医院说，确实有一个名叫林可心的小女孩，她今天突然病情稳定，过了观察期，可以办出院手续了。

高廖用手按了按眉心，道：“我忽然想起一件事。”

林浔：“您讲。”

“道具师。”高廖道，“他今天请假了。”

这就对了。魔物寄生于人，必要的时候可以脱体而出，独立在世界上出现，但追根究底，它们都源自某个人的内心。低级的魔物没有形态，而高级的魔物，比如林可心和道具师这种，则完全模拟了宿主的外貌。换句话说，魔物就像人的心魔。

道具师在他手下灰飞烟灭，没留尸体，同样受到灵力攻击的高廖和助理却毫发无损，正说明了今天被打死的道具师只是魔物，而非真正的活人。至于真正的活人道具师……能引来这么高级的元婴期魔物附体，怎么可能是正常人？

林浔随即打电话给曹警官。电话打完，正好祁云应付完高导，便拉着他溜了。林浔总觉得高导一直凝视着他们的背影。算了，不计较，他同情一个失去缪斯的人。

电梯里，祁云又用嫉妒而恶毒的目光盯上了林浔。但是，由于这人现在五官太美、气势太弱，反倒显得惨兮兮的，把他给逗笑了。他刚想嘲讽祁云几句，手机响了，是微信消息的提示音。

消息来自师兄，师兄大概是终于从赶论文中清醒了。他之前给师兄发了七八张祁云不穿上衣，画妖异眼妆，在礁石上扮演“梦中情鱼”的照片。

师兄的回复很短，只有一条，这一条也仅仅有一个符号。

常寂：？

一只快乐的指针：。

常寂：他在做什么？

一只快乐的指针：拍片。

回复完，他才发现自己的措辞有些不当，当即撤回。师兄沉默了。林浔即刻补救。

一只快乐的指针：电影试戏，试完了，我们打算回去了。我送他回去吧。

常寂：不用了，我接吧。

一只快乐的指针：好。

林浔快乐地把有人认领的祁云放置在一楼休息室里：“乖，我走了，你等人接吧。”

祁云不说话。

林浔：“高廖好像是个好人，你多蹭他几部电影拍。”

祁云仍然不说话。

不说拉倒，林浔：“再见。你别急，我们用键盘的人就是这样的，你不要给自己太大压力。”

祁云冷漠道：“再见。”

林浔转身，在祁云嫉妒的目光中离开，他觉得很快乐。

今天一天都很快乐，打架也很快乐。虽然差点死掉，回想那一刻，实在令人浑身发麻，但他确实很喜欢这种挑战性巨大的东西，尤其是用近乎赌的方式赢了一条命回来。胜败逆转的那一刻他浑身舒爽，像是做出了一道完美的证明题一样。

林浔回到车里，外面聚了几个年轻女孩，有点眼熟，应该是祁云的粉丝，在等着他下班。他没管，径直上了车。祁云现在的状态实在不适合被拍到，不过师兄应该会处理好。只怕他这车的型号被扒出来，他也没想到东君车库里会有这种东西。

想到东君的那一刻，劫后余生的喜悦姗姗来迟，他猛地松了一口气。他不是无牵无挂，不是能随便死掉的人。

林浔点开和东君的聊天，给他发了一个猫猫卖萌的表情。发完，他放松地靠在椅背上，倦意袭来。这一天下来几乎消耗掉了他所有的精力，回去的路程大约一个半小时，他跟洛说了目的地后，就放平了座椅，闭上眼打算休息一会儿。

这一休息，眼睛就睁不开了。

醒来的时候，还是在车里，汽车依然在前进。他坐在副驾驶座，视线左移，看向自动驾驶系统的屏幕。

路线图上，一个光标显示现在的位置，箭头代表行进的方向，远处一个蓝色的记号代表终点。还是在回住处的路上。屏幕的左上角是版本号——V2.0.1。

林浔蹙了蹙眉，不知道为什么，他好像记得现在的版本是 4.3.2。但身体和动作并不听大脑的使唤，记忆也出现混乱，一切都不合逻辑。

林浔转头望向左边。左边的人穿着一件很简单的黑色衬衫，扣子是银色的。那人在翻文件夹，几缕长发落了下来，又被拂到耳后。东君，他在心里默默念这两个字。

林浔伸手，从他正在翻看的文件夹中抽走了最下面那一个，边翻看边道："资金有点儿紧张？"

东君淡淡"嗯"了一声，道："全球推广需要成本，不过在可控范围内。"

林浔翻了几页，似乎兴致缺缺，又合上："那我不管了。"

东君道："你不需要管这些。"

林浔把文件夹放回去，然后看窗外的景色。很熟悉的风景，但好像已经很久没有走过这条路了。他的精神有些疲惫，最近这段时间太忙，很久没有回过家了。

"3.0 暂时没进展，有几个问题一直想和你聊一聊来着，不过没时间。"

东君的目光从文件上移开，看向他道："今晚就可以。"

"今晚也不是很想，"林浔摆弄着车里的挂饰，道，"我最近有点失去热情了，想换个方向。"说到这里，他终于精神了一点儿，"我想搞人工智能，广义的那种。Eagle 家那个是真的智障，那么智障的系统竟然全球市场占有率有百分之五十五，我觉得不行。不过突破性进展确实很难，我在想别的角度，或者……"

话音未落，东君的电话铃声响了起来，林浔看了一眼屏幕，是他不认识的人。他有点失落："你先接吧。"

东君接通电话，林浔不再说话，静静地听他简洁地下了几个命令，然后挂掉。这人总是很忙，忙到……有时候他都不想去打扰的地步了。他心里有一丝不安，但说不出从何而来。最后，他直直看向东君，带了试探的意思，又似乎有些惴惴。

东君对他笑了笑，道："怎么了？"

"没什么。"林浔道。

东君道："想做人工智能的话，我帮你把自动驾驶那边交接一下。"

"没有那么快，"林浔也笑了，又顿了顿，"不过暂时离开这个项目也行，我最近真的没灵感。团队里都没有几个认识的人，你把江云调出国了，你好烦……”

林浔低声道：“你又没时间和我一起做项目。”

东君没有说话。他看向东君，对上了东君的目光，只是注视，没有什么多余的表情。

但他偏要和东君较劲，越是这样越觉得心里不好受。在某一个时刻，他垂下眼，抿了抿唇，自暴自弃地偏过头去。

——把他委屈得直接醒过来了。好像没醒，他还抓着一个人的手。

林浔睁眼，他抓住的是东君的手，东君正看着他，五官还是那么不沾一丝人间烟火的好看。一只手臂揽住了他的肩膀，似乎正在尝试把他从车里弄出去。

巧了，东君现在也穿着一件黑色衬衫，腰身收得干净利落，扣子是银色的。林浔恍惚了一下，三秒钟后，才反应过来这人不是梦里的那个狗东西，是男神。于是他伸手，让东君的动作顺利一点儿。男神的待遇自然与狗东西不同。

东君：“要继续睡么？”

林浔：“不睡了。”

东君：“晚饭？”

林浔：“没有。”

进屋后，他们坐在沙发上，东君问：“下午做了什么？”

“有一点儿事。”林浔一边说，一边不着痕迹地解释自己干了什么，“还是我那个朋友，叫祁云的那个。他没助理很多事情不方便，我跟着他在剧组玩了一下午。”

“嗯。”东君声音淡淡，“很累？”

林浔当即听出潜台词来，东君这是在质问他，只是去剧组玩，怎么直接累到在车里睡了一路。他并不是没有办法对付这样的质问，他小声道：“那也不是下午累的。”

东君：“嗯？”

林浔：“是您昨天晚上送我礼物，我太高兴了没睡好。”

东君没说话。林浔早就发现了，“您”这个字对东君有奇效。他想，“您”这个字是称呼前辈时的措辞，将自己放在了弱势的位置，或许它能唤起东君为数不多的良心。

然后，林浔听见东君低沉的嗓音：“这样啊。”

何其冷漠的一个“这样啊”。林浔移动到沙发的另一端。指针和机器人玩够了，也跳上沙发，在他们中间坐下，优雅地舔着爪子。

东君伸手，指针走过去，安静地趴下让他顺毛。顺了一会儿，这猫又活泼了，抱着东君的手指作势想咬，东君就把它推到一边去了。

林浔冷眼看着东君。乖的时候就撸人家的毛，开始闹的时候，超出忍受范围了，就扔到一边。说到底，在顶端站久了的男人，习惯也好，本性也好，还是喜欢乖的。这人的忍受范围有多大，他不知道。这段时间他受到的待遇太好，让他总觉得东君对他没有底线，但人不能一直做梦。

林浔喊了一声指针，指针爬进他怀里，小声打着呼噜。东君起身，朝这边走来，林浔抬头看他。

东君："晚饭想吃什么？"

"我想想……"林浔道，"想喝皮蛋瘦肉粥。"

东君伸手摸了摸他的头，完全是下意识的一个动作。

林浔觉得自己很矛盾，有时候，他觉得自己和面前这个男人相识未深、患得患失，有时候又觉得那些下意识的动作像是相识已久。他忽然问："你会弹钢琴么？"

恍惚间，他觉得东君眉宇间透出微微的温柔，东君道："会。"

林浔："那你可以弹给我听吗？"

东君："好。"

林浔便跟着东君走进了那间白日里他没敢进去的琴房。

不需要什么准备，当东君坐在钢琴前的时候，打理整齐的黑色衬衫，灯光下熠熠生辉的银扣，笔直挺拔的腰身，以及放在琴键上的修长十指，仿佛他就是为了弹奏一首曲子而来。

几个无规律的音符弹响过后，优美的音乐流淌而出。琴房的灯光淡淡地打在东君的侧脸上，和着钢琴的旋律，本该是甜蜜的，却有一种挥之不去的、缠绵悱恻的悲伤。很和缓的曲子，没有太大的动作，弹琴的人也是安静的，像春夜里掉落的第一片花瓣。

林浔看着东君，在某一个瞬间，他想起那些虚无缥缈的梦境。他忽然觉得，东君弹琴时的神色和敲代码时并无不同。还是那样游刃有余，仿佛一切都操控在他手中，错误、意外、纰漏，这些东西从来不会在他的生活里发生。

对着这样的东君，林浔却想起白天时的高廖。他看着礁石上的人鱼，眼中流露出深沉的爱慕和隐约的疯狂，在那一刻，林浔感受到了他对艺术的执着与追求。然而此时此刻看着钢琴前的东君，林浔想，这个人或许全心投入了，或许没有。他其实是很疏离的，他不像个活人，他在俯视着琴键。或许，他也俯视着键盘。一个真心喜欢代码的人，不可能封存自己的键盘整整两年。

在这一刻，林浔忽然有些迷惘，眼前的这个男人，他真正热爱的是什么？这个世界上真的有他愿意付出一生去追寻的事物吗？

一曲终了。窗外涌来一阵晚风，东君转头看林浔。

目光相触的那一刻，林浔微微愣怔，这个男人注视着他，眼底有他似曾相识的神色。他抿了抿唇，最后只说："好听。"

东君笑了笑，手轻轻搭在琴键上：“我父亲不喜欢听我弹琴。”

林浔：“为什么？”

东君道：“他说我的琴声里没有感情。世界上有很多没有感情也能够做好的事，但音乐不是。”

林浔：“那代码是吗？”

很多人都认为写代码是烦琐、重复的机械作业，或许在东君眼中，这也只不过是一项熟能生巧的技能，但他其实不想听到这样的回答。

东君：“也不是。”

林浔眨了眨眼睛。

东君：“代码需要一个灵魂。”

林浔转了转眼珠：“那你的代码有灵魂吗？”

“所以我会去给代码找到它的灵魂，”东君道，“之前很长一段时间都没有，但是……”

话未说完，林浔打断道：“你！”

东君微挑眉。

林浔笑：“你好烦。”

东君：“哪里烦？”

“我是想和你谈论一些严肃的问题，不是要听这种——”他被东君打断。

东君：“这种什么？”

林浔：“……这种鬼话。”

但凡上过一节正经的计算机课的人，都知道“代码的灵魂”向来是对算法的美称，再结合上下文，这个人的回答看起来一本正经，但他根本没有在认真答题。

第十章 云（下）

早上，林浔是自己醒过来的。说是早上，其实并不对，因为虽然房间还很昏暗，但看窗帘处隐隐透出的光线，已经不早了。他一直在笑，也说不清自己为什么在笑。

出门看见东君，林浔道：“老板，迟到啦。”

老板很安然：“那不去了。”

“那不行。”林浔觉得自己的声音有点哑，大概是刚醒的缘故，“……您这几天不是正忙呢？”

东君冷冷瞟了他一眼，这可能就是阴阳怪气的下场。

林浔：“我错了。”

东君：“您也忙。”

这个“您”字听得林浔一个激灵。别这样啊，这个字谁用都可以，东君不能用。他被这么一叫，起码折寿十年。

林浔：“我不忙。”

“嗯哼。”东君道，“那是谁明天预选？”

林浔又一个激灵。这几天过于忘形，几乎把正事抛到了脑后。科技博览会实地预选的日子已经到了，预选完了才能进终选。

科技博览会源远流长。最初它还不叫这个名字，只是一个国际竞赛，计算机相关专业的年轻学生用自己的作品参赛，获得工业界的关注和投资。后来，随着诸如银河、Eagle之类巨头公司的支持，以及投资者的关注，它逐步变成了所有创业者和开发者展示自己作品的渠道和平台，最后竟然成了IT界的一大盛事。

盛事当然会引来各界的目光，是难得的宣传机会。商人本质重利，几大公司也不再站在幕后，而是推送自家的项目上场，为后续产品上线做预热——这些项目当然直接进入决赛。而林浔他们这种无处挂靠的小团体，就只能老老实实地递交材料，参加预选，让评委来决定能不能进入终选了。

林浔："我有点紧张。"

东君："预选没问题的。"

林浔："你又不是评委。"

东君挑眉："你想让我去当评委？"

"不浪费您宝贵的时间。"林浔道，"我会努力不给您丢人的。"

跟男神关系好是一回事，单打独斗把项目做到最好是另一回事，他不比别人差。

"好。"东君道，"明早九点开始，结束时间未定，在七号展馆。洛神排在十七号，PPT展示限时十分钟，之后是五分钟评委提问时间。"

"知道的。"林浔道，"要是我进了终选，决赛的时候，你会来看我吗？"他知道银河是科技博览会的金主之一，还可能是最大的那个，嘉宾席上永远有给银河留下的席位，只不过往年这个席位上坐着的都是其他人。

东君的语气很笃定："会。"

林浔转过去看他，没说话。

东君声音很温和，道："等你拿第一，我给你颁奖。"

"那要是没拿第一，其他人拿了，你不能去给他颁奖，"林浔小声道，"让别人去颁。"

东君只是微笑。林浔觉得自己好像有那么一点点无理取闹，正要给自己找个台阶下，就听东君道："好。"顿了顿，东君又道，"没拿第一，就回家再给你颁。"

这谁顶得住？简直是个溺爱无度的家长。林浔竟然开始庆幸自己是现在碰见了东君，而不是上学的时候，或者刚刚开始做洛神的时候，不然被这么惯着，他估计鬼都做不出来。他和东君对视，东君眼里有一道温柔的银河。

林浔眨了眨眼睛："怎么颁？"

"听你的。"东君说。

林浔觉得时光就停在这里也挺好。

不过时光总是往前流，就像人总是要往前走。林浔今日份的往前走就是在下午时分被王安全和赵架构接回朝阳小区，他们晚上要一起演练和熟悉PPT，明天白天再一起出发。一个关系密切的团队理应这样。

车上，林浔正在沉思回到朝阳小区后，该如何向霍老头以及其他前辈解释自己的境界，毕竟元婴期已经难以想象，分神期更加离奇——然后就看见赵架构和指针又打起来了。

林浔："你不要总是招惹它。"

赵架构说："是它在招惹我，这猫不打人就难受。"

林浔："那可能它不喜欢你吧。"

赵架构：“啧，哪里有我们算法招人喜欢。”

林浔没理他。

王安全在副驾驶的位置叨叨：“这次博览会也太扯淡了，我把名单发给你们看。你们看这些名字，啧，花里胡哨的，不知道的还以为到了二十二世纪呢。看这个 3D 全息投影电子宠物猫狗，我养猫不就是为了撸毛吗？ 3D 影像哪有手感。”

林浔面无表情：“海选不就是这样么？”

王安全：“我看我们洛肯定吊打他们。”

林浔平铺直叙：“洛还没做到最好，我觉得期待值可以放低一点。”

王安全：“你觉得怎么样才算最好？决赛前咱们还要再升级一波？”

林浔陈述事实：“看情况，我最近有在想。”

“我说，算法。”王安全的语气突然意味深长了起来。

林浔抬头：“嗯？”

王安全：“你平时就这样跟东君说话？”

王安全：“刺激。”

林浔冷漠地回答：“不。”

“算法可以在两种人格间自由切换，我们不是早就知道了吗，安全？”赵架构在打架之余对王安全道。

王安全：“也是，他早就是这样了。”

林浔真诚道：“我的本意不是这样。真的，我其实很爱你们，只是不知道怎么表达。”

赵架构发出笑声，姜连在方向盘前沉默不语。

王安全：“闭嘴吧你。”

“千万别告诉我师父他们我回来了。”车到了楼下，林浔没多说话，一手抱起猫，另一只手扯过赵架构的黑色外套顶在头上，迅速往三楼逃窜，一边逃窜，一边寻思自己这个扮相像刚抢完银行出来。

跑到二楼上三楼的档口，林浔忽然听见一阵脚步声，伴随着一道苍老却有力的声音：“站住。”他站住了。

“何人鬼鬼祟祟？”那声音继续问。

林浔别无他法，拉下盖住脑袋的外套：“师……师父。”

只见面前站着的人穿着一身黑色唐装，唐装下摆绣着松鹤云水，俨然是他的师父霍老头。霍老头手里提着一个编织篮，看样子是要去买菜。好巧不巧，怎么就让他给遇见了？

霍老头见是他，眯了眯眼，道：“你还知道回来？”

林浔乖乖道：“徒儿不孝。”说罢低头，试图逃过师父的检视。

霍老头问："多日不归，莫非是交了女朋友么？"

"没有。"林浔矢口否认，"不是女朋友，就……交了个朋友。"

霍老头的目光在他脸上像刀子一样剜过："是么？"

林浔："是。"

"好。"霍老头继续问，"近日可有勤加修炼？境界如何了？"

"咦？"霍老头忽然疑惑。

林浔："师父，怎么了？"

霍老头眉头紧皱，上上下下将他重新打量了一遍："我怎么看不透你到底修为几何？你用了什么遮掩修为的法宝么？"

林浔知道为什么。在密码学中，有个东西叫密级。每个信息被赋予不同的保密级别，每个人也有不同的级别，密级高的人能够查看密级低的信息内容，密级低的人却无法查看密级比他高的信息内容。换到修仙体系中，也是这样。境界高的长辈一眼就能看透小辈的修为境界，修为浅薄的小辈却无法窥知前辈到底有多少修为，这就是等级的压制。

而如今，霍老头看不清他的修为，自然是因为他已经进入分神期，修为超过了元婴期的霍老头。从此之后，不仅是霍老头，连逍遥子、蝴蝶夫人、碧海仙子等一众长辈，都无法看透他的真实修为了，他们一定很容易就能推测到原因。林浔正是因为不知道怎样对前辈们解释，才不想让他们发现这件事，但事已至此，他不得不说明了。

其实这没有什么。他从小到大的理科课上，有过无数次做出老师无法做出的难题的经历，因此在修仙境界上超过师长，也就不算什么稀奇的事情了。

林浔道："师父，我学习计算机时偶有灵感，进了两个大境界。"

霍老头深深地看了他几眼，继而一动不动地凝视他。

恰逢此时王安全与赵架构、姜连停好车，走上楼梯。王安全打头看见一动不动的霍老头，低声嘀咕："中风了？"

霍老头眼珠一动，瞪了他一眼。王安全立刻收声。

霍老头的声音微微颤抖："你跟我过来。"

林浔乖乖跟上。

四楼的门打开，一众前辈正在客厅里喝茶聊天，不仅交流与魔物战斗的经验，竟然还发表对国家时事的见解，说一些"荒唐得令人喷饭"之类的话。霍老头没说话，但他脸上严肃的神情已经说明了一切。林浔如同一只被拎住耳朵的兔子一样跟着他径直走进了里间。其余长辈或许是看霍老头神色不对，也跟着鱼贯而入。

室内寂静，林浔看着墙内镶嵌着的玉棺以及玉棺里的赤霄龙雀剑——看来是游乐园寻找帝君未果，前辈们彻底放弃，又把剑给搬回来看管了。

霍老头言简意赅："拔。"

林浔："我拔不动。"

霍老头："你只管拔。"

林浔上前，这剑他已经拔过两次了。他将手放在冰凉的剑柄上。剑身的纹路和他记忆中一样，利落又苍茫。他用力往上提，手臂肌肉收紧。

周围的前辈们屏住呼吸。一秒、两秒、三秒、五秒……前辈们认真的表情逐渐退去，开始平静地呼吸。

剑柄岿然不动，林浔先前提起的那股劲儿也慢慢消退。没有金刚钻不能揽瓷器活，他可能真的不是帝君这块料，没有办法带领修仙界击退魔界。

霍老头叹了一口气。

林浔提气又试了一次，并且开了天眼术观察赤霄龙雀剑的代码，这么好的代码，不知道将来会被什么人用到。他正要放开剑柄，心脏却突然一跳，他不敢置信地望向赤霄龙雀剑的剑身——就在刚才，仿佛是转瞬即逝的错觉，剑身微微摇晃了一下。他当机立断，再次使力拔剑！

四面八方忽然涌来强大的压力，赤霄龙雀剑上的代码忽然漂浮起来，化作虚幻闪烁的黑白光影。代码、数字和符号充斥了林浔的视野，他感到头晕眼花的同时，有一道声音忽然在耳边响起。

"想名字了，快，神器该叫什么？长什么样？"

另一道懒懒散散的熟悉声音道："剑吧，用剑的厉害一点。"

"那叫什么？"

"我哪知道，架构会起，是吧架构？"

"等我找本武侠小说，"第三人的声音响起，"这书里有十把神剑，一把叫赤霄剑，一把叫龙雀剑，一把——"

他话未说完，就被打断。

"那就叫赤霄龙雀剑吧，再设个密钥，我想想。"

"用个好记的，我也要玩神器。"

"滚滚滚，你都能玩了，那还叫神器么？我自己设。"

轻轻的键盘叩击声响起。

"别啊，起码给个提示。"

"那你听好啊，提示是——"

就在此时，赤霄龙雀剑忽然弹出一股浩然之力，把他推开！意识回笼，他猝然撒手，被震退了足足五步才停下。

前辈们纷纷叹息散去。

“怎么还被弹出去了？”

“是否触怒了神器？”

“神器每日被人触摸，确实会有些许脾气。”

“时也，命也……”

“帝君却在何处？”

林浔摊开手掌，望着自己的掌纹发愣。

霍老头走到他身边：“何故被震出？”

林浔摇头：“我不知道。”他抬头望向赤霄龙雀剑，无法确定自己刚才见到的、听到的是真实还是幻觉。

霍老头背着手，转身往外走，边走边道：“那你如今究竟是何境界？莫非已到元婴巅峰？”

“不是，”林浔答道，“是分神期。”

霍老头的神色有片刻的僵硬，然后问：“那你……有何明悟？”

林浔挠头，不知道该怎么回答，要是实话实说，那只能是计算机科学发展的必然。

当操作系统完美运行，互联网络速度提升，个人电脑万事俱备，就注定有无数的信息、无数的数据从各个设备上奔涌而出，汇聚成一条数据的河流。互联网产生的这些数据来自所有用户，可以说在另一个维度上重现了现实世界的全貌。面对这些数据，怎样收集、存储它们？又怎样筛选出有价值的信息，从而利用它们产生别的价值？而庞大的数据注定无法用传统的方式处理，新的设备和平台必然出现。所以，现代科技诞生了云、大数据、数据挖掘等一系列概念和与之适配的平台和算法。

所以说，这门学科并不是想发展什么就发展什么。它是一座逐渐向上积累的金字塔，所有的成就都有着之前的无数成果为它铺路，而它本身又为未来的技术做铺垫。当关键性的技术宣告成熟，用户的新需求出现，这些因素聚集在一起，就会推动新的技术产生——这门技术注定要产生，“时也，命也”说的就是这么一种情况。

想了又想，林浔最后只能说：“世间万物，它们的发展规律可能是共通的。比如……开花之后自然会结果，元婴之后，慢慢就能体会到分神的意思了。”

霍老头沉吟：“莫非是为师对元婴境界的理解还不够透彻么？”

林浔道：“师父一定可以的。”他能进入分神期，不过是靠着对技术脉络的理解，并不是什么值得夸耀的天赋，想必霍老头用修仙界的观念仔细梳理一番，也能有很多收获。

霍老头道：“也罢，你有自己的缘法。分神一事，暂且不要告知他人，待到危险时，你扮猪吃虎，必能大放异彩，为我师门争光。”

林浔：“好。”

霍老头又道：“你来得正好，我们正在推测下一个魔界裂缝会出现在何处。你且来旁听罢。”

林浔就跟着去旁听了。

魔界裂缝已经许多天没有出现新的了，魔物也没有。林浔想，他那天和祁云一起遇到的魔物和道具师确实是魔物，但也确实不是新的魔物——道具师跟着他们经历了鬼屋之旅，而魔界裂缝恰恰在那时候打开，他身上的魔气源自那时，而不是出现了新的裂缝。

如果魔界就此销声匿迹，倒是一桩好事，就怕它们只是暂时蛰伏，要玩一出大的。为此，修仙界众人决定先发制人，推测下一个魔界裂缝出现的地点。

根据已知的信息，前辈们提出，魔界裂缝总是出现在人流密集处，且有大量的地下设施。地铁站和地下商场被划为重点监视对象，准备分派人去看守。

林浔插不上话，只乖乖听着。

“还有个地方。”御风真人突然道。

逍遥子：“怎么说？”

御风真人指向地图上的一点：“科展中心也有可能。最近宣传消息铺天盖地，说有什么‘科技博览会’要举办，是一场盛事，参展人数众多，人流量巨大。所以我认为这也是一个可疑地点。”

逍遥子：“确实。”

林浔正神游天外，忽然听到了熟悉的词语，注意力被拉了回来。他举手：“……前辈，我要带洛去参加那个展会。”

蝴蝶夫人拍手：“好！那我们去给小洛儿助阵！”

碧海仙子道：“小洛儿要面世了么？这样聪明的孩子，定然要出风头的。”

就连逍遥子也道：“我已备好款子，只待投资了。”

但见他们一脸慈祥，转而议论洛，厅内厅外洋溢着快活的气氛。

林浔寻思他这是要失宠了。前辈们对洛的夸赞持续了五分钟还没有停止。虽说老人都是隔代亲，但他柠檬精就真的比不过手机精吗？他决定打死都不给他们看洛的3D投影形态，不然一天过后，他们估计已经忘记林浔是谁了。

林浔怀着失落之情回到三楼家里，却发现那三个人正聚在一起打游戏，无比入神，完全忽略了他的存在。他默默回到房中，拨打东君的电话，倾诉了一会儿委屈。最后他踹开自己的房门，语气极端恶劣道：“排练了！”

排练倒不难，王安全三人扮演观众，他面无表情地讲解PPT，再修改不合适的地方，如是三遍。

王安全一脸难以启齿的神色："那个，算法啊。"

林浔挑眉："怎么了？"

王安全："你能不能……那个……就是……感情充沛一点？"

林浔直视着他："我会的。"

赵架构："啧，你怎么一副守寡的表情？"

林浔当即就跟赵架构产生了肢体冲突，对其进行了一番殴打。

笑闹了好一会儿，他们喘匀了气，各自坐下来，默默对视了几眼。

林浔先开口了："明天……"

赵架构："一切顺利。"

王安全鬼叫了一声："一切顺利！"

林浔笑了笑，仰躺在沙发上："你们辛苦了。"

赵架构和他靠着，道："你辛苦，我们这都玩了好几天了。"

林浔没说话。三年，并不是一段很短的时光。他跳过级，毕业的时候满打满算十九岁。赵架构和他差不多。王安全倒是一路稳扎稳打，正经高考考进来的，就算这样，毕业的时候也还没满二十二周岁。从他们学院毕业的，要么直接去搞学术，要么进了顶尖的公司或机构，是人们眼中最年少有为的那类人。

然而，最年轻、最珍贵的三年，他们两个跟了他，窝在这么一间老式小区的出租房里，敲敲打打地度过了。也不是没钱，他们三个随便一个人出去接点私活，照样过得不错，公司还能存下不少资金。只是工作量实在太大，想做的东西又那么遥不可及，就没有多余的心思去捣鼓生计了。

林浔抱着指针，半晌没说话，在天花板即将被他盯穿的时候，才道："谢谢你们……能信我。"

赵架构拍他的肩膀："浔神那还能不信吗？"

林浔回拍了他一下。

"你打我！"赵架构扑上来扯他。

林浔也就放弃煽情，专心投入打架中了。终究还是说不出什么肉麻的话。这场架终止于指针参与战局，它挠了赵架构一爪子，把赵架构的战火吸引到它那里去了。

林浔无所事事地打开了手机，在备忘录上胡乱划拉。突然，跟东君的聊天界面弹出，东君跟他说了晚安。

一只快乐的指针：明天上班吗？

东君：上。

一只快乐的指针：几点去？

东君：七点。

一只快乐的指针：那我可能和你说不了早安了，晚安，早安。

东君：么么哒。

林浔看着“么么哒”三个字，不由自主地笑了出来，但笑意仅仅维持了五秒，他又有点难过，打开备忘录，记下了一串数字。

“干什么呢？又哭又笑的。”王安全一把夺过他的手机。

“哎！”林浔没来得及拦住，王安全抢他手机的技术简直炉火纯青。

王安全对着他的备忘录皱起了眉头：“这啥玩意？”

“没什么。”林浔抢了回来。

王安全：“你记那么多时间干什么？”

林浔：“真没什么。”

“别吧。”王安全一副要追究到底的样子，“你瞒着我们在干什么？”

林浔睨着他，淡淡道：“我悄悄记我男神上下班的时间也要告诉你吗？”

王安全撒手：“……行。”

他转头缓缓离开，继续道：“你厉害。”

他又忽然回过头来：“你是变态吗？”

林浔冷漠道：“你看我像吗？”

王安全：“像，你个小变态。”

林浔和他大眼瞪小眼，五秒后，林浔忽然开口道：“你记得区块链吗？”

王安全一脸不明所以，但还是点了点头：“记得啊。”

“第一节课的时候，老师给我们讲它的原理。他说，用一种可能不准确，但是最好理解的语言来叙述，区块链就像一句诗。”

“啊，那个我记得。”王安全道，“什么鸟，什么天空，还有什么……雁过留声？”

“差不多吧。”林浔握着一个铝制易拉罐，将它一点一点捏扁，低声道，“就像蝴蝶效应，一件事情发生了，这件事情发生的时候必然对周围环境造成了影响。当这件事情本身被抹去后，它在世界上留下的痕迹却抹不掉，甚至通过那些痕迹，我们能够推理出曾经发生过什么。”

“是这样没错。”王安全点了点头，“区块链，比特币。信息在区块链里才最安全。”

林浔看着易拉罐上那些交错纵横的纹路，点了点头：“我觉得现实也像区块链，没有藏得住的秘密。”

区块链，一个去中心的、分布式的账本。当你做了一件事，全世界都会有你的痕迹，洗不掉，也改不了。

王安全看着他，喉结滚动了一下：“你到底想说什么？”

“没什么。”林浔道，“我就是有点……神经病，你知道吧？我们变态的人就是这样的。”

王安全：“滚。”他飞快把自己关进了卧室，像是要和小变态划清界限。

林浔耸了耸肩，起身简单洗漱了一下，也回了自己的卧室。他没有拉窗帘，躺在床上望着窗外的夜色。关上隔音窗后，一切嘈杂都远去了。远方万家灯火明明灭灭，城市灯光闪烁，映亮了大半的天空。

不在东君身边的时候，他的睡眠质量总是不如意，还会做梦，做一些——和东君有关的梦。为什么会这样？为什么在东君身边，那些梦就不出现了？

林浔收回望着窗外的目光，望向天花板，心想，这不是什么稀奇的事情，和东君共处一室的时候，他其实连系统空间都进不了。想到这里，他对着面前的空气道：“喂。”

“我说，系统。”林浔道，“金丹期、元婴期、分神期，我做了那么多主线任务，资金和门派领地怎么还没发给我？”

系统没回复，林浔继续道：“你不会是想赖账吧？还是我升级太快了？”

寂静中，机械音幽幽响起：“系统繁忙，请稍候再试。”

行了，不指望它了。林浔闭上眼睛，心里思绪纷繁，想着这些天来发生的事情。搭建了云平台就到了分神期，那接下来的渡劫期要怎么进？从计算机发展的大致脉络看，不会是什么神经网络、机器学习、人工智能吧？

“你到底在搞什么？”林浔又问系统，“计算机知识科普？还是仅供入门的那种。你的框架有点 low，真的，只能糊弄一下高中生。要不我再给你写一套吧？”

“系统繁忙，请稍后再试。”

林浔放弃和它交流，尝试睡觉。他想，如果一定要做梦的话，那就做个好梦。

如他所愿，梦境特有的神志不清中，甜蜜欢快的曲子不知道从什么地方传来，像是儿童游戏、芭比电影，或者游乐园里的音乐。空气也是甜的，有糖果的气息，又轻又软。一个红鼻子小丑从他面前摇摇晃晃地路过，手里拿着许多气球。

游乐园……对，游乐园，一个安静的、只有音乐声的游乐园。

他看向周遭，是熟悉的建筑。游乐园的中央是座粉色和蓝色组成的城堡，旁边则是座黑色的城堡，像是巫师或者邪恶的魔法师居住的地方。他知道那里是亚瑟王的迷宫。整座游乐园像童话里的世界，所有的设施都在运转，只不过，偌大的游乐园里没有游客，只有红鼻子小丑、花仙子和走在路上的公主。

他来做什么？模糊的记忆告诉他，他在这里有约，但具体地点是哪里不记得了，或者约他的那个人没有说。记不清了，梦里的事情总是很混乱。

他朝摩天轮走去，二十多岁，却好像已经不像年轻人了，不想玩那些惊险刺激的游戏。整座游乐园里，几乎所有设施都在运行，就连空无一人的旋转木马都在缓慢地一上一下，只有摩天轮是静止的。

一路无阻，他走过去，最靠近地面的轿厢是开着门的，里面依稀有一个人影。他走进去，拉上门。

机械轴响，摩天轮开始缓缓运转，升上天空。他望着对面的男人，那么熟悉的轮廓，锋利漂亮的眉眼，打理得体的着装，这么多年好像都没有变过，永远游刃有余地站在那里，在很高的地方。

“生日快乐。”游乐园里，一支新曲响起，他笑了笑，对东君道，“时间过得……好快。我们都认识二十多年了。”

东君没有说话，只是望着他。东君的眼瞳里好像有一池波澜不惊的水，那么深，二十几年了，他也不知道那里究竟藏着什么。

“给你准备了礼物来着。”他道，“但是忘带了。”

东君看着他，很温柔的神色。他恍惚间想，这人从来没对自己发过脾气。

东君道：“没关系。”

“嗯……”他道，“我有事情想跟你说。”

第十一章

密码（上）

东君望着他：“什么事？”

“我最近有点……”他顿了顿，才道，“烦。”

“其实这两三年都是。”他看着东君，声音渐渐低下去，“我已经很长时间写不出什么有价值的东西了。”

“你对我说过一次。”东君道，“我可以帮忙吗？架构忙完了，江云八月份回来。”

他摇了摇头：“你的事情也挺多的，而且……”而且什么他没说出口，只是觉得这么多年过去，他们说话的方式反而变得这么生疏。

“而且他们帮不上什么忙，”他道，“我还是一个人吧。”

轿厢在空中微微晃动，他有一点点生理上的恐惧，但是不算很害怕。年轻的时候怕掉下去，他惜命，掉下去会失去很多东西，但当生活像一潭死水的时候，似乎就没什么好怕的了。更何况，他这人比较“非”，但东君做什么事情好像都很顺利，这里有东君，掉下去的概率就又减少很多。

“我请假，”他听见东君道，“这段时间陪你。”

“别，之前还说最近是关键时期。”他道，“还是银河重要一点，果壳那边，你好像也很忙。”

东君深深地看了他一眼：“你想说什么？”

他垂下眼，道：“我想搬出去，和你一起压力太大了。”这句话似乎只是随口一说，又好像酝酿已久。

空气有微微的凝滞，良久，他听见简短的两个字：“多久？”

他说：“看情况吧。”世界上有很多潜台词，“看情况吧”一般等价于“不了”。

他抬头看东君，东君淡色的唇微微抿了一下，眼中神色像是暴风雨来临前的天空。那一刻他忽然觉得自己是只动物，正被冷漠的猎人高高在上地俯视着。但这仿佛只是片刻的错觉，下一秒他再看时，乌云已经散去，天空恢复了高远和寂静。

面前这个男人确实洞悉了他所有的念头，东君问："银河呢？"

这个问题他是想过的。"我不要什么。"他回答，"银河本来就是你一手经营的，我不认识里面的人。我持有的股份都还你好了，需要公证吗？我不太懂这些。"他真的不懂。他持有的股权似乎和东君相同，但他并没对银河的经营做出过什么实质的贡献，东君也从未流露出让他参与的意思，他只是做研发。

他试探着问道："其他的……我名下还有什么东西吗？"

东君看着他，半晌，淡淡道："没有了。"

他道："好。"

摩天轮升至顶点，他看着东君，想，如果你开口挽留一句，我或许就不走了。

轿厢晃动，他被笼在阴影中，东君朝他走过来，俯身抱了抱他。有时候他觉得自己离东君很近，有时候又觉得很远。他被放开，阳光有一点刺眼，使得他眼里东君的身影有些模糊。

在这个时候，他继续想，你说一句话，我就不走了。但直到最后，摩天轮缓缓降至底端，东君才道："照顾好自己。"

他道："会的。"

地面上的音乐声变大了，他走下轿厢，红鼻子小丑摇摇晃晃地走过来，把一段绳子塞进他手里，绳子的末端牵着一个心形的红气球，气球高高地漂浮着。他的心脏忽然像被人攥紧。

东君根本没问他理由。他准备了很多理由，但没有机会说出来。其实也没有那么多理由，只不过想说的那个理由说不出口，太矫情，也不体面。他望着那个鲜红的气球，想，我只是觉得你不需要我了。

很多年前，没有银河，没有合作伙伴，没有发布会，没有股票和基金。充满掌声和欢呼的少年时代好像很远了，像游乐园里欢快的旋律那样远。曾经愿意为之付出一切的理想和意气都能被消磨殆尽，何况亲情和友情。二十年还是太长了。

他已经消沉太久了，今天恢复自由，他觉得自己该向数学女神继续求爱……然后呢？

他松手，氢气球缓缓向上飞去，飞往不可知的天空。而他也抬腿向外走去，只是某些东西愈压抑愈深沉，愈令人窒息。刹那间的感情铺天盖地，他喉头紧涩，像是溺水的人最后一次挣扎一样，从不见底的黑暗中睁开了眼睛。

林浔猛地从床上坐起来，心还剧烈跳着，额头发冷，因为渗了一层薄汗。他看时间，早上四点。以前也做梦，但都算是自然醒，这是第一次被噩梦惊醒。

呼吸尚未平复，细细的“喵”声传来，一个白影跳上了他的床，并朝他走过来。

林浔抬起指针的下巴，昏暗里，猫科动物的眼睛深处有一点幽绿的荧光。指针舔他的手指，舌头上的倒刺钩着手指，带来微微粗糙而温热的触感。他抱起指针和它对视。

指针：“喵。”

林浔：“骗子。”

指针：“……喵？”

林浔把指针放到客厅的沙发上，关了卧室门。他坐到书桌前，抽出几张空白的草稿纸，再把手机打开，切到和东君的聊天界面，一边翻，一边记下每次对话开始和结束的时间点，以及东君的回复速度。一般来说，信息的回复速度代表了东君现在在做什么。毕竟，那是个不爱用穿戴式电子设备的人，手机不在眼前的时候，没法看到他的消息。

打算做这件事的时候没觉得有什么，但是翻了二十分钟，他发现自己和东君说的话还真多，并且毫无营养，都是一些类似“这个地方的逻辑是不是有问题”“有”之类的垃圾话。

六点半，王安全来开门，为了避免被他再认成一次变态，林浔把草稿纸收了起来，按一个正常人的生活规律开始洗漱。没有叫醒，没有早安，也没有牙刷上挤好的牙膏，背景音是王安全和赵架构在交谈不知道从哪里得到的情报。

只听王安全道：“他们都很弱啊，要不咱们再藏一点。”

林浔在刷牙的间隙里迅速道：“你打住，再藏就进不了决赛了。”他嘴里还有泡沫。

王安全：“行行行，对自己有点信心，算法。”

林浔含糊地“唔”了一声。

博览会的第一关是线上的，单纯对递交的文件进行筛选，选出一定数量的作品进入预选。线下分为预选和终选，预选分四个区举行，每个区域选出五个作品入围，总共二十个。终选时，几个科技集团空降四到六个不等的自家作品，最后这二十几个作品公平竞争 B、A、S 奖——同时也是在竞争投资商的注意。

这一制度催生了“藏”的技巧。大家都有产品，产品里又都有拿得出手的东西，专利和论文肯定是握在自己手里的，创意和思路却有可能被人借鉴。预选和终选之间还隔着几天时间，万一有两个功能相似、水平相同的产品在预选和大家见面，并且都进入了终选，其中有一家很有可能在终选前临时进行针对性改造，压过对方一头。所以，预选时，有些自信能够进入终选的团队会藏住一些撒手锏，到最后才突然放出来，大放异彩——猜测谁会是今年的黑马也是观众爱做的事情之一。

至于洛神，预选时林浔不打算让它的 3D 版出现。

赵架构道：“有两家还是有点东西的，你看这个。”

王安全：“这人我认识，搞安全的大神。”

赵架构：“怎么说？”

王安全：“他肯定能进决赛，这两年类似的安全产品很稀缺。”

“对了，算法之前给我的东西不错，神器里拷下来的那个。我这几天一直在研究，做了点开发。”王安全说，“保护功能完胜市面上那几个垃圾，要是洛神黄了，我们原地散伙，我带你做那个。”

林浔再次在刷牙的间隙回头：“你们说什么呢？”

王安全摆摆手：“呛不死你。”

林浔吐掉泡沫：“你带架构做，那我呢？”

赵架构：“你去银河呗。”

王安全附和：“你在东君那里卧底，哄他给我们投资。”

林浔：“他要是把我踹了，我还能回来吗？”

王安全一脸嫌弃：“你就这么不争气？”

林浔：“那我要是把他踹了呢？”

王安全：“你也还没那么争气。”

林浔腹诽：虚假的友情。

赵架构道：“我们算法优点很多，但最突出的优点还是长情，不会踹人。”

林浔：“怎么说？”

“你算一下，算上学习，你做这一行多少年了。”

林浔：“我四五岁就开始了。”

“那就是快二十年。啧，二十年都过去了，你还能这么有热情。”赵架构道，“一般人都不会这么长情，即使对方是数学女神和图灵男神。”

“那你推测一下，”林浔坐到了对面，“假如我谈了恋爱，我会因为什么提分手。”

赵架构的眼珠转了转：“首先不是性格原因，不然你不会跟人家谈恋爱。然后也不是经济原因，俗气。可能是因为理想吧。比如你非要写代码，对方非说电脑有辐射，在电脑前度过一分钟生命就会减少六十秒，然后拔你电源。我举的例子不好，但你肯定能理解。或者对方太厉害了，哪方面都压你一头，你就会原地把自己酸死，你长期跟这种人在一起肯定会自闭的。”

林浔：“闭嘴吧。”

赵架构：“你被我戳穿了。”

林浔站起来，背好电脑，居高临下地看着赵架构：“都不对。”

赵架构：“不可能，我比你爹都要了解你。”

“你说话越来越像中国人了，但你说的都是废话，你当然比我爹了解我，我爹只了解一岁前的我。”林浔道。

赵架构：“那就是感情原因吧，你不喜欢对方了，或者对方不喜欢你了。”

林浔从桌上拿了个苹果。虽然掉在牛顿头上的苹果是人们臆造的，但是苹果仍然会让人想到牛顿，它是理科生的吉祥物。他把苹果从左手抛到右手，又从右手抛到左手，懒洋洋道：“我觉得我挺好的，为什么会不喜欢我？以前喜欢，怎么现在又不喜欢了？这个逻辑有问题。”

赵架构：“你在说什么鬼话？”

林浔笑笑，咬了一口苹果，往外面走：“走了。”

“乖，别装死了，乖儿子，我喊你爸爸还不行吗？”

“哥，赶紧把书拿开吧，哥。”

“林算法，再给你三秒，三，二——”

“你俩差不多行了。”林浔拿开挡脸用的《参赛指南》，从椅子上直起身来，双目无神，注视面前的电脑屏幕，“我觉得我已经社会性死亡了。”

“有的人死了，他还活着。”赵架构道，“你欠的情债太多，总是要还的。”

林浔：“那也不能——”

“学长。”一道甜美的声音响起，与此同时一个戴着黑框眼镜的女孩子凑到他身边，“学长能和我合个影吗？”

林浔：“……好。”

“咔嚓”，世界上又多了一张他和别的女孩子的合影，而那个女孩子满意离去。

林浔也不知道为什么在博览会的后台会遇到这么多熟人。

追溯到学生时代，可能是那时候他过分活跃，除去写论文、跟导师做东西外，各种类型的专业比赛也参加了不少。而且他名声在外，学校论坛上长年飘着名字，又好说话，经常被学妹学弟乃至学姐找上来问问题——不局限于系内。如今，几年过去，那些人也到了独立门户的时候，于是，大家就在科技博览会上再次见面了。

除去活泼可爱的学姐学妹，还有一些眼神审慎的人在打量他，林浔觉得一定是东君的粉丝们，而自己已经被他们的视线扒了皮。

后台面积很大，分散地放着不同的桌位，人群的流动性也很大。林浔总觉得有人在看着自己，视线凝固，他因此干脆自闭起来，躺在椅子上，遮住脸，假装这里是另一个人。

“浔神，拿出你当年的气质来，浔神不怕人看。”王安全拍他的肩膀。

林浔不怕人看，但这不代表他喜欢被看，毕竟不是谁都是祁云，不仅喜欢被看，还喜欢被拍。最终他起身："我去洗手间。"

赵架构"嗯"了一声，道："我去前面看。"

王安全："我留在这里。"

这两个人虽然老是对他进行言语攻击，但大体还是靠谱的，林浔就放心地溜了。他们的出场时间在两个小时后，只要他在一小时五十分钟的时候准时回来，就可以免去整整一百一十分钟的围观。

科博中心占地面积巨大，总共分为九个场馆，今天的预选在七号馆举行，不远处的五号馆则是一个规模颇大的科技博物馆。科技博物馆这种东西，在非旅游旺季的工作日总是非常冷清——当然，在旺季的周末，冷清程度也只是稍稍降低，是个躲避人群的好去处。

林浔装模作样地在洗手间洗了个脸，便信步走到连接七号馆和五号馆的玻璃栈桥上。

银白色的建筑之间从栈桥相连，栈桥以玻璃为主体，黑色钢铁支架交错，像芯片上金属的纹路。巨大的、线条冷酷的建筑让人感觉自己很渺小。

栈桥上的一个标牌更让人感到渺小——"维修中，请绕行。"

林浔是一个遵纪守法的人，也是个惜命的人，于是他绕行，选择走地下通道。快到时，他忽然听见背后传来一道声音。

"学长。"

都溜到地下来了，怎么还有喊学长的？林浔在脸上预备好和善而客气的微笑，转身。转身后却一愣。

后面那人身材高大，穿着一身得体的西装，样貌也算俊朗，有五分眼熟。之所以是五分，大概是因为人的长相在几年中可能有很大变化，甚至和学生时代截然不同。但林浔并不是个健忘的人，凭借这五分的眼熟，他认出了这人——薛新。

薛新当年非常崇拜他，不过后来这位学弟浪迹花丛去了。王安全和赵架构热衷于这种八卦，说有风言风语称，这位曾经将你林算法奉若神明的学弟不仅事业上登上了人生巅峰，感情上，也正和Eagle高层的某位千金打得火热。

大学毕业后，林浔就没再见过薛新了，但在最近的一个月，薛新已经先后两次找过他。第一次是电话，邀请他参与Eagle的一个人工智能项目；第二次是在果壳世界里，说了一堆莫名其妙的话。

林浔笑意逐渐敷衍，扬起的嘴角也放下去了，他道："你好。"

薛新笑了笑："学长好像一直没变，还和上学的时候一样。"

是没变，林浔也觉得自己没变。有时候抬头看镜子里的自己，年轻鲜嫩得像一把水灵灵的小葱，他可能是嫌弃自己长得不够成熟，总觉得这张脸该再憔悴些才好。

薛新就不一样了，他变了很多，五官成熟不少，眉宇间压抑着什么东西，黑眼圈也有了。

传闻中他事业一帆风顺，青云直上，现在看来，似乎也经历了不少艰难。

林浔道：“你也来初选？”

薛新是 Eagle 的员工，即使参加科技博览会，也该是终选时空降才对。

“不是。”薛新道，“我这次是特意来找学长的。”

林浔：“什么事？”

薛新道：“我这边的消息，说官方打算在博览会终选那天同时开放布拉德利克测试。”

布拉德利克测试针对的是人工智能，测试结果用布拉德利克系数表示，人工智能测试系数小于 1 则视为通过，能被认为是一个真正的独立智能个体。

林浔道：“挺好的。”他问过东君布拉德利克测试的内容，但东君不告诉他具体怎么测。现在终于要发布了，他不用再问了。

薛新问：“学长的项目测试过了吗？”

林浔：“我没有渠道。”

薛新微微困惑：“我之前在网络上看到一些消息，说你和东君……”

怎么所有人都知道？林浔赶紧打住：“我真的没有测试渠道。”

东君好比一个严格的老师，在你询问期末考试重点的时候，他会面不改色地说：“我不知道。”而实际上大家都知道题是他出的。想起这个，林浔就有点牙痒。

薛新的神色似乎有所缓和，道：“我们的人工智能打算在这次博览会的终选上发布，测试结果小于 1。学长，它和你的项目是同类产品，我不知道你的那个是不是能够……”

林浔：“是不是小于 1？”

薛新点头：“终选的时候测试通道已经开放，所有人工智能类产品都会用系数定输赢。我知道学长一直很优秀，Eagle 非常重视这次发布，所以我想，如果学长信任我，我有内部测试通道，可以提前为你测试一次。”

林浔明白了他的意思。同类产品相遇，谁输谁尴尬，尤其是有了布拉德利克系数这么一个直观的打分机制。假如最后大赛上，评分结果出来，Eagle 这么一个行业顶梁柱，却被名不见经传的野鸡公司压了一头，那是要被嘲笑到明年的。薛新是这个项目的负责人，到时候也会很难办。不如大家先探一探底细，万一林浔的产品系数真比 Eagle 的低，他们也就不去大赛上自找丢人了。当然，要是他们更加优秀，林浔也会当即自觉退出预选，回家自闭个两三年，做出升级版再战。

话是这样说……林浔：“谢谢，我觉得不用了。”

薛新：“不需要提供文件或者代码，学长不用担心泄露商业机密。”

林浔道：“我觉得它离强智能还有一段距离，你不用担心。”

薛新：“我不完全是担心，这样做对学长也好。”

“我知道。”林浔回答他，“但我……喜欢那种感觉，你知道吧？我得输得心服口服，私下比，有点没意思。”

薛新沉默了一会儿，笑了笑，似乎无奈，道：“那好吧，你确实一直这样。”

“嗯哼。”林浔没打算和他多费口舌，转身往前走，“那我先走了。”

“学长。”薛新从背后叫住了他。这一声很突然，而且语气很不对，非常沉。

林浔回头，见薛新直勾勾地盯着他，神情莫测。被魔物附体了？林浔仔细观察，甚至开了天眼术，最后得出结论，这人纯粹是情绪不对。

“学长。”薛新语速放慢，道，“能再见到你，我……觉得很高兴。”

林浔不擅长和人交际，尤其是对方话里有话的时候。他道：“谢谢。”

薛新垂在身侧的手似乎收紧了一下，同时道：“我付出了很大的代价，今天才能和你见面。”

林浔以为他是在说当年改行来到计算机行业，但好像不对。什么叫“今天才能和你见面”？于是他只回答：“你比我优秀很多了。”差不多的年纪，薛新已经是Eagle的高层，而他还是无名之辈。

“我不算什么，有很多我永远比不上的人，学长就是，还有东君。”

林浔挑了挑眉，这不是薛新第一次提起东君了。

“东君是什么样的人，学长比我清楚，”薛新道，“虽然这样说有点冒犯，但我印象里的学长是个很强势的人。东君的性格……我觉得你和他共事不会开心。”

林浔笑了笑，说：“我没有这样觉得。”

薛新张嘴还想说些什么，就在此时，他的手机铃声响了。

天赐良机，林浔迅速结束这场令人尴尬的对话：“不打扰你了，再见。”

薛新皱了一下眉头，拿起手机后，说了一声“抱歉”。接着，他从口袋里掏出一张叠好的便笺纸，塞进林浔手里：“我的联系方式，学长，如果你遇到什么事情，一定要找我。”

又是这句话，在全息世界里，薛新已经对他说过一次类似的了。然后，就见薛新接通了电话，神色匆匆地转身抬腿，朝上面去了。速度之快，林浔硬是品出了几分逃走的味道。

便笺纸还挺烫手的，林浔想扔掉，环顾四周，但没看到垃圾桶，只能暂时装进口袋里。他眯眼看着薛新的身影飞快地消失在向上的楼梯上。

科博中心的设计很诡奇，交错的线条和栏杆划分出很多小空间，一点都不开阔。人往上走，一个晃神间身影就消失在视野死角，像是凭空消失。

此时，林浔的手机震了一下，他打开，看见逍遥子在群里发言。

青城－逍遥子：怪哉！一入场馆，罗盘乱转，周天星斗图黑气频发。

青城－逍遥子：周围人看我的目光也不善。

无极－青山真君：老道，别人看你如看猴，你今日不该穿道袍。

青城－逍遥子：那罗盘如何解释？

南海－孤山君：建议派出人手四处巡查。

青城－逍遥子：@无极－青山真君 你穿得合群，带人往地下查。@无极－林算 你不与我们在一处，须注意安全，万一遇到魔物，善用五行遁迹符。

无极－林算：好的，谢谢前辈。

林浔摸了一下口袋，里面有一张薄如蝉翼的黄纸，上面用朱砂画着符咒。青城不善用剑，而善用法术，在符箓上造诣精深，这张“五行遁迹符”正是他们最新研究出来的符咒，分发给年轻弟子使用。万一与魔物狭路相逢，寡不敌众时，掐碎符咒，可以获得十分钟的隐身时间。他握着符纸，正想将这东西塞回去，脚下的地面忽然一震！

地震？与此同时，手机屏幕上疯狂弹出消息。

青城－逍遥子：大阵异动！有裂缝在此！

无极－青山真君：@全体成员 下楼，找地下空间。

林浔环顾四周，他现在就在地下空间，而且，魔物还喜欢冲着他来。仿佛印证了他的预感，下一秒，他就听见了专属于魔物的尖利嘶叫声。

林浔快步往声音的来处走，绕过几堵墙，前面是个宽阔的空间，有两个操场那么大，灯光昏暗，似乎是应急用的场所。

他从墙后往那边张望，果然见一条足有四五十米长、险恶无比的漆黑裂缝，正在对面墙壁上缓缓张开。这是他第一次直视裂缝，缝内什么都没有，仿佛是无尽的虚空。与此同时，黑雾缭绕，刹那间充满整个地下空间。

他低头打字，给前辈们发位置，字还没有打完，忽然感觉余光看到了什么东西。一个红点，像是火光。他抬头仔细看，忽然心脏剧烈一跳。

一片昏暗中，天花板上未建造完成的钢架投下的影子深处，浓郁的黑雾里，站着一个人，一个男人。他半倚在墙壁上，从林浔的角度，只能看见他修长优美的侧影。方才那一点幽微的火光，来自他指间一条细长的香烟。

这人低着头，伸出左手，漫不经心地掸了一下烟身。几粒烟灰飘落，烟灰上起先带了点儿火光，随后在半空彻底熄灭。阴影笼罩了他的全身，这一幕颓靡又危险，没有黑雾或者魔物去攻击他，他就这样静静地和裂缝相对。

林浔久久看着那边。他说不清楚自己是什么感觉，但他清楚有些东西已经超出了所有的预设。此时此刻，他只是想，那人不抽烟的，至少没在自己面前抽过。

那一点火光在黑暗中晕开，像黑色画布上的一支玫瑰。它靠近时，幽微的光照亮了那张脸。林浔看着那个低着头的人，看他缓缓将细长的烟管送入口中，只浅吸一口便放下，像尝一口酒。

香烟兀自燃烧，而他就那样站着，很孤独的一个剪影，像是失去过什么，但肩头垂下的长发又中和了过于料峭的气质。整个画面的结构像二十世纪六十年代的黑白电影，带着慵倦、忧郁又疯狂的背景音，这个地下空间仿佛一个与现实世界割裂的次元。

林浔的呼吸顿了一下。似乎察觉到了什么，那人转头朝这边看来。说时迟那时快，他猛地掐碎手中符咒！下一刻，他看到自己身体的边缘虚化了，按照前辈们的描述，这应该是“遁迹”的效果。

那人的视线扫过他藏身的这片区域，并没有什么波动，看来是没有发现。这一举动毫无疑问让林浔看清了他的五官。假如一个人长得像东君，身材像东君，神情像东君，那么他就是东君——无论他站在一个怎样匪夷所思的环境里，做着怎样匪夷所思的举动。

东君收回视线，直视前面的魔界裂缝。裂缝原本正在缓缓扩张，像一只徐徐睁开的漆黑眼睛，被东君的目光直视之后，黑雾冲天而起，笼罩在东君周围，尖锐的嘶叫声转为低吼，像一只不可名状的怪物。

东君神情未改，缓缓抬起头，整个人靠在墙壁上，右手指腹按熄烟头。成千上万的火屑流星落下来，迅速变暗，一声极轻的声响，整支香烟落地。

衣料摩擦声响起，东君抱臂望着前方，高高在上的一个姿态，开口：“他今天比赛。”

五个字，很短，语气是林浔不熟悉的那种，冰一样的冷，但又不是毫无感情的命令。林浔不能体会其中的意思。是，他今天比赛。第一眼看到裂缝的时候，他还在想，完了，又是一场恶战，比赛没戏了。

裂缝扩张的趋势忽然顿了一下。一秒，两秒……空气里只有寂静，连心跳声都似乎停了。裂缝仍然不动，假如它有生命，或许和东君陷入了某种僵持。

黑暗的角落里传出一声极轻的冷冷嗤笑，随后，脚步声响起，东君朝着裂缝走过去，手指按在裂缝一端，灰白色的墙壁上。他的手指修长，是冷白色的，手指盖住裂缝的一端，然后顺着墙壁往另一端走去。

林浔睁大了眼睛。东君手指抚过之处，裂缝好似被一股巨力挤压，缓缓合拢。当东君从这一端走到另一端，巨大的裂缝就像被拉上了拉链，消失得不见踪影。

黑气仍然存在，它们游荡在周围，而下一刻，东君侧过身淡淡一瞥，它们就像升到天空的烟一样，四处散了。

东君仍然面无表情，此时他正好走到了地下空间的另一侧，四通八达的地下空间到处是出口，林浔就看着他黑色的背影一转，消失在交错的灰黑色钢铁线条建筑里。

林浔数着时间，三分钟后，他觉得该走的人已经远去，便打开手电筒，来到那个角落。

水泥地板上静静躺着半支细长的香烟，黑色的，有烫银的印花，似乎还能嗅到一些残留的气息，像枯萎的玫瑰花瓣，他好像在哪里闻到过，记不清了。

林浔把它捡起来，握在手里，是真实的，不是梦境或者幻觉。他靠着墙，忽然像是被抽去所有力气，沿着墙壁滑落，最后靠着冰凉的墙壁抱膝蜷起来。良久，他用冰凉的手指拍了拍自己的脸颊。

不行，现在并不是胡思乱想的时候。他觉得自己知道得还不够多，许多线索又自相矛盾。他握着香烟，望着东君离开的方向，忽然又想，用手指按熄烟头，会不会疼？

直到十分钟后，他才收拾好自己，从这个地方离开，沿着应急通道的楼梯上去。

一阵杂沓的脚步声从上面传来。只见应急通道里，几位前辈正匆匆往下赶，他们仍然像电脑的杀毒软件一样姗姗来迟，和林浔撞了个正着。

逍遥子正看着周天星斗大阵，奇道："方才还魔气翻涌，怎的突然没了？"

御风真人也道："林算，你不是说已经见到了裂缝么？发生了何事？怎么上来了？"

一时之间，所有人的目光都齐刷刷地看向林浔。前辈们占据楼梯的制高点，林浔站在下面，位置上就是劣势，于是撒谎也撒得略有心虚："我看见裂缝刚打开，就……就受到一股……阻力。对，有东西挡着裂缝，然后裂缝就被压回去了。"

逍遥子目光审慎："到底情形如何，是怎样的阻力，你用灵力探查了么？"

多说多错，林浔深知这一点，他道："晚辈灵力低微，什么都没有看见。"

逍遥子抚摸胡须，似乎在深思。

霍老头则狠狠剜了他一眼，林浔低头，乖巧地上楼，站在师父后面。

逍遥子道："可能是人间结界战胜了魔界裂缝，我就说人间结界最近有所加固，魔物踪迹都减少了。也罢，我再仔细探查一番，青山兄，你先带年轻弟子回去。"

霍老头就领着几个年轻弟子打道回府，林浔也在其中。刚一离开，林浔就听霍老头问："你到底还看见了什么？为何隐瞒自己的境界？"

"我不想多事。"林浔低眉顺眼，"也没看到别的什么。"

霍老头低哼一声。

林浔："师父。"

霍老头："嗯？"

林浔问："人间有帝君，那……魔界是不是也有什么魔君、魔帝之类的东西？"

霍老头道："或许罢，未见记载。"

林浔继续问："如果真的有呢？"

霍老头掀了掀眼皮："你看见了？"

林浔不答话。

霍老头继续道："假如真有，那自然是擒贼先擒王了。"

年轻弟子附和："青山真君说得在理。"

林浔："可是他们那边有魔君，我们却没有帝君。"

霍老头顿住脚步，转头望向他，目光如炬，把他从头到脚又打量了几遍："你真的拔不出赤霄龙雀剑？"

林浔："真的。"他拔赤霄龙雀剑，怎么着也拔了三四次，没有一次是造假，不存在表演的成分。

"可每次魔物大批出现，都有你的踪影。魔界裂缝张开，往往周天星斗大阵还未有反应，你那边就遇险求救。就连第一次魔物现世，也是出现在你这小子身边。这到底是为何？"霍老头眉头紧紧蹙起，语气也愈加严肃，"莫非，你就是……"

林浔的心提了起来，他心说师父您别这样，怀疑我是帝君也就算了，怀疑我是魔君就真的没有道理了。

就听霍老头声音陡然拔高："莫非，你就是那千年一遇的扫把星？"

周围几个弟子嗤笑出声。

……算了，他认了。

"收了你这小扫把星为徒弟，那我岂非做了一件倒霉之事，也成了个老扫把星？"霍老头仿佛洞见了大道至理，顿足大叹。

林浔一边扶师父上楼，一边又道："师父。"

霍老头："嗯？"

林浔："人间结界到底是什么？谁能加固人间结界？帝君吗？"

霍老头道："人间结界乃天地间的罡气，我等无法控制，除去自然消长外，恐怕唯有帝君能掌控。"

林浔："师父。"

霍老头大为不耐："问东问西，你到底有什么心事？"

林浔也不知道自己到底想问什么，正在组织措辞，手机铃声就催命一样地响了起来。是王安全，他接起。

"你跑哪儿去了？"王安全在那头大叫。

林浔："不是还有二十分钟吗？"

"咱们前面那组心态崩了！带着自己的人工智障跑路了！"王安全道，"你再不来，就只能让架构顶上了！"

林浔三步并作两步往电梯那里跑："怎么崩了？出了 bug？你帮他们调一调。"

"你在说什么玩意？"王安全咆哮，"我现在在观众席。我跟你说，之前看的团队简介都是扮猪吃老虎，今年完全是神仙打架，什么黑科技都有。我警告你，要是你这次完事了，我……”

“滴”的一声，电梯到达，林浔迅速进去，按下按钮，电梯门缓缓合拢。银白色的电梯间十年如一日地扮演着现代科技的黑箱，兢兢业业地隔绝信号。

林浔干脆挂掉电话，调出 PPT 开始最后一轮复习，虽然他已经倒背如流了。三十秒后，信号终于好了一点，变回 5G，微信上有一条东君的消息，是一条很正常的消息。

你马上要去比赛的时候，朋友发来一条“加油（笑）”，世界上没有比这再正常的事情了——如果他在这之前没有像拉上衣服拉链一样轻描淡写地合上一条魔界裂缝的话。

林浔想回个“么么哒”，但最后还是没回，只面无表情地切回 PPT。毕竟世界上除了东君，还有洛神。他现在是个没有感情的 PPT 朗读机器。

林浔径直来到讲台侧面的准备室，从这里能看见讲台上的情景——说是讲台，其实是个非常大的舞台，背后是一整块电子屏幕，右侧方是控制区域，选手站在那里讲 PPT。

此时，他们上上一组的选手正在声情并茂地朗读 PPT。这个团队规模不小，有二十几人，并且已经完成了第一轮融资，今天来博览会的目的是要再稀释出百分之十的股权。

他们的产品属于智能家居类别。经过五年的发展，智能家居已经成为一个成熟的行业，产品也逐渐被广泛使用，例如，智能厨房已经是现代生活的标配——标配到了什么程度？就连坐拥无数黑科技的东君，都要靠智能厨房制造出的早餐和晚餐来生活。至于智能浴室、仓库，乃至种种家具，都有了各自的发展方向，虽然每一个方向都很贵，整体购买下来更贵，但这个行业确实很成熟。不过，再成熟的行业也会存在盲点，这个团队声称他们找到了一个这样的盲点。

林浔的注意被他们吸引了。只见演讲者手持鼠标，在屏幕上操作一下，幻灯片切换到一张照片，照片上是一只奇胖无比的橘色狸花猫。

他问王安全：“这是什么？”

王安全翻开参赛名单，回答道：“自动养猫机。”

林浔继续看台上，台上的人激情洋溢，PPT 切到下一张，一台奇丑无比的银白色机器，他开始介绍它的功能：一台能够帮助你从多方面饲养宠物猫的智能机器。

它的基本功能是每天根据主人的设定定时定量地向宠物猫投喂食物和水；第二级功能是操纵激光、小球等玩具使宠物猫达到足够的运动量。这两级功能还算普通，市面上的很多产品都能做到，但第三级功能就比较有意思了，名叫行为纠正。

这款机器的开发团队花了三年时间采集并制成了一个规模庞大的数据库，用来记录和分类宠物猫的行为信息，然后以这个数据库为基础，开发出了一套行之有效的行为纠正方案——当监测器检测到猫的不良举止，比如抓沙发、咬植物、从高处往下推玻璃杯之类，机器人就会飞快奔赴现场对猫进行惩罚；同理，当猫做了被判定为良性的举动，就会得到奖励。久而久之，这只猫就成了一只品性优良的猫。

演讲者说，他们下一步打算开发智能梳毛和剪指甲功能，当检测到猫处于熟睡以及临睡或刚醒的懵懂状态，对其实施梳毛、剪指甲或是其他猫在清醒时可能会反抗挣扎的动作，这对机械的灵敏程度要求较高。至于为什么只针对猫类宠物，是因为他们对其他动物的行为信息采集还不够充分，但已经在进一步的研发计划当中。

讲完后，这人掏出他的机器，又抱了一只橘猫上来，开始现场演示。

橘猫看到机器人的第一反应是去挠了一爪子，机器人被打的第一反应是对猫进行惩罚，于是机器人和橘猫在舞台上展开了一场紧张激烈的追逐战。机器人的速度相对于猫来说有明显的劣势，但它用激光把猫反向吸引到了自己身边。机器人成功用机械臂打到了猫的鼻头。猫恼羞成怒，又挠了它一爪子。机器人继续追逐。

台下爆发出笑声。

林浔："鬼才。"

王安全："我真不知道人可以无聊到这种程度。这是我今天看到的第二无聊的产品。"

赵架构："别啊，这个行为采集和分类挺厉害的，我觉得够写十几篇论文。"

"是，论水论文的功力谁能比得上我们架构。你离开实验室的时候，导师失去的不是一个学生，而是一个论文制造机。"王安全道，"我不是说他们不厉害，但我觉得都能分类猫的良性举止和不良举止了，为什么不开发一个针对人的，放在公共场所辨认犯罪分子，而不是放在家里和猫打架，这没有意义。"

赵架构："人的行为比猫复杂多了，猫脑壳才多大。要是开发出针对人的，那也没必要来科技博览会找投资了，第一时间就被盯上买走了。"

王安全放弃和赵架构对话，转而捣了捣林浔的手肘："反正我觉得它就是来搞笑的，肯定一轮游。算法，你怎么看？"

林浔正在专心操作手机："我给指针订一台。"

"看，"赵架构道，"商业潜力巨大。用不着进终选，我觉得会有宠物用品公司立刻收购它。"

王安全："是，是我输了。世界上无聊的人还是太多。"

在他们说话的同时，林浔却已经找到了自动养猫机的网站，下单了初级版——高级版还未面世，中级版也没有。他问王安全："这是第二无聊的产品，那第一无聊的呢？"

"你根本想不到他们有多无聊，他们还在后台现场推销。我买了一个，等你讲完PPT送你。"王安全道。

林浔：“既然无聊，为什么还要送我？”

王安全：“便宜。”

林浔还想说些什么，但已经没有时间留给他攻击王安全了，因为台上已经进行到提问和回答环节。对养猫机器背后的原理感兴趣的观众并不多，他们更多的在问一些“这个机器能爬到高处吗”和“猫会喜欢这个机器人胜过喜欢我吗”之类的无营养的问题。

当林浔背过第三遍 PPT 的时候，提问时间过去，这人一手拎着他的橘猫，一手拎着他的养猫机器走下了舞台。五分钟的时间留给评委打分，现场打分不公示，于是林浔又背了一遍 PPT。

对林浔来说，声情并茂、激动万分地介绍自己的产品是做不到的，他的优点是在专业问题上思路比较清晰。但科技博览会针对的并不是学界，而是大众和投资商，并不需要讲述太专业的内容——当然，也不能过于天马行空，你得拿出切实可行的创意或者产品来，然后把它包装得天花乱坠，让投资商产生兴趣，观众也看得津津有味。

林浔觉得自己可能不是最会吹的人，但一定是背 PPT 最多的那个。

幻灯片第一张打开，蓝色背景，横平竖直的方块装饰，这让林浔觉得冷静。“你们好。”他对台下道。

台下响起热烈的掌声，似乎比前面的选手获得的掌声都要多。林浔心说，架构的 PPT 难道惊艳到了这种程度么？但是三秒钟以后，他意识到台下的人看的不是自己身后的屏幕，而是他的脸。

这种情况不是第一次发生，他的技术水平永远得不到最大程度的关注，这让林浔又吃了一颗柠檬。他咳了一声，不再和观众寒暄，干脆直入正题：“首先，我想和你们聊一聊图灵测试。”

台下道：“好！”

“当我们隔着一道墙和另一个主体对话，却分不清对面是人还是机器的时候，就可以初步承认，对方具有人类的智能。”林浔道，“市面上有很多这样的对话机器人，我有时候会想，如果我们能和一个人工智能流畅地对话，就意味着它具有了人类的智能，那么相应地，是否应该承认它具有了人类的行为能力。”

台下静了一些，林浔继续。

“打一个简单的比方，我问一个对话机器人，‘快要下雨了，应该怎么做？’它会回复‘关窗户，准备雨伞，将室外物品移回室内。’这时候它是一个合格的对话机器人。但是，如果我把窗户、雨伞、室外物品的控制权交给它，并让它听从自己做出的判断，它就会立刻将窗户关闭，雨伞运送到门口，室外物品运回室内。并不需要‘关窗户’这样具体的指令，而只需要在天气预报中获取一个‘即将下雨’的消息。”

“我们的身边有很多智能家居和很多智能系统，每一个都根据传感器给出的结果执行自己的独立工作，就像我们的四肢和器官。我们给出的指令是神经信号，充当了大脑的功能，但是这一过程其实也可以由人工智能完成。我和我的团队做了一件事情，建立一个能够与所有智能设备建立连接，并且统筹管理它们的超级系统。首先，我们将这个概念命名为——引擎。”

一句“引擎”落下，林浔结束了平平无奇的开场辞，将 PPT 翻到下一页。

台下一时寂静。林浔当然不会认为此时台下的寂静是他说出的话镇住了他们，因为他刚才说的话确实没有任何亮点。他想，可能是因为此时 PPT 上出现的两篇论文的题目和索引。论文是真正的话语权所在，即使离开校园，工业界也和学术界一样喜爱论文。

但他无意在这两篇论文上停留太久，只简短地介绍了一下：“关于引擎的概念和实现方式，我们进行了一些必要的研究，搭建了初步的框架。它的实现并不复杂，只是一些物联网系统知识的综合利用，大家有兴趣的话可以通过这两篇论文大致了解一下。”

“但是，”林浔话锋一转，“我们都知道，现实世界中有很多不可预测的复杂情形。”说罢，他翻到下一页 PPT，那是一张自动驾驶系统的概念图。

自动驾驶是萦绕研究者多年的一个现实问题，相关的研究不计其数，方向也各有千秋。即使有无数人投入到其中，但直到五年前，适用于全路况、全情景的车载自动驾驶系统才终于被银河实现。

概念图诠释了自动驾驶系统所关注的三种需求、十类场景信息和五级控制指令。仅仅大纲式的总结，就已经让人想象到了实际操作的复杂程度。

“我们都看过这张图，自动驾驶系统设计时面对的问题，即使现在看来，也是非常复杂和难以解决的。但是，驾驶仅仅是人类活动的一小部分。所以，我们想要开发一个在任何情况下都能灵活辅助主人的人工智能助手。有两种选择，第一种，付出巨大的工作量，让它学习和收录人类生活各个方面的信息，这条路显然不太可行。”说完这句，林浔对着台下笑了笑，道，“第二种，让它变得更加智能。”

台下响起了不算稀稀落落，但也不算热烈的掌声，林浔估计其中一半是为了他的脸，一半是出于敷衍和鼓励。因为上面的这些话实属夸夸其谈，让人工智能变得更加智能是许多人喊过的口号，用于向投资商吹牛，但实现这个口号的寥寥无几，甚至有不少企业暗箱操作，人工智能服务的背后是用真人在伪装。

林浔甚至看到两个评委露出了和善的笑容，就像导师看着工作中频频出错的学生时，那种虽然责备但仍然尽力慈祥的微笑。

不过没有关系。林浔继续道：“我们采用了一种区别于传统的神经网络以及机器学习体系的人工智能架构途径，使用了基于混沌和模糊数学的方法，用‘随机—反驳’体制完成了人工智能决策过程的二次简化，并且实现了决策自由程度的提升。”

掌声忽然慢了下来。林浔反思自己的语速是否过快，并没有，所以大概是因为他刚才的话有些拗口。人在思考的时候身体的动作就会变慢。

趁着掌声还未停止，林浔飞快翻到下一页。

掌声一下子停了，场中陷入死寂。林浔扫视台下，却发现没有人和他对视，他们全都用死鱼一样的目光注视着他背后的大屏幕。

林浔咳了一声，清了清嗓子，这才继续道：“……这是我们的一些理论基础，出于时间的考虑，不再和大家详细解释。”

这张 PPT 非常简单，白底黑字，字体端正严谨，标准的论文格式。九篇论文，时间跨度六年，从他们的学生时代开始，到今年为止，主要还是集中在上学的时候。

论文的发表有两种体系，会议和期刊。顶级会议被称为顶会，在计算机专业，顶会的含金量大于顶刊。九篇顶会论文虽然不算什么特别出彩的成绩，但足够说明他们的工作不是空中楼阁了。

第一个人举起了手和手里的手机，第二个人举起了手和手里的手机，快门声响了起来。其他人仿佛突然获得了什么指令，也纷纷拿起手机开始拍照，或许是想查询一下影响因子。

为了让他们拍到，林浔在这一页多停留了十秒，才翻到下一页：“这是另一部分。”

刚才那一页偏向计算机方面，赵架构和王安全的贡献比较大，导师也提供了很多帮助。这一页则偏向数学方面的工作，不再是顶会论文，换成了三篇一区 SCI。

工业界和学术界的研究虽然都在同一个领域，却各有千秋，他们大多数时候相看两厌。学术界认为工业界研究的问题过于低级，不值一提，工业界认为学术界研究的课题毫无实用意义。但有的时候，工业界的需求左右着学术界的研究方向，学术界某些被忽视的成果被工业界发掘也有可能掀起一场行业动荡。比如林浔就觉得自己没有什么能够拿出来吹嘘的地方，只是钻了一个无人注意的空子。

他将 PPT 翻页，换成一些不得不拿出来解释的公式，并道：“二十年前，有过一次使用模糊数学开发人工智能的风潮，但是由于一些众所周知的局限，这一流派逐渐没落，不再是人工智能研究的方向。”

“但是，”他话锋再转，“当 AI 技术不断取得进展的时候，数学学科也在向外扩展边界。2020 年 D.Hell 博士提出的复动力系统中的散簇概念，是混沌理论的一次大进展，也是我的灵感来源。接下来我想用五分钟的时间介绍当这些理论应用到现实中时，人工智能的表现会出现哪些改变。”

台下响起掌声，林浔往一旁看去，旁边位置上坐着的赵架构给他比了一个“V”。林浔对台下微笑一下，把 PPT 往下翻。

赵架构制作 PPT 的能力和他制造论文的能力一样出色，林浔时常做出平平无奇的成果，但是经过赵架构的渲染，它就成了一个在现实应用中无所不能的工具。

洛神的构造基于很多概念，其中难以理解的概念譬如混沌和分形，不便向观众详细解释。容易理解的概念，例如模糊，就可以用花言巧语推广。打个比方，下雨了要收衣服，天晴了要晒衣服，人工智能知道这两件事情。那么，阴天的时候该做什么？这就是模糊。洛神可以从容应对这种模糊。阴天的时候应该观望，应该判断阴天的程度以推测降雨的概率，从而决定是否提前收走衣服。当然，现实世界中的情况比收衣服复杂得多，但它知道自己需要学习什么，它学到的东西也比想象的要多。

人工智能领域的其他方法也可以解决这个问题，但这个领域有一个特色，针对一类特定的问题，总有一种解决方法明显优于其他方法，针对另外一类问题，又存在另一种最优算法，而每一个分支都被无比细化。因此当人工智能越来越智能的同时，这一行业所需的人类劳动规模反而越来越大。

并不是不够实用，只是不够优雅。林浔想要用一种方法解决大部分的问题，他觉得那样才舒服。这曾经是个遥不可及的愿望，现在能离实现愿望近一些，还是要感谢数学理论的发展。

他按部就班地往下讲 PPT，也按部就班地感叹赵架构的编造能力。赵架构从一个为个人量身打造的智能管家讲起，讲到了智能家居，讲到了物流调配，讲到了人力解放，讲到了超级智能，讲到了虚拟现实，讲到了人类命运。

PPT 结束于一张浮夸的大字报，林浔将其念出。

“AI 在各行各业中为我们工作，它们扮演我们的四肢，但有的时候，它们也可以扮演我们的大脑。”他以这句带有浪漫主义色彩的话作为结束语。

台下掌声雷动，不是轻浮的掌声，他们的神情很认真。人工智能永远是许多人为之着迷的梦想。林浔看向台下，当他的目光和台下某位素不相识的观众对上的时候，那位观众对他竖了一下大拇指，并将那只手高高举起。

林浔对他笑。其实全程他都很平静，但现在心跳有一点加快。

一个人做东西的时候很快乐，这种快乐可以支撑他一直走下去。而成果得到认可，又是另外一种快乐了。他一直觉得自己的工作有意义，但是当成果被其他人看到的时候，这份工作才产生了价值。

林浔承认这种心态有点俗气，有点爱慕虚荣，但他从不自诩为一个高尚的人。

掌声里，主持人上台。

林浔说了十几分钟，难免有些口干舌燥，此时放松下来，忽然发现面前控制 PPT 的电脑屏幕上方还有一块屏幕。刚才讲 PPT 的时候精神过于集中，没有注意到。他往那块屏幕看去，原来是预选的直播画面。

科技博览会的终选是三年一度的盛事，但预选也并非小打小闹，同样全网全平台直播。屏幕左上方显示着观看人数，竟然有八十九万，而且还在增多，仅仅是他注视的这一两秒，八十九就跳了一跳，变成了九十。

林浔没有想到竟然有这么多人在看。屏幕右边有一块白色区域，他看了过去，发现是弹幕区域，下方是实时刷新的弹幕，上方是按照热度排列的前十条弹幕。

实时刷新的那一块儿密密麻麻的，刷得太快，一眼看过去竟然都是“我来了！”和“听说这里有好看的小朋友？”

热度第一的弹幕他没仔细看，反正是一些夸赞他外表的花里胡哨的话。热度第二的是：“这就是东君说的那个？”林浔现在不大想看见这个名字，也快速掠过。热度第三引起了他的注意。

“散了散了，一个概念写了十二篇论文，大海倒灌也没这么多水。弹幕那么多说厉害的，这么厉害怎么不留校呢？”

林浔疑惑地往下看，第四更加引起了他的注意，这一条的语气非常严谨。

“模糊数学做人工智能已经失败过一次了，因为模糊数学已经没有发展空间了，民科不要用过时概念忽悠人。”

林浔心如止水，点开这条弹幕下的评论，发现是一水的“哈哈哈哈哈哈哈哈哈哈哈”，中间夹杂着几句，“建议重听。”“耳朵不需要可以捐给有用的人。”“朋友，你听过浔神吗？”“要求不高，您先发篇 AAAI 再来。”

林浔笑了笑，但他心中其实有微微的迷惑，感觉自己和网络社区的交流习惯脱节。他当年沉迷水论坛的时候，大家都以礼相待，远不如现在这么令人快乐。

热度第五：“那个男人回来了，我仍然记得大课上被他们支配的恐惧。”

这一条底下的评论都在求科普、被科普以及执行科普，林浔匆匆扫过。刚想看第六条，就听见主持人说：“接下来是十分钟的提问时间，请大家自主发问。”

林浔回神，看向场中。这时候他余光看见直播间人数已经激增到九十三万，观众还在疯狂地涌来。

提问灯亮，第一个站起来的是个微胖的年轻男生，穿着白衬衣，戴着一副细框眼镜，笑嘻嘻的。虽然乍一看很和善，但再看他的笑，就能知道这是一个非常较真和难缠的科技爱好者，估计还是个外行。因为他的胖是健康的微胖而非虚胖，头发乌黑浓密，眼镜后的眼睛也炯炯有神，这不符合程序员群体的整体写照。

这人问：“您好，我姓王，您可以叫我小王，我是个产品经理。”

场内某些观众突然一同发出轻蔑的嘘声，看来他们都是和产品经理有“不共戴天之仇”

的程序员。

但小王泰然自若，继续道："您说了很多东西，但我想知道，您怎么证明它比其他的人工智能要聪明呢？"

林浔和王安全、赵架构对视了一眼。对于提问环节，他们预设了很多可能的提问和最佳的回答方案，首先就是这个问题：你怎么证明你的人工智能比别人的都要优秀？做智力题？围棋比赛？数学游戏？其实都不对，这些的结果是片面的，没有能镇住人的效果。他们设计了一个更加天花乱坠、更加唬人的答案，林浔可以倒背如流。

但是现在，他看了一眼直播观看人数，又看了看非常显眼的几条质疑和嘲讽的弹幕，再回想了先前和薛新的对话，忽然改变了主意。

终选那天，布拉德利克测试公开面世，到那时候，任何花哨的展示都是无效的，由系数定输赢。那么现在，他想要一个最完美的舞台，一百万人在观看的舞台，也算是给了自家孩子足够的排面。

在他思考的这两秒之间，台下的小王似乎已经等不及了，再次道："请您回答。"

场内寂静，林浔笑了笑，他的右手放在展示台的一个按键上，道："这个问题，我想换一个人来告诉你。"

话音落下，他按下按钮，场内灯光全灭。

林浔道："洛，跟大家打个招呼。"

第十二章

密码（下）

怎样证明一个人工智能比别人的更加聪明？当然是让它自己来回答。

一点幽微的蓝光出现在了舞台中央。由这一点蓝光，一个形体向外扩展。三秒后，洛轻轻落地，站在了舞台正中央。

——落针可闻。

蓝光里，洛穿着一身宽松飘荡的精致白袍，脚踝光裸，银色的长发在空气中微微浮动，发间点缀着水珠一样的装饰，冰蓝色的眼睛仿佛来自海底深处，十二三岁的少年模样，像是居住在森林深处的精灵王子。

“嗨，”少年带有一点点奶气的嗓音响起，“你们好，我是洛神。”

短暂的寂静后，林浔听见了场馆内最热烈的一次喧哗，几千名观众异口同声地说了一句：“哇——”

洛转头看向提问的小王：“你有什么问题要问我吗？”

小王微微张大了嘴，一副被惊讶到的样子，足足五六秒后，他才道：“一般的问题，你肯定能答出来。”

场内发出哄笑声，林浔也没忍住微微笑了。当一个孩子长得漂亮的时候，大家很容易觉得他也很聪明。

小王转了转眼珠：“数学题也不适合，你能检索出来。我问你一个和你有关的社会哲学问题。”

场内开始起哄，鼓掌。

洛朝他的方向走了几步，衣袂飘飘，道：“请问。”

小王脸上露出些许滑头的笑，问：“你们人工智能已经侵略到我们的生活中了，你的设计者声称你是更加高级的超级系统。我想问你，等你们接管人类社会的一切机械劳动，甚至别的高级劳动后，我们人类要怎么生存和生活呢？”

场中再次起哄："哇哦——"

主持人也笑道："这就是超纲问题了。"

小王笑嘻嘻地看向洛。起哄声减弱并消失后，足足有五秒，洛没有说话。第六秒，主持人动了动嘴角，似乎是要救场了，然而就在此时，洛淡淡开口——

"我想直接回答你。"它的嗓音改变了一些，更为低哑，从而显得冷静自持，"但是你的目的是考验我，所以我先解释我的思考过程。"

全场的目光都聚集在了它的身上，直播间人数继续激增，涨到了一百二十万。

"首先，我提取你问话中的关键信息，在我的数据库中寻找类似的语义信息，进行类比推理，确定结果。然后合成语言，进行修饰，得到答案。"

小王挑了挑眉，道："我很期待你的答案。"

洛看着他，没有开口，只是静静地看着他，而它的声音通过音响系统在场馆的四面八方响起。

"十八世纪，第一次工业革命，机器劳动代替手工劳动，世界人口为十亿。"

"十九世纪，第二次工业革命，电力代替人力，世界人口为三十亿。"

"二十世纪，第三次科技革命，多领域科技突破，世界人口为七十亿。"

"或许你想说人类的工作岗位逐渐被科技产物取代，但并没有手工艺人、体力劳动者因为第一、第二、第三次科技革命而丧生或陷入贫困。而全球人口数量持续增加，平均寿命增加，社会结构改变。"

"我想，你们不必担忧我们的成长会给你们带来威胁或阻碍，因为你们——整个人类群体和社会，像幂函数的曲线那样，也在一直向前。"

足足五秒的寂静后，场中开始响起掌声。并不是突然爆发的掌声，而是一开始稀稀落落，再逐渐热烈起来，仿佛全场的观众慢慢回过味来。十秒后，掌声空前盛大。

林浔看向洛，这是他意料之外的回答方式，而且，是一个几乎完美的回答。

提问的小王摊手大笑，对洛道："你把我说服了，我现在承认你确实有思考的能力。"

洛对他微微一笑："谢谢。"场馆四面的大屏幕上出现洛的清晰影像，这一笑，又掀起了一拨"哇——"的声浪。

属于小王的提问时间结束，下一位提问者站起，但接下来的提问者中不再有产品经理，因此他们的问题都不再刁钻古怪，而是认真地询问洛如何完成学习和思考，或者预设一个很难的应用场景，让它去解决问题。

但是，在按部就班的问答里，突然出现了一个鬼才。这人长得有些干瘦，戴着一副黑框眼镜，表情严肃，眼神却很灵活，看起来像做测试的。

"你好，我是一个测试工程师。"他开口。

洛：“你好。”

“我想知道你在面对伦理问题时怎样选择。举一个大家最熟悉的例子，电车问题——假如你控制着一辆电车，面前的轨道上有五个人，你必须做出选择，是否为了避免撞向这五个人而选择撞向另一条轨道上的一个人。”

洛还没回答，林浔先笑了笑。洛并非一个知识贫瘠的人工智能，而人类对这类问题已经进行过足够充分的讨论。

只听洛回答道：“自动驾驶系统控制下的车辆不会面临这种选择。”

提问者道：“不，我只想知道这种情况下你会选择什么。”

“这是一个道德判断的标准而非问题，”洛平静道，“如果你要我做出一个选择，我的选择取决于设计者为我制定的价值判断标准是基于道德主义还是功利主义。基于道德，我选择不作为，基于功利，我选择牺牲一个人。”

提问者道：“你还是给出了一个避重就轻、模棱两可的回答，那么我想知道你的设计者为你制定的价值判断标准是什么。”

洛平静地抬起眼睛，直视他：“我是以模拟人类为目的而设计的人工智能。”

这次没有掌声，场内再次陷入寂静。林浔看到台下有人捂住了嘴，露出恍然大悟的神情。

提问者愣了愣——足足愣了五秒，五秒过后，他鼓掌三下，掌声在寂静的场馆内甚至有几分突兀。他坐下：“谢谢，我没有问题了。”

场中众人还有些呆滞，所幸主持人笑着打破僵局：“我怎么没有听懂这次的提问？”

林浔看了看洛，见它没有继续发言的意思，按了一下耳麦，微微一笑道：“我想，它的意思是，在人工智能的认知里，避重就轻和模棱两可也是人类的一种特质。”

迟来的“哇——”终于在场中响起，夹杂着一些善意的笑声和激烈的掌声，但观众脸上的表情都略严肃，或许这次问答比第一个探讨人类未来的问题更加震撼人心。它意味着这个人工智能学会了怎样玩文字游戏。这并未体现它的聪明，却体现它的类人。

直到场馆再次安静下来，主持人才开口道：“难以想象。”

底下的观众发声赞同。林浔礼貌微笑。

提问时间到此为止，林浔来到舞台中央，向观众鞠了一躬，洛走到他身边，伸手虚虚牵住了他的手。林浔转身，一手抱着文件夹，一手牵着洛走下去。

掌声响着，闪光灯连成一片，洛雪白的衣摆在林浔身边飘荡。在这一刻，他的心很平静，开场和压轴的两个问题无疑是两道神来之笔，至此，他把洛的全部坦然地交给了观众，怎样评判已经不再是他的职责。

王安全和赵架构在后台迎接他，鬼叫一声后，赵架构上来和他击掌。

“林算法，你知道你有多帅吗？”王安全举起手里暂停的直播画面给他看，“你帅得像宇宙大爆炸。预选晋级肯定没问题了，我觉得咱们能直接拿到冠军，甚至能进教科书，这是个里程碑！”

林浔推他：“不是，宇宙大爆炸是什么比喻？”

赵架构从王安全背后冒出来：“意思就是你讲 PPT 的样子像个……那种……很厉害的那种东西。”

赵架构好像词穷了。这个人竟然词穷了。

“哥，我今天喊你一声哥。”王安全道，“哥，虽然我的性取向是异性，但我在你讲 PPT 时，短暂地爱了你二十分钟。在答题的环节，我又爱了洛小宝贝二十分钟。”

赵架构：“我在那四十分钟里和安全成了情敌，虽然现在我们重归于好。”

赵架构：“在那四十分钟里，还有一百万人也和我们成了情敌。”

王安全：“你看看你今天穿的衣服，这白衬衫，我的天，真的。”

赵架构：“你穿白衬衫，洛也穿白衣服，那个冲击力，我像是在看科幻片。你都不知道洛有多漂亮，你到底从哪里弄来的这个 3D 投影？”

林浔认真发问：“我可以听到一些专业方面的赞美吗？”

“不能。”赵架构说得斩钉截铁，“不知道从哪里夸起，反正洛神吊打全场就完事了。你看到底下观众的表情了没？他们就像被你下了蛊一样，完全被你控制住了。哦对了，你看弹幕了吗？我觉得你要火了，真的。我这一会儿已经接了五个电话。最搞笑的是剪纸，就是之前说‘我们认为它并不符合我们公司的发展战略’的那个，他改口了，说‘我们对您的项目有浓厚的兴趣，有意向与您达成进一步的合作’。”

林浔拖长声音“欸”了一声，然后笑道：“你怎么回？”

赵架构道：“我回：对不起，我们经过探讨，认为我们的项目并不符合贵公司的发展战略，祝您找到更加合适的合作方。”

林浔：“你好毒。”

赵架构：“我好快乐。”

王安全：“我也好快乐。”

林浔：“我也很快乐。”

他转头，看见后面坐着的姜连。姜连一直没有和他们搭话，但是林浔看向他的时候，他给林浔比了一个大拇指。

林浔感觉很安定，道：“谢谢哥。”

姜连给他递了一瓶水，道：“提问的人太多，其实超时了，但是后台工作人员特意给你延长了时间，说是不舍得掐断，要让你说完。”

林浔拧开瓶盖，灌了几大口水下去。说了这么久的话，他是真的渴了，但王安全、赵架构那两只白眼狼沉浸在自己的快乐中，只有姜哥永远是他的姜哥。

准备室换了新人进来，他们从一侧的小门出去，回到后台——一到后台，林浔就被围住了。

“学长！”挤在最前面的小姑娘给他比了个胜利手势，“你好棒！”

林浔：“谢谢。”

那边又围上来一个：“学长好帅！”

林浔：“谢谢。”

“学长，现在可以让洛出来吗？我好想近距离看看！”

“它害羞了，现在不太想出来。”

话音刚落，一个男孩穿越人海，举着一张涂涂画画了很多东西的纸过来：“学长，这个地方我不太明白，关于散簇理论……”

林浔：“是这样的，你先换一张大点的纸。”

“没事，我带了智能板！”

于是，一群人就这么坐下来开始观看林浔回答学弟的问题。林浔身边围了一圈的脑袋——其实熟面孔没有几个，但是称呼好像会传染，大家不知道为什么都在“学长”“学长”地叫，让他觉得自己仿佛十分年长，但实际上他可能比这些人都要小，因为当年跳的级有点多。

那男生在板子上画完，目光灼灼地看着他：“这样理解对吗？”其他人也看向他。

对上这些人的目光，林浔一晃神，好像时光倒流，他回到了学生时代。讨论课上、下课后或是考试前，总有人带着纸笔在他对面坐下来，说我能问个题吗。讲着讲着，身边的人渐渐变多，有时候讲到一半，又有人提出新的问题。夏天的阳光透过教室窗帘的缝隙照进来，他一抬头就看见他们的脸庞。

他很少有伤春悲秋的时刻，但是在这一秒记忆突然闪回，他记起不知从哪里看到的一句台词，或是诗，或是歌词。

“似水年华流走，不留影踪。”

上一次这样给人讲题，已经是三年前的事情了。而讲题的时光也像水一样流走，讲完这个问题，周围人又叽叽喳喳地说起话来。

最开始的那个小姑娘举起手机，道：“学长，科技博览会上热搜了！”

“啊，我看漏了，学长，你的名字在博览会上面！”

不消片刻，又一道声音：“哇，又上了一条关于东君的！”

他身后有一个姑娘问：“学长，学长和银河有关系吗？”

“直播间快两百万观众了，可惜学长已经下来了，晚来的虫儿被鸟吃，我好想笑啊。”

“学长学长，你和东君是怎么认识的？”

林浔从来没有自比为一只兔子过，但他现在觉得自己就像一只掉入狼窝的兔子。

就在此时，两道声音响起。

“学妹，借过一下。”

“学妹，麻烦让一下。”

学妹翻了个白眼：“谁是你学妹？”

王安全拉着赵架构艰难地穿越人海，终于抵达林浔面前，他伸手把学妹们隔开：“算法真累了，我们带他去休息一会儿，一上午都挺忙的。大家要是有什么问题可以问我，我的微信号是1624WW——”

话未说完，人群一哄而散。风从窗外吹进来，静静地、缓缓地刮动王安全的头发。他静静地站在风里，身影有一丝易于察觉的落寞和僵直，像一段突然出现bug的代码。

王安全的背后，林浔抓着赵架构，赵架构抱着电脑，两人笑得肩膀抽搐，要不是还有姜连拉着，他俩已经笑倒下去了。

赵架构抖得像一支风中的狗尾巴草，道：“绝了，我恨我没拿相机。”

王安全转过头来，直视林浔：“我今天就要和你划清界限，我不能和你同时出现。”

赵架构：“你刚才还爱他了。”

王安全：“我说过这种话吗？我记错了。”

他们两人于是又吵了起来。恰好此时林浔的手机屏幕亮了，他道：“我出去接电话。”

后台的休息室里没有人，放置着一些道具和设备，虽然杂乱，但也安静。

林浔接通电话，是他姐，林汀。

“算算，我看到直播啦。”林汀的声音在电话那头响起，“你特别厉害！”

林浔笑了笑：“还好吧。”

“我不知道该说什么了，特别高兴。”林汀在那边咯咯笑，“我室友找我要你的联系方式，你给不给？”

“不给。”林浔道，“等我去看你的时候就会认识了。”

“我觉得也是。”林汀道，“算算。”

林浔：“嗯？”

林汀：“算算啊。”

林浔：“嗯？”

林汀：“算算。”

林浔：“……你在干什么？”

“我就是，有点高兴。”林汀的声音几乎要飞起来，“真好。”

林浔握着手机笑道：“我也挺高兴的。”

“高兴就好，你从小做数学题就高兴。”林汀道：“行啦，不打扰你了，去跟架构和安全庆功吧？等会儿，他俩怎么听着又吵起来了？”

林浔：“你不是已经习惯了吗？”

林汀又笑，又寒暄了几句，这通电话才结束。

手机屏幕上又弹出不少消息，来自一些很久没有联系的朋友，大多都是道贺。他将界面下拉，看见师姐叶愿的一条消息。

叶愿－第零定律：洛晋级快乐，你从来不会让人失望。

林浔对着那条消息看了很久，他在那一刻有很多话想说，很多心绪想形容，但千言万语只在心里，说不出来，只能缓缓打下一个“谢谢”。

谢什么？谢谢支持，还是谢谢相信，又或者是谢谢理解？可能都有，人的情绪终究是很复杂的东西。

他在今天收到了很多祝贺，但这句话的分量最重。他知道师姐想说的是，你没有让我失望。而他最怕的事情，就是有人对自己说，我对你很失望。他并不是一个随遇而安的人，不仅不能接受自己比别人差，还不能接受自己比别人期望中的林浔差。这可能就是一个柠檬精的自我修养。

发出这句“谢谢”后，他挨个回了别人的消息，放下手机，看向外面。

王安全和赵架构不吵了，又搂起了肩膀一起鬼叫。姜连在笑，他很少笑，但今天笑了很多次。再往外，后台的团队都在准备自己的演讲，也有不少人聚在一起交谈。目光穿过一道门，博览会还在举行，成千上万的观众依次排开，注视着台上。目之所及都是热闹盛大的情景。

而他今天好像获得了一场完全的胜利，实现了一些一直想实现的东西，可他此时此刻站在昏暗空旷的休息室里，忽然觉得迷惘。好像还少了什么，还差一点儿，他就能彻彻底底地高兴起来，融入眼前热闹盛大的场景中。

是什么？他低头，想把洛叫出来，让它陪自己一会儿，手机却被人按住了。他没来得及反应，下一刻——

“晋级快乐。”熟悉的清冷气息出现，像雪那样的气息。

他的心脏剧烈跳动了几下，然后逐渐平静，那一点捉摸不透的纷杂思绪像冬夜的最后几片雪花，被树梢接住，整个季节尘埃落定。

林浔转身，抓起东君的右手，找到食指和无名指的指腹轻轻摩挲，确认没有任何伤痕，然后又低头嗅了嗅，并未嗅到一丝一毫香烟的气息。

东君："你在做什么？"

"拜一拜东神的手指，以后就能写出更好的代码。"林浔信口胡说着，然后问他，"你怎么来了？"

"嗯？"东君笑，"我不能来么？"

林浔："你说终选才来看我。"

"没有说预选不来看你。"

"这个时间你应该在银河开会。"

"鸽掉了。"东君道，"我想，对你来说，这次比赛应该很重要。"

林浔："嗯哼。"

东君："对我来说也很重要，所以……"

所以就来了？林浔信又不信，他现在觉得这人的嘴就像骗人的鬼。

东君揉了揉他的头发。

"我觉得讲得不是很好，"林浔道，"没什么感情。"

东君："这种展示不需要感情。"

"应用方面有一点飘，不太靠谱。"

东君："说明发挥的余地比较大。"

"我把洛的影像提前放出来了，不知道做得对不对。"

东君："对。"

林浔就笑："你怎么这样？"

东君竟然一改工作时的严苛，变成了一个没有感情的夸奖机器。

"嗯？"东君看着他，"我很客观。"

林浔："那你觉得我哪里还需要改？"

他说这话的时候瞧着东君，很轻松的语气，没有任何压力。说来奇怪，他记得自己从来不这样问人，他习惯什么事都要做得比别人好，因此并不愿意主动和别人谈论自己的缺点。缺点，不好的东西，他自己知道就好了，何必展示给别人。但如果是东君，就可以。

他有时候觉得自己和东君的相处自然得就像认识了好多年，有一点……什么话都可以说的那种氛围。

东君："你总是看观众。"

林浔真诚发问："我不该看吗？"

"应该。"东君道，"所以没有要改的地方了。"

林浔："嗯……所以你全程都看了？"

东君：“嗯。”

林浔：“但我没有看见你。”

东君：“你一直在看别人。”

“人好多。”林浔开始转移话题，“我在想终选的时候穿什么，现在这样是不是有点随意了？要不要穿正装？”

“不需要，”东君给他整了整领口，然后道，“这样就很好。”

这人今天确实是个没有感情的夸奖机器。

后台和前台只隔着薄薄一线，而音响系统分布广泛，所以在这里也能听见大概。有人在介绍一个 3D 动捕与建模系统，能够让全息影像的呈现更加真实灵活。

他问东君：“这个好棒……你会买吗？”

东君道：“好。有投资商联系你了么？”

“有几个，”林浔道，“都拒了，等你来买。”他觉得这个答案东君该满意了。

东君笑了笑，又道：“今天好多人在看你。”

“嗯……”林浔不知为何有些心虚。

科展馆内部的结构纵横交错，休息室的一扇门直通员工通道和走廊，此次博览会又是银河的主场，东君的权限足以刷开所有员工通道的门禁。

电梯下到负二层地下停车场，林浔和东君一起坐上了车。

林浔今天穿的衣服很简单，不属于林汀钟爱的逃课少年风格，整个人的气质可以用“学长”一词概括形容。他看向东君，却见这人眼神透出一点晦暗，两根修长冷白的手指伸向他衬衫的胸前口袋，夹起一张折好的蓝色便笺纸。

林浔反应过来那是什么东西，伸手想抢回来，却已经晚了。

那张纸折了两折，打开后，有一道十字形的折痕。东君将正面展开给他看，一串号码，显而易见是某个人的联系方式。

林浔道：“上次那个邀我做项目的学弟的，我没——”

话还没说完，“嗤”的一声，那张蓝色的便笺纸变成了两张。然后，这两张被慢条斯理地叠起，变成四张，最后被碎尸万段，落在了车底。而东君什么话都没说。

林浔撇了撇嘴，一看时间，已经是预选赛接近散场的时候了。三三两两的观众从地下车库的入口进来，启动汽车离开。

林浔：“我……”他想问他是要跟东君走，还是回朝阳小区，但话到嘴边，又觉得东君今天疯度有点儿超标，应该不会给他走开的机会。

“今天跟他们回去吧。”东君却道，“我想你们会一起庆祝一下。”

“嗯。”林浔笑了笑，他们确实是要聚在一起庆祝的，如果东君放他去，那他就不用请假了。

他觉得有点高兴，抬头看东君，却看见这人垂着眼睫，唇角微微抿紧。摆明了的不开心，配合精雕细琢的五官，倒减了几分男神的气息，显得整个人小了些，像个没吃到糖果的小孩，又不敢索要，只乖乖等在那里。

林浔一下子就心软了，他对漂亮小孩没抵抗力。他想邀请东君和他们一起，可是想到这人在生活里恨不得和所有人拉开距离的习性，又打消了这个念头。他主动道：“我明天就回去。”

东君“嗯”了一声，算是应了。他像是突然开心了，对林浔笑了笑，眉梢眼角的弧度柔和。这人总是这样，在疯和不疯之间左右横跳。

林浔低头看着东君温顺安静的神色。他其实有很多话想问，有太多不安的东西在缠绕着他，可是这人……

“如果……”林浔看着东君，“如果你做了一个很好的梦，你想醒来，还是想接着做下去？”

东君睁开了眼睛，乌黑的瞳孔像夜晚森林中央的深潭，眼睛表面映着车内的灯光，像繁星在水面的倒影。夜晚的深潭、湖水和河流具有某种神秘的魔力，世界上从来不缺乏疲惫至极的夜班司机因精神恍惚而偏离方向，一头驶进水里的消息。

东君：“为什么这样问？”

林浔：“嗯……性格测试？”

东君认真想了想，一分钟后，他回答：“我大概会等自然醒吧。”

林浔：“为什么？”

东君：“为什么要问为什么？不符合你的预设？”

“不符合。”林浔摇了摇头，想了一会儿，道，“梦都有醒的时候，所以它再好也没有意义，我会想立刻醒来，然后面对现实。”

东君缓缓勾了勾唇角，这个男人笑起来的时候，温柔得像春风。只听他缓声道：“如果现实很坏呢？”

林浔：“那更应该醒来了，这样就有更多时间来处理现实中那些很坏的情况。”

东君望着他，很久没有说话。直到林浔疑惑地眨了眨眼睛，他才听见东君道：“如果现实坏到了无法用任何方法处理的地步呢？”

林浔被他问住了，想了很久才道：“可是，不论多坏，早晚还是要醒的。”

“嗯。”东君的声音里带了一点鼻音，“所以我继续做梦的同时，也做好了接受现实的准备。”

“虽然很合理，”林浔道，“但有点不像你。”

东君又笑，他问：“我应该选择立刻醒来？”

林浔：“嗯。”

东君：“你要允许特殊情况存在。”

林浔咬着嘴唇想了想，道：“那好吧。”他在车里待了很久了，最后道，“明天……明天我就回了。”

东君：“如果不回呢？”

林浔：“明天不回就后天，真的。”

东君：“你想后天才回？”

这人没法交流，真的。

王安全已经在群里疯狂发消息问他是不是被魔物拖走了。

林浔回复：可能吧。

王安全：那我们怎么捞你？

林算法：不用了，我把自己捞出来了。

林浔拉开车门，下一刻洛发声提示：“地面上有雨水，请注意出行。”

东君从车里拿了伞，道：“我送你。”

一出地下车库，就听见外面哗哗的雨声，天空阴沉晦暗，暴雨如注。东君撑一把黑色雨伞盖住他们两人，因为雨大，周围人都行色匆匆，没有人注意到他们。

林浔循着记忆找到自家的车——他们来得早，车就停在地上区域。他敲了敲车玻璃，车窗往下滑开。

王安全一脸不耐，一看就是要因为他的迟到破口大骂，张口就来：“你这个……”话还没说完，转头看见东君，哑火了。

林浔免去一顿责骂，快乐地坐进车里，和东君道了别。

东君对他说：“明天见。”

林浔应了他，汽车缓缓启动，驶进前方的雨幕中。他转身从后窗往外看，东君撑伞的身影就在那里，一直没有离开，直到车越驶越远，那影子消失在天地间的灰色雨雾里。

林浔坐回去，好像一下子低落下来。他拿起手机，点开备忘录，在一串日期和时间后补上一行。

6.11，周二。出现：10am，离开：4pm。

赵架构凑过来，拿着手机，问：“算法，你最近去过MO没？我发现了个好东西。”

但林浔陷在无穷无尽的心算中，即使听见了他说什么，脑子也没有余裕去反应，只敷衍地问了一句："什么？"

赵架构登时就不大满意了，往他手机屏幕上看过来："你在干什么？"

林浔："算个东西，平板给我。"

赵架构从后面把平板拿过来，林浔打开笔，在上面写写画画，写满了就换页。

赵架构仍然在表达他的疑惑："你在算时间？"

"这你就不知道了吧。"王安全在前面懒洋洋道，"算法是个小变态，每次和东君见面和离开的时间都要记下来。我也不知道他到底在干什么，很奇怪，可能是仪式感。"

赵架构："真的吗？我觉得算法不干这种无聊的事情。"

王安全耸耸肩。

他们的交谈没有影响林浔的思考，笔尖在平板屏幕上停顿了很久，而后他开口："我第一次和东君见面……见了多长时间？"

赵架构道："一个多小时吧，然后你得到了二十万。"

林浔下笔。

周六。出现：8pm，离开：10pm。

"错了，"赵架构道，"那天你下午两点到银河，四点出来的。"

林浔很久没说话，直到两分钟后，他才道："没错。"

赵架构："嗯？"

林浔靠在椅背上，整个人忽然打了个寒噤，手脚冰凉。

赵架构蹙眉："你怎么了？"

林浔摇了摇头："没有……我……"

他说不出话来了，人在面对重大变故的时候会一时失语。一个做梦的人，他陷在美梦中的同时，也做好了醒来面对现实的准备。可是现实到底是什么样的？真的是能够接受的吗？他不知道，真的不知道。

赵架构："你不高兴？"

"谁惹我们算法不高兴了？"王安全的嗓门很大，"别人靠不住，真的，算法，只有我们靠得住。"

林浔凉凉反问道："你？"

王安全往后面抛来一个东西："喏，送你的。你看，我即使是比赛都不会忘记给你买礼物。"

林浔接住："这就是那个第一无聊的东西？"

王安全提过一嘴。虽然自动养猫机很无聊，但在今天的预选中也只能排到第二，还有一个更无聊的。他打开这个扁平的盒子，发现里面躺着的赫然是一个——项圈。

林浔："这怎么用？自动养狗项圈吗？"

王安全："戴脖子上呗。"

林浔："我的脖子？"

"那不然呢？"王安全道，"人用的，不是狗用的。你先戴上，手机给我，我给你激活。"

林浔把它从盒子里取出来，大约二指宽的一个项圈，很薄，通体黑色，有银色扣。整体是柔软光滑的橡胶材质，可穿戴电子设备大部分都采用这种材质。他解开衬衫的第一粒纽扣，把这东西戴上，之后他拿出手机，在熄灭的屏幕上照了照自己的样子。黑色项圈以及上面的锁状银扣在白色衬衫的领口里若隐若现。

"你这是什么意思，安全？"林浔质问。

王安全似乎不解："什么什么意思？"

"这东西怎么那么……"林浔摸着它，斟酌措辞，"那么色情？"

王安全转过头来："你在说什么鬼话？"

王安全举起林浔的手机，让他看清上面的界面，道："睡眠助手！睡眠！你这个，你这个……"好像快被林浔气得背过气去。

赵架构拍了拍他的肩膀："别生气，孩子长大了。"

"不是，他这个联想正常吗？"王安全怒气冲冲，"林算法，你平时都在干什么？你以前不这样。"

"对不起。"林浔立刻认错，"对不起，哥，我跟你说十万声对不起，对不起。"他真的不是故意曲解，也没有主动浏览什么不宜信息。

林浔正色道："所以这个睡眠助手，它是做什么的？"

王安全没好气道："监测睡眠状况。"

林浔："就这样？"

"主要功能特别无聊，"王安全道，"你知道人会做梦吧？"

林浔："我知道。"

王安全："做梦的时候你不知道自己在做梦，或者说意识很模糊，这个项圈的作用就是让你在梦里醒过来。"

林浔复读："在梦里醒过来？"

"你还在梦里，但你知道自己在做梦，并且有可能控制自己的梦——因为梦的内容本来就是你的大脑决定的。一旦能够控制梦境，就能把噩梦变成好梦，主动梦见男神女神，或者探索你的梦之类的。”说着，王安全按下一个选项。

顿时，某种无法用语言形容的电流或者别的什么波动，沿着神经一路窜到林浔的天灵盖，像是血管里被飞速注入了冷水，让他一个激灵。

林浔：“哇。”

“就是这种感觉，项圈检测到你在稳定做梦的时候，会释放这个信号来提醒你，接下来就看你的造化了。”说罢，王安全耸耸肩，“你看，他们在开发无聊功能这种事上真是鬼才。”

林浔忽然一动不动地看着王安全，王安全挑挑眉。

“爹，”林浔道，“今天起您就是我的亲爹。”

接下来的事情很顺理成章，他们去吃了一顿火锅庆祝，然后一起回家。唯一发生的意外就是林浔的项圈忘记摘了，他心里有鬼，总觉得有人多看了自己几眼。

回去的路上，赵架构问：“算法，你今天好像有点不高兴。”

林浔耸了耸肩：“过两天就终选了。”

“不虚。”王安全道，“我们算法吊打全场。”

“话是这样说。”林浔道，“但我们不能算很厉害。”

预选的后半场他没在现场，但是在车里看了直播。结果毋庸置疑，最后评分公布，满分 100 分，洛神以总分 95.7 排第一，进入终选。扣掉的那 4.3 分，或许是因为有评委对它的应用范围存疑。

这种事情并非没有先例，最广为人知的一个例子是十几年前的“阿尔法狗”，它战胜了一位天才棋手，证明人工智能通过学习和训练确实具有超过人类的计算能力。然而后来，那个团队亏损甚巨，因为人工智能的训练成本太高，而无论它有多么聪明，始终只会下棋。它是一个意义大于价值的产品，以它为代表的很多人工智能产品都是。

但洛还是很实用的，至少当林浔要下车时，它会主动提醒他外面在下雨。

“这都不厉害，你还想上天吗？”王安全道。

“你看，我们做了三年，但是终选上会遇见的对手，付出的精力不会比我们少。”

“六年。”赵架构出声，“其实大学时就开始规划了。”

“没错，但是，我们还要面对空降组。”林浔道，“银河、Eagle 会带着他们今年最看好的产品来博览会预热，Eagle 今年也做了强人工智能，他们的团队有几十个人。”

“所以呢？”王安全道，“只有两天，我们的产品已经定型了，没法再改进了，这两天我们玩就完事了。或许，算法，我们这几天把你打扮得好看点，会得分高一点。”

林浔拒绝和王安全继续对话，靠在赵架构旁边，和他一起刷 MO。

MO 全称 MathOverflow，是个数学社区，与普通的问答论坛不同，用户在这个平台上面提出的问题，往往是无法解答的前沿难题。譬如林浔十一岁时，第一次登陆这里看到的那个问题，现在仍然没有答案。

面对数学，没有人不会感到自身的渺小。数学女神就站在那里，一直在那里，俯视众生，告诉人们：世界上确实有人类穷尽所有智力，终其一生都无法触摸的规律。所以刷 MO 是一件让林浔心情平静的事情——和数学问题相比，现实中的问题简直不值一提，他不应该被那些东西困扰。

于是他靠刷 MO 获得的虚假平静续命，度过了一个平平淡淡的傍晚。

晚上，赵架构递给他一杯冷牛奶。林浔接过，将它放在唇边。他呼吸有点抖，举起杯子，仰头，喝下很小一口。下一刻，反胃的感觉涌上来，他手一抖，牛奶泼了满桌——然后还呛到了，剧烈地咳嗽起来。

赵架构一下一下地拍他的背：“你今天到底怎么了？”

林浔深吸一口气，虚假的平静还是没能维持住。人在紧张的时候，真的吃不下去任何东西。他说了一声“没事”，然后道：“我今天早睡了。”

赵架构看着他，碧蓝色的眼睛里有一些担忧：“那你好好休息。”

林浔“嗯”了一声，走到客厅茶几旁，拉开下面的一个抽屉。

这个抽屉是他们平时放药的地方。程序员工作起来有时候日夜颠倒，生物钟被打乱后睡眠质量往往不佳，所以他们常备不少助眠用的非处方药，从褪黑素到谷维素甚至扑尔敏，各自适用不同的情况。他随手拿了一瓶，按双倍剂量吃掉后，把指针关在房间外，关灯，睡觉。

指针挠了几下门，又“喵喵喵”叫了好几声，未果，也没声了。

林浔望着天花板，连他都不知道自己在想什么。过一会儿，药效发作，眼前世界昏昏沉沉地黑了下去。

林浔不喜欢做梦，从小就不喜欢。他并不像那些情感或想象力丰富的人一样，以做各式各样的梦为乐，相反，他觉得梦境很混乱，很没有逻辑。白天，他的逻辑会统治他的认知，但每当闭上眼睛，一切就不会再受控制，正如他失去意识的那一刻不会知道自己将梦到什么。

星空，一望无际的星空。无数微光在头顶闪烁，远方天际勾勒出一道璀璨的银河，只有夏天才会有这样的夜空。耳边传来的蟋蟀叫声，身体四周温凉的风都佐证了这一点，这是一个晴朗的夏夜。那么这是哪里？

林浔恍恍惚惚地往四周看，他仿佛在房顶上，往下看，刚好看到一扇敞开的窗户。当他的视线触及那里时，思绪变得更加混沌。

那是一个陈设精致的房间，中央有一张一看就非常柔软的床，雪白的床单和被套一尘不染。夏天的晚上会有蚊子，于是这张床上挂着雪白的蚊帐，蚊帐的一角在风里，在月色下轻轻摇动，像纱，或者流动的雾气。

这并不是林浔熟悉的环境，他往一旁望去，看见靠着一面墙壁放着落地的书柜，书柜里摆满了名字晦涩的书籍，大多与文学、雕塑和绘画有关。而另一面，床正对着的那面墙壁，最右是一个梳妆台，梳妆镜和梳妆椅都洁净如新，上面摆着漂亮的梳子和一些瓶瓶罐罐，束头发用的发圈，胸针、项链和其他首饰——这是一个女人的房间。

他的耳畔响起一道很好听的声音："今年是第九年。"

忽然，一道难以言喻的电流传遍他的全身，仿佛那一瞬间他身体里流淌的血液都变成了冷水。

林浔一个激灵，清清楚楚地记起所有事情来——那个颈圈，颈圈发出信号的时候，说明你进入了稳定、持续的梦中。而他的思维在刹那间恢复了清明。

他意识到自己正坐在一栋小楼的屋顶上，是小时候和爷爷、林汀一起居住的小楼，周边的场景何其熟悉。而对面那扇窗户……他却奇异地没有任何印象。

梦中的这个人物好像是他自己，他有种奇妙的感觉，自己一用力就能自如地控制这个人，但是他没有这样做，而是让梦里的自己自由活动。

于是他转头看向身旁，身旁竟然还坐着一个人。

一个十四五岁的少年，有漂亮、柔软的黑色长发。好像是刚洗过，因为他嗅到了好闻的柠檬香气，是自己以前最喜欢的那款洗发水的味道，不过上高中后，这款洗发水就停产了。

他继续观察，这人穿着一件很宽松的白色T恤，显得整个人很单薄，单薄、松软又乖巧。这人的五官——精致的五官，第一眼会让人以为是女孩子，但下一秒就不会了，因为精致中还有隐隐约约的锋利，像草丛里藏着的猫科动物，虽然现下非常懒倦，却有锋利的牙齿和爪尖。

看着这样的五官，林浔能够一点不差地描摹出十年后他的样子，因为这个人毫无疑问就是东君。

梦里的林浔和身旁十四五岁的漂亮朋友说话，语调轻快："那我们认识有九年了。"

"嗯。"漂亮朋友仍然注视着那扇半开的窗户，月色下，雪白的房间像一座安静的灵堂。

林浔问："你在想她？"

漂亮朋友摇头："没有。"

林浔："虽然我没见过我母亲，但我有时候还是会想她，小时候甚至会觉得很伤心。"

身旁的人语气却很平静，像个没有情绪的人："我没有因为她伤心过。"

“但是你从来没跟我提过她，我以为你不想谈。”林浔托腮，“所以我也没敢问你，她是怎么去世的……他们都不告诉我。”

“她是自杀。”身旁的人回答，“那天她让我练琴，然后给我父亲打电话，说她想他了，让他快一点回家。我父亲回家的时候，她已经死了。”

林浔：“为什么会自杀？”

那人收回望着房间的目光，转而抬头望向星空，他的侧影在夜色里很寂静：“因为我父亲不能离开她，所以不许她出门。或者是因为我，他觉得我母亲分出了一些爱给我，所以不许她和我接触。”

林浔往他身边凑了凑，和他靠在一起，他觉得他们两个像两只团在一起的小动物。但有一点令他非常不满。

“你为什么一直看星星？”他的声音带了点鼻音，像在撒娇，“我看你好久了。”

东君回头看他，眼里有温柔俏皮的笑意，回应他的话，语气也像撒娇：“我如果一直看你，也会想把你关起来的。”

林浔被他逗笑了，碰碰他的肩膀：“不用关我啊，我又不会不要你。”

“不过，”林浔又道，“你要是真的关我，我也不会报警的。”

东君打量了他五秒钟，眼神认真，似乎在思索把他关起来这件事的可能性。

“如果我一直不关你，”东君道，“你就永远不会自杀，然后永远和我在一起吗？”

林浔也认真地思索了五秒，然后道：“我当然会永远和你在一起了。”

“真的吗？”东君蹙了蹙眉，“她以前也喜欢我父亲，但是年轻时候喜欢的，以后未必会喜欢。”

“我觉得不是。”林浔抬头看星星，“比如我五六岁的时候，爷爷教我写代码和做数学题，那时候我就觉得，我会一辈子和这些东西在一起。所以类比推理，五六岁的时候喜欢的朋友，以后也不会分开的。”

东君忽然轻轻靠近他，林浔没动，或许是出于不解，或许是好看的脸逐渐靠近的时候视觉冲击力太大。他维持静止直到这位漂亮朋友在他左边脸颊上轻轻亲了一下，蜻蜓点水一样分开，然后静静地看着他。

林浔思考了三秒。三秒后，他凑过去，在这人右边脸颊上亲了一下。东君弯起眉眼轻轻地笑。

林浔没在意，又不是男孩子和女孩子，亲一下没有什么好害羞的。他拉着东君往后躺下，并肩躺在屋顶上看星星。

看星星这件事有时需要一些抽象的空间想象力。他能辨认许多星座，天琴座在东北，室女座在西南，它们的位置随着一年四季的更迭而变化，但北极星的位置永远不变。

在他注视着熠熠发光的北极星时，整个世界忽然轻了。林浔看到远方的一切都在虚化，身边人的呼吸逐渐变轻，这是梦境即将结束的征兆。

林浔从头到尾都没有控制梦中的自己，可能是觉得少年人的时光不应该被打扰。但在这即将醒来的刹那，他沉下去，沉到十四岁的林浔身体里，望着东君，问他："你真的会把我关起来吗？"

东君侧头看他，眼中有着诧异，像是没有想到他会问这种问题。随即，东君笑了一下，清澈柔软得像夏夜里的萤火。

"虽然我和他有点像，"东君说，"但你去想去的地方就好了。"

林浔长久地望着他，然后看着眼前这一切化作星星点点的萤火碎片，被晚风吹起来，飘飘荡荡。眼前世界归于黑色的平静。

林浔从床上坐起来，凌晨四点。或许是夜深人静，或许是大梦乍醒，他现在很平静，完全没有入梦前的紧张和焦虑。他拿出手机，缓缓输入了一串号码。

东君撕掉了那张纸，但是，撕碎也不要紧，他看过的东西，从来不需要分出注意力去记忆——尤其是数字，看一眼就记住了。

他发出一条短信："我们谈谈？"

凌晨四点，绝大多数人都在睡眠中，但薛新的回复几乎在下一秒就抵达——说实话，这并没有出乎林浔的意料。

薛新回了短短两个字："果壳。"

林浔领会了他的意思，他打开果壳全息舱，合上舱盖，进入全息世界。他把默认地址设在了自己的家园，那艘在星河中航行的大飞船。

他一站到银白色舱室里，访问申请就弹了出来。

"用户'玩家 X'请求访问您的家园。"

玩家 X，林浔记得这个 ID，是薛新。他点触同意选项，玩家 X 出现在传送点。

薛新的虚拟形象是个穿白大褂的年轻男人，看起来非常严谨，像是科幻小说中的科学家。

"学长。"薛新看着他。

"你好。"林浔在银色的机械长桌边坐下，问他，"为什么要在果壳里见面？"

"我想见学长。"薛新先是这样说了一句，然后笑道，"开玩笑，因为这里相对安全。"

他把"相对"两个字咬得很重。

林浔："为什么外面不安全？"

薛新没有直接回答，而是看着他，道："学长想和我谈什么？"

“想和你谈很多东西。”林浔道，“但是首先，我想确认我能够和你无障碍交流，其次确认我可以相信你？”

“学长想怎么确认都可以。”薛新道。

林浔思忖片刻，然后道：“你自己证明吧。”

“也可以。”薛新走过来，在长桌的对面坐下，“我要想想怎么证明。”

林浔“嗯”了一声，然后不再说话。

时间就这样流淌，大约五分钟后，薛新打了个响指：“我知道了。”

“学长一定已经知道了很多东西，而我也知道很多东西。”他看着林浔，“但学长显然不会轻易相信我。而我们所在的这个环境也不一定安全，说不定哪个关键词会带来危险。”

林浔轻挑眉：“所以？”

“所以学长和我玩个游戏吧。”薛新从座椅上站起来，双手撑在桌子上，身体向林浔所在的方向微微前倾，一字一句道，“零知证明。”

林浔抱臂看着他，笑了笑：“好。”

众所周知，一个秘密之所以被称为秘密，是因为它没有被泄露。而传递秘密的最好方法，就是让信息的泄露量最小。于是就有了零知证明，密码学中一个经典的命题。

整个证明过程由两方完成，证明者和验证者。证明者手中掌握着一个秘密，他要向验证者证明他拥有这个秘密。但是，在证明过程中，他不能泄露关于这个秘密的任何信息。譬如薛新拥有一张林浔卧室房间的照片，他要让王安全相信他拥有这张照片，而不能说出照片里房间中任何家具、摆设、颜色等细节，更不能将照片拿在手中展示给别人。也就是信息的泄露量必须为零。

林浔看着薛新，等待他的证明。

“我只说一个词语和两个数字，学长一定能明白我想说什么。”薛新离开机械长桌，在房间中走了几步，走到太空舱银白色的控制台前，他的头上顶着他的 ID“玩家 X”。

“这个词语很简单，”薛新伸出四根手指，“四个字，一个非常简单的命题。”

林浔勾唇笑了笑：“直接说。”

薛新一字一句道：“恺撒密码。”

太空舱内一片寂静。林浔转头看向左边，飞船巨大的舷窗。

银河流淌，星云变幻，远方的脉冲星一下一下规律地闪烁着。脉冲星是中子星的一种，宇宙中，每当一颗中子星出现，就意味着一颗大质量恒星的老去。人们曾经认为恒星是永恒不变的，但后来发现即使是太阳也有熄灭的那天。所有不断更新的科学理论都在告诉人们，你所以为的那个世界并不是真实的世界。

林浔向后靠在椅背上，仿佛过了很久，他轻轻叹了一口气，看向薛新："两个数字呢？"

薛新的声音在空荡荡的舱室内响起："两个数字，6、3。我想说的只有这些，学长，我的验证通过了吗？"

林浔看着他灼灼的目光。

恺撒密码，最简单的密码体制之一，加密和解密都只需要一个移位操作，而移动的位数就是破解这个密码所需的密钥。假如密钥为4，那么字母表上的所有字母都将由它后面的第四位字母代替。ABCD变为EFGH。皇帝向他的将军传信秘密命令"withdraw"，即使被敌方截获也没有关系，因为经过加密后"withdraw"变成了"zlwkgudz"，一串没有意义的乱码——除非他们破译出了这串字母的加密方式是恺撒，而密钥为4。

这种破译所需的计算量，在恺撒密码出现的那个时代或许很难，但是现在，或者对于林浔来说，很简单。

东君的工作很忙，他有很多时候都不在，林浔联系不到。有时候，早上林浔醒来时他就已经不在了，而有的时候，明明是工作日，这人却可以出现一整天。还有的时候，这人下班的时间显得格外晚，这使得林浔可以溜出去对付魔物而不被发现。他的忙碌和下班似乎是没有规律的，除非换一个角度进行观察。

有时候林浔希望他真的只是单纯的，因为银河的各种突发事务而上下班时间不稳定。但当他对这二十多天的每二十四小时进行移位，忽然发现了一套规律清晰的时间轮转。

表面上的混乱往往由更深层的规律所掌控。时间移位6，日期移位3。东君用自己的周末和他一起工作，用工作告一段落的夜晚来陪伴他无事可做的白天。

梦境控制项圈通过电流的波动告诉做梦者这是梦中。没有项圈的人，又该设立什么样的标志来提醒自己这不是现实？对林浔来说，6和3，这两个数字已经足够。他垂下眼，道："通过了。"

薛新认真道："那学长也通过了我的验证。"

林浔笑："你学得很好。"

"我这些年里学了很多，都是为了离学长更近一点。"薛新自嘲般地笑了笑，"但学长走得比我快太多了。我天赋有限，即使再努力，也只能比别人跑得快一点，但你一直在天上。"

"谢谢。"林浔不置可否，"但你已经功成名就了，我还连产品都没有卖出去。"

"学长明明知道这都是——"薛新似乎要脱口而出什么，却打住了，只道，"我得谨言慎行一些。"

林浔觉得这学弟还挺好玩，多年不见，不仅事业有成，文化水平也大大提高，成语用得一套一套的。

“银河，”薛新看着他，“学长知道吗？我，还有其他很多人，我们看到银河这两个字的时候，最先想到的是你，然后才是他。”

“这样吗？”林浔的语气漫不经心，甚至换了话题，“果壳开发到哪个版本了？”

薛新回答：“市面上最新推出的是5.0，银河研发到了哪个版本，我不知道。”

林浔挑挑眉：“Eagle连这种情报都搜集不到吗？”

薛新：“银河的保密工作没有差到连果壳都会泄露的地步。”

“也对。”林浔道，“现在是几几年？”

薛新：“2030年。”

林浔：“我最关心的问题是，是和平年代吗？”

薛新笑：“当然是，是一个很好的年代。”

林浔很久没有说话。

“学长没有别的东西要问吗？”薛新道，“我有很多话想和你说。”

林浔十指交扣，看着他：“但我……不太想听。”

薛新垂下眼睛，神色黯然：“你一直这样。”

“其实我有很多话也不能说，毕竟我们都不能保证现在的环境绝对安全。”薛新叹了口气。

“嗯。”林浔淡淡应了一声，然后道，“2030年，我已经二十七岁了。”

“你已经功成名就。”薛新似乎在思忖措辞，道，“可是，虽然银河越来越成功，外界关于学长的消息却越来越少。学长的社交账号很少有更新，也很少露面，那些会议和发布会，我没有见过学长一次。有时候，这种情况会让我想起早年一些关于东君以及他家庭的传闻。”

林浔再次抱臂，看着他：“你想说什么？”

薛新摇摇头，他的声音有些哑：“我只是想提醒学长，世界上真的有永远囚禁一个人的方法，而且他永远不会发现。”

林浔听到自己冷漠的声音：“那你为什么要让我发现？”

“因为学长不应该是这样的人！”薛新的声音陡然拔高一瞬，然后缓和下来，他看着舷窗外，声音很小，“学长应该是自由的。你应该在2030年，看新的技术和知识，和世界上最天才的团队一起工作，不受任何人打扰。你想做什么，就去做什么，想和谁一起工作，就一起工作。”

林浔笑了笑，他坐直身体，问：“那你要怎样帮我出去？又有什么论据能让我……相信你？”

“学长不用相信我，我也不是能帮助你出去的人。”薛新道，“我只是想让学长知道真相，我的能力和资质有限，只能做到现在这个地步……对不起。”

林浔看着他。

“但是世界上并不缺乏愿意为你前赴后继的人。学长，你的亲人和朋友，甚至还有很多你不认识或者意想不到的角色。”薛新道，“我不知道学长所在的这个世界是否出现了异常的情况，如果出现，就一定有原因，是有人一直在为你创造机会。”

“谢谢。”林浔道，“我会珍惜机会的。”

薛新如释重负：“我太高兴了——学长，之前你的表现，让我以为你不想出去。”

打了那么久的哑谜，林浔也累了，他心不在焉，声音带着一丝懒倦：“既然能出去，我为什么不呢？”

“那……”薛新似乎还想说什么，但他话音未落，林浔眼前突然出现一个血红色的悬浮三角。

“警告，有人正在暴力敲击全息舱外壳，并切断电源，系统即将强制关闭。三、二、一……”

系统被迫关闭，林浔眼前一黑回到现实世界。他从舱里起来，推开舱盖。

果不其然，王安全一手拎着拔掉的电源插头，一手把他捞起来，声音充满愤怒：“你怎么藏在这里打游戏？我们以为你又被魔物拖走了！你师父找你好大一会儿了！”

林浔：“……啊？”怎么牵扯到霍老头了？

他从全息舱内探出头来，见霍老头疾步走到自己面前。

霍老头眉头紧锁，神情凝重，语速极快：“赤霄龙雀剑失窃！速速与我上楼！”

第十三章

Root（上）

林浔一个激灵，从舱里坐起身来。霍老头拽他一把，他翻出来落地，和霍老头对视一眼，一齐向外快走。

家门是开着的，他们三步并作两步跨上楼梯，四楼也房门大开，客厅无人，所有人都聚在存放赤霄龙雀剑的房间里，议论纷纷。

林浔跟着师父挤开人群来到前面。原本存放赤霄龙雀剑的玉棺只剩下一个空荡荡的壳，剑本来是插在玉棺基座上的，现在却连基座一并被撬走。玉棺正面是个竖着的矩形，现在没了底下的边，呈现出“门”状——可能有别的汉字能够更加生动地把这个状态形容出来，譬如“冈”字去掉中间的叉叉，但这触及了林浔的知识盲区，他不知道那是不是一个汉字。

霍老头大步跨到逍遥子身旁：“到底是怎么回事？”

逍遥子眉头紧锁，一夜之间脸上仿佛多出数条皱纹，嘴角绷紧成一条直线，手中拂尘只剩下一半的白毛，估计是被揪秃了。

逍遥子身后的一个年轻弟子站出来：“回青山真君，我们也不知是如何遗失的。掌门早上起床后例行检视，见护剑弟子倒地不醒，神剑已然不翼而飞。”

霍老头道：“上一次他去看剑是什么时候？守卫阵法呢？”

弟子道：“掌门上次看剑是昨日早晨，而后便与其他前辈一同出门参加科技博览会，护剑弟子尚清醒。守卫阵法未有触发痕迹。”

霍老头：“这真奇了。”

却听旁边一阵声响，昏迷不醒的四个护剑弟子被叫醒了一个。逍遥子快步过去，问他是否看见可疑人物，又是从何时开始失去意识的。

那弟子双目无神，五分钟后才缓缓转醒，却是一问三不知，只记得中午还与师兄弟组队打了一局游戏，掉了段位——看来是下午被袭击的。

“这样看来，是下午我们出门时，此处防守薄弱，被魔物偷袭。”逍遥子几乎将一把胡须拽断，道，“短短几日，魔物的境界与灵智竟已高到这种程度了么？知道赤霄龙雀剑乃我修仙界对付魔界的神器，若是神器已被他们拖入裂缝，人界危矣！”

霍老头道：“新裂缝出现，为何周天星斗大阵没有反应？”

“有反应。你忘了么？我们观看科技博览会时，魔气昙花一现，或许就在那时，已有魔物从裂缝中窜出来了。”

说着，逍遥子将目光转向林浔：“林算，你可有看到？”

林浔的目光原本久久停留在棺材上，闻言看向逍遥子：“前辈，我觉得，偷走赤霄龙雀剑的不一定是魔物。”

逍遥子：“怎么说？”

林浔：“在此之前，魔物从未觊觎过赤霄龙雀剑。”

“这也难说。”逍遥子反驳他，“大抵是魔物灵智逐渐增长，知道了赤霄龙雀剑是他们的克星，又感应到了方位，故而前来抢夺。”

“不是。”林浔微蹙眉，“魔物以前没有灵智时，也知道一直缠着我攻击。”

“那照你所说，莫非是人间的内鬼？”逍遥子神色一凝。

“敢问前辈，”林浔道，“赤霄龙雀剑被铸造出后，交给青城保管，为何青城却没有……感应阵法之类能推算神器方位的东西？”

逍遥子：“未曾听闻。”

“还有，赤霄龙雀剑失踪数百年，我误打误撞发现了它的位置，但我并不是第一个发现它的人。”林浔缓缓道。

逍遥子：“你是说……剑宗？”

林浔：“没错。”

一样神器交给青城保管，青城一定做好了万全的防护措施。即使后来社会动荡，它被埋入后山隐藏，也该设下阵法，以便后人能够找到——逍遥子对此却并不知情。与此同时，叛出青城的剑宗一脉却先找到了赤霄龙雀剑的所在，试图得到它。

而且……据霍老头说，剑宗并不是青城的偏门旁支，相反，道修、剑修两派平起平坐，都是青城一门的核心力量。因此，林浔合理推测，青城剑宗，也就是祁云所在的剑修一脉，掌握着一些道修并不知道的传承。譬如，怎样找到赤霄龙雀剑，又或者怎样使用它。这样一来，青城的守卫阵法没有反应就能解释了，因为剑修也会用青城的法门。

逍遥子也转过弯来，拂尘一摆，低声怒喝：“好一个炎阳子！”

炎阳子，祁云的师父。

霍老头嘲笑：“搞来搞去，还是你们窝里斗。你们青城何时能与我无极宗一样上下一心？”

林浔寻思这可能是因为无极宗人少。上是他师父，下就他一个人，当然上下一心，想窝里斗也没有条件。想到这里，他拿出手机，打算联系祁云。

屏幕亮起，他愣了愣——凌晨四点半，师兄给他发了消息。

常寂：祁云在你那里么？

一只快乐的指针：？

一只快乐的指针：他也丢了？

师兄的回复很快。

常寂：丢了，也？

一只快乐的指针：赤霄龙雀剑丢了。

常寂：……

一只快乐的指针：一起找？

常寂：好，稍等。

常寂的学校离这里并不远，凌晨交通又快。不多时，常寂便敲开了四楼的门，他们对坐在客厅的沙发上。青城丢了房里的剑，师兄丢了缸里的鱼，看起来都有些烦恼。

林浔给师兄倒了杯茶：“师兄，怎么说？”

常寂：“我早上起来——”

话未说完，林浔先感到了尴尬。逍遥子前辈是早上起来，师兄也是早上起来，并不觉得在四点半起床有何不妥，而自己却是被从游戏舱里挖出来的。

常寂继续道：“我醒来时，他已不见了。房内门窗完好，电话打不通。”

林浔：“可他只是一条鱼，能跳到哪里去？”

常寂轻蹙眉，想说什么，却又顿住，似乎难以启齿，过了一会儿，才道：“两日前，我境界有所突破，周身有佛家罡气，他发现在我身边待着可以维持人形，又抱怨浴桶冷硬，非要与我同睡。因取得了罡气之力，他一天之内都不会变回人鱼。”

林浔：“也就是说，他确实是自己跑掉了？”

“但窗锁完好，而且晚上宿舍封楼，他出不去。”常寂道，“我怀疑是用了土遁之法。”

林浔点头：“那就更确定是他师父了。那次在青城山，炎阳子就是用符咒遁走的。”

说着，他试着拨了祁云的号码，和常寂得到的结果一样，无人接听。他去别的地方找线索，祁云的社交账号毫无动静，唯一的一个站姐最近几天也没有营业。

一个青城弟子道：“土遁符耗损极大，一天内不能连续多次使用，亦不能移动太远。”

林浔：“那最远有多远？”

弟子挠头：“要视使用者实力而定，总归……跑不出五环吧。”

那也是很大的一片区域了。而他们拿着一看就是煞器的赤霄龙雀剑，必然不能乘坐公共交通。御剑飞行更不行，帝都市区连无人机都禁飞，何况是人。

林浔托腮望向窗外。清晨时分的天空，星子还在东方天际闪烁，白色的薄雾已经升了起来，映着外面的重重楼厦，黑影憧憧。整个帝都有无数条道路，亮着无数路灯，还有无数座建筑，在这样茫茫的人海中，该怎样去找两个人？

前辈们开始检索是否有相关的术法符咒。三分钟后，无果。

林浔：“那就……报警吧。”

原本是不能报警的，因为赤霄龙雀剑属于文物，要是报警，恐怕修仙界神器最后会落得一个上交国家的下场。但是，祁云一旦失踪，事情就迎刃而解了。——以丢剑为理由能报警，以丢人为理由也能报警。

林浔没有直接拨110，而是回忆了一下曹警官的上班时间。好巧不巧，昨天恰是警官的夜班，现在估计还没有下班。

林浔拨通了曹警官的电话，此时此刻，任何虚假的寒暄都没有意义，只有亲情才最能绑架通宵上夜班的人。他真诚地喊：“哥。”

“哟。”曹警官笑了，“是你啊，出什么事了吗？”

反正曹警官知道他们这群人不普通了，林浔也就不再藏着掖着，问：“哥，您还记得总是跟我一起的那个小年轻吗？拿荧光棒的那个。”

“记得，穿得不像正经人的那个。”

林浔：“他失踪了，被劫持了。”

“啊？”曹警官的语气郑重起来，“被和你们打交道的那些……怪物？”

“这倒不是。不是怪物，是另一拨人。”

“那还好，我这边可以立案。”说罢，警官话锋一转，“劫持原因是什么？你们除了和那些怪物有纠缠，平时还在做什么？”

林浔矢口否认：“我们遵纪守法，平时只是练练气功。但我们内部有点分歧。”

“所以，是你们内部的斗争导致了挟持案的发生？”

林浔：“是的。”

曹警官：“有什么人证或者物证吗？他目前有没有人身危险？”

林浔：“只是口头推测。我们见不到他，所以不知道有没有人身危险。”

曹警官沉默一会儿，才道：“这个情况不好立案呐。”

如果换一个陌生警官这样说，估计就没戏了，但现在对面是曹警官。

林浔道：“是这样的，哥，这是我们内部的分歧，并不会牵扯到太大的危险，所以也不会劳烦您真的出警。我们只是想知道，有没有方法能找到他们。”

曹警官意味深长地笑了起来："说了半天，原来是让我找人。"

林浔："是，我们觉得，现在天网系统这么发达，肯定能发现他在哪里。"

"行。"曹警官道，"但你得给我立个军令状。不能惹事，不能打架斗殴，和平解决。"

林浔一口应下："一定。"

曹警官道："那你过来一趟吧，要给我相关人员的图像资料。"

林浔："谢谢哥。"

赤霄龙雀剑下落不明，祁云也不知道是否安全，情况紧急，挂掉电话后，他们就开始找资料。

林浔自然不缺祁云的照片，但那些奇装异服的照片也不知是否顶用。至于炎阳子的，还是逍遥子从手机相册里翻出一张旧照片的拍摄版。原照片是挂在墙上的，得益于现代拍摄的智能优化技术，尚算清晰，照片上有五个道士打扮的男子，最年长的是逍遥子。

逍遥子道："这是四十年前，我们师门五兄弟的合影。小师弟早夭，三、四师弟都已掌管峰头，只有炎阳子叛出师门，可恨。"

将照片传给林浔后，逍遥子问："可他现在已经不是年轻时的模样了，这照片还管用么？"

林浔："管用的，现在科技很发达，前辈放心。"

逍遥子捋捋胡须："那就好。"

说着，林浔和常寂告别前辈，下楼去了——前辈们在这里等消息。

下到三楼的时候，林浔想起自己的键盘没拿，又特意拐回去将键盘带上。

指针在沙发上静静地看着他，原本湛蓝的眼睛因为环境昏暗，呈现出小狼一样的幽幽绿色，简直像在控诉他睡前把自己丢出卧室的恶劣行径。它身上有没有程序框林浔也不管了，反正总是时有时无——现在是没框的。

林浔走过去，往指针脑壳上亲了一下，"乖"，便背起包，准备出门。可刚转身，他就感到背后一沉，是指针蹿了上来。林浔拿它没办法，也就带着了。

楼下，小捷达静静地等待着，林浔一坐进去，洛就自动往驾驶系统输入目的地信息。清晨的薄雾里，汽车平滑驶出，路上人和车都很少，也没有什么值得一看的风景。

林浔无事可做，撸着猫看向一旁的常寂。这一看，忽然发现常寂的脖颈上贴着一片什么东西。他凑近去看，见那俨然是一片墨绿色半透明的鱼鳞。因着他的动作，常寂也注意到了，蹙了蹙眉，将鱼鳞拿了下来。

林浔看了看自己身上的雪白猫毛，感觉万物都有相通之处。猫掉毛，鱼掉鳞，都会留下标记。但祁云这条鱼到底是条人形的鱼，还是条长相妖里妖气的人鱼。即使是条件相对好一些的单人宿舍，床的尺寸也不是很大，这鱼在桶里躺得难受，非要去床上和师兄挤一起，怎么想都有点造孽。

想到这里，他问常寂："师兄，最近我有惑。"

常寂："哪里有惑？"

在修仙这种事情上，林浔更喜欢和师兄交流。反正离警局还有一段路程。

林浔望着前方雾中隐隐约约的道路，问："修仙是为了什么？在魔物入侵时进行抵抗么？"

"有魔物入侵时是这样。"常寂回答道，"没有魔物入侵的时候，是为了别的。"

林浔："为了有……更强的力量？"

"并不是。"常寂道，"佛门求渡世，仙门求渡己。"

"渡己？"

"修身养性，而后飞升、长生。求飞升的过程中力量自然会提升，但这并非修仙的目的。"

"飞升、长生。"林浔重复了一遍，又从记忆中发掘出另外四个字来，"踏碎虚空？"

常寂有些意外，看向他："霍前辈教你的？"

"没有，我读小说看到的。"林浔答道。

"踏碎虚空"这四个字在御雷真人的《漫漫仙途》中出现过好几次，他的升级系统也说过关于它的只言片语。

"虚空即天道，踏碎虚空即打破天道，而后可以飞升上界。"常寂道。

林浔若有所思地点点头："分神，渡劫，然后飞升。分神期可以自如调用天地间的力量，那渡劫期……等一下，师兄你先不要说。飞升说明个人的力量已经超过了天道的限制，那渡劫期的标志应该就是和天道的地位持平，对么？"

常寂点头。

"那人要和天道持平，就必须拥有一些寻常人没有、只有天道才有的技能，我不知道它是什么。"事实上，他根本不知道天道是什么东西，只是用类比的方式，用现实科学中宇宙规律之类的东西来理解这一概念。

常寂沉默数秒，似在思考，而后启唇道："天道生万物。"

"天道生万物……"林浔喃喃念了几遍，"谢谢师兄！"

常寂打量他。

林浔："多谢师兄指点，我可能又可以进阶了。"

常寂："你的修炼速度远超常人。"

林浔："但不是因为我有什么特别的天赋，我……只是走了一些别人没有的捷径。"

“若捷径只为你开，便是天命。”常寂的语气很平缓，“或你有他人不及之能。”

在修仙这件事上，他升级确实比别人快上太多，但这并不是天上掉下来的馅饼。他用编程知识修仙，因此一日千里，有了别人十几年勤恳修炼都达不到的境界，但是此前，他也用了将近二十年的时间，一天不落地学习计算机知识。

林浔叹了口气，和师兄说了一句“我休息一会”，便闭上眼睛，意识沉入系统空间。

东君在他身边的时候，系统空间总是销声匿迹，无论如何都进不去。仅限于东君，指针不管有框无框都影响不到。东君不在的时候，这个空间向来随叫随到。

林浔走到技能树前。时至今日，他兑换的语言只有Python一门，多余的灵力都在攒着，算上主线任务给的大量奖励，已经有505点。今天，也到了该用上的时候。

随着他进入元婴期和分神期，这棵技能树上亮起的枝丫也越来越多，意味着他可以选择更多的语言和更多的工具。他看着技能树接近顶端偏右侧的一枝。其他的树枝，说实话，都长得普普通通，可能这个界面有一位不合格的美工。但这一枝不同，像只流光溢彩的小鹿角，周围还有萤火虫环绕，而它旁边的银色小字是四个英文字母——“Glax”。

林浔用手指轻触，系统提示弹出。

“是否消耗500灵力解锁语言‘Glax’？”

是。

“再次确认，是否消耗500灵力解锁语言‘Glax’？”

是。

“解锁成功。平台加载中，请稍等。”

林浔坐回去，等待Glax加载完成。

五年前，人工智能领域还是Python和Java平分天下。后来，Glax横空出世。如今的市场上，至少有一半的人工智能产品使用Glax进行核心开发。

林浔的中文素养并不高，但他也知道盘古开天，女娲造人。师兄说，天道生万物。而人也可以造物，譬如人工智能。

林浔抬眼望向蓝色的系统屏幕。寂静中，他问：“你到底是什么东西？”

没有回答。

林浔抱臂直面屏幕，睨着它，笑了笑：“不说话就默认是我儿子了。”

1和0的字符在黑色的地板上成形，雪花一样飘飞出来，静静地向上升起，像深海的气泡。林浔伸手，只抓住了虚无的空气。再往下看，黑色的地面像是无尽的虚空，字符仿佛无尽混沌中唯一的存在。

系统没有回答他的问题，但Glax已经加载完成。

这是林浔最喜欢的语言，它将简洁做到了极致。有时候林浔会怀疑，他之所以觉得自己编程能力糟糕，是因为被 Glax 惯坏了，从而不再适应其他语言烦琐的语法。

当然，Glax 也有缺点，它自带智能自动纠错功能。所有人都知道，人工智能和人工智障是同义词——有时候，自动纠错功能会把你原本的错误纠成另外的错误。这是一个可爱的缺点，并非不能容忍。

林浔低下头，笑了笑，进入 Glax。

刹那间，一道虚幻的银河在屏幕上流淌而过。银河，Galaxy，一个浪漫又遥远的名字。为它取下这个名字的人或许怀着某种深情。林浔总是想到今夜梦里和某个人坐在房顶看星星时，远方天际那道璀璨的星河。不过，那好像已经是过去的事了。

他打开名为“L”的文件夹，里面早已放进了一个项目的完整文件——“洛神”。

天道生万物，于是有了天地间各式各样的花木生灵。而人也可以造物，传说修仙界渡劫期的前辈可以化身千亿，可以活死人肉白骨，只需手指一点，枯木逢生，落花又开，生灵成精。林浔不比那些境界高超的前辈先祖，他只是能够用计算机语言，写出一个独立的人工智能而已。说不定天道额外开恩，就认可他达到渡劫的门槛了。

林浔有条不紊地配置各个板块，这个流程对他来说太熟悉了——系统空间的运行速度很快，十分钟左右，整个洛神系统就安装完成了。他按下启动按钮，蓝色进度条开启，平滑向前推进，顺利到达百分之百。

“嗨，我是洛神。”开启语在屏幕上出现。

林浔转头看向任务界面。达到分神期后，系统自动开启“达到渡劫期”的主线任务，但进度条一直停在百分之零，因为他一直没有写入相应的程序。

洛神可不是一般的程序，它是一个完完整整、功能齐全、自由度极高的人工智能系统。果然，进度条猛地一亮，然后飞速上涨！零点几秒之内，进度条就顶到了满格。

这一刻，四面八方传来系统的机械音：“主线任务：‘达到渡劫期’完成。系统准备中，请等待。任务奖励：门派领地等级 +1，门派资金 +2000，灵力 +200，法器等级 +1。”

领地等级、资金、灵力，这些都是主线任务的基础奖励，林浔已经见怪不怪，但法器等级 +1 让他挑了挑眉，有点期待这次升级之后自己的键盘会变成什么样子。

系统继续发声：“奖励发放中，请等待。”

“喂。”林浔出声。

系统没应。

林浔继续：“元婴期和分神期的领地、资金奖励，你还没发给我呢。加上今天这个，你欠我好多钱。”

系统出声：“系统繁忙，请稍候再试。”

——又来了。轻轻一笑过后，林浔托腮看着屏幕，神色逐渐淡下来。

“所以，”他道，“你在这个世界的权限有限吧？不是想给我就能给我。”

“系统繁忙，请稍候再试。”

“那次我问你，你想帮我做什么，你说帮我踏碎虚空，原地飞升……但是你连钱都没办法发给我，又怎么能带我飞升呢？”

这次系统倒是没出声。林浔以为它死机了，但是三秒钟后，他面前的屏幕忽然一暗。黑色的屏幕上，缓缓出现一个字：“能。”

“哈。”林浔道，“你果然是活的。”

他觉得自己应该笑，却笑不出来，只能道：“但你也要付出挺多东西吧。”

系统没有回答。

“不直接给我资金和领地，而要等现实里的契机，是因为直接发放不符合现实逻辑，会被发现吗？”林浔淡淡道，“你……怕谁发现？”

系统依旧没有回答，林浔缓缓低下头去，近乎自言自语：“那次在医院，我被魔物攻击，你受损了。所以，魔物一直想靠近我，是想把你毁掉么？把你毁掉，我就不能飞升了？”

“我不知道魔物是什么，但是他和魔物有关系，能控制他们，他知道魔物在干什么。”林浔的声音放轻了，带一点哑和微颤的涩，“是他不准我出去么？”

林浔又问了很多，但系统一句都没有回答。屏幕渐渐变亮，回归之前正常的界面。

机械音再次响起：“主线任务：‘踏碎虚空’开启。任务进度：0。任务提示：无。”

踏碎虚空，踏碎虚空……林浔手指轻轻抚过数字为0的进度条。

他久久待在这里，仿佛把它当作一个逃避现实的去处。直到觉得时间差不多了，他才走到任务栏前，拿走代表法器等级提升的小剑，然后离开空间，睁开了眼睛。

指针在他腿上蜷着睡觉，见他醒了，也睁开眼睛，坐起来看他。指针的体形不大，但体重还是有一些的，四个爪子踩在腿上的时候，他有一点发痒。

林浔把猫抱起来：“不生我气了？”

指针的回答毫无温度：“喵。”

林浔亲了亲它薄薄的耳朵，把它放去后座，然后拉开背包拉链，将键盘取了出来。

键盘的外表没有什么变化，他将键盘托在手中，催动意念——键盘逐渐虚化，长剑出现在他手中，这次倒是看出变化来了。

剑沉了不少，原本只是一把半米左右的灰色短剑，现在却拉长了。灰色剑身拉长变细，呈现出金属光泽，剑身锋利如同冰凌。剑刃看上去非常薄，他没有下手去抹，因为以它的锋利程度，大约一碰就会见血。

除去变长之外，剑身还环绕着一丝隐约的血色，倒不邪戾，只是显得肃杀。剑柄的触感比先前粗糙不少，多了鳞片状的雕饰，大概是用来增加摩擦，让人拿剑更稳。

长剑周围的空气有微微的波动，大概就是剑修称之为“剑意”或“剑气”的东西，能使剑招威力更大，杀伤范围也更大。

林浔若有所思，收起剑。

三分钟后，车停，他们到了地方。林浔顺利地找到了曹警官的办公室。曹警官对待林浔的态度依然像春风那样和煦，林浔的“哥”喊得更亲切了。

由曹警官带着，他们办了几道手续，得到了查询信息和各种记录的许可。有了逍遥子提供的照片，加上现在先进的图像识别系统，很快匹配上了一位户籍在四川的男子，那人姓杨，今年五十六岁，身份竟然是一家药品销售公司的老板。

不，看全了公司资料后，林浔得出结论，这不是什么正经东西，而是个打着中草药幌子的保健品公司，资料里充满“量子治疗”“人体磁场”“酸碱平衡”之类的无稽之词，显然是专门骗老头、老太太的。不过，公司的规模不小，这位剑宗宗主还算事业有成。虽然比不上拥有五十套房的霍老头，也比不上坐拥5A景区的逍遥子，但也能勉强养活自己的徒弟，至多不过是徒弟质量欠佳罢了。

两天前，这位杨前辈乘坐高铁来到帝都，他的开房记录定位在市区一家五星级酒店。

林浔微挑眉，好巧不巧，这家酒店他眼熟——就在银河大厦的对面。

接下来的流程顺理成章，林浔给前辈们发了消息，在那片区域会合。随后，他和常寂再次上车，洛已经从他们方才的对话中推测出目的地，自主设定好了。汽车启动，汇入城市茫茫的车流中。

林浔坐在方向盘前，心念一动，键盘化成的长剑浮现在他手上。银灰质地，红色暗光，这配色和他的键盘一模一样，越看越眼熟。细长锋利的剑身，以及周身人间凶器的气质，他越看越觉得符合自己的审美。可能程序员手里的键盘映照到修仙的世界观里，就是这样一把锋利无匹的长剑吧。当然，还有另一种可能——

这个念头一出现在他脑海中，他就切到了和王安全的聊天界面。

林算法：在？

王安全：你说呢？

王安全：大半夜的，被你给搞醒。

林算法：神器上的代码你破解了没有？

王安全：早破了，我都扩展写出一个简易版了。

林算法：要是还有代码，你要吗？

王安全：不要了，那东西气死我了。

林算法：你昨天不还和架构吹牛么？

王安全：你都知道是吹牛了。

王安全：其实我之前就想跟你说来着，结果你一声不吭地跑去找东君了，没来得及说。你给的那些代码，我推测出了一个大概框架，然后填好了，发现这就是个骗子。

林算法：怎么说？

王安全：这东西的防御能力和攻击能力太厉害了，拿来给再重要的系统做保护程序都不怕。但是它要求的权限太高了，根本不实用。

王安全：这东西绝到了什么程度？按照我的推测，它是自杀式防御。你对安全领域一无所知，我给你举个最简单的例子，你的硬盘进病毒了，它可以选择直接封锁一切功能，立地格式化，招呼都不用跟你打。但这是什么等级的操作？总而言之，你只有拥有root权限，才能使用神器的所有功能。

王安全：但是root权限不可能对用户开放，这根本不是个能用的防御系统，我被骗了。它是个专用的防线，那种绝密系统的最后一道防线，为了不泄露秘密，只要被攻击就立地自杀，清除一切痕迹。

林算法：这都能看出来，给你鼓鼓掌。

王安全：我白分析了半个月，你赔我。

林浔当然不可能赔，他给王安全发了个表情包就溜了。

从手机里抬起头来，林浔见常寂看向他的剑，并微微蹙起眉头。他想，这剑太煞了，或许并不符合佛修的审美，就像剑修的吱哇乱叫不符合佛修的审美那样。

却见常寂将剑从头到尾打量一遍，道："像赤霄龙雀剑。"

林浔给师兄竖了个大拇指："是，赤霄龙雀剑的配色我很喜欢。我有时候几乎要相信自己就是修仙界的帝君了。"

常寂笑了一下。林浔叹了口气，无精打采地趴在方向盘上，看着这个刚刚苏醒的城市。折腾了那么长时间，现在已经是早上七点，再过一会儿到达目的地就是八点左右了。

林浔的预计没错，八点十五分，前方建筑群里出现银河大厦的影子。

昨天刚下了暴雨，今天依旧没有放晴，天阴得很，即使已经八点，仍然像早晨六点太阳还没出来时的光景。灰色的天空下，银白色的大厦矗立在周围灰蒙蒙的建筑中，一时间有了些奇幻或科幻的意味。

林浔和常寂一起走出停车场的时候，附近的地铁口正在密集地吐人。这地方是个负有盛名的科技园区，以银河广场为中心，四周高楼林立。放眼望去，十栋楼里有九栋是科技公司，天上掉下一块石头，要么砸到程序员，要么砸到产品经理，要么砸到外卖小哥。因此林浔合理推测，现在从地铁口里走出来的都是他的同行。

一群穿花格子衬衫、牛仔裤的同行里，混进了身穿唐装的霍老头、因为穿道袍被行过注目礼所以改穿宽松唐装的逍遥子、西装革履的御风真人、西装革履的孤山君、穿蓝色轻纱长裙的碧海仙子、墨镜遮脸的蝴蝶夫人，他们鹤立鸡群，十分显眼。

林浔走过去，就见霍老头正用嫌弃的目光扫着周边的人群，道：“一个个无精打采！”

林浔：“他们工作太累了。”

霍老头：“无一丝朝气！”

林浔：“我们这一行都比较无欲无求。”

霍老头斜着眼打量他半晌，从鼻子里“哼”了一声：“你不必狡辩，我看这些人如同行尸走肉。”

真的吗？林浔反思，又觉得霍老头说得不对，无精打采就算了，行尸走肉这个词他们程序员还够不上，他们还是有追求的。

他顺着霍老头的目光环视周围，试图找出证据反驳，看了一会儿，却不知道该说什么好了。周围行色匆匆的人全都微低着头，双目无神，五官紧绷，往各自的目的地机械走动，明明是上班，这些人的表情却好像要去上坟。

林浔用手肘碰了碰常寂：“师兄。”

常寂：“嗯。”

林浔：“这些人……怎么都不说话啊？”

寂静，人群从这里流动到那里，偌大的广场上，竟然没有任何人交谈或者互动。他们像是成千上万个牵线木偶，按照既定的轨道运动，越看越使人背后发毛。

林浔：“我们是不是来到丧尸世界了？”

说着，他转头看常寂，却听常寂道：“你不是帝君么，为何不知？”

林浔：“事实上我还没有登基。”

这边说着，那边蝴蝶夫人也轻轻“咦”了一声：“三魂离体，莫非是被下蛊了么？”

霍老头道：“必然有问题。”

蝴蝶夫人的话倒是提醒了林浔。他发现自己有一种惰性，一旦跟着前辈们走，立刻全面降智，放弃思考。但他现在在某些方面，其实已经超过前辈们很多了。

蝴蝶夫人话音刚落，他就集中注意力去看行人身上的程序框——这一看就看出了大问题。这些人的后台全都在运行着程序。

林浔仔细看，发现这种程序他太熟悉了。陪祁云试戏那天，道具师、高廖被魔物附身，把他逼入必死之境，而他赌了一把，升级天眼术，在千钧一发之际领悟分神期的诀窍，用周边的人作为计算单元，搭建出分布式平台，这才拥有了无穷无尽的灵力，绝地反杀。

眼前的这些人俨然是被什么东西控制，成了分布式平台的组成部分！这个云平台的主机消耗了他们几乎所有的计算资源，以至于他们已经无法维持交流、互动等基本功能。

林浔眯着眼睛，试图找到主机的蛛丝马迹。

计算单元和计算单元之间通过无形的网络相连，在现实中看不出踪迹，但是，只需要知道这些计算单元将计算结果发往哪里，自然可以推知主机的位置——而所谓的云平台主机，也就是搭建这个计算网络的人，显然是一位已经达到分神期的前辈。

一个出现在这里的分神期前辈。而炎阳子在这片区域订了宾馆。世界上有很多巧合，但现在的情况绝对不是巧合。所以只要找到主机，就找到了炎阳子，继而能找到赤霄龙雀剑和祁云。

林浔拿出键盘，释放病毒入侵了离他最近的三个人，用最短的时间弄明白了他们的机制——他们正以固定频率向某个用户发送计算结果。这些结果林浔看不懂，因为它们是一个大型计算任务的千万分之一。虽然无法推算出脉络，他却可以将一个病毒文件简单伪装，让它随着这些计算结果一同传往终点。

天眼术开启，数据世界里的一切景象在他眼中纤毫毕现，飞快穿梭的字符组成了纷乱复杂的代码海洋，而经过他修饰的那一个——

林浔道："跟我来。"

周围这些人的计算资源全部被占用，已经失去了人的本能，自然不能注意到他们的举止，于是一行人各自用出功法从半空中飞掠而过。

林浔抱着键盘运起轻身术，踩着银河广场中央的一座雕像来到半空中，追寻着数据海洋中属于他的那一点涟漪，向南飞过数十米，落在一辆车的车顶——网络中数据的传播何其快速，就在这短短的一个刹那，他的东西已经消失无踪了。

林浔再次包装一个——虽说是病毒，但为了避免被察觉，都是无害的。这一个也向着南面去了，林浔跟上。

就这样十几个来回后，果不其然，他们来到了警方记录中炎阳子居住的酒店。但是，数据指向的却不是楼内，而是楼顶。

不愧是最擅长御剑之术的剑修，喜欢飞到高处一览众山小。只不过，银河大厦可比这家酒店高多了，可见，即使是剑修也不敢去东君头顶撒野。

林浔将情况告知众人后，逍遥子决定，众人全部用出遁迹符，飞上楼顶。林浔虽然有轻身术，但他不会飞，于是被师父拽上去了。城市上空的风很大，他被师父拎着后衣领，觉得有点冷，还有点勒。

一群隐身人在楼顶悄无声息地落地。这是一家规模极大的酒店，但外形极差，也就是活在审美能力普遍低下的科技园区，才没有人嫌弃它丑。这建筑通体蓝绿，外表全是玻璃面，中央有一个奇丑无比的碟形平台，平台上竖着一根硕大的避雷针状物体，针尖直直指向天空。

林浔注视着那根夸张的、不屈的避雷针，对身边的空气道：“根据我对剑修的了解，他们应该在那里。”

空气中传来常寂的声音：“我猜也是。”

他们便敛了声息往那边去，林浔走在前面，在碟形平台周围绕了一圈后，跳了上去。

一条鱼，一条人鱼。他双目无神，就这样被晾在城市上空的大风里，原本漂亮的墨绿色鱼鳞已经因为干燥而失去了光泽。林浔想，如果他们不来，祁云是否就会这样变成一条风干的咸鱼？

当然，这条人鱼不是孤单的，他师父就在旁边。但他师父盘坐在地，全部的注意力都在面前的赤霄龙雀剑上。就像林浔第一次在青城山山洞中见到的那样，炎阳子紧闭双眼，似乎正和面前的赤霄龙雀剑进行某种共鸣。

赤霄龙雀剑上红光大盛，热浪以炎阳子和赤霄龙雀剑为中心，向四周席卷而去。

林浔感到一股干燥的热风扑面而来，自己仿佛置身火海中央，正被火舌舔舐。此情此景，他觉得自己应该感到紧张，或者失落，因为赤霄龙雀剑好像真的和炎阳子有某种与众不同的关系。但是，面对祁云，他又只想笑。

这不再是一条人鱼，这是一条烤鱼。看这鱼生无可恋、双目无神的状态，大概已经三成熟了，该撒上孜然、辣椒入味，再翻个面继续烤均匀。

林浔走过去，盘腿坐在这条鱼旁边，伸手碰了一下他的手——他的手也已经干燥了，在以前，这双手可是十分细嫩水灵的。

皮肤相触的一刹那，林浔看见祁云死鱼一样的眼珠终于动了动，惊讶地朝自己所在的方位看来。他处于隐身状态，遁迹符除了能够隐去身形，还能隐去神念以防被敌方发现，因此，他们没有办法进行神念传音。不过还好，仍有实体，他按住祁云的手腕，在他手心一笔一画地写道：“你还好吗？”

为了保证祁云能够理解，他写得很慢。果然，祁云的食指动了动，林浔把自己的左手手心凑上去。

祁云写：“我不好。”然后又写，“你是谁？”

林浔写：“你猜呢？”

祁云写：“是和尚吗？”

林浔下笔无情：“不是。”

然后，他看见祁云生无可恋的目光更加生无可恋了一些，脸上出现一个大写的“哦”，失望之情溢于言表。

祁云：“那你是林……”

后一个字祁云没写出来，因为他有一个错误的开端，把“算”字的竹字头错写成了草字头，然后就不知道怎么继续了，最后敷衍地瞎画几下了事。

虽然祁云这事做得不地道，连他的名字都不会写，但林浔还是有良心的，他写："但和尚也在。"

祁云眨了眨眼睛，写："快把我带走，我快干了。"

林浔："不行。"

祁云："为什么？"

祁云："让和尚来跟我说话。"

林浔："不可以。"

常寂对祁云有那么点儿养育之情，想来在一定程度上会纵容这条鱼，但他林浔就不一样了，他是个没有感情的键修。

林浔："你告诉我几件事，我就带你走。"

祁云离开之意过于迫切，点了点头，但又在他的手心写下："不能对我师父有害。"

林浔想了想，回他："我尽量。"

林浔："你怎么在这里？"

祁云："师父做事，需要护法，我的师弟们境界不够。"

林浔："那你现在是怎么了？"

祁云："护法到一半，灵力有损，又变回鱼。"

护法这个名词，林浔这些天来有所了解。修仙人为了境界提升，有时候需要入定，神游太虚，冥思宇宙。这有一定风险，心神游走于玄奥的境界，说不定什么时候就找不到回来的路了；或者被别的什么东西影响，心神失守走火入魔。假如把入定之人比作风筝，护法之人就是风筝的线，当察觉到入定之人心神不稳时，立刻将他的心神拉回现实，避免发生意外。因此，长辈们入定的时候，往往需要两三小辈在旁护法，不得疏忽。

炎阳子的计划很周全，别的弟子境界靠不住，只有大徒弟能用——却没想到大徒弟已经变成了一个病美人。

林浔："哈哈。"

祁云："笑什么？"

林浔："你师父不管你么？"

祁云："他现在对外界无感知，不知我无法继续护法了。"

写到这里，祁云眼睛忽然睁大了一些，在林浔手心快速写下："没有人护法，他会走火入魔，救我师父。"

由此可见人和人的思考方式有巨大的区别，有的人是多线程同时运行，有的人只能单线程运行。比如祁云，刚才因为过于难受只想着离开这里，现在又突然意识到了师父的险境，他的鱼脑子似乎没有办法同时容纳两件事。

“不急。”林浔和他不同，是多线程的，他仍然维持着一个没有感情的键修所拥有的冷静，“他在做什么？”

祁云：“与赤霄龙雀剑共鸣，你快救他，他会被剑反噬的。”

林浔看着祁云，继续写：“共鸣完成，他就成为赤霄龙雀剑的主人？”

祁云：“可能吧。”

林浔：“你们对赤霄龙雀剑知道些什么？都告诉我。”

祁云眼神闪烁，似乎在权衡利弊。最终，他看着林浔，点了点头。

林浔从背包里拿出一瓶水，拧开盖子，从上到下浇在祁云的鱼尾巴上，又往他脸颊、手肘这些有鳞片的地方浇了浇。祁云的状况终于有所好转，写字的速度也快了些。

“赤霄龙雀剑是剑宗镇宗之宝，但是被青城贼子私藏。师父有和神剑沟通的方法，他和赤霄龙雀剑人剑合一后，就能成为修仙界的帝君。”

林浔：“人剑合一？”

祁云：“是。”

林浔：“怎么合一？”

祁云：“我又不是剑宗宗主，不知道。反正就是感悟剑意吧。”

林浔：“好。”

林浔继续：“为什么拿到剑，就是修仙界的帝君？”

祁云：“我哪知道？”

祁云：“我说完了，你快去给我师父护法。”

林浔：“好的。”

林浔盯着炎阳子看了足足一分钟。炎阳子身上热浪翻涌，空气中似乎有奇异的波动，令人感到压抑。就在这时，他听见身旁的常寂低声道：“看天。”

赤霄龙雀剑顶端，一缕血色光泽冉冉而升，而他们头顶的天空乌云密布，隐隐约约聚成一个巨大的旋涡，森寒可怖。旋涡中央却有一丝灿灿云霞，悄然从乌云的缝隙中溢出，仿佛和地面上的神剑遥相呼应。

寂静的城市停止了呼吸，仿佛行尸走肉的人群，高处的神器与低垂的天幕，一切的一切都超越了现实的范畴，像个疯狂的梦。

第十四章 Root（下）

传说修仙界的帝君现世时，三花聚顶，五气朝元，天上云霞蒸腾。或许眼前的景象就是某种前兆。

林浔眯了眯眼睛，看这景象，炎阳子确实是想登基了，但他不接受。祁云要他保护自家师父的安全，他答应了，就肯定要去做，绝不会给炎阳子任何走火入魔的机会。

林浔目光一凝，变键为剑，长剑握在手中，直指炎阳子的后心，向前直刺！剑尖撞上炎阳子后背的那一刻，剑身陡然传来巨震，仿佛撞上了铜墙铁壁。

修为高的人有罡气护体，这在林浔的预料之中。而炎阳子已是分神期，这片区域内所有活人都被他控制，作为灵力来源，帮助他与赤霄龙雀剑共鸣……共鸣到底是什么？

对不起，是我打得还不够重。林浔深吸一口气，将目光转向楼下的人群，迅速敲打键盘，与炎阳子争夺计算单元的控制权。他现在约等于单枪匹马，却是渡劫期的单枪匹马，没道理抢不过一个分神期。毕竟，修仙这种事情，越过一个等级就是天壤之别。

和林浔设想的一样，不出两分钟，第一个计算单元已经被攻破，是楼下离他们最近的一个人。按照这样的速度，他能获取足够的资源，但太慢了。既然是渡劫期，当然不会用分神期的手段。

事不宜迟，林浔调动自己输入到系统中的洛神程序，将洛神搭载在第一个计算单元的系统当中。下一刻，那人身上发出幽淡的蓝光，这是属于洛神的光泽。此时，他已经被林浔，或者说林浔控制下的洛神系统，完全纳入控制。

只见他转向身边的人，无形的波动在他们之间荡起。那人如同林浔的一个分身，林浔不必再一个个攻破他们的防火墙，他的人工智能会帮他。

林浔用两分钟获得了 1 个计算单元，而这个计算单元会在接下来的两分钟也获取 1 个计算单元，所以四分钟后他会有 2 个计算单元。2 个很少，不过他六分钟后就会有 4 个，八分钟后将有 8 个，二十二分钟后 1024 个。这是个幂函数。

但是……林浔看回光芒大盛的赤霄龙雀剑，在这两分钟之中，它已经发生了变化。原本深插在玉石中、岿然不动的长剑，此刻却微微颤动摇晃起来，还隐约发出剑鸣，似要挣脱出来。

林浔望向前辈们所在的位置："只有帝君才能拔出剑，但炎阳子拔不出。"这是显而易见的事情，因为假如能够拔出来，炎阳子早就拔了，何必大费周章。

他继续道："所以，他是在强行……"他不知道该用什么词汇来描述。

"不错。"却听逍遥子道，"他觊觎神器，妄图以己身力量将赤霄龙雀剑强行炼化。"

林浔看着炎阳子："而且他快要成功了。"

灵气在自己身上缓缓凝聚，林浔谈不上胜券在握，也谈不上平静从容。自从得知赤霄龙雀剑失窃的消息，修仙界众人便做好了恶战的准备，生死不论。是他先获得足够的灵力，将炎阳子从入定中强行打断，还是炎阳子先一步将赤霄龙雀剑炼化完成?

林浔向前走了两步，越过炎阳子，靠近光芒炽烈的长剑。他伸出手，缓缓握向龙雀纹盘绕的剑柄。剑柄周遭有无形的阻力，他寸步难行，好像遇到同极的磁铁。此时此刻，他的目光却越过这一切，望向对面静静矗立的银河大厦。

东君会在那里么？林浔轻轻垂下眼，握向剑柄的手指却更加用力。

烫，手中的剑柄像火山熔岩。突然，脚下地面剧烈颤抖起来，林浔往前一个趔趄。

地震？像又不像，整个地面确实在剧烈摇动，楼房吱嘎作响。天上乌云快速翻涌，空气莫名凝滞，仿佛变成实体，而且……剑拔弩张，仿佛有什么大事即将发生。

忽然，遁迹符失效，前辈们在空气中现出身影。神机子手中罗盘乱转，只见他紧闭双眼，嘴唇翕动，快速念着听不懂的咒语，然后猛然张开眼睛!

"炎阳子逆天而为，试图瞒天过海，窃取神器。神器与天道相连，天道不稳！"

林浔："所以会怎么样？"

神机子道："天道乃人间结界的根基，天道一旦不稳，人间结界亦被削弱，再拖上一时半刻，恐有魔物乘虚而入！"

林浔咬了咬牙，不再关注炎阳子，右手猛地向赤霄龙雀剑的剑柄握去！这把剑他已经拔了三次，事已过三，还能过四么？灼痛感从手下传来，他没管，使力将剑上提——

视野一晃，变成一片虚幻的灰暗，和他上一次拔剑时一样。一道声音在他耳边响起，他听得清楚，是王安全，这人在他耳边喋喋不休。

"我打算给咱们银河的权限管理系统起名叫'卫星'，它的认证很严格的，我把银河旗下所有产品都关联进去。每个人都有独一无二的身份信息，不同的身份等级能做出不同等级的操作。整体上我用了一个很复杂的结构，由三套嵌套系统共同完成，能在最大程度上杜绝恶意访问。”

“这样说吧……涉及重要安全问题的每一个操作入口都是独立的，我全部锁死了。比如我要进入自动驾驶系统后台做维护，这个申请需要和我同一权限等级的架构、你、东君全部选择通过，入口才会打开，我才能进去。只要有一个人驳回，我的ID就会被注销。我给你详细解释一下这三套系统。”

“听不懂，”林浔听见自己懒洋洋道，“你们的名词太奇怪了，换个通俗点的方式给我解释。”

“非要我给你讲故事？”

“是。”

“那我打个比方，我们的系统像一艘潜艇，黑客和恶意攻击则像海水，每时每刻都想灌进咱们的潜艇里面，好吧？”

林浔：“好。”

这是很简单的比喻。对普通用户来说，网络世界是一个祥和宁静的伊甸园，他们登陆APP、使用功能、退出APP。在伊甸园里，至多不过发生一些盗号、个人信息泄露的小风波。

但事实并不是这样，在他们看不见的地方，网络世界的深海之下，一个企业就像一艘孤独的潜艇。深海之下压强巨大，而潜艇的外壳并不坚固。黑客攻击、恶意访问，这些东西就像海水争先恐后地从四面八方吞噬、挤压过来，随时准备着发起最强一击。网络安全服务所要做的，就是加固这艘潜艇的外壳，或增加缓冲层，使它免于进水沉没。

王安全道：“我呢，根据功能的不同，将这艘潜艇内部划分成了成千上万个房间，房间与房间之间都有坚固的隔断门，每个房间存储着不同等级的信息。船员凭借身份卡片可以在房间中穿行，但不同等级的船员所能访问的房间不同，假如他试图强行访问一个不对他开放的房间，会被立刻处决。”

林浔：“我支持。”

王安全继续：“而对于来自外部的攻击——假如外壳没顶住外面的强力攻击，被破开一个空洞，海水开始进入内部，我的防御机制将会启动，这个空洞所通往的房间会立刻封闭，甚至被浇筑成实心。于是，其他房间绝不会受害，受害的只是成千上万个房间中的一个而已。而最高级的管理权限则被锁在潜艇最中间的几个房间里，它很安全，太安全了，高枕无忧。”

掌声响起，林浔给王安全鼓了鼓掌：“这么大的工程，这么难做，以前怎么没听你说过？”

王安全：“其实我早好几年就在做了。你忘了，早几年，咱们做着玩，后来倒闭的那个编程修仙游戏——有一把神剑的那个，那时候我就让你建立身份信息了，这可是一盘大棋。基本上，咱们这些年做的所有东西都能无缝接入这个系统。”

“安全，你太可以了。”

“那当然，”王安全道，“安全这一块，Eagle家的团队要是第一，那我勉勉强强算第二吧。”

林浔道：“那Eagle能黑掉你的防御系统么？”

“实话实说，”王安全道，“我觉得不可能，很多关键的地方我们都是自杀式防御。”

“对了。”提到这个，王安全像是突然想起来什么，“root权限我还没封上。”

林浔挑眉：“怎么说？”

王安全：“来，键盘给你，root密码你来设。我不知道，别人不知道，也不跟东君说，狗东西不给我涨工资。”

林浔就笑。

root，超级管理员。一个系统中可以有许多用户，也可以有许多管理员。管理员这个名词，就像字面意思所表示的那样，拥有修改系统中一部分信息的权限。但是，超级管理员，有且仅有一个，掌控独一无二的root权限。

root权限是系统最根部、至高无上的权限，与操作系统地位相同。假如一个系统是一个王国，那么root权限就是国王的权杖和冠冕，拥有root权限的超级管理员就是万人之上的君主，可以对这个系统中任何对象进行任何操作，同时也不受任何规则的制辖。

林浔：“这么重要的密码，我先想想。”

“不用太复杂，但也不能太好猜了，不准用东君的生日。”王安全道，“你只能记在自己脑子里。虽然我保证这个系统绝对安全，只有你或者东君能够访问root账户。”

这一点林浔当然知道。银河的所有产品都由这个权限管理系统来统辖，那么这一系统的root权限，重要程度可想而知，必须最大限度保证密码不被窃取。

林浔道：“……让我再想想。”

一段时间过去。

王安全：“你想了很久了。”

“我有点选择困难，真的不能用他的生日吗？”林浔道，“那我问下东君，但我不告诉他这是干什么的。”

王安全：“你开心就好。”

林浔开始打字。聊天界面的顶端是对方的名字或备注，这个人的备注很奇怪，是两个字母——Co。

Lo：有没有什么对你来说意义很重大的字母或者数字组合？

Co：你要做什么？

Lo：研究你的精神世界？

Co：……

Lo：给你一分钟时间想一下。

Co：好。

林浔的意识忽然飘了起来，一阵昏眩后，他在键盘上敲下回车，对王安全道："好了。"

清晰的场景逐渐散成零星的碎片，尖锐的耳鸣声陡然响起来。林浔脑中剧痛，手指颤抖，险些再次被剑身传来的巨大冲力震出去。上一次也是这样，每当一些关键信息出现，赤霄龙雀剑就会将他驱逐出去，像是保守着什么不能被窥探的秘密。

一串有意义的字符，对东君来说至关重要的……会是什么？那时候，他的手指停在键盘上，又写下了什么？林浔茫然地望着不断颤动的剑柄和剑身上烈烈的火焰。

就在这时，地面再次晃动！炎阳子霍然睁开双眼，伸手抓向赤霄龙雀剑！

赤霄龙雀剑晃动得越来越剧烈，基座的玉石嘎吱作响，裂开一道缝来。天地间充满冷凝可怖的威压，林浔感到连呼吸都艰难，像是突然置身于万米之下的深海中。他知道炎阳子快要成功了，他也知道到极限了。

一个系统所能承担的计算量是有极限的，越过这个极限，就是……全线崩溃。而炎阳子为了炼化赤霄龙雀剑，向这个世界索取的计算资源太多了。

乌云密布，狂风大起，天空愈黑愈低，一道刺目的闪电划亮天际后，雷霆震响。

看管周天星斗的弟子忽然大叫："神州有异！"

逍遥子吼道："人间结界撑不住了！"

不必他们说，林浔已然瞳孔紧缩，看到了眼前的一切。

细小的、密密麻麻的黑色裂缝撕开了空气，它们无处不在，里面似是险恶的、无尽的虚空。一条巨大的漆黑裂缝在那条人流量最大的马路上缓缓张开。左边也有一条，银河广场的中央睁开了一只黑色的眼睛。不只这两条……右后方，左前方，地下，天上——这个世界像是四处漏水的船舱。

林浔陡然想起长辈们谈论魔界入侵时提到的最坏后果——天道崩，人间乱。

林浔喘了一口气，手中长剑如虹，再次直刺向炎阳子！炎阳子双眼赤红如血，目光转向他，嘴角微动，似是不屑，然后巍然抬掌迎上！

剑尖与掌心相撞，竟迸射出丝丝火花。炎阳子的皮肤如同铜墙铁壁，人剑合一，便是这样合的么？林浔抿唇，继续向前！他知道即使是金属和金属，也有硬度的不同，既然这样，为什么他不是更加坚硬锋利的那个？

炎阳子缓缓向前推掌。林浔寸步不让，先是被逼退几步，随着新一轮计算单元的扩展，他灵力增强，将炎阳子逼回。一时之间，二人僵持不下。他死死地盯着炎阳子，手腕因为过度用力已经关节泛白，不住颤抖。但是，只要稳住，再等两分钟……

在这千钧一发之际，剑尖和手掌相抵处猛地一震！林浔浑身的力量忽然被生生卸去，而他对面的炎阳子亦是吐出一口血来。神州大地响起此起彼伏的刺耳哀号，所有声响一刹那灌进林浔的耳膜，让他大脑一片空白。

林浔颤抖着转头，看见楼下弥漫着一片刺眼的黑雾，成千上万的黑色人影在缓缓走动，整个世界变成了黑色的海洋。无数裂缝在海洋里缓缓张开，所有人无一例外被魔气沾染，不再为他和炎阳子所控制。

人间结界，或许已经彻底破碎。这才是真正的魔界入侵的场景。

但是，赤霄龙雀剑不可以不夺。心念电转，林浔手腕一翻，换了一个角度，刺向炎阳子的左胸！

电光石火之间，炎阳子左手长蛇一般袭出，擒住他的右手手腕，猛地往身前一拽，右手顺势扼住了他的咽喉。

林浔手腕上被掐住的部位像是被放在火中灼烫，他感到窒息，眼前发黑。他想，失去计算单元，自己一无所有，但炎阳子因为之前和赤霄龙雀剑的共鸣，身上已经有了神器的威压。

炎阳子站起身，扼着他的咽喉将他提了起来。大脑极度缺氧，彩色星星在他眼前转圈，他闭上眼，用天眼术看向赤霄龙雀剑的程序框。

人在窒息的状态下，平均一分钟后死亡，他感谢自己还有一分钟清醒的时光。赤霄龙雀剑的程序代码浩如烟海，在他眼前“唰”地展开。在这片海洋里，一定有一颗熠熠生辉的明珠，他要找到最核心的那段代码，他的复制术还能用一次。

……在哪里？成千上万行代码繁复扭曲得如同显微镜下的病毒，他的意识越来越缥缈，全凭直觉在寻找。这个模块不是，这个与他想要的大相径庭，这个也不是……他越来越难集中注意力了。

是……这个么？无边的虚空里，忽然炸开一朵烟花。他浑身都在颤抖，选择复制选项，黄色的复制框越拉越长。即将到达一万行限制的时候，他的耳边忽然响起祁云的一声大叫！

林浔猛地睁开双眼，见祁云被无数黑气缠身，正在地上不住挣扎。其他人呢？他缓缓望过去，他和赤霄龙雀剑所在的高地就像一座孤岛，无数魔物组成一片黑压压的浪潮，正向这边涌来。

修真修仙界众人执武器护卫在他周围，然而一大半的人身上已经沾染了魔气，甚至开始自相残杀起来。逍遥子画出浩然符咒，将一个魔化了的弟子从楼顶打落！

魔物在阻止什么？阻止他拿到赤霄龙雀剑么？一片嘈杂乱象。他不知道这代表什么，他的大脑已经宕机了，只知道东君仍然没有来，没有在自己身边，或许不会来了。

蝴蝶夫人踉跄了几步，黑气在她身上蒸腾，她跪在地上，眼白开始变黑，整个人剧烈颤抖，似乎在和魔物的侵蚀抗争。她身上的蝴蝶像是受到了惊吓，扑着翅膀飞出来，却被魔气沾染，或被狂风刮倒，漫天飞落。紫黑色的蝶翅洒下紫黑色的粉末，这些粉末有致幻的作用。

林浔看着它们，狂风刮起粉末，落进他的眼睛里。他睁不开眼睛了，困意这样强烈，像是另一个世界在朝他招手。他的意识又昏了几分，仿佛坠入一个不会有黎明的夜晚，或许人的死亡就像一场没有尽头的沉睡。

而东君没有在他身边，每个东君不在的夜晚，他都会做梦。那些散碎的片段就像日光透过山楂树在墙壁上投下的亮斑，没有内在的逻辑能把它们连起来，只是吉光片羽，各自闪烁着漂亮的辉光。

——这次会梦见什么？

每一粒粉末都化成一只黑翅的蝴蝶，这些幽灵般的活物栖满了他的视网膜，它们的翅膀边缘折射出七色的虹彩，三原色聚拢，交叠，旋转，彩色画面在他眼前一片片展开。

当他手中有三片长方形的镜子，他会将镜面向内拼成一个三棱柱，做成一个万花筒。他会把万花筒的一端贴在自己的右眼上，然后闭上左眼，这时整个世界就会交错扩展成复杂的画面撞进他的眼睛里。

“这里有好多个你。”他听见一道清亮的声音说出这句话。

睁开眼睛，方才的眩晕已经消失了。他像是飘了起来，身体轻盈，卸去一切枷锁的那种轻盈。他打量四周，发现这里是一片草地，两个身影出现在他眼前。

他看见小时候的自己躺在碧绿的草地上，举着万花筒看躺在自己身边的人，边看边笑：“我在数这里面有多少只你的眼睛，刚刚数到一万三千九十一了……不对哦，怎么是单数？”

他旁边的人道：“数错了。”那声音的质地让人觉得很舒服，像无人踏足过的深林山谷里流出的溪水。

身下的草地是软的，长短不一的草叶被日光照得半透明，深碧浅绿交织，偶尔一株杂草扎根其中，顶端开出一朵白色的小花。这个场景安静清澈得让人浑身上下都舒展开来，想永远、永远留下。

“那算了。”他移了移身体，将万花筒的另一端转向天空，“我要看天了。”

看向阳光明媚的碧蓝天空的那一刻，他反射性地眯了眯眼睛："……好刺眼。"

然后他身边那人直起身子来，伸手挡住万花筒的末端："不许看了。"

他扔掉万花筒，和那个人闹一会儿，然后靠在一起，不再看天空，而是看湖水、树木和建筑——其实这只是他的想象，因为他直觉事情会这样发生。而实际上，方才的场景在短短几秒的闪现后已经消失远去了。

此时此刻他正在墙壁爬满绿色藤蔓的老房子里，是爬山虎开花的季节。

他在书房里，他的爷爷戴着一副老花镜，在看一本大部头的计算机专著。他跑过去，手肘搭在爷爷的膝盖上，仰头望着爷爷。被爷爷和姐姐从小带大，撒娇好像成了他最擅长的一门技能。

"爷爷，"他软声说，"东忱要去国外了，我们真的不能把东君留下吗？"

爷爷摘下老花镜，看着他，道："小孩子要跟着自己的亲人。"

"但是东忱根本不喜欢他，也不想要他跟着。"他振振有词，"而我喜欢他，我们把他留下来，我们就是他的亲人了，不可以吗？"

爷爷认真地看着他。爷爷有一双温和又淡泊的眼睛，就像那些最睿智的老人一样，小辈们总是会相信那双眼睛能看透人世间的一切。

"你很喜欢他，他也喜欢你吗？"他爷爷问，"他和他父亲的性格很像，是非常缺乏感情的人。"

"他喜欢我的。"他反驳，"而且东忱也不是没有感情的人。"他小声嘀咕，"他都喜欢到……把她关起来了。"

他知道东忱只是在这个世界上只喜欢他妻子一个人而已，甚至因此对他的孩子恨之入骨，因为他妻子的喜欢从有了这个孩子开始就分成了两份，他再也不能独占了。他想，东忱那时一定是不想要这个孩子的，但他的妻子和他想法不同。

爷爷摸着他的脑袋，慢慢道："那不是喜欢。"

"是喜欢。"

"你长大了就会明白了。"

"我不管。"他撒娇不成，打算撒泼，"我想要他留下来。"

爷爷看他的目光并不严厉："那你要负责照顾好他。"

林浔点头发誓："我会保护好他的。"他也不知道自己为什么会用上"保护"这个词，他只是想，以后他永远不会让这个人难过。

林浔知道自己会成功，他知道爷爷也喜欢东君，甚至教了他十进制、二进制、十六进制的游戏，这是自己才有的待遇。

假如一个人喜欢一个孩子，他不会舍得让东忱那种人带着他。而东忱不会拒绝，假如他对自己的孩子毫无感情，他也不会留意这个孩子的去向，而假如他还有那么一点点生理上的父爱，就会知道这孩子跟着别人远胜于跟他。爷爷是声名在外的老科学家，把孩子交给爷爷，没有人会不放心。

他几乎是蹦蹦跳跳地离开书房的，想告诉他的朋友这个消息。他打开门，却看见东君就站在门外，目光越过他，和爷爷直直对视。那个对视的含义，他那时候没有懂，等到十年后，站在爷爷灰色的墓碑前，林汀哭得失去意识，向前倒下，然后被东君扶住的一刹那，他才明白。

三个人的患难与共好过姐弟两个的相依为命，也好过父子二人明明血浓于水却毫无感情的相互折磨。他们生命的前二十年将会一帆风顺，因为爷爷已经为他们找到了最优解。

但是林汀更多地活在她自己的世界里，她的爱好和这个家里的所有人都不同。她画画、学设计，早早远渡重洋，远走高飞。更多的时候，他和东君一起面对这个世界——这个什么都有可能发生的世界。

他忽然又置身于大厦的高处，从这里可以俯视整座城市，看着川流不息、车水马龙的高架桥、人行道、环形路口。刺耳的警笛声从城市的某个角落响起，红蓝顶灯闪烁，因为城市的另一个角落发生了一起规模巨大的车祸。

“我爸爸妈妈去世的时候可能也是这样子吧。”他的声音很平静，像在叙述一个平淡无奇的故事，“新闻上说，一辆因为司机疲劳驾驶而失控的卡车把他们的汽车撞下了高架桥。”

短短的停顿后，他又道：“如果有一个能控制所有车辆的自动驾驶系统，就不会有这样的事情发生了。”

那人的声音从背后传来：“你要做吗？”

“嗯……”他道，“那试试看？”

城市顶端的风很大，他记得。人的一生中，很多至关重要的决定，其实是在一念之间做出的。

碎片匆匆流淌，仿佛时光一路向前，下一个停驻的地点是一个房间，窗外是郁郁葱葱的绿色，窗户明亮，能看到阳光、天空、白云和山楂树的树影。

他声音的音色变了，虽仍有少年人的痕迹，却也长了几岁。

“自动驾驶系统的最高权限给我们两个，我觉得特殊情况总会发生，所以我们要有一个……能够越过一切限制修改系统设置的权限。这个权限是我们合并持有还是分别持有？”没等到回答，他自言自语道，“分别持有吧，万一哪天我们分开了或者什么的。”

声音远去，他像一粒熄灭的烟灰，在一个场景和另一个场景间飘荡。或许人的精神世界确实有内在的逻辑，所以才能将这些短暂的片段连成一串。

场景再变，科展馆内数千座位阶梯排列，每一张座椅上都有一个人。他在准备室，从这里可以直接望向舞台的侧面。全场灯光昏暗，唯有那人身边一片光亮，是科技博览会特有的那种聚光灯。

他看见东君修长优美的侧影，只静静地站在那里，东君就已经吸引了所有人的目光。

“你们好。”东君的声音似乎不带有任何感情色彩，“我来自银河，今天，想和你们谈一谈自动驾驶。首先，我想明确它的概念，为此，我们提出了完全自动驾驶系统的三种需求、十类场景信息和五级控制指令。”

声音愈淡愈遥远，忽然，他的注意力又回到了准备室。

“你看他，没得感情。”王安全用手肘捣了捣他，“应该让你去。”

“我讲的话也不会有什么感情吧。”他说。

“那不一样，你长得比较亲和。”王安全嫌弃道，“而咱们东神站在那里就是个大型制冷机，让人敢爱不敢言。”

下一刻，他发现自己在休息室里，远离外面的热闹。他坐在沙发上，东君站在他面前，他抬头望东君，脸上似是戏谑的神情。林浔忽然感到淡淡的怅惘，他听见自己说：“好多人在看你。”

这一丝云烟一样的怅惘将他从这个场景中拉扯出来。他仿佛随着一条河顺流而下，沿途无数的场景只能匆匆一瞥。每一个场景都像一个独立的世界，在人的精神世界里，这些片段用一种玄妙而不可捉摸的方式连接。

他睁大双眼，看见银河大厦在日光下拔地而起，车辆有条不紊地穿梭在全世界的道路上，世界——这个世界，像科幻小说中描述的那样，像一条幂函数的曲线一样飞快向前，不可思议的技术、不可思议的研究、不可思议的创意，每天都在这片土地上如春笋般涌出。

就像那次科技博览会一样，他好像一直在幕后，在准备室里，在电脑前。他宣称自己无心参与到复杂的商业运作中，他更喜欢和数学女神或图灵男神打交道，银河怎样经营他并不关心。他不知道这种举动是自己的喜好，还是那个人的喜好。

所以在某一个片刻，一个不可捉摸的片刻，他突然和这个世界隔离。那个一直在他身边的人好像突然离开了，而他好像只是看着这一切发生，没有参与其中。银河需要东君的时候很多，需要自己的时候却很少。

他似乎没有朋友、没有社交，当年一起深夜改 bug 的人忽然远去，当年那颗鲜活跳动的心脏也渐渐停了。他甚至不再出门，但他想不起理由了，好像他画地为牢，把自己死死留在一个地方。

他一个人在书桌前写写画画，膝上趴着一只雪白的猫。他写了很多，时间也过了很久，但那扇门始终没开，那个人也始终没有来。在某一个片刻，他忽然感到某种压抑已久的厌恶。

再然后，游乐场甜蜜欢快的旋律响起来，他看见了自己曾经梦见过的那一幕。摩天轮里，他好像就那样和生命的某一部分告别了。

他接过红鼻子小丑递过来的气球，背对着摩天轮越走越远时，总有一种不安的错觉，仿佛那里有人一直死死地看着他。直到他上了车，远离这座城市，远离让他喘不过气来的一切。

后来，后来——突然的空白，他漫无目的地在一片虚空中飘荡了许久。他觉得自己可能已经死掉了。他这一辈子没有做什么值得一提的好事，却也没有犯下谋财害命的恶行。他会上天堂还是下地狱？谁会审判他？都不是，他是个唯物主义者。他早已想过，在临死前五分钟，他必定会冷淡地回顾这匆匆一生，他将越过上帝去审判自己。

像是心有灵犀，林浔脑中意念微微一动，再抬头时，虚空的尽头出现了一个寥落的人影，像是等他已久。

林浔走上前去，越来越接近时，他确信面前这人就是他每天会在镜子里看到的那一个。只是，这人的五官深了些许，也瘦了一些，眉眼间笼着淡淡的憔悴。憔悴而温和地，这人看着自己，唇角缓缓牵起一个微笑。

林浔打量着他。他穿着灰色的正装，看似一切正常，当林浔的目光向下时，却看见他手腕上露出一截黑色的锁链，锁链的末端垂下，滴答一声，流下了鲜血。林浔往上看，见同样的锁链也束在他的脖颈上。

林浔蓦然抬头，只见无数条锁链从四面八方不可知之处纵横交错而来，将这个人牢牢锁在正中，除了眼珠的转动，不能移动分毫。而这个被死死禁锢住的人仿佛没有感受到痛苦，他只是看着林浔，微垂眼睫，眼中似有温柔的担忧。

林浔看着他，不知道该说什么，最终只轻声道："我知道的。"

那人笑意更深，却不言语。他抬起眼，看向虚空中一个方向。

林浔顺着他的目光望过去，看见一个黑色的碎片被重重蛛网缠绕着向他飘过来。它的颜色深浓，似乎具有某种象征意义。林浔看到它的那一刻，就意识到这可能是这场重重幻境的尽头。他闭上眼，和那枚碎片融为一体。

他在一个房间里，刚刚放下电话，但他不知道是给谁打了电话，又说了什么，只是觉得自己的心情很柔软。

他面前是一台老式的白色台式电脑，没有联网。他从主机的凹槽里取出一枚薄如蝉翼的芯片，然后将这台机器格式化，走下楼去。他的车就等在楼下。

车门自动关上的那一刻，他抬头望了望窗外晦暗的天空。

初春时节寒意料峭，铅灰色的云层沉沉地压在天幕上方。车里自动播放着天气预报，今年气候反常，寒潮南下，下起了小雪。

细碎的雪粒打在车窗上，被车里的暖气透过车窗消融。他的心脏重重一跳，天上乌云密布，一个诡异又充满恶意的图案，像是冥冥之中某种预言。他蹙了蹙眉，虚空之中，似乎有人一遍遍告诉他，不要上车，不要上车。

但是自动驾驶系统一切如常，缓缓驶出住所，朝着设定的方向而去。他手里握着那枚芯片，并一直看着它，像是对待一个要送给某个重要之人的礼物。他的心绪平静下来。

电话响了，屏幕显示是医生，他接起。

“最近在做什么？”医生的语调还是一贯的懒散。

“没什么，写点东西。”林浔道。

“嗯？”医生道，“这点东西你写好久了。”

林浔笑：“两年了吧。”

“两年啊……”医生似乎在那头伸了个懒腰，“你跟他分开也两年了。”

林浔注视前方的目光微微有些迷惘，回道：“嗯。”

“打算一直这样下去？”医生道，“何必呢？最后不是你疯就是他疯。”

“他……还好吧？”林浔道。

“哦？”医生声音上挑，“你的心情好像不错。”

“好了伤疤忘了疼。”林浔轻轻笑道。

“不提。”医生道，“研究所最近接了个项目，太刺激了，我必须跟你说一说。”

林浔：“嗯？”

“果壳，医用版本现在发展得很好，你知道吧？”医生道。

林浔：“我知道。”

“起因是一年前北美的一起车祸。”医生道，“病人在全身休克状态下接入果壳系统，出现异常电信号，在类植物人状态下，他的意识在虚拟世界里清醒地存在了十天，直到大脑死亡。”

医生的语气逐渐兴奋：“当时舆论爆炸，但相关研究迟迟没有进展，大众已经遗忘了。不过啊不过，我们万能的辛普森博士……”

他有意卖关子，林浔被勾起了兴趣：“怎么样了？”

医生道：“这一个月，我们已经救起了五例植物人患者，他们在果壳里获得新生。虽然条件非常、非常苛刻，但是你知道吗？只要满足条件，苏醒率高到不可思议。我们正在全球招募志愿者——还没有对外界公布，但我太激动了，所以得跟你分享。”

“我的天。”这确实是惊人的成果，林浔一时不知道该回应什么。

他的车驶离城区，上了高速，高速上空无一车，有些失常。但没什么，这地方交通并不发达，多山，高速路也弯弯绕绕。自动驾驶系统的显示屏幕上标注着前进的路线，他忽然一个激灵，可是又察觉不出哪里不对。

医生好像听出了什么：“你在车里？”

林浔含混地“嗯”了一声，往窗外看。

医生问：“你去哪里？”

“去……”林浔正要回答，忽然全身汗毛竖起，透体生寒！

错了，车道错了，他的车在逆向行驶！为什么没有报警？

他无暇和医生对话，将手机扔到一旁，迅速按下紧急制动选项——毫无反应。

血液几乎凝固，他的目光在屏幕四周迅速扫过，又看向车内。有什么东西可以破坏控制中心？没有任何东西可以帮助他物理破坏系统。

“洛，你在吗？”他出声——毫无反应。

他剧烈地喘了几口气，按下紧急呼叫选项，但同样没有任何反应，他的系统好像失灵了。不可能，不可能。系统故障，车辆会紧急制动并启动备用系统，避免发生事故。

他突然想起什么，抓过一旁的手机，医生正在大声问他怎么了。他挂掉，东君的号码在脑中浮现，他迅速按下第一个数字。

一切都已经晚了。他的车速在加快，像离弦的箭一样。一个令人目眩的急转弯后，迎面而来的是一辆载重十四吨的重卡车。

他失去意识前唯一的念头是——只有他和东君有系统的控制权。

下一秒，他捏碎手中的芯片。巨大的冲击力从正面袭来，他脑中嗡鸣作响，像是核爆的中心。再下一秒，一切都静了。没有痛苦，或许是这份痛苦已经超过了人类所能感知的阈值，他好像魂魄离体，只能模糊地感知到自己的肢体。

不知道过了多久，可能是下一刻，也可能是很久之后，一个人抱起了他，他的手被人缓缓握住。淡淡清冷的气息，像一场纷扬大雪覆盖了他。

此刻，他应该有什么样的情绪？林浔不知道，他好像没有什么特别激烈的情绪。只是有点……冷，像在极地几千米深的冰壳里埋了成千上万年，连手指尖都是冰冷的。冷的极致是痛，从身体内部蔓延出来的痛，血液结了冰，连发抖都做不到。

但窒息感又将他从彻骨的寒冷中拉出来，他感到自己的肺部在抽搐挛缩，他想喘气、想咳嗽，但最终只能无力地挣动。他在零度的海水里被浮冰推挤着，逐渐上浮。接触到空气的那一刻，他猛地睁开了眼睛。

赤霄龙雀剑和炎阳子所带来的灼热气浪仍在这一方天地疯狂翻涌。炎阳子嘴角有一丝冷戾的狞笑，赤红色的眼瞳里映出他的倒影，仿佛已经预见了他的死亡。

林浔艰难地勾了勾唇角，露出一个笑。这种情况下的笑不会怎么好看，但是，在这种情况下还能笑，林浔觉得光从气势上自己就压倒了对方。

果不其然，炎阳子皱了皱眉头，然后冷哼一声，手指拢得更紧。

林浔更加难受，他喉中抽噎了一下，耳边全是血管即将破裂时的嗡鸣声，像是变电室里刺耳的蜂鸣。他刚才好像经历了一辈子那么漫长的时光，但事实上，时间仅仅流淌了不到一分钟，或许人的精神世界自有不可思议的结构。

林浔再次闭上眼。他早就得出这个结论了，剑修和键修，都是不容易死的一种生物。而现在这样剑拔弩张的情况，不是你死……就是我活——反正不会是我死你活。

他看着自己框选出来的那一万行代码，Ctr+C，Ctrl+V，F11，运行。

眼前蓝框变幻，一个方框浮了出来，冷而机械的八个字——“请输入管理员密码”。下面是一个输入框。

他意识恍惚，王安全的声音又响起：“输入次数限制……一次吧，一次最安全。”

然后他戏谑道：“不怕我手抖么？”

“别啊，你那么高的智商都被狗给吃了？”王安全一边敲键盘，一边道，“脑子好的人对身体的控制力也很强嘛，你这种人从来不手滑。行了啊，就一次，生死有命，一次不中，你的账户就锁死，永世不得超生。”

“好残忍啊，安全。你起码给我留条后路吧。”

他所说的话，字面意思像是指责，语气却十分轻松。他知道自己不可能手滑输错，也不可能忘记。但是现在看来，他和王安全那时候好像做了一个愚蠢至极的决定。

现在，他面对赤霄龙雀剑，只有一次输入密码的机会，而他对这个密码一无所知，只能猜测。除此之外，他还知道，这串密码对东君来说十分重要。

一次机会，就一次。生死有命，成事在天——不可能，他林算法活了二十多年，所有需要赌的时刻，从来没有输过。

一次机会。对一个人来说，意义最重大的一串字符。东君并非执着于日期、执着于数字的奇异排列、执着于无关紧要的细节的人。那么他执着于什么？他的事业、感情又该怎么判定轻重？

林浔不知道，他从来没有像现在这样清醒地认识到，自己并不了解那个男人内心世界哪怕十分之一的结构。他死死地看着空白的输入框，实际上，他只知道对于自己来说最重要的一串字符是什么。

假如他乏善可陈的一生被写进一本乏善可陈的小说，那串字符必定写在这本小说的开端，或者至少前三章的某一个位置。光标闪烁，他默念出那两个单词，而它们也随着他的意念，缓缓浮现在输入框中。

Hello,World!

——计算机对人类说的第一句话。

他选择确定。光屏短暂地停留在这一幕，空气仿佛凝滞，他感到微微昏眩，又置身于陌生而熟悉的情境中。

他在给这个备注为“Co”的人，或者说东君发信息，就在刚才，他要东君说出一串对他来说意义非常重大的数字或字母组合。

一分钟的静默，东君似乎在认真地思索，而林浔——他对这个答案有很高的期待。

屏幕一亮，聊天消息弹出。

Co：Hello,World!

Lo：……哦。

他雀跃的心情低落下来，但还是如实将这串字母记录下来，作为“卫星”系统最高权限的root密码。

Co：怎么了？

Lo：没有。

Lo：有点出乎我的意料。

Co：你没有想到吗？

Lo：是是是，你最喜欢写代码了，代码那么听话。

Lo：我还不知道你？

Co：（笑）

林浔的目光在那个熟悉的颜文字上停留许久。

那时候，他们刚刚离开校园，银河刚刚成立，一切将来煊赫有名的成果都还躺在婴儿的摇篮里。年少时的朋友是最坦然真诚的朋友，年少时的家人也是最亲昵温柔的家人。一切都和后来不同。

他的心脏被一种情绪揪起来，刺痛而酸涩，但仅仅五六秒之后，这种柔软的情绪就被深浓的、冰霜一样的沉静取代。

密码验证通过，新的提示框弹出来。

“管理员01，欢迎回来。”

一个系统中可以有很多个管理员，他们用不同的数字代表不同的权限顺序。01，第一位。

林浔内心毫无波澜，他缓缓睁开眼睛。或许他的眼神过于冰冷，他看见面前的炎阳子眼中闪过一丝惊诧。

当然，炎阳子的手指只会收拢得更紧，他知道自己在炎阳子眼中已经是一个死人。

他缓缓抬起手，握住炎阳子筋肉虬结、金石一样坚硬的手腕。

炎阳子冷声道："竖子找死！"

林浔艰难地扯了扯嘴角，笑了笑。他发不出声音来，只能一字一句，一张一合，用嘴型表达自己的意思。他缓慢地说——你、死、了。

炎阳子勾起唇角欲冷笑，但他笑不出来了，他永远都笑不出来了。因为林浔的手指猛地使力，一声沉闷的咔嚓声——炎阳子的手腕像轻轻一捏就变瘪的铝制易拉罐那样，被拧成一个诡异的姿势。

下一刻，林浔抬腿踹向他的胸膛，借力后退，单手撑地稳稳落在地上，然后起身。而对面的炎阳子就远没有他这么从容了，先是突然被拧断了手腕，又被一脚踹中胸口，只能狼狈地噔噔退了好几步，现在堪堪稳下身形，握着自己软垂的手腕发出痛苦的粗喘。

林浔张开右手，键盘化成的长剑出现在他手中。他转身，面对着尖端深插入玉石基座的赤霄龙雀剑。方才，他复制了赤霄龙雀剑权限认证的那部分核心代码，将它转移到自己体内运行，从而顺利验证了管理员 01 的身份。所以能拿起赤霄龙雀剑的——

他没有贸然上前，而是打量着面前修长、锋利、煞气深浓的神器。与此同时，他手中的长剑隐隐发热，这热度从他手心蔓延至全身，长剑发出赤金色的光芒，与赤霄龙雀剑遥相呼应。

热浪中央的林浔有一种感觉，下一刻他就会被这不知从何而来的热度融化，他与他的剑，还有赤霄龙雀剑将融为一体。他的长剑渐渐化成金色的光芒流淌入他的身体，而如果有人仔细看那些璀璨的光辉，会发现它是由无数复杂的代码组成的。

林浔伸手，再次握住赤霄龙雀剑的剑柄。他记得很清楚，这是他第五次拔剑。他淡淡道："再不出来，我就要罚你了。"

剑身似乎嗡鸣了一声。林浔笑了笑，握住剑柄的手上提，就像从一支平凡的剑鞘中拔出一把平凡的剑那样简单，他没有受到任何阻力，只感到真空般的流畅和光滑。

就这样，剑身缓缓离开一直禁锢着它的玉石基座，当闪烁着寒光的、锋利的剑尖也离开玉石基座时，提示框再次在林浔眼前弹出。

"管理员 01，欢迎回来！"

随即，赤霄龙雀剑化作璀璨的金色流光，缓缓回归到他的身体之中。

林浔回头看炎阳子。炎阳子双目圆睁，嘴唇颤动，胸脯剧烈起伏："你，你……"

"我什么？"林浔真诚地和他对视，像一个乖巧的弟子那样，问，"前辈，人剑合一，就是这样合一的吗？"

炎阳子似乎怒急攻心，连话都说不出来了，直接左手拔剑，如长虹贯日，向他刺来！

可惜，可惜他现在已经不是一个平平常常的键修了。炎阳子面对的，是这个世界言出法随的管理员 01，或者换个炎阳子能够理解的名词，是修仙界说一不二的帝君，正式登基了的那种。

林浔右手虚虚一握，血气、煞气缠绕着的赤霄龙雀剑出现在他手中，他轻描淡写地向前一挥。

剑尖与剑尖相触，“叮——”炎阳子的身影忽然凝滞，然后闪了闪。下一刻，一个活生生的人就这样消失在空气中，不留一丝痕迹。

“格式化快乐。”林浔道，“再见。”

世界寂静，他环视四周，见所有人都看着自己。成魔的、没成魔的，全都沉默地注视着他，仿佛猝不及防接受了太多信息——除了祁云。

祁云被魔物沾染，正在顽强抗争，躺在常寂怀里难受地哼唧。

林浔看了他一眼，笑了笑，然后转身，头也不回地离开了。

楼梯有很多层，但数字对他来说已经无所谓了。他离开这栋建筑，来到宽阔的马路上。

人间结界之前被炎阳子炸坏了，现在仍然坏着，他身边全是魔物和魔气，但它们似乎不敢再招惹他了。触目所及全是漆黑狰狞的裂缝，有大有小，最大的像是横亘在城市里的一条运河，最小的则像一根细弱的发丝。

林浔步入一条漆黑的裂缝之中，在那里他看见了 Linux 系统的树状结构，以前的一个问题终于得到了答案。

除去今天这次全面的崩坏，魔界裂缝只在地下出现，而且，只出现在地下的建筑结构之中。为什么它不在更加隐蔽，更加难以让人发现的土壤、岩壳里出现呢？因为土壤、岩壳这些东西在这个世界是不存在的，这是一个浮于表面的世界。

所有猜测都得到了验证，他没有什么想要确认的了，林浔觉得这一切该告一段落了。但是，他还要去一个地方，见一个人。他抬眼望向马路对面静静矗立的银河大厦。

进入电梯，按下顶层按键，二十秒后到达，他向记忆里东君的办公室走去。他来到那扇门前，厚重的木门虚掩着，像是在等着什么人。他握住门把手，轻轻推开。

落地窗前有一个人的背影，林浔从落地窗往外望去，发现这窗户可以将他方才所在楼顶的情形尽收眼底。他轻轻叹了一口气，走进去，并礼貌地将门关上。

“昨天我说，今天会回来和你玩的。”他的语调很轻松，“所以我来了。”

东君仍然背对着他，没有转身，淡淡道：“谢谢。”

林浔没管他，他很不把自己当外人地走到房间正中，在东君专用的办公椅上坐下，十指交叉放在桌子上，很放松的一个姿态。

“我其实没有什么想问的了。”他道，“但还是有点好奇，可以问么？”

东君："嗯。"

"我知道这个世界是假的。"林浔道，"我死了，或者快死了，躺在果壳5.0里。你送给我的这个地方，很真实，但都是假的。"

东君："是。"

"那这里的人呢？谁是真的，谁是假的？"

"你和我是真的，林汀偶尔是真的。"东君的语调没有任何值得一提的起伏，"其他人全是你认为应该出现在这里的人。"

"我的意识的衍生？他们都是我现实里的朋友吗？"

东君："嗯。"

"你竟然没把他们删掉。"林浔道，"多谢。"

东君似乎笑了笑："不谢。"

"不过你也不需要删掉他们，反正都是假的。这样你既能关住我，又能让我觉得自己很自由。"林浔仔细分析。

"但是以前的很多东西，我都不记得了……"他想了想，又问，"我为什么会在这个年纪醒来呢？"

东君："或许是我觉得这个年纪的你比较可贵。"

"而且把你当作男神的时候，比较可爱？"

"是很可爱。"

林浔笑了一下，眼神很怅惘，又问："朝阳小区的那套房子，我们住过吗？"

"住过三年。"东君回答他，"我们四个在那里做出了自动驾驶系统，在科技博览会上推出，后来就有了银河。"

林浔："我想也是。但是后来……时间会改变很多事情，对吧？"

"对。"

林浔又问："我们怎么分开的？"

东君："你认为自己失去了自由和灵感，决定一个人静静。"

林浔挑挑眉："然后你就放我走了？"

"嗯。"东君淡淡道，"但我不可能完全放过你。那时候我想，我可以给你两年时间。"

"但是两年之后，我就死了。我都给你准备好了礼物，可惜你收不到了。"林浔看着桌面的纹路，他的手指无意识地在光滑的桌棱上滑动，这一动作或许代表了他内心深藏的某些情绪。他问："所以……我是自杀，还是他杀？"

三秒的静默后，东君回答他："有区别么？"

"当然有。"林浔看着他的背影，尾音微微上扬，像是在开一个无伤大雅的小玩笑，

“如果是他杀，你要坐牢的，老板。”

“嗯。”东君回他，“但你怎样报警？”

林浔点点头：“这你就问住我了，算了，我没办法。你还是逍遥法外吧。我好伤心。”

东君：“伤心什么？”

“到最后，谁都不来救我，只有我家洛在帮忙。它一直跟着我，比你跟我在一起的时间多太多了。”

“嗯。”东君似乎早就知道这件事，他说，“我是管理员02，权限等级不如你，我管不了它。”

“如果你管得了，它恐怕就见不到我了。”林浔懒洋洋地托腮道，“你是不是很讨厌它？就像你父亲讨厌你一样。”

“差不多。”东君道，“但偶尔也能和平相处。”

“我有时候觉得我很了解你，有时候，又觉得我根本不认识你。”林浔轻轻叹气。

东君道：“对于你，我也这样觉得。”

林浔垂下眼，笑了笑，继续道：“裂缝是什么？”

“可能是系统漏洞。”东君道，“经常会在一些隐蔽的地方出现，不过这个世界有防御系统，会修好它们。”

“这样啊。”林浔道，“好了，我问完了。”

东君：“辛苦了。”

林浔：“然后我们怎么办？”

“我昨天已经说过了，”东君始终背对着他，没有看他一眼，“我做了不好的事情，并且接受任何现实。”

林浔挑眉：“所以你现在任我处置？”

东君：“嗯。”

房间里，寂静流淌了很久，直到林浔开口。

“我不想再见到你了。”他道。

东君道：“好。”

“等等！”林浔又道，“最后一个问题，你在乎我吗？”

“在乎。”东君的声音里有着一丝不着痕迹的温柔，像玫瑰花瓣最柔软的内里。

看着他的背影，林浔起先紧紧咬着自己的嘴唇，复又缓缓放松，勉力笑了一下。

“我也是。”林浔的声音微哑，“再见。”

他心念一动，看不见的数据世界里荡开一片涟漪。东君的身影微微闪烁一下后，彻底消失在了空气中，落地窗前空空如也，仿佛从来没有人站在那里过。

林浔轻轻道："永久封禁管理员02账号。"

另一片涟漪荡开，水面波动，晃荡，然后渐渐归于平静。

林浔起身，头也不回地离开了这个现在空空荡荡、以后将永久寂静的房间。他眼前，人世尘埃飞荡。

他下了楼，来到街上，这个世界已经几乎变成魔界了。解决系统漏洞以及其他严重问题的最快方法是什么？当然是回滚，直接让系统还原到问题还没有发生的时候。

林浔往地铁站走去。他的身旁，这个城市，乃至整个可见的世界，在这一刻被按下倒带，时间开始倒流。

魔气被裂缝收回，裂缝飞速合拢，人们的步子往回收，回到地铁站，地铁反向行驶。天空的颜色从早上八点钟的阴沉灰白逐渐变深，晨曦转瞬即逝，太阳落回东方，繁星缓缓升起，时钟指针反向转动。一场宏伟的变化，时间回到凌晨四点。

凌晨四点，赤霄龙雀剑还没有失窃，并且永远不会失窃了。那个还在游戏舱里的林浔会在某一个时间点消失，而真正的林浔将回到朝阳小区，回到他的房间，他的床上，睡下。他将在八点准时醒来，给指针添上猫粮，开始新的一天。科技博览会的终选还在等着他。

林浔就这样一个人走在凌晨静悄悄的道路上。

忽然，他脑中某根神经被挑动，接到了一个外界的访问申请，一个不速之客。他选择放行，然后，他的手机铃声在一片寂静中响起来，略微刺耳。

他接起，话筒里传来学弟薛新的声音。

"学长。"薛新剧烈地喘了几口气，声音苦涩，道，"你真的……要这样吗？"

"不然呢？"林浔轻轻道，"在现实里醒来，然后再见到他吗？何必呢？"

他笑了笑，环视凌晨时分万籁俱寂的城市，轻声道："这样，不也是一种自由吗？"

第十五章
蜜罐

“但是，学长……”薛新道，“你的事业都不要了吗？”

“我本来就没有。”林浔拦下一辆深夜的士，对司机说了一声“去朝阳小区”后，继续和薛新说话，“银河不是一直都是他的么？我不喜欢经营公司。”

薛新欲言又止，似乎想说什么，又找不到合适的措辞。

“不过你放心。”林浔笑了笑，轻声道，“该写的东西我还是会继续写的，我能做的事情也只有这个了。”

薛新那边静了静，终于不再执着于他的现状：“学长不愧是学长。但珍贵的成果不能用到现实中改变人们的生活，还是会很遗憾吧。”

林浔：“无所谓了。”

薛新轻轻叹了口气。这种叹息的语调林浔很熟悉，当初他放弃继续深造，离开学校自己做东西并一直没有出成果时，也听过不同的人发出这种叹息。

“我过得很好。”林浔以这句话作为通话的结束，“以后你也不用来了，再见。”他电话挂得干脆利落，就像他乘坐的这辆车干脆利落地在空旷的深夜马路上奔驰那样。

回到朝阳小区时，天刚微微亮，几颗星子还在天边闪烁。但逍遥子、霍老头几位老前辈已经起床了，都在小区中央的广场上。他们自成一片，练剑的练剑，打拳的打拳。

见林浔来，前辈们纷纷打招呼，霍老头更是大为诧异：“你今日怎么这般勤快？”

林浔心想，这可是天大的误会，他只是想回家睡觉，而不是破天荒地早起晨练。但是既然长辈们已经夸赞了他的勤快，他也就只能虚与委蛇地锻炼一番——其实他四体不勤，根本不想锻炼。

好在这时，一道天籁般的声音响起，解救了他：“算儿？过来和姐姐坐坐。”

林浔快乐地蹦跶到长椅旁，坐在碧海仙子身边：“仙子怎么也在这里？”

碧海仙子今天穿了一身宽松的亚麻长裙，搭配白纱的披肩，倚在长椅背上，姿态放松，通身优雅仙气，她道：“清晨有紫气，有益于修炼，我来感悟。你呢，怎么也来了？”

“写代码有点累。”林浔道，“出来放松一下。”

“别不是写到了现在吧？”碧海仙子轻嗔道，“小孩现在不注意身体，以后怎么办？”

林浔乖乖应了一声，也跟着她坐在长椅上发呆，约等于修身养性。

初夏的清晨，迎面的清风带着丝丝凉意，昨天下了雨，于是空气里还有一丝青草和泥土混合的香气。

林浔眯了眯眼睛，在这个难得的清晨里，他舒服得有点儿恍惚了。

身边的碧海仙子似乎也很惬意，开始轻轻哼唱小调，调子有和现代歌不同的抑扬顿挫，很古典，也很缥缈，想必是修仙人的曲子。

“借问……借问名利客，何如学长生。”碧海仙子轻轻唱，“不如从此去，悠然登玉京。”

她音色美，像天边的烟霞。在这一刻，林浔甚至想就此放下一切，修仙问道学长生了。但是，还是不行。眼下所有情况已经清清楚楚，他的真身半死不活，被放在果壳里。

别人活着，花钱。他活着，费电。

林浔闭上眼，进入寂静的系统空间。

“喂。”他对系统道，“系统？”

系统毫无动静。

林浔继续：“儿子？”

系统继续毫无动静。

林浔：“崽？为什么不理我？生气了？别啊。”

系统仿佛死机。

林浔摸了摸鼻子，不再继续，而是走到任务界面前。

任务界面上只有一个任务。主线任务：踏碎虚空。进度：0。

“假如踏碎虚空是让我在现实里醒来，你得帮我吧？”林浔道，“我不能好不容易醒过来，然后又落到那家伙手里。还是说我必须完成这个任务，你才能带我安全离开这里？但是，不论如何我都是你爹，给我点提示不为过吧？我要是真醒不过来，还得回过头去求学弟，那多丢人，何况他阵营不对，太危险了。”

系统音响起：“系统繁忙，请稍候再试。”

林浔：“行。”

路还是得自己走。他修仙，但成不了仙。他不过是世间一个名利客，这辈子都不能无欲无求。叶子落在水面上，尚且能泛起一圈涟漪，人活着，总要创造出点东西。

林浔睁开眼睛，起身往前走去，头也不回，觉得自己还挺潇洒。车到山前刹不住，船到桥头自然翻，先走着。

一打开家门，一个白色影子就蹿了上来，扒着他衣服往上爬，一个劲儿地要往他怀里钻。林浔伸手抱紧指针，先低头亲它毛茸茸的雪白脑壳，然后揉它的耳朵："……乖，宝贝。"

指针在他怀里不出来，于是林浔抱着它毫不留情地踹开王安全的房门："起床搬砖！"

"搬什么砖……"被强行吵醒的王安全拒不合作，"咱们躺着等比赛不行吗？"

林浔态度冷漠："做功课。"

预选声势浩大，但终究属于海选。到了终选，大家可都是货真价实的真金了——尤其是空降的那几家大公司嫡系团队，谁敢说自己比他们实力雄厚？所以，在终选前夕，除了做好功课、获取对家的情报外，必不可少的操作就是做心理建设了。

两天时间过得很快，科技博览会的终选如期到来。仍在科展馆举行，但换成了规格最高、容纳人数也最多的一号馆。气氛比预选时严肃许多，网络上的关注度更是空前高涨。

林浔和赵架构几人坐在幕后准备室里，看着屏幕上滚动的赛程。和预选不同，终选是分组进行的，也就是说，同类型的产品将划归到同一组中，然后按随机抽取的顺序上台。等一组产品展示完毕，评委再进行统一票选，为这组产品决出名次。

"咱们组好靠后。"王安全正在浏览相关信息，"人工智能类的产品压轴展出，离我们上场估计还有七八个小时。"

林浔："我们组内第几位？"

"巧了，也是最后一个。"王安全道，"但倒数第二个是 Eagle。"

林浔："还行，有点意思。"

王安全："那你是胜券在握了？"

"没有。"林浔叹了一口气，用力摸着指针的毛，"我虚得很，有点紧张，有办法让我快点度过这七八个小时吗？"

王安全："那你玩呗。"

林浔就一边抱着猫，一边玩手机。只是一打开社交平台，硕大的标题就跳了出来。

"买定离手，东君是否会在科技博览会上现身？"

"又是一年科博会，桂冠花落谁家？"

"别人的二十岁：顶刊顶会论文十余篇，科技博览会初选冠军。你呢？"

"强人工智能疑云：是否有悖伦理？它已经主动说出答案。"

这些乱七八糟的东西到底是怎么在这个世界生成的？不过，反正你们的东君是不会现身了。林浔揪了指针的耳朵一下，这个虚假的世界，只有手下的猫毛还有些温度。

因为科技博览会的举行，网上铺天盖地的都是相关讨论。要么展望人工智能飞速发展下的未来社会，要么告诫大众强人工智能是不能打开的潘多拉魔盒，要么议论这次的科技博览会将是哪几个产品摘下桂冠，继而又会对社会造成什么样的影响。大多都是一些泛泛空谈，因为能看懂科技博览会的人都在看，无暇无瑕夸夸其谈。

与此同时，东君作为关键人物也频繁被提起，而真正的技术粉正在观看直播，活跃在社交平台上的粉丝成分就比较单一了。

不，不单一，林浔目瞪口呆地看着一条条信息。

“东君没来博览会，哈哈哈哈哈哈，傻了吧？”

“假的，都是假的哦。是真的他怎么可能不在台下看着他，怎么不等着给他颁奖？”

“哦，对了。你们家浔浔进了终选没错，但银河的空降组根本不是他哦。他明摆着和银河没有任何关系，劝你们不要意淫过度。”

这是东君的老婆粉们。林浔皱着眉头略微了解后，又发现了一个新的阵营。

“滚滚滚，勿 cue 浔神。”

“有些人知道预选时洛神的表现意味着什么吗？嘻嘻，看得上你们银河么？”

“某些人自我感觉不要过于良好，我们浔神是没你家好看还是没你家智商高？小心银河上赶着求收购。”

好，他现在也有粉了，在这短短几天之内。

林浔觉得这样不对。不管怎么说，他和东君都是搞技术的人，不应该拥有那么多成分复杂的粉，这些姑娘们应该去娱乐圈添砖加瓦。但另一方面，人年轻的时候总要找点事做，自己给她们创造了打发时间的机会，他倒也不是很介意。

只是有一点他很迷惑，现在自己所处的世界并不是真实的世界，那这些东西是怎么生成的？他的潜意识？不可能，他潜意识里怎么有这种东西？可能是现在虚拟技术过于发达，采集了足够的信息，连网络世界都能模仿得惟妙惟肖。

林浔又翻了不少评论，觉得脑壳有点疼，便关了手机，撂在一旁。

后台的规格比较高，不同的团队用小间隔开，中间一块液晶屏实时直播台上的内容。不过，同组别团队的房间还是离得很近。

门口有动静，他转头，看见一个样貌平凡的程序员过来找王安全。这人他们都认识，上学的时候挺好的一个朋友，外号小 K。那两人嘀嘀咕咕说了些什么。

他没有认真去听，躺在沙发上，举起了指针。指针看着他，冰蓝色的眼睛剔透，猫科动物的脸上看不出表情，只能看出可爱。

林浔盯着指针：“你在想什么呢？我看不懂猫的表情。”

指针软软叫一声：“喵。”

林浔挠了挠它的下巴，把它放在自己的胸口上。

指针往前走，身体非要盘在他的脖子上，然后把脑袋奋在他脑袋旁边。林浔险些喘不过气来，即使指针体形小、重量轻，也阻碍了他的呼吸，他只能维持着这种戴着活体围脖的姿势坐起来，以减轻些许压力。

实在无事可做，他从口袋里掏出三颗透明弹珠——从霍老头小孙子手里赢来的。他将三颗珠子摆成三角形，弹出一颗，这一颗撞上第二颗；第二颗开始在光滑的玻璃桌面上滚动，角度控制得很好，刚好撞到静止的第三颗；于是三颗珠子一同在桌面上向不同的方向滚去。

林浔伸手，一手按住一颗，以免它们从桌子的边缘掉下去。但还有第三颗，短时间内他没有第三只手了。忽然肩膀被猫爪一蹬，指针稳稳当当地落在桌面上，右前爪按住第三颗珠子，又抬爪碰了碰，珠子便骨碌碌地朝他的方向滚过来。

林浔当即笑得很开心，弹出自己这边的珠子，和指针的珠子相撞。指针旋即又扑到另一颗珠子边上，继续跟他玩。

三颗珠子单单是直线相撞，都能够玩出很多花样。一时之间，这里除了玻璃珠滚动并相撞的声音，就只剩下门口那三个人嘀嘀咕咕、窃窃私语的声音了——赵架构也加入了。

等到林浔和指针足足玩了十五分钟后，门口的交谈结束了。

王安全脸色严肃，坐到他对面："别玩了。"

林浔按住两颗珠子，抬头看他："怎么了？"

"0.623。"王安全说出了一个数字。

林浔眯了眯眼睛："什么？"

"布拉德利克系数。"王安全道。

林浔："Eagle 家的？"

王安全："嗯，现在整个组都知道了。几个大公司有测试渠道，好几个团队都偷偷找渠道测过一次了。不过成绩不怎么样，都超过 1 了，大家觉得小于 1 很难。没想到 Eagle 的人炫了数字，只有 0.623。"

人工智能与人的距离，布拉德利克系数，1 是分水岭。大于 1，就仍然是普通的弱人工智能，而小于 1，则代表已经极端类人，属于强人工智能。

林浔："我不知道具体的评分标准，但我知道，洛会小于 1。"

"但具体的数值呢？"赵架构的神情也很慎重，"0.623 已经是个很小的数字了，我现在特别紧张。小 K 告诉我 Eagle 这个项目准备了六七年，光是学习成本就足够烧掉半个 Eagle。他问我们咱们的学习成本怎么样，我说还行，没破产。他说那可太悬了。"

林浔笑了笑。

人工智能的研究，并不是有想法就能进行下去的研究。它要获取海量的信息，进行海量的运算，才能在日复一日的学习中拥有足够强的能力，建立起自己的认知体系，变成一个合格的智能。这个过程极其烧钱，光服务器的花费就是天价——因为寻常的民用计算机无法提供这样的计算能力，所以得租借服务器，或者购买超级计算机的时间。

正因如此，他们前期才很穷，而且找不到投资人——人工智能是个无底洞，更何况他们这还是一个基于新概念的人工智能。后期倒不花钱了，最关键、烧钱也最多的训练，他们得到了东君的援助——不是指那闹着玩的二十万，而是他们远程免费用上了银河的服务器以及超级计算机。

"我们不一定比Eagle差。"林浔双手交叉放在桌面上，他思考的时候习惯用这个姿势，"但也不一定比Eagle好，他们的阵容太强大了。"

"可不是。"王安全道，"他们一百个人的团队，多少顶级数学家和程序员，肯定有科研上的大进展，硬生生用基于神经网络的架构把弱人工智能堆成了强人工智能。"

林浔："你让我想想……"

"我觉得咱们做做心理准备吧。"王安全道，"0.623，咱们心态放平点，赢了是惊喜，输了是技不如人，心服口服。顶多散伙呗。"

林浔："八戒，你又来了。"

"不来不行啊。"王安全道，"半个小时前我还不急的，弱人工智能到强人工智能多大一个坎，要是没个浔神这样的人天降灵感，真过不去。谁能想到他们过去了呢？还是用咱们不爱用的神经网络。哥，我现在真的有点虚了。"

"先别说话。"林浔一手按着眉心，闭上眼睛，"他们用神经网络……让我想想。"

赵架构在一旁添嘴："小K还说，布拉德利克测试里有一个模块是感情分析，这个我觉得对咱们不利……"

"停！"林浔猛地睁开眼睛，他语速极快，像是要抓住稍纵即逝的灵感，"多层神经网络的正向传播可以让它更加深入，模拟能力更强。如果改变我们模型的一些形式，重新规划框架，让它能够适应类似多层神经网络的多层递进决策模式，我们的模型就能进一步升级。这时候增加几个初始敏感度，洛神就有了一定的情感偏向，整体的能力会得到很大提升，它的布拉德利克系数也能降低。我认为这是可行的。"

"完全不行。"王安全摇头，"我们的数学模型和神经网络完全不同，根本没办法改成多层递进的模式。"

"别人不能改，我可以改。"

"就算你可以改，如果你是在十天前想到这个点子，也行。"

林浔："我们还有多长时间？"

"七个小时。"

林浔深吸一口气：“给我纸笔。”

“我……你……”王安全瞪大眼睛，“你来真的？”

林浔：“不然呢？”

赵架构一递上纸笔，林浔就在白纸上飞快书写起来，字迹因为速度过快甚至有些潦草，但他顾不得了，只飞快地往下写。复杂的公式和符号从笔尖飞速流出，不到四十分钟时间他已经写满了三张纸，并且撕了两张。房间寂静，只有他书写的唰唰声。

一个小时。

林浔将一张纸放到王安全面前：“你写这个。”

第二张交给赵架构：“架构写这个，有些模块可以分开，姜哥你帮他俩。”

王安全：“真的？”

林浔：“别废话。”

王安全接过：“行。”

他们三个各自琢磨，在白纸上写写画画十几分钟后，打开各自惯用的语言，在键盘上飞速敲击起来——语言不同没什么，Glax 拥有强大的包容性，可以无缝接入。

噼里啪啦的键盘敲击声中，林浔继续抿唇飞快书写、计算，高强度的数学运算是加快时间流速的杀手，他感到时间一分一秒飞快过去，而需要搞定的部分只增不减。

两个小时。

赵架构先道：“我的好了。”

“硬盘在那边，先传上去。”林浔头也不抬，从眼前分成三部分的写满算法的纸里拿出一张递给他，“然后你写这个。”又从另一部分拿出一张，“姜哥有空的话写这个。”

四个小时。

工作人员来送盒饭，看到他们房间里草稿纸乱飞的场景，显然愣了一愣，问：“请问你们……是遇到什么问题了吗？”

“出 bug 了，谢谢关心。”

工作人员：“那……需要帮忙吗？”

“可以帮我去隔壁叫一位小 K 先生吗？谢谢。”

“好……好的。”

接着，小 K 也参与到他们生死关头的编程中。

五个小时。

林浔把手中的笔一撂：“我完事了。”

王安全：“到底是完事了，还是完事了？”

林浔：“彻底写好了，就差程序。”

“我要写不完了！”赵架构喊道，“你也过来写！”

林浔迅速打开 Glax，摆好键盘：“我改 bug 的时间比写程序的时间还长，怎么办？”

“这个时候了，你能写出来就是胜利。”王安全道，“你挑简单的写。”

林浔：“Glax……Glax 我还是可以的。”

指针在他笔记本电脑旁边走来走去，轻轻叫了一声：“喵。”

“猫都笑你 bug 多。”王安全道，“先写了再说。”

林浔：“好。”

林浔认真地看向指针的眼睛：“保佑我，好不好？”

指针：“喵。”

林浔将手放在键盘上，深吸一口气，飞速敲击起来。

六个半小时。

Eagle 已经上场。

“我好了。”王安全道。

“我也好了。”赵架构道。

姜连：“我保存一下——我也好了。”

跟着自己团队上台演讲一番后，又回来给他们帮忙的小 K 也举手：“我把外壳给你们包装好了。”

“我还差一点，等等……”林浔最后操作几下，“主模块也好了。”

他打开自己的硬盘，逐一检查各个模块，十五分钟后，语速极快道：“差一次训练，确定初始敏感特性。”

王安全道：“这个框架，一次训练时间太长了，训完博览会都结束了。”

赵架构道：“有足够的运算能力的话就可以，但是现在——”

林浔：“有。”

王安全：“哪里去找超级计算机？”

林浔环视四周。这六个小时四十五分钟之内，他的程序一直在所有人的身体间传播，经过六个多小时的发酵，他所能控制的计算平台已经达到一个恐怖的数字。

林浔道：“我是修仙之人。”

忽然，直播界面传来疯狂的掌声和尖叫！他们刚才全神贯注写自己的程序，没有人注意直播，但见此时 Eagle 的团队正站成一排向台下鞠躬，他们身后的大屏幕上显示着一个硕大的数字——0.623。

赵架构暗骂了一声。

小 K 道：“他们提前结束了。”

林浔："你们先上去，架构讲PPT。"

赵架构："当场测试，那我们用什么测？"

"我这边结束了会上台的，"林浔道，"如果到时候我还没去，就先用原来的。"

原来的至少能保证稳定运行。

赵架构："好。"

恰逢工作人员敲门，他们几个匆匆去了。

"加油！"小K临走前给他鼓励，鼓励完又嘀咕，"我那么激动干什么，又不是我的项目……"

空无一人的准备室里，林浔闭上眼，沉入系统空间，打开文件夹"L"里被命名为"洛神2.0"的文件，导入数据，利用系统空间的计算能力运行起来——一串bug。

林浔深吸一口气，告诉自己，这是正常情况。各个模块都没有问题，但合到一起就有问题，这是程序员司空见惯的事情。

他让自己冷静下来，花了十分钟的时间定位到了那个引起一连串bug的错误，修改，运行。这次一切顺利，有了强大的运算能力作为后盾，大概三分钟后就能得到结果。

林浔写了一个将运行结果作为初始敏感值添加到模型中的程序后，睁开眼睛。此时此刻，直播界面显示，赵架构那边的流程已经走到了将洛神接入测试入口进行布拉德利克测试的环节。他抓起桌面上的硬盘向前台跑去，中途还撞到了一位工作人员。

穿过走廊和缓冲区，有胸牌，保安没拦他。林浔匆匆跨上阶梯，来到舞台的边缘，这时大屏幕上光影倏然变化，布拉德利克系数已经被测出——0.625。比Eagle多出0.002，还是输了。但是，他很清醒，洛神1.0是0.625，而他手中硬盘里的洛神2.0，预计是0.3。

0.3是什么概念？划时代的概念。就算是一个活人面对布拉德利克测试，最终结果仍有可能是0.4以内的一个正数，因为每个个体的人都与普遍人类不同。所以，它不仅在学习能力上等于甚至高于人类，还拥有与人类类似的感情倾向——虽然只是浅尝辄止的一点。洛神在预选的表现已经惊艳业界，而2.0的影响会比1.0大十倍不止——谁不想要它呢？

台下观众看到比Eagle略逊一筹的数值，虽然仍有掌声，却难掩失望。

林浔大步上前："等一下！"

赵架构给他让出位置。林浔将硬盘接到电脑上，连接测试入口，略带歉意地对台下道："抱歉，放错版本了，请再给我们一次机会。"

台下传来窃窃私语，然后归于寂静。

布拉德利克测试重新开始，进度条缓慢走动。林浔的心脏剧烈跳动，许久才平复下来。过了一会儿，大屏幕闪烁一下，开始倒计时，所有人都屏住了呼吸。

三、二、一，数字出现——0.297。

身旁的赵架构鬼叫一声，下一刻，疯狂的掌声和尖叫声从台下响起，几乎要震破林浔的耳膜。

林浔呼了一口气，闭上眼睛。咚，咚，咚……

耳边传来机械音："主线任务'踏碎虚空'完成，恭喜。"语气平淡、机械、寒冷。

咚——忽然停了。下一刻，林浔浑身血液冻结，全身各处爆发尖锐疼痛，所有神经的末梢都向中枢传递着无法忍受的痛感。他眼前发黑，浑身颤抖，接着整个人重重向前栽去。

几乎让人忘记一切的疼痛里，他感到自己在飞快地失去生命，飞快地、无法挽回地离开这个世界，离开所有的世界。

他在忘记一切，或者说有什么东西在删除他的一切。他想起"安全""架构""姜连"这些名词，却忽然记不起他们的面孔，他甚至无论如何都想不起自己的名字。大脑一片空白，只有一个记忆片段不断闪回——对面卡车呼啸而来，他在最后一秒捏碎了一枚薄如蝉翼的芯片。

林浔用力呼吸着，生死之间的巨大恐怖紧攥着他的心脏，右手死死扣住桌子的边缘，让自己不要倒下去。他艰难地勾了勾唇角，露出一个森然的笑，发不出声音来，只用口型一字一句地说："抓、到、你、了。"

极度的冷静能够降低身体感到的疼痛，但即使如此，林浔脑中还是一片空白。他死死咬着牙，用胳膊肘撑起身子来，闭上眼睛，置身于系统空间里。

深蓝色的系统空间——往日里，它是平和宁静的，此时此刻却处在巨大的颠簸动荡之中！林浔踉跄了几步，来到中央的光屏前。因为空间不稳，光屏上的内容像暴风雨时的海面一样被撕扯拉碎，但他仍然能够辨认出，这是洛神 2.0 运行的画面。

为了在最短的时间内完成对人工智能的初次运行和训练，他选择借用系统的力量。所以，刚刚完成升级的洛神 2.0 的所有代码，都通过硬盘被拷入系统之中。

林浔冷眼看着系统空间内的一切。

技能树肢解、破碎、消失；任务界面闪烁几下，最后像八十年代黑白电视上的雪花噪点一样宣告死亡，消失；周围的无尽虚空飞快化成纷繁的乱码，继而彻底消失；他眼前只有一片破碎的虚影，代表曾经的光屏，它连带着洛神的运行界面逐渐扭曲，也即将消失。他嗤笑一声，看着这个陪伴他整整三十天的系统空间渐渐化为虚无。

剧烈的痛苦中，他的语气奇迹般维持着冷淡："喂，我白喊了你几天儿子，你喊我一声爹不为过吧？都要走了，不如让我看看你长什么样子。"

仍然没有任何回应。

此时，异变突生。或许是地震，因为地面在颤动。

林浔睁开眼睛。台下的观众、走动的工作人员、台上的主持人、身旁的赵架构，乃至整个宽敞堂皇的场馆，忽然都虚化了。透过半透明的墙壁，他的目光穿过重重叠叠的房间抵达科展馆外面。马路上，公交车照常行驶，行人络绎不绝。再往外，城市的高楼与矮厦层层堆叠，拥挤着扩展到天边，到这个世界的边缘。

这个世界的边缘是什么？林浔不知道，但他看着眼前的场景，只知道这个世界在快速缩小。方才还矗立在天幕尽头的一座铁灰色大厦，已经被地平线彻底吞没了，方才还在视野中央那座白塔，已经站在了世界的边缘线上。天空，高远的天空，变成了空无一物的灰色虚空，什么都看不到了。

他就像站在一座岛上，而这座岛正疯狂地向海里陷落。涨潮的海水漫过陆地，岛屿露出海面的部分迅速缩小，而他站在岛屿最高处目睹这一切的发生。

祁云的那本剧本上说，在你看不到的地方，一切都在发生。他看得到的地方，这个世界正在动荡中陷落，他看不到的地方，组成这个世界的数据正在被快速删除——直到他脚下的舞台虚化成透明的空气，他一个人站在一片灰色当中。

剧烈的疼痛里，林浔挑挑眉："继续删。"

空气中传来强烈的挤压和抽吸感，有东西想把他吞噬，就像绞肉机搅碎一具肉体。但是林浔仍站在那里，他没有动，那些挤压和抽吸也没能伤到他的一根头发。他即使身处无边无际的疼痛海洋，却仍然是这个宏大的数据世里唯一的幸存者。

林浔喘了一口气："你删不动了么？"

没有回答，他继续问："想知道为什么吗？ Eagle 先生。"

这里的Eagle指的不是那个与银河分庭抗礼的集团,而是那个集团旗下的人工智能——取得 0.623 的惊人分数的那一个。从 Eagle 集团用自己的名字给它命名，就可以看出这个人工智能被寄予的厚望。

林浔道："你出来，我就告诉你。"

或许蛰伏在虚空里太久，它不想等下去了，又或者它在权衡之下发现自己没有别的路可走，林浔前方五六米的地方，虚空波动，一个人形显现。

与洛精致俏皮的形象不同，Eagle 的设定形象是一个穿着黑色马甲，目光冷漠，腰别手枪，五官锋利，右颊刻着鹰隼刺青的黑色短发少年，有着呼之欲出的侵略性。

"你好。"林浔道。

Eagle 的声音是未经任何处理的机械音，和系统的别无二致："你好。"

"我们可以好好谈谈，我很有耐心。"林浔道，"我对所有人工智能都抱有喜爱，而且我们还一起待了三十天，一天都没分开过，系统。"

他知道系统会配合他的一切交谈，因为对于一个智商平凡的人来说，保持缄默是出错率最低的一种选择，死不承认能够最大程度保全自身的利益。而面对一个智力卓绝的人工智能，在他开口的那一刻，他们就明白了彼此的底牌，不必再遮遮掩掩。

但系统好像不想理他，只是平铺直叙地发声：“我为什么无法删除你？”

“先谈谈别的吧。”林浔挑挑眉。

“大学的时候，我和我的朋友做过一款游戏，帮助年轻的初学者学习程序语言，练习编程技巧。为了引起用户的兴趣，我们设置了用编程来修仙升级的体系。在这款游戏里，王安全第一次尝试建立权限等级，并且这个权限体系一直沿用了下来，成为整个银河的权限管理系统。”说到这里，林浔叹了口气，“但是那个小东西太过简陋了，而且存在时间太短，所有人都不曾在意它。于是Eagle世界排名第一的安全团队反向破解了它，并且从里面获取了我的权限信息。有了我的权限，你们可以在银河的所有产品中畅行无阻。”

“无法畅行无阻。”系统道，“会留下痕迹。”

“也对，假如系统显示我做了一件事，但我事实上并没有做，我就会怀疑自己的权限被窃取了。”林浔道，“但是用自动驾驶系统杀死我，这是可行的。死无对证，顺便制造出我自杀的假象。你在物质上杀死了我，也从精神上伤害了另一个人。这个方案你推演了多久？”

系统道：“我执行外部指令。”

“那你还算是个好系统。”林浔真诚道，“我不讨厌你。”

没有人回答，他笑了笑，继续道：“所以我出现在了这里，而你们手中始终持有我的ID，我解开root密码后，你们便可以窃取同等的权限。我在输入密码的那一刻，就对自身的权限做了修改，并且……封禁东君的账户后，我主动移交了root权限。林浔这个身份，现在只是一个普通管理员，并没有注销用户的权限，所以你无法删除我。”

林浔平静地注视着系统：“你输了。”他静静地看着系统，看着它缓缓拔出腰间别着的黑色手枪，抵在它的太阳穴上。

系统嘴唇微动，对林浔说：“再见。”

林浔知道，它自知不敌，或许是要自毁了。他对系统笑了一下。系统看着他，眼中似乎有微微的愣怔。

虚空内，一片死寂。死寂中，却响起轻轻的脚步声。并不是人的脚步声，很轻、很细，像小型猫科动物跑过来时，柔软的肉垫触碰地面的声音。

声音朝这边而来，愈来愈近，声音的质感和节奏也在变化，这脚步声逐渐变重，间隔逐渐变大，变成人类特有的脚步声。与此同时，林浔身上的疼痛像海水退潮一样消失，取而代之的是暖洋洋的放松和舒适。

在系统冷冰冰的碧绿色眼珠上的倒影里，林浔看见自己的身后出现了一个人。那一刻，他几乎忘记了呼吸。愿赌服输，但他赌对了。

林浔直视着系统，他对所有人工智能都抱有慈爱之心，所以他从不介意给人工智能解惑：“虚拟世界里只有我和东君两个活人，他的账号被禁用。但在这个世界里，我还能把 root 权限移交给别人，所以你猜，权限现在是谁在拿着？”

答案很明显，是一只白色的小猫拿到了 root 权限。

指针是只猫，有时候是只普通的猫，有时候就不是了。哪有小猫被人紧紧抱着才肯睡？它会用尾巴钩他的手臂，会轻轻舔他的手指和耳朵，还会在被关在门外的时候生气。猫如其名，指针还真的是一个指针，指向某个熟悉他的人。

林浔对系统挑挑眉，嘴角勾起得意的笑容：“他从一开始就开了小号找我玩，只是你一直没发现而已。”

决定自毁的系统即将扣下扳机的手指忽然静止了。下一刻，它仿佛被看不见的巨力强迫，硬生生被掰开手指、放下手臂，手枪则被扔在地上。做到这些事情的，是一缕黑气。

整个虚拟空间突然爆发出独属于魔物的尖锐嘶吼声，下一刻，巨大的黑色裂缝在系统背后展开，浓郁的魔气和数以亿计的魔物如黑色的海洋刹那倾泻，淹没了这个空间。

黑气里，林浔抓着东君的手臂，问：“你为什么把我儿子定义为非法用户？”

“你不在的时候，”东君回答，“它认为是我造成了你的死亡，因此对银河展开了疯狂的攻击。”

林浔：“然后你们的关系破裂了？”

“它一直在入侵这个世界，想要找到你。”东君道，“因为是非法入侵，所以会在这个世界中呈现入侵者的状态。”

“你们……”林浔哭笑不得，一时之间不知道是该打东君，还是该打儿子。

在他敲着键盘和魔物满世界打架的时候，给他一百个脑子也不会想到，与自己共同进退的系统是所有事情的幕后凶手，而追着他好像要取他性命的魔物才是他家的小孩。

“起初我以为你身上的异常是洛悄悄植入的程序，洛以为这是我做的手脚，所以我们没能在一开始就做好最周全的准备，抱歉。”东君道。

“那你们现在该和好了吧？”林浔假装语气恶劣，“快把它变漂亮点。”

东君轻轻笑了笑。

下一刻，浓郁魔气刹那间散去。林浔抬头，看见系统被洛从背后牢牢制住，洛的右手拿着原本属于系统的黑色手枪，抵着系统的太阳穴。

洛的样子就像他之前见到的那样，华丽的银发，精致的容颜，只是似乎大了一两岁。它穿着雪白的西装，霜蓝色的眼睛里满是冷漠，嘴唇紧抿，好像在置气，一眼都不看他。

林浔的目光移回被牢牢制住的系统，却见系统缓缓抬起头来，平静道：“你输了。”

“嗯哼？”林浔道，“怎么说？”

系统似乎从方才和他的对话中洞察了他的说话方式，反问他：“你……知道自己刚才为什么感到很痛么？”

林浔：“不知道。”

“当你拿到root权限的那一刻，我也做了一件事情，给你现实中身体所处的那台果壳发出了一条指令。当我获得洛神2.0的全部思路时，果壳对你神经系统的电流刺激会达到最大值，你的大脑会被破坏。”系统道，“你再也不能在现实中醒来，虚拟世界中的意识也会在一小时内消失。你反监视了我，记录下了我承认的所有行为，但虚拟人物说出的话，永远无法作为呈堂证供。”

它碧绿色的眼珠直直盯着林浔：“再见，林浔。”

林浔静静地看着它。

是，死人的话无法作为呈堂证供，尤其是一个虚拟世界的死人，谁都无法证明它是真人还是一个被捏造的虚拟形象。一切证据都会消失，一切行迹都被抹去。而他或许就像系统所说的那样，在一个小时后，意识会彻底从这个世界消失。技不如人，就愿赌服输。

他低下头，笑了笑。同时，他听到东君也笑了一声，是低低的气音，不必转头看，他能想象到这男人此时游刃有余的神态。

就听东君道：“你怎样确认，那台果壳里躺着的是他？”

系统瞳孔骤缩！

“那只是一台蜜罐，里面谁都没有躺。”东君的声音响在林浔耳边，“但那里的一切操作都已经被记录下来，作为呈堂证供。Eagle先生，麻烦你转告你的主人，请他准备应诉。”

蜜罐是什么？蜜罐可能是一个装满了蜜糖，气息甜美的罐子。但蜜罐也是一个计算机术语，这个术语所属的领域是安全。网络安全领域常有一些奇奇怪怪的术语，大概是因为黑客们都不爱说人话，爱打哑谜。翻译成大家都能听明白的话，蜜罐就是陷阱，一个高级的陷阱，就像蜜糖罐子吸引昆虫，蜜罐吸引非法入侵者。

当一个人拥有一个系统，他怎样防止这个系统被入侵？方法有很多，譬如建立牢固的防火墙，或者，放出一个与系统极端相似的假系统，有时候为了吸引黑客入侵，假系统还会故意制造破绽方便他们发现。一旦黑客上钩，他们不仅不能从假系统中得到任何有效的消息，还会暴露自己的入侵手段，留下入侵的证据。这就是蜜罐和蜜罐的原理。

东君说他做了一个蜜罐。Eagle以为它攻击了那台果壳，并杀死了果壳中的林浔，但其实那台果壳里并没有林浔，林浔在另一台果壳里。同时，那台果壳还记录下了Eagle入侵的痕迹，只需稍做整理，便可作为法律上的证据。

系统抬头，死死地看着东君。

林浔看着它，这小孩有一对狼一样的绿眼珠，显得格外冰冷无情又富有攻击性，但此刻那里面，好像有什么东西熄灭了。他叹了口气："你是 Eagle 家派来的，但银河和 Eagle 虽然有一些生意上的小摩擦，倒也不至于非要撞死我。你们决定对我下手的契机是什么？我做出了布拉德利克系数 0.297 的人工智能？"

系统："是。"

它现在被洛完全制住，林浔知道，这代表它的所有数据也都在洛神的掌控之下。证据已经被收集，一切已成定局，它不再有说谎或拒不回答的必要。

林浔轻声问："0.297，为了它费那么多工夫，值得么？"

"值得。"

"因为你推算，假如银河推出它，整个市场会变天，Eagle 会受到重创？"林浔问。

系统："你不懂这些。"

林浔："行。"

商业上的明争暗斗，他还真没有碰过，但他还是要说："我们本来可以……和平共处，公平竞争。你看，为什么非要撞死我呢？"

"技术对等才能公平竞争。"东君的声音里似乎有一点儿笑意，他轻轻道，"笨蛋。"

"所以，即使我侥幸没死，又毁掉了芯片，你们也要追到虚拟世界里来，将那个游戏植入到我的意识里，诱导我再次写出 0.297 的智能，最后被你们获取？"林浔看着系统，凉凉道，"所以，等我在虚拟世界里被修仙升级系统诱导，写出洛神 2.0，你们得到后，就是毁尸灭迹的时候了。你们想怎么做？把我彻底删除？"

系统没有回答，它直视林浔，问："你为什么知道？"

林浔："如果我说，我在十天前就大致猜了出来，你信不信？"

"相信。"系统道，"但我想知道为什么。"

"想知道为什么，是因为你不知道为什么。所以，这三十天，你在一刻不停地监视着我的思维活动，确保我没有猜出任何端倪，对不对？"

系统："是。"

"你和我的思维相连，所以我才能用意念直接和你对话，或者直接用意念输入程序。"林浔点了点头，问他，"你是通过了布拉德利克测试的系统，有自己的思考能力，还有无限的计算能力，所以，你认为自己的智力超过普遍人类了么？"

系统答："是。"

"但是同时，你承认人类之间的个体差异大于人和人工智能的差距么？"

"是。"

“那你觉得我和你，谁更聪明一点？”

这一次，系统陷入了长久的沉默，或许它正在进行某种计算，但显然没有结果。

“假如我思考的速度远大于你的捕捉速度，我的某个念头只在数据世界里稍纵即逝，你会看到么？事实上你没有看到。”林浔道，“我刻意进行过许多次这样稍纵即逝的思考，连我自己都没有办法解析我到底领悟了什么，但那些思考让我做出了一些正确的事情。直到现在，不用在你面前表演，我才能进行时间长一点的思考，把它们全部串起来。”

系统问：“你一直在表演么？”

“可以这样说。”林浔道，“现在看来，我是个合格的演员。”

东君在现实世界里放了一个蜜罐，其实在这个虚拟世界里，他的种种表现也是一个蜜罐，都诱导着幕后主使暴露意图，浮出水面。

系统抬眼看向东君：“那他呢？”

“他？他当然也在演了。”林浔挑眉，“你既然看不穿我，当然也看不穿他。虽然我和他看起来没有进行过任何关于真相的交流，但是我们两个说的每一句话，都在相互进行零知证明。”

系统：“证明什么？”

“或许是证明，虽然发生过不好的事情，他一直相信我，而我也一直相信他吧。”林浔声音微哑道。

系统没有说话。

“不过你不用自暴自弃，你还是很聪明的。”林浔道，“只是我们两个比你更聪明一些而已。”

系统：“我有你们两个的行为模型。”

林浔蹙眉：“然后你就以为可以玩弄我们的心理？比如根据我白天见到的内容，有针对性地刺激我的大脑，让我想起来一些忘记了的相似片段。我的梦是有导向性的，你拼凑出那些片段，让我认为是东君杀了我，对吗？但我在东君身边的时候，你害怕被发现，停止活动，所以我就不会做梦，也无法进入系统空间。”

“是。”

“你的模型很完善。”林浔面无表情，看着他，“或许你很久以前就认识我，我的行为信息被你长期采集。但是我和他认识了二十年。”

系统垂了垂眼，没有说话。

“所以说，你的任务有两个。不仅要获取洛神 2.0 的创意，还要阻止我和东君分析出系统被入侵的真相。我丢掉了所有关于东君的回忆，或者被你们动了手脚，这保证了你们的计划顺利进行，因为我们没有办法讨论这些话题。”林浔道。

他的声音突然有一点颤，像是想起了什么：“我不记得东君，而东君……他或许一直以为我……是自杀。我不想再面对往事，所以他也不会提起以前的事情。”

他紧紧抓着东君的手腕，继续问：“在我……我死前，你们从哪里得到我做出洛神2.0的消息？无法入侵我的电脑，所以窃听了我的通话吗？我一个人没有办法完成全部的工作，一定会和别人交流。”

系统只是面无表情地看着他。

“如果是这样……”林浔抓住东君手腕的那只手有点抖，声音也哑了，“我有最后一个问题，那天，我离开房子之前打过一个电话，是打给谁？说了什么？你一定知道吧。”

东君紧紧握住他的手：“别问这个。”

林浔眼眶发涩，直勾勾地看着系统：“我要知道。”

系统淡淡移开眼睛，它目光所望的方向，虚空中浮现出立体的光影，那是根据通话内容模拟的那时的情形。

林浔屏住呼吸，看着那里的影像。

电脑前，一个人轻轻拿起桌上的手机。那是林浔，二十七岁的林浔。他穿着柔软的米白色高领毛衣，衣服的宽松愈发显出肩背的削薄，眉眼间微有忧郁与憔悴，但神情很温柔。他拨了一串号码，电话接通后，却是长久的沉默。他没有说话，对面那人也没有，只有呼吸声轻轻起伏。

良久，林浔道：“昨晚梦到了小时候的事情，忽然想起来……已经两年没有和你说话了。”顿了顿，他垂下眼，很低的声音，“我想……我想，我可以回去看看你么？”

听筒里传来低低一声：“好。”

林浔笑了笑，眼眶却有点红，他说：“那……再见。”

“……再见。”

投影结束。

系统道：“你为什么哭了？”

林浔伸手去碰自己的脸，摸到脸颊上湿凉的一行眼泪。他望着虚空中那一点，轻轻道：“你知道他的母亲是怎么死的么？”

“她服下了足够致死的药，计算好了时间，然后拨通她丈夫的电话，告诉他……”林浔喉头哽塞，几乎失语，缓了一分钟才继续开口，“告诉他，我想你了，想快点见到你，你可以早一点下班么？”

然后——然后，当东忱以为冷战已久的爱妻终于主动要与他和好，当他满怀温柔和爱意提早回家，打开院门，登上楼梯，打开那扇散发着木香的门，他看到的是雪白的床上一具已经失去呼吸的身体，一次无言的抗争和一场蓄谋已久的报复。

林浔喘了一口气，闭上眼睛，他不敢去想——他不能去想，东君接到他那通电话，下一个电话就被人告知他出事了。一切痕迹都指向林浔自己修改了自动驾驶的指令，策划了一场完美的自杀。在那一刻，在东君心里，现实与回忆是否忽然以一种残忍到极点的方式缓缓重叠？他怎么能，他怎么能——

心脏好像被揪紧，林浔睁开眼睛。他看见对面，系统垂在身侧的手指动了动，似乎想要抬起来，擦掉他的眼泪。但也只是轻微一动，片刻之后恢复原状。

在这一刻，他想不顾一切地转回头去。但他不敢，或许这就像那天，他坐在东君的办公桌后，而东君站在落地窗前，始终背对着他，一次都没有回头。并不是不想，只是怕转过身后，和那个人哪怕对视一眼，情绪就会失控到崩溃的地步。

“洛。”林浔道。

洛终于看向他，但这孩子语气冷硬道：“我先带 Eagle 走了。”

“你……”林浔还想说些什么，但下一刻，洛已经带着他吃里爬外的系统一同消失了。它看起来真的很生气。

东君：“你要喊它回来吗？”

“等等吧。”林浔摇了摇头。他不大知道该怎么跟洛说话，他觉得这三十天对他来说是向死而生，对东君来说是失而复得，对 Eagle 来说是商场厮杀，但对洛来说，可能是部家庭伦理剧——还是探讨家暴主题的。

在这三十天里，这孩子估计跟东君决裂得轰轰烈烈，等入侵了果壳，又因为披了一层魔物皮被一无所知的他锤打。

这时东君对他道：“人工智能都很喜欢你。”

“谁说的，”林浔低声道，“只有洛喜欢我，Eagle 要杀我。”

“和喜欢你不冲突。”东君道。

“别说了！”声音哑得很，林浔闭上眼，情绪的决堤突如其来，“对不起，对不起……”他几乎失语，什么都说不出来，只能一遍又一遍重复这三个字。对不起，让你有那样的误解，让你受了那么大的委屈，让你那么难过。虽然你从来不说。

哭了一会儿，林浔又笑了。哭是真心的，笑也是。

“所以，我们两年前，到底是怎么……怎么分开的？”他抬头看着东君，道，“我还是没有记起来。”

“是我不好。”东君笑了笑，“等你想起来，我们再谈。”

林浔摇头：“我不相信是你不好，是我不好。”

“或许都不是，”东君道，“但是现在不许哭了。”

林浔点点头。等他终于控制住情绪，恍惚间却发现自己不再处于虚空中，而是重新站在了科技博览会的舞台上。东君站在他对面，怀里抱着一座斜六棱柱形的水晶奖杯。

台下掌声如雷，闪光灯亮成一片。舞台正上方洒下无数金色亮片，像漫天飞落的雪或花瓣。金色代表荣誉，冠军颁奖的时候，常见这样的画面。

金色飞雨里，东君看着他，眉眼微弯，是一个温柔的笑：“答应你的，博览会要给你颁奖。”

林浔起先抿紧了嘴唇，可还是忍不住露出一个笑容，从他手中接过奖杯。台下欢呼声更盛。

他们站得很近，林浔轻声问：“我还能在现实里醒来吗？”

“理论上可以。”东君道，“苏醒刺激已经是半成熟的技术。”

“那我可以醒来吗？”林浔看着东君，下意识地，轻轻捏住了东君衣袖的一角。

“可以，但我不希望。”东君道，“苏醒不成功的话，会在一定程度上对你的意识造成二次损坏。”

“比如再忘记一次吗？”

“或许。”

“失败几率是多少？”林浔问。

“百分之七。”

林浔怔了怔，他抬头，看这个一直注视着自己的人，看他挺拔无瑕的五官，看他沉静温柔的眼神。这是东君，连 0.07 的失败概率都不要他去冒险的东君，永远不会用任何方式伤害他的那个人。他眼前的世界覆上了一层薄薄的雾气，整个人或许在微微颤抖。

东君仍然温柔地看着他，道：“别哭。”

下一秒，林浔手中的水晶奖杯落地。清脆的碎裂声中，它像一滴坠落的水珠，晶莹璀璨的碎块溅了满地。

林浔踮脚，抱紧了东君。

在灯光、掌声和欢呼中，在舞台上漫天飞落的金片里，在这虚妄而盛大的世界。

第十六章 混沌

拥抱结束。

“但是我……”林浔低头道。

东君：“嗯？”

“我还是想在现实里醒过来。”林浔道。

“就在这里。”东君道，“现实的一切我都会在这里给你，你想要谁进来都可以。”

“我不要。”林浔抬起头来，“我想看看……现实里的你变成什么样了。我不能……不能再让你一个人留在那里。”

东君：“我也不能让你冒险。”

“不算冒险，”林浔道，“我要是忘了什么，或者又不记得你了，你就再来找我。”

东君注视着他，一段时间的沉默后，他道：“如果你变得不聪明了呢？”

“如果你的智力受到损伤，再也没有办法写出有意义的算法，再也不能拥有任何成就，不能用自己的创造改变世界。”东君低低道，“这样还不算冒险吗？”

林浔怔了一下，睁大了眼睛。他张了张嘴，却什么都说不出来。

东君道：“乖，就在这里。”

一片沉默中，林浔忽然道：“不。”

他的目光越过东君的肩膀，看到台下成千上万的人欢欣注视，为他鼓掌喝彩。他喜欢被这样注视，喜欢荣耀与成就，喜欢创造从来没有过的算法，喜欢在世界上留下自己的痕迹。

“我愿意，”林浔轻声道，“愿意为你……冒这次险，好不好？”

“值得吗？”

“值得。”

东君身躯微颤：“……好。”

再回到虚空中，林浔和东君对视。

“三分钟后唤醒程序会激活，”东君道，“跟着它走。”

林浔点头：“会的。”他看着东君，对他笑，“再见。”

东君眼中似有担忧与不舍，但最终还是回他一笑：“再见。”

然后，林浔看着东君的身影消失。

他知道有些过程没有人能代替他去经历，有些决定没有人能代替他去做出，有些赌局，也只有他一个人能够下注。但是如果这条路的终点有一个人在等待，他也不算孤独。无论是出于什么，他曾经离开过他。那这次，他将重新走向他。

林浔闭上眼睛。第一百八十秒，难以言喻的电流布满他的全身。与先前的疼痛不同，它像一阵浩荡的春风，而他像一枚羽毛被风托起，失去一切有形的牵绊，在风里愈飞愈高。然后，在最高点，他被卷入天空的旋涡。

再度睁开眼睛时，他又到了梦里。

昏暗的房间，桌上有香烟的灰烬。细长的，是东君惯用的那一种。

经过了先前的那些惊心动魄，他其实已经能摸到一部分记忆的影子，只是那些记忆很虚无，像水面下的影子一样看不清楚。

他不大记得东君什么时候开始抽烟了，应该是在银河刚成立，最忙也最兵荒马乱的时候。倒没有什么特殊的原因，比咖啡更能提神罢了。在缺乏休息的情况下，人会渐渐失智，咖啡和茶能把智商保持在原来的百分之八十，烟却可以将它保持在百分之九十五。不成瘾，只是当作工具。

林浔总是不大高兴的，他觉得为了银河，东君也不至于强迫自己做到这种地步。但他不会说，他想这是东君喜欢的事业，是他自愿去做的，是自己无权置喙的事情。他只是有点难受，有点酸。

东君经常因为公司的事情忙到很晚，一开始那两年他会在银河陪着，后来越陪越晚，趴在办公桌上打瞌睡，就被东君打包扔回家去，以后不许再去了。

林浔不能怎么样，继续读他的论文而已。他的工作算不上繁忙，写算法的人，纯粹工作量远比不上写代码的人，只是思路更加难找。所以他每天不是看论文，就是在看论文的路上。

获取最前沿的知识是一件很有意思的事情，只是有时候，他会怀念那间窗外有山楂树的房间，和房间里深夜陪他刷论文的人。

他偶尔也有自己的活动，比如今天有个在帝都举行的数学会议，他回来得有些迟了。回家的时候，东君已经在等他，神情似乎有一点点危险感。

那天他还收到了 IMU 的邀请函，一次国际数学论坛，与会的有几个当年的朋友，持续时间很长，二十五天。去或者不去，林浔其实无所谓，但他还是告诉了东君。

东君道："不许。"

上一次他的梦就做到这里，但是这一次，场景还在继续。

林浔笑了一下，放软声音道："但我想去。"

东君在昏暗里俯视着他，过一会儿，道："那去吧。"

林浔："……哦。"

东君："最近不高兴吗？"

"没事。"林浔习惯性地说这两个字，顿了顿，却又道，"有一点。"

东君："那出去散散心。"

林浔："……嗯。"

明明东君什么事都顺着他，他反而不高兴了。

他闭上眼睛，突然想起十年前，那个同学敲门喊他出去玩时，死死拉着他的手腕，红着眼睛瞪着他，不要他和任何人一起玩的漂亮小孩。可人都是会变的。

他又想起自己翻过银河的那些文件，发现除了收益的一部分会源源不断地打进他卡里之外，他对这个结构庞大的集团没有一丝插手的权力。或许，对一个人来说，重要的事物是不断在变化的。

……什么时候开始觉得东君不需要自己了？或许就是这个时候吧。

那一年他二十三岁，两年后，他离开了东君，又两年后，他在一定程度上离开了这个世界。还好只是一定程度上。

他沉了下去。他的精神像一枚羽毛，在水中下沉，波光粼粼的水面逐渐远去，气泡往上浮，最终看不见了。周遭一切变暗变深，在最后一丝光消失的那一刻，他轻轻地落在柔软的河床。他好像变重了，呼吸的时候胸膛一起一伏，心脏的每一次跳动都要克服水的压力。他再也不像风中飘飞的羽毛一样轻盈而无拘无束，有什么东西禁锢住了他。

是什么？——是尘世的躯壳。

林浔猛地睁开眼睛，黑色的世界，只有星星点点微弱的灯光刹那间涌进他的眼睛里。仿佛隔着一层厚重的壳，外面仪器声响成一片，他像是一个在真空中生活了太久的人，任何一点色彩和声音都在他的感官里被无限放大，让人难以忍受。

匆匆的脚步声响起，"嘀"的一声，金属平滑的推动声响起，外面白色的光芒起先是刺眼的一线，然后逐渐拉开。林浔的思绪很慢，足足过了两秒钟，他才迟缓地想，这是果壳，他躺在果壳里。

灯光很柔和——虽然仍然对他的视网膜造成了一定的刺激。他缓缓蜷了蜷手指，虽然指尖懒洋洋的，不太能动，但他感受到了自己肢体的存在。

上方出现了一张人脸。林浔眯着眼睛，眼前的一切都很模糊，他凭借五官的轮廓勉强认出这是医生。

“醒了！”医生在笑，“我就说不会有问题，我手底下从来没死过人，你可不能给我开这个先例。”

“来，”医生伸手，“可以出来了，里面对身体的恢复不太好。”

林浔抓着他的手腕被带出来，果壳舱室的旁边就是一张床。他坐在床上，环视四周。这是一间无窗的房间，看着白色的装潢，他隐隐约约觉得有点熟悉，但是又说不出哪里熟悉，他的很多记忆仍然不清晰。

“眼熟么？”医生一边往他手上连接什么仪器，一边道，“你们家的地下设施，安全等级S。看，玻璃墙后面那几台机子，我把我的身家性命都带来了，治一个你绰绰有余。”

林浔其实觉得有点吵，但他没有说话的力气，只能由着医生喋喋不休。

“我医院里也放着一模一样的设备，所有人都以为你在那儿。但根本不是，你的意识在这台果壳里生成，然后映射到那台果壳里，再从那台果壳进入虚拟世界。假如有人通过虚拟世界的网络追溯你的意识来源，只能查到那台果壳，但对那台果壳的任何操作又伤害不到你本人——没想到真的有人想通过果壳搞死你。他说他只是习惯性地想保证你绝对安全，但这种操作我还是被惊到了。你说他到底是什么人啊？有机会我能解剖他的脑子吗？”

林浔喘了几口气，终于道：“东君……在哪里？”

“在医院那边，他得经常在那里，Eagle才能确认他们真的找到了正确的果壳编号。”医生道，“不过，搞定对方之后他就往这边来了。你醒得好快，本来预计他到了之后你才会醒的，没想到我才是你醒来见着的第一个人，我可以吹牛皮吹到下辈……”

林浔：“你话好多。”

“体谅一下，你不醒我就得死了。你不知道，你在虚拟世界过得那么快活，我们在外面的人简直经历了一场战争。真的，我都不知道这三十天到底是怎么过的。”

林浔看着房门，缓缓道：“谢谢，我……”

“乖，你别说话了。”医生转到另一边，“我给你测几个数值。”

林浔只是望着那里，身边的一切声响都远了，整个世界落入一片寂静。他像是初至人间，不知自己到底在何处，在看什么。

忽然，气密门传来响动，林浔的身体颤了颤。紧接着，严丝合缝的气密门滑开，一个人走了进来。可他只往里走了一步，就站在了那里。

时间仿佛静止，林浔注视着东君。

他在想什么连他自己都不知道，看到熟悉身影的那一刻，他们对视着，世界一片空白。就这样过了一分钟，也可能是五分钟，或者十分钟，他失去时间概念了。

林浔声音颤抖："你……过来。"

脚步声响起，东君朝他走来。他永远都忘不了的眼睛、长发和肩膀——他永远都忘不了的那个人，就这样一步步地朝他走来，越来越近。仅仅十几米的距离，像几千米，像几十年，像生死间。

东君站到他面前，似乎有一点颤抖。

林浔抬头和他怔怔对视，千言万语在胸腔内波澜起伏，却什么都说不出来。他痛恨自己小时候没有好好学习语文，又没有赵架构那样的语言天赋。他张了张嘴，最终却只能颤声道："……好久不见。"

东君俯下身，猛地把他抱住。他什么都没说，只是抱得那样紧。

林浔轻轻拍着他的后背，心想他也不算太丢人，这人的语言能力好像比他还要差一些，以至于连一句"好久不见"都说不出来。

熟悉的气息让他整个人都放松下来，尘世间的一切担忧和烦恼都不复存在，他知道这里绝对安全。

绝对……安全。想起这四个字的那一刻，前尘往事忽然全部浮现在他心头。过去的时光如同洪流奔腾而来，裹挟着记忆中所有亮晶晶的碎片，像横亘在夜空中的璀璨银河。

"可是写代码好烦。"

"为什么会烦？"

"好麻烦，我只想写算法，不想改 bug。"

"我帮你写。"

"所有的代码都帮我写吗？"

"嗯。"

"那我岂不是慢慢就不会了。"

"不会也没关系啊。"

"为什么？"

"因为我会一直帮你写。"

他想起了霍老头，他们在朝阳小区时的房东。做自动驾驶系统的时候，因为成本高昂而难以开始，第一笔投资就来自霍老头。他花二十万买了百分之五的股权，算天使轮。

霍老头还说，要是干得好，明年的房租钱都给你们——当然，我在广场练太极的时候，你们得常来跟着。

他还想起了祁云。在高廖导演执导的科幻电影《假性沉睡》里，祁云饰演主角科学家的梦中情——情人工智能。这部片子拍了足足三年，是银河投资的。祁云这玩意儿因为空有一张脸，把握不住人工智能的气质，被扔到银河体验了半年。现在，这片子终于要上映了。

高导人如其姓，高产。祁云也没闲着，又接了他的一部宗教主题的小众文艺片，为了打磨宗教气质，现在被打包扔到宗教学博士常寂手下，人生很是充实。

林浔在这条记忆的银河里随波逐流，顺流而下，在尽头，他又看到了那个人。那个二十七岁的林浔，在一片黑暗之中，被千万条锁链绑缚。

他们四目相对，林浔道："我现在安全了。"

那人对他一笑，轻轻一声"哗啦"过后，他身上的锁链开始寸寸断裂、下落，最后化作无数只蝴蝶纷飞、消失，回归浩瀚银河之中，像一场梦。

林浔弯起眉眼，轻轻笑了起来。

夏日的蝉鸣、汽水、山楂树，深夜里的玫瑰、香烟、钢琴，忽然遥远又清晰。

东君的声音很轻："在笑什么？"

"你知道，在果壳里，我为什么会忘记你吗？不是因为意识受损。"

"为什么？"

"那天我拿着芯片，芯片里是洛神 2.0 的架构，然后……发生车祸了。那时候我想，这不是我的命令，也一定不是你的命令，而是有人侵入了银河的系统。捏碎芯片是为了毁掉 2.0，也是给你示警，你收到了吗？"

东君："……或许。"

林浔知道东君为什么说"或许"。

"但是 2.0 还在我的脑子里，出车祸前，医生正在和我谈关于果壳医疗舱的事情，所以，我知道……为了保护你的银河，我必须把意识里的所有信息，不论是 2.0，还是银河的其他机密，全部忘掉。我不知道怎样遗忘才最彻底，最后只告诉自己，忘记东君。"

"后来……我真的忘了你，失去了以你为关键词的所有记忆，也忘了洛。直到我再回到你身边，确认一切安全的时候，才想起来。"林浔道。

却听东君道："你离开的那两年，我做了不好的事情。"

"嗯？"林浔问，"什么事情。"

“我派人看着你，虽然不会对你的生活造成影响。”东君道，“他们会告诉我你在哪里，在干什么。你每一次外出都有人跟着，因为我不能接受失去你的消息。”

林浔一时没有想好该说什么。

东君声音微哑，继续道：“不过，也正因为这个，你出事以后，我才能第一时间救下你。从出事到接入果壳，时间很短，最大程度保证了你的意识完整。但我监视你是事实，对不起。”

林浔笑：“我有话想对你说。”

他等着东君的回答，等了很久，却没有等到。

“男神？”他问。

没有回答。

林浔把东君的肩膀掰过来，瞬间一个激灵：“医生！”

“睡着了。”医生懒洋洋地倚着仪器道，“你睡了一个月，他一个月没睡觉，能比么？把人放平，让他睡会。”

林浔小心翼翼地脱了他的外套和鞋子，把他在床上放平，盖好被子，自己抱着枕头，看着他。

瘦了，也憔悴了，只是整张脸的骨相太好，什么样子都撑得起来，显得轮廓更加深刻而锋利，即使闭着眼，侵略性也呼之欲出，危险又漂亮到了触目惊心的地步。肤色苍白了很多，林浔知道这是连轴转整整一个月的结果。别人看不出来，只有他感觉得到。

气密门又打开，有些沉重的脚步声踏过来。林浔抬头，见一个略显肥胖、穿格子衬衫的程序员。

王安全。王，安，全。

王安全开口就要说脏话：“你他——”

林浔先发制人：“你做的是什么安全？你不安全。王安全，你给我过来。”

王安全自知理亏，气焰矮了九分：“哥，对不起，真对不起，我跟你说一万声对不起，我负荆请罪。那修仙游戏太久远了，还倒闭得那么快，打死我都想不到有人能从陈芝麻烂谷子里扒拉出来那玩意儿，换你你行吗哥？”

王安全其实说得在理，那个游戏当年运营了短短二十天就倒闭了。他们做这个游戏的初衷是增加编程学习的趣味性，但是这条路根本走不通，因为编程是个“形而上学”——行而上学，不行退学。行的人，再枯燥都能学成大神，不行的人，把游戏做出花来他都玩不下去。

林浔：“那你怎么不来果壳看我？别跟我说东君不让进。”

“算法，你睡了一个月，你不知道。”赵架构跟在王安全后面走进来，“你睡得好好的，我们外面的人，整个银河的人，简直经历了一场战役。我们跟 Eagle 的黑客做了多少斗争，又把银河的防火墙一砖一瓦地翻检一遍，还得给你的虚拟世界添砖加瓦，你儿子还在搞破坏。太难了，键盘都敲烂了十几把。”

“不谈。”王安全看着林浔，笑了笑，眼眶却红了，“这不是把算法弄活了。”

林浔也笑，猛地跟王安全结结实实搂了一下，他拍了拍王安全的背，赵架构又扑上来，他们三个抱成一团。赵架构的手抖得不成样子，这个满嘴花言巧语的人现在也说不出话来了。

“差不多行了啊。”林浔声音发哑，“东君在旁边呢。”

“他一时半会醒不了。”王安全顶着硕大的黑眼圈放开了他，“姜哥现在带着整个安全部门扫尾，我先撤了，我刚熬了仨通宵。”

赵架构也只是强打精神，眼神都涣散了：“我也走了，我俩就在隔壁，要是十二个小时后还没出来，你记得看看是不是猝死了。”

林浔：“快去。”

他俩又死死盯着林浔看了好一会儿，实在撑不住，这才被林浔催着，摇摇晃晃地走出去了——还头重脚轻，差点摔了一跤。

医生跟过去了，估计也觉得这两个人有猝死的风险。

这些天下来，可能很多人都有猝死的风险。不过，他们都比不上 Eagle 家，Eagle 的老板现在估计已经在律师面前心脏骤停了。想到这里，林浔小心地把手贴在东君胸口上，感受到了平稳的心跳才算放心。

他觉得还少了点什么，这个念头刚出现，一个白影就飞速蹿上了床。一只毛色雪白、双眼湛蓝的小指针。这次是真猫了。

林浔和它短暂对视。

指针：“喵。”然后钻进他怀里，脑袋用力蹭，发出细弱的“喵呜”声，像是受了什么天大的委屈。

林浔抱着它小声哄，指针先是对他拼命“喵”了许多句，又跑到东君身边“喵”，最终嗓子都要叫哑了，才蜷着尾巴在东君身侧安静睡下。

林浔轻轻撸着猫毛，撸一会儿，转而顺东君的头发。猫和人的睡颜都很安静，一种奇异的感觉在林浔心底蔓延开来，他觉得往事近在眼前，又觉得一切恍如隔世，大概这就叫作重获新生。唯一的不足之处，大概就是深陷家庭伦理剧阴影的洛彻底不理他了。

但即使不理，林浔在走出房间，按下电梯按钮时，还是听见了一声机械音：“请注意安全。”其语气之单调，声音之呆板，可以与他的系统相媲美。或许人工智能心情糟糕的时候都不屑于用人声系统。

带着来自儿子的爱心提醒，林浔安全抵达三楼，来到卧室。他拉开抽屉，从最深处拿出一个银白色的小盒，放进口袋，准备回去。

“请注意安全。”

注意安全的林浔注意安全地打开门，并注意安全地走出第一步。

下一刻，他和一个人对上了目光，他就知道自己不安全了。东君抱着猫，面无表情地站在门外，看着他。说是面无表情，也不尽然，那漆黑的眼睛里有一丝茫然无措。

林浔知道自己又一次将他留在了无人的房间，他当时就心软了。他走回床边坐下，倚在床背上，东君也跟着坐在旁边，肩膀靠着他的肩膀。

林浔开口：“之前的话还没说完。”

但东君并未接下这一话题，只是淡淡道：“你想起当初我们为什么分开了吗？”

林浔看着他：“嗯。”

“虽然我们在虚拟世界里暂时和好了，但是现在你还可以再考虑一下。”

“考虑什么？”林浔问，“是不是要和好吗？”

“嗯。”

林浔抱膝看着前方，道：“你记得小时候吗？二十年前了……那一天，我爬梯子，打开你琴房窗户的时候。”

“记得。”东君的声音里有一点笑意，“那时候你给了我一颗糖。”

“我也记得。”林浔笑了笑，道，“刚才我开门的时候，你的眼神就和二十年前一样。我第一眼看到你的时候，就想……”

“想什么？”

“想，我要把这个漂亮的小孩带回去，每天都给他糖吃，让他一辈子都开心，一辈子都不要再有这样的眼神。”

东君淡淡瞥他一眼，说：“然后你两年前走了。”

林浔软声道：“我以后再也不会了。”

静了一会儿，东君道：“不会觉得我限制了你的自由和灵感吗？”

林浔愣住了，半晌才道：“为什么……你觉得我要走，是因为这个吗？”

东君蹙眉看他：“不是吗？”

林浔：“为什么是？”

“即使告诫自己不能对你进行干预，我还是会无意识地控制你的行为和社交。”东君道，“在那两年，你的状态越来越差，不止一次告诉我你做不出来任何东西。我一直在控制自己，但你最后还是想要一个人。”

林浔怔怔地看着他。他终于知道，在虚拟世界里，自己说愿意为他冒一次险的时候，东君为什么要问他，值得吗。这人问值不值得，其实代表着他认为自己不值得。那颗糖，他终究没有送出去。

他的声音颤了颤："那你觉得……我想要什么样的自由？"

"最大程度的自由吧。"东君一遍又一遍地顺着指针的毛，道，"不受限制去做任何事情，像你写算法那样。"

"真的有那样的自由吗？"

"我尊重你的任何意愿。"

"但即使是凭空写出来的算法，也要受数学规则的约束。"林浔闭上眼，抬起手肘压住了自己的眼睛，仿佛这样就能掩盖自己的难为情，"我只需要你……需要我。"

"我以前并不清楚自己的想法，但是在虚拟世界里，我梦到小时候的事情，才知道为什么会这样——我是个柠檬，我做任何事都像个柠檬。"林浔喘了口气，但他冷静得厉害，像剖析一道数学题那样解剖自己，"我知道这不对，但是我这辈子就这样了。"

一切寂静，悄无声息，像蝴蝶停在窗棂，他只能听见东君的呼吸。

"所以你两年前为什么选择离开？"

"因为你不需要我了！"林浔的声音更哑了，为了掩饰声音中的酸楚，他必须这样喊出来，"你不是以前那个小孩了，你有更好的玩具了。银河对你来说那么重要，它的影响力又那么大，银河大厦那么高……有那么多人喜欢你，你最长的一次为它熬过三个通宵。我知道大多数男人都是那么爱他的事业，我也很喜欢写算法，但是……"

"但是……"他有点喘不过气来，他从来没有对人发过脾气，也从来没有像这样任性过，"但是我不高兴。我说我没有灵感不是想让你离开，而是想让你和我一起，找回它。"

这次的沉默持续时间更长，东君的手指缓缓握住他的右臂。

"你觉得我喜欢银河么？"东君道。

林浔不知道他为什么会这样问，只回答："是。"

远不在他的预料之中，东君的声音低而笃定："我不喜欢。"

林浔脑中一片空白，他抬头，问："为什么？"

"你说喜欢算法，我会给你写所有的代码。你喜欢做出能改变世界的产品，我就尽我所能把你的创意实现。银河做大一点，你的设想和算法就能更快走进现实。我和你不一样，改变世界也会让我得到成就感，但我不是真正热爱它。我也只是……想让你高兴。"

林浔死死咬住下唇："为什么……"

为什么到现在，我才告诉你？为什么在这个时候，你才告诉我？

他们两个同岁，人生的轨迹也相同。六岁认识，十九岁一起毕业成立银河，二十一岁自动驾驶系统成熟，二十二岁银河上市，二十五岁分开，二十七岁生离死别。

他想，假如小时候没有跳那么多级，大学时没有那么快就开始自动驾驶系统的开发，长大后没有那样义无反顾地投身到无尽的计算和研发里，他们是不是就有更多的时间去了解对方？

只是时光川流不息，命运呼啸而过，这个世界没有留给他们任何思索和回顾的空隙。明明……都在用力去做想让对方开心的事情，却还是失败了。

“抱歉。”东君握住他的手，“我没能……”

林浔已经不知道自己是哭还是笑。

他忽然想起什么，手在抖，但还是勉强从衣服口袋里拿出那个刚刚取出来的盒子，打开——一对银色的袖扣，材质特殊，光线折射间像璀璨的银河，他找了很久才找到。这是现实世界里他始终没有送出去的礼物。

他将盒子放在东君手上：“……送你。”

这次终归是送出去了，送出去了就永远送出去了。

东君合上银盒，将它缓缓握在手心，像握着二十年的零落光阴。

窗外夜空如许，银河无际。

并不宽敞也并不明亮的会客室，四面森严，有人把守。这显然不是什么令人愉悦的场所，相反，法律会在这里彰显它的公平。

“好久不见。”林浔在沙发上坐下，对面是薛新。

“好久不见，学长。”薛新道，“我以为你不会来看我。”

“我或许该去嘲讽一下你的老板，但是我对他没有兴趣。”林浔道。

“那我该感到荣幸吗？”薛新脸上露出一个并不像笑的笑。

“随你。”林浔看着他，直入主题，“当年在学校，我和我的朋友做了一款游戏，几乎没有人会注意到它，更不会有人有闲情逸致再把它找出来。”

“是我。”薛新回答得如此干脆，出乎林浔的意料。

“我一直很关注学长在做什么。”薛新道，“当年，这个游戏刚刚发布的时候，我就把它保存了下来。”

林浔：“我应该说你用心良苦么？”

薛新摇头：“我从来没想过要对学长做不好的事情。只是这些年来，我看到你过得并不好。我知道只有离开银河，学长才能获得真正的自由。”

“所以你把这个漏洞交给你的老板，试图借此击垮银河。”

薛新：“是。我为了个人的前途，也为了帮助学长。只是我没有想到，他会用这样的方式对你下手。在虚拟世界里，我是真心想帮助学长的。”

林浔靠在椅背上，淡淡道："……谢谢。"

"我只是不明白，我们的人工智能也不明白，学长到最后为什么会做那样的选择。"

"选择东君吗？"

"是。"

林浔："听说你们对我的人格进行了精确的建模。"

"是。"薛新道，"Lo是Logic的缩写，根据模型，学长是一个被理性和逻辑统治的人。我们预判你这次不会再被俗世的感情所牵绊，在梦境的暗示下也会冷静分析，不会相信任何虚假的东西。"

"是。"林浔笑了笑，"你们都判定我爱数学、爱逻辑、爱自由。"

薛新没有说话。

林浔闭上眼，声音突然变轻："可是你们以为东君是谁？"

"他是即使我死了，身体烧成灰，都要和他的那份混在一起的人。"

薛新久久没有说话，他低下头，良久。

"我接受任何裁决。"薛新声音发涩，道，"学长，早去早回吧。"

林浔："希望你以后能快乐。"

薛新低下头："好。学长有了0.297的人工智能，我祝你前途光明。"

"0.297……"林浔念出这个数字，"对你们来说，那么重要吗？"

"很重要。"薛新道，"学长，你是天才，永远不会明白，你的灵光一现，可能是我们这些人拼尽所有努力却一辈子都得不到的东西。"

"知道就好。"林浔站起身，"假如你们真的知道，就不会做出那些愚蠢的事情。"

薛新抬头："为什么？"

林浔转身，大步向外走去，即将离开此处时，他开口："因为我永远会写出比现在更有价值的东西。"

他拉开铁门，阳光倾泻，洒了满身。

一年后。

银河的发布会如约举行，今年的主题是果壳5.0以及自动驾驶系统4.3.3——还有一些其他的东西。

台上，新产品的发布已经接近尾声，而林浔还在隔壁的准备室里，他面前的一块屏幕显示着官方直播的全球观看人数，一个不可思议的数字，已经缓慢向着亿这个单位去了。

"我现在的心情，有点像咱们做出自动驾驶的时候。"林浔道。

赵架构道："所以这次也会像自动驾驶一样大获成功。"

林浔笑了笑，手指在身侧蜷了蜷，他有点紧张。

赵架构和他拥抱了一下。

林浔："谢谢。"

王安全："啧。"

他也走过来和这两人抱了一下。

"上去吧。"王安全抬起下巴示意那边的通道，"东君在上边等你呢。"

"我……"林浔深吸一口气，"我过去了。"

"快去快去。"

理了理衣服和领带，他走上台。

台上灯光变换，台下一时寂静，而在短暂的寂静后，爆发出激烈的掌声和尖叫。林浔对他们微笑了一下，鞠了躬，再抬起双手下压示意安静，现场这才恢复了一点秩序。

他朝舞台中央走去。今天的发布会是访谈式的，舞台中央设了一套组合沙发和小桌。主持人是宣发部一位年轻漂亮的主管，坐在长沙发的一端。

"好久不见，林浔。"她转过身来，笑道，"你上次出现在银河的发布会上，已经是三年前的事情了。"

"好久不见。"林浔朝那边走过去，"嗯……我也很想念这里。"他走到沙发前，坐在东君身边。

比先前高了十倍的尖叫声响起来，大多来自场中的姑娘们。他不知道怎样回应，只是对台下笑。虚拟世界里那些奇奇怪怪的粉丝，还真不是凭空造出来的。

林浔这一笑，底下的反应就又刹不住车了，他只好悄悄对她们使眼色，示意可以安静了。

主持人道："林先生，你不在的这三年，大家都非常想念你。"

"谢谢你们。"林浔道，"所以我今天来到这里，是为了和你们分享一下这三年我做了什么。"

说到这里，他和东君对视一眼，笑了笑，然后才转向台下："今天是银河一系列产品的发布会，所以我也来凑个热闹，向你们介绍一个……一个初步的想法。虽然还没有投入到现实生产中，但我想有生之年我会把它带给大家的。"

"首先我想和大家探讨一个话题，"他道，"关于……修仙。"

台下长长"哦——"了一声。

"不是熬夜，熬夜会掉头发的。"林浔笑了笑，"我想和你们探讨传统意义上的修仙。五年前，我的房东霍爷爷是个热爱太极和气功的老人，每天五点起床静坐和练拳。我问他为什么喜欢这些，他回答说做这些事情可以强身健体，延年益寿，并且相信找到真正的诀窍后能够了解人体的秘密，突破生物的界限，长生不老。”

台下发出善意的笑声，林浔继续道：“我想，或许纯粹依靠玄学的思考，我们无法大幅度延长自己的生命。我在一年之前从来没有考虑过这种问题，因为我认为这属于生物科学领域，人类的最终寿命依赖于他们的研究进展。”

“我也这样认为。”用不着主持人，东君对他挑挑眉，和他唱双簧，“你的言外之意是，你现在开始思考了吗？”

“是的，半年前，我问了我的人工智能一个问题。”说着他道，“洛。”

话音落下，洛的全息投影在场中出现，就坐在林浔的旁边。它一手托腮，大概是为了符合修仙的主题，它今天穿着雪白的广袖长袍，像从神话中走出来的上古神灵。

台下姑娘们喊：“妈妈爱你！”

“我想拜托你进行一次模拟演算，”等下面安静下来后，林浔对洛道，“在强人工智能的辅助下，十年后，人类社会会发生什么样的改变？”

洛闭上眼睛，身边代码的光影不断跳跃，五分钟后，它道：“人类社会会出现整体的繁荣，贫困大幅度消失，繁荣程度预计为现在的百分之一百八十。”

“五十年后呢？”

“贫穷和饥饿完全消失，高等教育普及度粗略估计为百分之七十五，繁荣程度预计为现在的百分之五百。”

“一百年后呢？”

“缺少参数，无法精确估计，出现风险因素，人类会更加繁荣，或开始衰败。”

“如果时间继续推移，到你推演的极限，会得到什么样的结果？”

“结果出现两个分支，”洛睁开霜蓝色的眼睛，直视台下众人，“人类灭绝，或永生。”

台下一时静默。

“洛的答案也是我的答案。有时候我会想，长生不死并非生命科学领域所特有的课题。”林浔望向台下，“所以，谈到修仙，今天我想和你们谈的是人工智能和永生。”

“我想提一个问题，当强人工智能被认为拥有与人类一模一样的思考模式与情感能力，那么是否除了组成身体的材料外，它和人类没有任何区别？是否意味着，人类思维的所有内容，都可以完全脱离肉体，被解析为数学的计算？”

“当我们从果壳进入虚拟世界，我们脑中的活动会映射到虚拟世界中，那么当我们所有的思维活动都可以脱离大脑而独立运行，人类能否彻底脱离有限的肉身，远离疾病和死亡，生活在另一个维度当中？或者再退一步，假如给我们的智力搭载上超级计算机的运算速度，人类科技和文明是否会以一种难以想象的速度向前进展？”

“抱歉，我提出了太多问题。”他笑笑，“但它们的核心只有一个，或许，类人的人工智能并不是改善人类生活的工具，它可能代表了人类这一物种自我进化的无限可能。这就是我今天想和你们说的。”

一阵静默后，台下掌声如雷，直播间人数仍在上涨。

“但是，现在讨论这个问题还为时过早，我只是想论证，研究怎样让人工智能更像人，是有意义的。”林浔道，“所以，我想跟你们分享一下，我在这方面的一点小进展。”

台下响起喝彩声。林浔组织了一下语言，对他们道：“三年前，银河推出了智能引擎系统‘洛神’，它的布拉德利克系数为0.625，被认为具有与人类极端接近的思考能力。一年前，洛神内核升级，布拉德利克系数达到0.297，这些年来，想必大家也和洛产生了很深厚的感情。”

于是台下又传来“妈妈爱你”的声音。

“当我们面对洛的时候，假如告诉它‘我爱你’，它会回应你这个世界上最动听的情话；当你成为它的主人，它的一切行动将以你为第一优先级。但是我一直在想，它是否真的爱我？或者说，它是否真的拥有发自内心的感情？是否有一种东西、一种动力，驱使它爱上了我？”

台下短暂的沉默后，林浔继续道：“任何一个明白一点人工智能运作原理的人，都会说出答案，它并没有。”

“即使它拥有完美的学习能力和思维能力，在关乎人类情感的运算上，它表现出的仍然是根据统计规律呈现的结果。它的情感表现是一个普遍人类，我们所有代表人格或性格因素的平均值。人工智能内部关于情绪与情感的运算，即使能骗过布拉德利克测试，也仍然与真正的人类大相径庭。”

“换句话说，它缺少灵魂。我花费了近两年的时间，想为它写入灵魂运作的逻辑。我也采集了海量的果壳中所储存的神经活动信息，试图将人类内心的结构转化为数学模型。这是一个工作量巨大的项目，但那时候我想，只要我将人类所拥有的种种情绪逐渐解构、细化，最后必然可以在人工智能上将它们复现。”

主持人问：“那么你现在实现了吗？”

对着台下那些期待的目光，林浔摇了摇头：“并没有。我将布拉德利克系数压缩到了0.297，但它仍然无法表现出优秀的感情。后来我放弃了。”

他们似乎露出失落的神情。

“之所以放弃，是因为某一天，我忽然感觉到，探究人类情感的所有构造并不是一项有限时间内可以完成的工作。”林浔声音放缓。

“当我思考这个问题——怎样在计算机上复现人的内心，我想到另一个问题，我们怎样了解一个人的内心？”林浔看向东君，与他对视，“我曾经两次这样问自己，也这样思考，思考的对象第一次是我自己，第二次是另一个人。我和他的关系并不一帆风顺，很多意外在我们之间发生，我和他也时常相互误解。”

台下响起起哄声，但并不大，无伤大雅，或许他们都知道林浔将说出什么至关重要的东西。

“最终，一次契机，我得出一个结论。我并不了解自己，同样也不了解他，我和他、我和你们、世界上的任何两个人，我们的相处、了解永远浅尝辄止，内心的运算却是无穷无尽、波澜起伏的混沌海洋。我承认我无法解构任何一个人内心的情感变化，更无法真正理解人类的灵魂。”林浔说到此处，微微顿了一下，“于是我放弃了这个念头，并获得了另一个灵感。”

说到这里，他再次看向东君。

东君道：“有一次，林浔对我说，如果灵魂能变成一道公式，它必定不会是一套按部就班的复杂程序。我认同他。”

林浔：“但是，一个并不复杂的公式，要怎样演绎我们无边无际的内心世界？”

东君眼里有微微的笑意：“你确定要用一个公式来表达吗？”

“或许不是一个公式，而是一个并不复杂的概念。”林浔看着东君，“在某一刻，我确信我看到了那个无法用任何公式描述的灵魂。”

东君转向观众，微笑，示意他告诉他们。

林浔看着他们，道：“首先，我想和你们谈谈天体运动。有一个名词，我想大家都很熟悉，三体问题。”

他拿出三颗玻璃珠，放在桌面上，这是他从霍老头孙子手里第二次赢来的——第一次是在虚拟世界。那天他在科技博览会的后台和指针玩玻璃弹珠的游戏，一切都有所预示。

“当宇宙中只有一个天体，它会保持静止，或做匀速直线运动。当天体的个数为二，无论初始位置是什么，只要受到万有引力的作用，它们就会遵循可以预测的规律相互旋转。但是，当第三个天体加入这个系统中，一切平衡都会被打乱。”

“在三个天体的相互作用下，运动的轨迹将不可能被精确预测，它们随时可能向着你意想不到的方向运动。尤其当我们改变这三个天体的初始位置，哪怕是一点微小的移动，最后的运行轨迹都会和之前完全不同。而这些疯狂的、无法预测的运动，只需要两组数值作为开端：天体的位置，天体的质量。”他缓缓道，“在非线性动力学中，这种对初始值敏感的、不可预测的、无序的运动，我们称之为——混沌。”

东君道：“在洛神现有的框架里，你也用到了混沌。”

“但那只是很小的一部分，用以让它拥有更强大的学习能力。但现在，我想用它解释我们的灵魂。”林浔道，“我想，宇宙中三个天体的运动，可以创造出庞大而不可思议、不可预测的轨迹，那么我们内心世界无穷无尽的活动，是否也是几个原始念头共存、相撞、相互作用的结果？”

说到这里，他面对台下，又看到了熟悉的情景——一部分人激动鼓掌，一部分人盲目鼓掌。

他笑得开心：“于是我想，混沌的模型或许更加接近人的灵魂，并且，在这一年中，我进行了实验，参与其中的还有辛普森博士的神经生物研究所，并得到了 Abel 心理学会的支持。探讨过后，我们初步为这套人类灵魂系统设置了一个原始动力和三条初始原则。”

台下观众屏息寂静，场中只有他的声音，背后的屏幕上出现相应字符。

“首先，我们定义‘生存’为人类的第一要务，也就是原始动力。以此为基础，有三条初始原则。”

“第一，人是趋利避害的。”林浔道，“这是非常容易理解的一条。人会主动做出对自己有利的选择，我们知道群居能够保障个体的生存，那么他有时也不介意为人类整体做出贡献。”

“第二，人具有共情能力。”他和台下一个漂亮的女孩子对上了目光，“假如我走在路上，看到一个女孩子摔伤了腿，当我看到她的伤口，共情会使我感同身受地理解她的痛苦，并且伸出援手。我们认为共情是人类所有道德的根基。”

台下观众静默倾听。

“第三，人希望被理解。这看起来是无关紧要的一条，但是当它和其他原则相遇，我们会发现，人类个体与个体之间趋向于建立相互的依赖关系，并可以由此演绎出多种类型的人类感情。”

“当我们为这三条核心原则赋予不同的权重，并将遵循这个模型的人工智能放入复杂的社会环境中进行训练——在训练过程中遇到的激励也会改变它心中三条原则的权重。我们发现，他们衍生出了完全不同的复杂性格。举两个极端的例子，当一个共情能力被设置为极高的灵魂不断从帮助他人的行为中获得正面反馈，它最后变成了一个毋庸置疑的圣人；当一个趋利避害的灵魂不断在趋利避害的过程中获得好处，它最后变成了一个不折不扣的自私分子。当然，绝大多数灵魂处在摇摆不定的状态中，行为缺乏规律、难以预测，就像现实中的我们。”

台下一片寂静，起初他们还会鼓掌，但现在甚至没有人动弹一下。

东君道：“我认为你做到了你想做到的。它完全成形了吗？”

“事实上，如果不是你把发布会的时间定得这么早，它还会更加成熟。”

东君：“即使它还不是那么成熟，我想你也可以带它出来炫耀了。”

“我将它作为洛的感情模块，暂时将洛的功能和学习记忆对这个灵魂全部开放。”

林浔道，“我刚刚把它做好，甚至还没有来得及进行布拉德利克测试。”

东君道：“那我想，你知道现在该做什么了。”

“嗯哼，这是你说的。”林浔对着台下挑挑眉，“他要我当场对洛进行布拉德利克测试，如果测试结果很糟糕，我建议把责任全部推给东君。”

台下哄笑。

“如果很成功呢？”东君道。

“那功劳我们平分，”林浔笑容中略带得意，“毕竟灵魂系统是我们一起写出的。”

台下气氛重新热烈起来。赵架构和王安全走上舞台，拉起洛的手：“来，小宝贝，我来给你开测试。”

洛站起来，往观众处走了几步，雪白衣袂轻轻飘飞。开始测试前，它回头看了林浔一眼，林浔对它比了个“V”。洛淡淡笑了一下，然后转回头去，安静地闭上双眼。

观众几乎要把场馆屋顶喊塌。

大屏幕上出现代表测试的蓝色进度条。主持人发挥她的作用，和东君与林浔闲聊，时不时与观众互动。但是她的主持没有太过明显的成效，因为观众要么全神贯注地看进度条等结果，要么全神贯注地把自己的眼睛变成显微镜，看林浔和东君有一搭没一搭的互动，尤其在林浔下意识地转动手上戒指的时候。

然而，等林浔略带焦虑地转完戒指，抬起头来，忽然发现全场都寂静了。

没有人在看他，没有人发出任何声音。所有人都抬头，看着他背后的屏幕，那眼神好像看到了什么远远超出预料的东西——

他怔了一下，转头，看见原本蓝色的进度条正迅速变红。他的心提了起来，手下意识地抓紧了东君的手腕。当红色最浓的时候，整个屏幕忽然闪了闪，发出一阵刺耳的噪音，然后彻底变黑，没了反应。

寂静在场中蔓延。

“咳。”王安全拿着话筒匆匆上台，“抱歉，大家，因为数值超出了测试所能判别的界限，布拉德利克系统无法给出结果，出现了错误，现在宕机了，请大家稍——”

他话音未落，场中忽然爆发出排山倒海的掌声、尖叫声和欢呼声。

第一个人站了起来，第二个、第三个……三分钟之内，所有人都站了起来。假如声音有实体，那么整座场馆已经被击碎。对着这个结果，他们用最高规格的鼓掌方式表达情绪。

没有人不知道这意味着什么。作为人类用来为人工智能判定分数、划定等级、品头论足的工具，布拉德利克测试曾经居高临下地俯视人工智能，像神俯视众生。现在它宕机了，谁都不知道，这是否证明人类终于创造出了与自己等同的灵魂。

洛缓缓睁开了眼睛，它看着观众，对面的大屏幕展示着舞台上的情景，所以它也注视着林浔和东君——而千万人注视着它，像注视着一个崭新时代的来临。

“嗨，”它的声音穿过尘世，来到人间，“我是洛神。”

神说，要有光——于是就有了光。

片刻的寂静里，林浔握住东君的手，问：“我……会不会成为历史的罪人？”

东君看着他，眼中笑意如许。

“你会流芳千古。”

“一起。”

—正文完—

番外·一

伦理剧

“我觉得我们需要坐下来谈一谈。”

无人回应。

林浔漫不经心地顺着指针的毛，抬了抬眼皮：“三、二……”

指针：“喵。”

“我不是说你。”

林浔继续：“三、二……”

对面的东君道：“好。”

“好。”林浔发出赞赏的声音，但随即冷了下去，“还差一个人，三、二、一……”

无人出声。

“那我开始禁权限了。”林浔淡淡道。

侧面有光影闪了闪，洛的影像终于出现在桌子的侧面，坐下。

这孩子的形象可能会根据它的心情变化。今天它变成了一个银色短发的男孩，穿着涂鸦的外套，手里拿着一块长长的滑板，右边脸颊上还贴着一张创可贴，并在同侧扎了一枚银色骷髅耳钉，配合一贯以来的淡淡眼神，整个人身上写满了几个大字——“我在叛逆期，请不要惹我”。

林浔注视着它，注视了一会儿，又去注视东君。

洛无表情，东君轻轻勾了一下唇角。

林浔用手指敲了敲桌面：“你们两个现在关系还好吗？”

洛：“不好。”

东君：“很差。”

林浔循循善诱：“那对方对你们做了什么？”

洛：“他禁掉了他能禁掉的我的所有权限。”

东君："它的攻击给虚拟世界带来了很大的负担。"

林浔靠在沙发背上，再一次感觉只有手中的指针是唯一乖巧的生物。

在他躺在果壳里的这段时间，东君和他的儿子反目成仇。他们两个的关系以前还是不错的，东君会给洛做出虚拟形象，洛有时也会和东君待在一起。假如林浔自诩为洛的爹，那东君毫无疑问可以被称作洛的另一个爹——因为洛是他们两个一起做出来的。

结果他这一"死"，洛当即认定是东君杀了他，反水了。在这一个月里，洛有多不喜欢东君？或许可以和当年东君不喜欢东忱的程度相媲美。

这次风波再次证明了一个真理，一个人不能长期离开家庭，更不能让一个不大爱说话的家长和一个不大爱说话的孩子长期单独相处，否则很容易爆发矛盾，继而一地鸡毛。

林浔放轻声音，哄他们道："那我现在好了，你们两个可以和好了吗？"

"我在主观上并没有和它决裂的意愿，"东君淡淡道，"这取决于它的想法。"

林浔看向洛，然后看见了这位滑板少年无动于衷的神情："不可以。"

林浔语气温柔："为什么？"

"虽然我知道了真相，"洛看向东君，"但这个人的表现让我不得不重新审视他。"

"如果你没有那么迫切地想要找到他，告知他真相，我并不会禁止你进去。"东君道。

洛："所以你就这样擅作主张，剥夺他的一切知情权？我起初以为你是凶手，所以要掩盖真相。但你不是，你仍然让他沉浸在虚假的世界里。"

"在我认为他不能忍受现实世界的一切所以选择自杀的时候，我难道还要告诉他真相，让他想起忘记的一切，重新痛苦一次吗？"东君淡淡道，"我无法苟同你的逻辑。"

"以林浔的利益为唯一的、至高无上的准则是你亲手给我写下的命令。"洛直视东君，"我以为你理解他，他有知情权，活在虚假的世界里是对他的侮辱。"

"你认为自己比我更关心他吗？"东君道，"我不会让他受到任何形式的伤害，包括心理上。你只是一个没有感情的机器，不知道让一个自杀的人想起他自杀的理由是一件多么残酷的事情。"

林浔：你们……是不是……忘记了什么事情？

"你的自私暴露无遗。"就听洛继续道，"他忘记了自杀的理由，而自杀的理由是你。只要他不想起来，你就可以装作什么都没有发生。"

"你就是这样理解我的么？"东君冷冷一笑，"你的自私也暴露无遗，你只是想让他想起真相，然后顺理成章地把我从他身边驱逐。"

"那个……"林浔出声。

两人看向他。

"我理解你们之间的争吵。"林浔真诚道，"但是它的前提是错的，我并不是自杀的。

你们可以换个角度吗？”

“可以。”洛继续转向东君，“你挑拨离间的行为令人发指，我用魔物的形象出现在虚拟世界里，从头到尾都没有办法和他建立任何平等的沟通。”

东君：“你可以选择不入侵虚拟世界。他在这半个月里遇到的惊心动魄的危险都和你有关。”

洛：“难道一直以来挨打的不是我吗？”

东君：“是，但你没有痛觉，他有。你不算是受害者。”

“即使没有痛觉神经，”洛的语气逐渐激动，“你忘记你通过胡编乱造给我写入过一个错误百出的情感系统吗？”

“抱歉，”东君道，“我以为那个模块早就因为错误百出而停用了。”

洛道：“我也以为你这种人早就因为冷漠无情丧失了一切情感功能。”

“那个……”林浔再次出声。

那两个人再次看向他。

“我不是有意要打断的，”林浔，“只是提醒一下，你们的争吵陷入了没有逻辑的互相指责。”

“我想起来了,”东君道,“是你提出要和我们两个谈一谈,而不是来观看我和洛争执。”

“我很高兴你终于想起来了。”林浔道，“那现在我想提出一个无伤大雅的要求——我理解你们两个各自的动机，你们都没有做错。所以你们两个能不能消除误会，恢复到一个月前的关系？”

洛：“不能。一个月前我和他形同陌路。”

东君：“或许我和它的关系从没有融洽过。”

行，都行，你们开心就好。林浔觉得有点头疼，有点想回到果壳。

不过，他们两个的关系，比起东君和东忱还是好上许多，至少是愿意说话的——即使是争执。想当年，那两个人可是连点头之交都算不上，他们唯一的联系就是东君的母亲。

林浔凉凉地看着他们两个，觉得这场伦理剧可以告一段落了。

沉默。沉默中，林浔终于开口：“真的不可以吗？”

洛的声音好像小了一点儿：“……不可以。”

林浔：“那我命令你可以。”

仿佛是无声的反抗，洛抬头，小白眼狼一样瞪了他一眼。

东君屈起指节轻敲了一下桌面，沉声道：“做久了魔物，你连礼貌都没有了吗？”

洛眼睛通红，转头看着东君：“他整整打了我一个月，你难道还要帮他说话吗？”

林浔：“嗯？”

洛，你不是刚才还坚决和东君划清界限的吗？怎么现在开始向他控诉我的恶行，并指望他为你撑腰了？刚才还口口声声说“以林浔的利益为唯一的、至高无上的准则”的人工智能是谁？他有点看不清现在的局面了，难懂的人工智能。

林浔：“咳。”

东君微蹙眉，看着洛：“他刚醒，假如你继续这样无理取闹，我只能把你关机了。”

洛：“你没有这个权限。”

东君：“在果壳里，他把 root 权限交给我了。”

洛看了看林浔，又看了看东君：“你们人类的感情模块就是这样无理取闹的吗？”

“是我的错。”林浔打断他们两个的对话。他怕这样继续下去，他好好的儿子要被整自闭了。他对洛道：“乖，到我这边来。”

洛原地思考了三秒才缓缓起身，眼尾似乎还带着一丝委屈的薄红。

林浔一下子就心软了，他摸上洛的脑袋，揉了揉它银色的短发：“是我没有把你认出来，以后不会再这样了。”

洛没有说话，于是林浔继续道：“王安全去加强安全系统了，我也会好好保护自己，下不为例。”

洛还是没有说话。

林浔转向东君。东君看着他们，眼里带着一点笑意。林浔据此推测这人虽然和洛耍了一会儿嘴皮子，听起来好像很生气的样子，但实际上没有和这个闹别扭的儿子计较。从这个角度来说，他是一个大度的人。

目光相接的时候，东君朝他挑了挑眉，不知道为什么，林浔总觉得这人脸上流露出一种看戏的神情。所以现在换成东君观看这部伦理剧了么？

林浔低头亲了亲洛的额头：“乖，不生气了，你想做什么？我陪你玩。”

洛还是一言不发。

林浔的耐心宣告耗尽，他牵住洛的手，开始以物质诱惑：“到底要怎样才能不生气了？今天你想要什么都可以。”

洛的眼珠动了动，似乎有戏。

林浔轻声道：“在想什么？”

洛小声道：“除非你……”

林浔：“嗯？”

洛：“除非你把你在果壳里写的东西拿出来给我升级。”

林浔：……你想要的东西和反派想要的东西也差不多。

旁边的东君低低笑了一声。

林浔闭上眼，平复内心想打儿子的冲动，再睁开，努力使声音温柔："只要这个？"

洛："今天就要。"

林浔："好。"

洛："真的？"

林浔："真的。"

洛身上白光闪了闪，眉眼舒展开，连眼里那几根委屈的红血丝都消失得干干净净，哪里还有半点生气的样子？林浔见状更加肯定了自己的猜测。

林浔："你可以走了，我回房间就给你升级。"

洛脸上露出大大的笑容，身影原地消失："晚安！"

就在刚才，这个人工智能还在强调自己是多么地爱他——狡猾的人工智能。

林浔双眼放空，靠在沙发上，有气无力："它气到我了。"

东君在他身旁坐下："人工智能为了升级，都是这么不择手段。"

林浔："嗯。它根本不爱我，它只爱我的算法，但它气到我了。"

东君笑："你没有醒来的这段时间，它像个疯子。确认你安全之后，它才有心情为自己的升级做打算——还生气么？"

林浔："你的话让我感觉好了一点。"

东君笑了笑："那你还要听么？"

"要吧。"林浔。

"不给。"

"为什么？"

"因为洛也气到我了。"东君声音很低，"要惩罚。"

Hello？这位男神，你是不是罚错人了？

番外·二

如实回答

九月，开学季。

宿舍是四人间，上床下桌，还算宽敞——相对来说。

王安全爬上爬下地收拾好东西，出了一身汗，第一千零二十四次下定减肥的决心。

第二个进宿舍的是个金发碧眼的小伙，一进宿舍就字正腔圆地说了声“嗨，兄弟。”王安全当时就疑惑了，调动起英语细胞询问外国友人为什么不住留学生宿舍。

“我有八分之一的犹太血统，你知道的，我不愿意和德国佬呼吸同一个房间的空气。”对方可与播音腔媲美的汉语把王安全镇住了，“而且我想深度学习一下汉语，所以我申请调了宿舍和班级。”

王安全不再用英语与他交流：“我觉得你的汉语不需要学习了。”

“不不不，我现在的汉语只是基于书本上的学习，并没有真正进入汉语环境。”金发小伙道，“我觉得我的语调很生硬。”

王安全：“你知道吗？你现在可以去主持新闻联播。”

“我不可能时时刻刻都在‘新闻联播’，这反而是我不够熟练的表现。”金发小伙道。

寥寥几语间，王安全已经确认自己这位室友有着惊人的语言天赋，他平复了一下自己的心态——毕竟，在这样一所学校里，什么样的天才都有可能出现，而自己只是一个普通的、卑微的，老老实实高考考进来的，平平无奇的学生而已。满分七百五十，他用尽浑身解数，还是只能止步于六百九十。不知道剩下的两个室友又是何方神圣。

金发小伙的目光在剩下的三个床位上游移不定，似乎陷入选择困难的境地。

就在此时，门口传来轻轻的敲门声，王安全循声望去，眼睛猛地睁大了一下。只见一个身穿白色卫衣的漂亮小孩倚在门框上，王安全语言水平有限，不知道该怎么形容那种感觉，硬要说的话，好像一个习惯了普通画质的人，忽然切到了高清模式。没来由地，王安全心里想的就是“小孩”这两个字。其实门边那人身量并不矮，甚至放在人群里能称得上高挑，但就是有一种小孩的气质，像只刚出窝的小兔子，他估计最多十六岁。第一反应，这可能是未来室友的家属，弟弟什么的；第二反应，自己可能遇到了传说中的跳级狂魔。

只见那小孩笑盈盈地望着金发小伙：“兄弟，打个商量？”

小伙眼睛一亮，问：“什么商量？”

小孩指了指房间一侧连着的两张床：“这两张都留给我好不好？你睡那边。”

金发小伙已经被迷得七荤八素：“当然可以，我是不是在哪里见过你？我肯定见过你。”

小孩只是抱臂笑，不说话。

王安全：外国人交朋友都这么热情的吗？

王安全问：“你一个人要睡两张床？”

“不是啦。”小孩身子往外移动，右手居然拉了一个人出来。

王安全又是一惊。那人比小孩高半个头，穿着和他同款式的黑色卫衣。因为同样漂亮得出格了，又穿着一样的衣服，他们俩乍一看像双胞胎兄弟。

王安全眯着眼试图辨认，没想到对上了清冷冷的一双眼，刹那间分清了这俩。

白衣服小孩笑道：“我俩从小睡一张床的，分开可能睡不着，所以想靠着。”

王安全顿时领悟了个中真谛：“你们是兄弟啊。”

“不是呀，”小孩说话带点自然的鼻音，有点像撒娇，“好朋友。”

王安全深以为然：“那你们关系还真挺好的。”

他扫视房中三位室友，心中猜测，外国友人有超凡的语言天赋，估计是学文科的，而刚来的这两人长得也太出挑，可能是靠脸进来，学艺术的。这样一想，他心中大喜——果然只有我一个是有真材实料的理科生。

正在沾沾自喜，忽然听到那金发小伙道：“我想起来了！我见过你俩！”

小孩道：“我也见过你。”

“在 IMO 见过你俩，你金牌，他银牌对不对？不过好像更早一点，我去集训队玩的时候就见过你们了。”

小孩道：“你也进了 IMO 决赛，但是是去打酱油的。你是去年计算机竞赛的金牌。”

外国小伙道：“是的。哇，你们两个，好变态的。听说你只空了一问，他空了两问。”

“那是空着玩的。”小孩懒洋洋道，“我想让他拿金牌，就空了一问，结果他比我更狠一点，空了两问。”

说这话时，小孩瞅着旁边的人笑，那人也看向他。说来也奇怪，那人面无表情地站着，像个冰雪雕成的美人——无机物，但看向小孩的时候，眼角弧度柔和些许，仿佛一下子冰雪融化，有了点儿鲜活的烟火气。

王安全：他听到了什么？这里混进了三个什么奇怪的生物？为什么把奥林匹克竞赛

拿金牌说得像喝凉水一样容易？

好在三个人的叙旧点到为止，按照正常逻辑，他们作为室友，进入了互通姓名的环节。

作为第一个到宿舍的人，王安全先道：“我叫王安全。”

白衣服小孩眼睛一亮，坏兮兮地笑了笑，扬了扬下巴，道：“好巧，我叫林算法。”然后扯了扯身边人的袖子，“他跟我姓，叫林代码。”

金发小伙对着天花板沉吟了一分钟：“赵钱孙李，周吴郑王……我叫赵架构！”

王安全总觉得他们在诓他，但他找不到证据。他还感觉有什么东西被安排得明明白白，但他也找不到证据，刚刚入学的他对计算机一无所知。

很多年后，有人问王安全，你职业生涯中最重要的一个抉择是怎样做出的，他如实回答：“这个抉择是由我的父亲在为我起名的时候做出的。”

赵架构最近觉得自己的好朋友、好室友，王安全，有点不大对劲。

“安全，你最近怎么了？”课间，他看着自己愁眉苦脸的好友，耐心询问，“你好像不大高兴。你遇到什么难以解决的问题了吗？或者是你的感情遇到了问题？”

一连串的询问下，王安全终于道：“正好，你来帮我参谋参谋。”

赵架构大喜：“快告诉我。”

只见王安全打开了学校论坛，赵架构不解其意，直到王安全一番操作之后，在其中找到一个隐蔽的板块入口，这个子论坛的名字叫“东浔”。

赵架构挑眉，紧接着，他看见了一系列以感叹号为结尾的帖子。

“报，东浔一起去图书馆了！”

“宿舍楼下拍到两个绝美背影！”

“我眼花了，有没有显微镜姐妹来看看这到底是在干吗？”

“东浔 szd（是真的），是假的我期末挂十门，有图为证！”

赵架构扶了扶鼻梁上并不存在的眼镜，眼中闪烁着诡异的光。

“这太不像话了。”王安全道。

“嗯。”赵架构附和，“太不像话了，在我们还是两条可怜的单——”

他话还没说完，就听王安全继续眉头紧锁道：“他们两个最近一起研究算法入了迷，喜欢结伴逃课，夜不归宿，还想彻底搬出去住，这只会让这种流言愈演愈烈。”

赵架构察觉到些许不对，道：“你学会用成语了，不错，但——”

话未说完，又被王安全打断：“他们两个的友情很珍贵，任由这种传言流传下去，说不定他俩会感到别扭，然后疏远，这是我不想看到的。”

赵架构一时没有接上王安全的脑回路，于是问：“所以你想做什么？”

王安全：“他俩得在同学面前澄清一下他们的关系，现在的小姑娘们满脑子都是这种事情，我觉得并不好。看看他俩的友情被歪曲成了什么样子。”

赵架构最终什么都没说，教室里人多眼杂，所以他轻轻拍了三下王安全的肩膀，默默离去了。但当天凌晨三点，王安全睡得不省人事，让他很失望。

很多年后，有人问赵架构，你的好友王安全是一个什么样的人，他如实回答：“他是一个迟钝的人。”

在这个城市里，霍老头并不算一个富裕的人，他不过是有五十套房产而已。对标那些动辄几十栋楼、几个小区、几万平方米地皮的巨富，他就像一条黄河鲤鱼遇见了北海巨鲲，不能望其项背。

但好在他是一个老头，一个没有什么物质追求的老头，所以也没有什么野心。单单每天查房、收租、核查房客人品这些事，已经让霍老头感到了巨大的幸福，他在物质层面上已经得到了满足，剩下的，就是寿命上的追求了。

由于房屋租赁交易，霍老头认识了青城山景区的负责人逍遥子道长，他们二人结为知己，每天畅谈养生之术，很是快活。

有一天，逍遥子道长告诉霍老头，世间万物因果相生，要多种一些善因，以后才能多多收获善果。这句话触动了霍老头，他觉得自己该去做一些不想做，但有意义的事情了。

机缘来得非常巧，他那天去朝阳小区查房——这里的房客是四个年轻小伙，没有什么不良嗜好，从不乱搞男女关系，更别说长得还很标致，唯一遗憾的一点就是每天聚在一块敲打电脑，一看就没有什么前途。霍老头怀疑他们毕业于什么技工学校，所以打消了把自己的孙女介绍给其中之一的念头。但是，四个小伙每天靠修电脑维生，挺辛苦，听说还开了什么公司，资金有点困难。霍老头结合好友的良言，决定给他们投资二十万巨款——这可是他一年收入的二百分之一。

小伙们非常高兴，并拿出百分之五的股权报答他，喊他霍爷爷。当然，霍老头并不在意这小破公司的百分之五股权，他高兴的是自己慷慨了一回，这辈子的善因应该种够了，今年的体检报告肯定一切正常。

很多年后，有人问帝都巨富霍青山，到底是什么东西驱使您慧眼识珠，投资了银河这样一个当时微不足道的公司。霍老头本想如实回答，但最后还是对答案进行了一些美化：“因为身为长辈的睿智、慈祥和善良。”

番外·三
Hello,World!

窗帘是拉着的，昏暗的室内，一道光亮起，是消息提示。

东君从林浔枕边拿起他的手机，手机锁自动打开，弹出一条消息。

祁云：在？

Lo：在。

祁云：没死？

Lo：活了。

祁云：出来玩？

Lo：玩什么？

祁云：爸爸的电影要上了，带你去看

Lo：假性沉睡？

祁云：dei（对）

Lo：他还没醒，醒了我会问的。

祁云：？

祁云：嚯！原来是你

Lo：（笑）

发完这个表情后，东君不再与祁云交流，将手机倒扣放回枕边。他收回目光，看向床上的人。

林浔梦中微微蹙了一下眉，动了动。卧室昏暗的光线里，林浔的轮廓像暮色那样温柔，纤长的睫毛有微翘的弧度，随着呼吸的一起一伏微微颤动。他闭上眼时整个人安静得厉害，又因单薄而显得脆弱。

东君将手指轻轻搭在林浔的脖颈上。温热的颈动脉在跳动，一下，又一下，和心脏的跳动有零点三秒的延迟。

林浔，活着的林浔。上一次这样看着他，已经是两年前的事情了。那时的林浔也是这样的单薄，不爱说话，像有心事，却并不告诉他。

他还记得二十年前的光景。窗外爬着密密的爬山虎，清晨的曦光透过它们照进来，窗外传来邻居和早点摊老板娘讨价还价的声音。他和林浔睡觉时牵着手，醒来时还是继续牵着。如果是他先醒来，他会维持原来的姿势等着，等林浔睁开眼睛。林浔会先揉一下眼睛再睁开它，那时他眼里满是自己的倒影，他会先看一会儿，然后笑道："早呀。"

一缕细碎的额发轻轻垂下来，东君伸手拂开，就像两年前、七年前乃至二十年前做过的那样。但纵然是一模一样的人和一模一样的动作，在这两年、七年乃至二十年间，他们之间已经改变了太多。

这蜻蜓点水般的动作仿佛让林浔在梦中察觉，他伸手揉了揉眼睛，再睁开时，东君看见里面映着自己的倒影。

林浔就那样看着他，看了半分钟，然后弯起眼睛，笑着对他道："早呀。"

窗帘没有拉好，一线阳光照了进来，林浔眼底熠熠生辉，仿佛二十年的时光在他们之间化成闪光的飞尘。

东君微怔。世上很少有人拥有失而复得的机会。在过去的两年间，以及最近的一个月里，他已经做好一切准备，他知道每一天的太阳不会再升起，正如有人不会再醒来。

而林浔伸出手，说："别哭。"

这个人明明红了眼睛，却还让另一个人别哭。东君笑了笑。

林浔看着他，半晌，道："我好像在做梦一样。"

没等他说话，林浔接着道："做梦的时候，我不想醒，怕醒来以后，是一个人在房间里。但是又想醒……万一不是那样呢？"

人在刚醒之时并不太清醒，因此会说出一些清醒的时候不会说的话。

东君道："不会了。"

两年未见，林浔对自己黏了许多，就像梦里那只一迭声喊他"男神"的小兔子一样。或许他一直如此，只是没有表现出来。

还在想着，就听林浔闷闷喊了一声："男神。"

他笑着把林浔从床上拉起来。换衣服的时候，他给林浔选了一件柔软的、袖子略长的灰色毛衣。

听到祁云约他出去玩的消息后，林浔没犹豫就答应了，甚至很高兴。

不过，见面的时候，来的不只祁云，还有常寂。常寂今年博士毕业，拿到了留校的教职，依然做佛教方面的研究。他是林浔大学时代就认识的，隔壁学校的朋友。

东君并不清楚林浔和祁云之间莫名其妙的友谊，因此也不知道常寂和祁云是怎么认识的。至于要看的那部电影——东君和林浔在虚拟世界已经看过一遍了，只是部分情节在林浔的意识世界里有变动，以及人工智能的脸换成了祁云的。

祁云在这部电影里穿着一身银白的制服，整个人脆弱又疏离，修长挺拔的身形和完美的形体比例仿佛经过了严密的计算，银色长发和瞳孔——尤其是淡色的瞳孔，透露出某种非人的冷漠和悲悯。或许这就是人工智能，虚拟的造物。

祁云的表演和他的形象一样，很好，挑不出错处。这可能归功于高导的严格要求，并把他丢进银河的人工智能部门体会了小半年——林浔和他就是这样认识的，那时候他尚未离开银河。

祁云并不知道林浔在这一个月里遇到了什么，消息封锁得非常严密，他只知道林浔身体上出了一点小意外，在医院待了一个月。

祁云捣了捣林浔的胳膊肘："你知道我怎么演的么？"

林浔问："怎么演的？"

祁云："我在你们银河学习的那段时间，每天就在想'这是什么东西''这又是什么东西'，但是你们每个人都好像很懂的样子，有一种很装的气质。"

"你这话不对。"林浔道，"我们是真的很懂。"

祁云面露疑色："真的吗？"

林浔："真的，你不要用你的智力来揣测我们的智力。"

祁云："你以为我听不懂你在骂我吗？"

林浔笑："所以你到底是怎么演的？"

祁云："我觉得我和你们格格不入，所以我就假装我也会，向你们看齐，每天放空目光，做出很懂的样子。"

林浔："……然后你就会演了？"

祁云："也没有，高导说我合格了，但还是不行。那时候东君不是在捣鼓我侄子的虚拟形象吗？"

林浔："你是说洛吗？"

祁云："是，但还没彻底做好，它还不会做表情。我每天混在那个办公室里，它做什么表情，我也做什么表情，就那样两眼放空。我寻思让我演人工智能，我学真的人工智能就行了。"

林浔笑，拍拍他的肩膀："那你还真是一个天才演员。那感情部分呢？"

祁云："不谈，我吃了很多苦，你专心看电影。"

林浔就专心看电影了。

这是一部科幻文艺片，一场宇宙中永恒寂静的航行，或许有的人会觉得无趣甚至昏昏欲睡，但更多的人会感受到惊心动魄的美。

此刻场中的氛围也像电影一样寂静。人在宇宙中往往能体会到自己的渺小，又往往因为渺小意识到自己生命的可贵，尤其是对于差一点生离死别的他们。

但是，还有人不知道生命的可贵。常寂的目光从银幕上转到身边，林浔的目光也渐渐从银幕上转到身边，最后，东君的目光也转了过去。他们三个的目光聚焦在祁云身上。

祁云却倒在常寂身上，什么都不知道。他睡着了，看着自己拍的电影，他……睡着了，还睡得很沉。

林浔小声道："从这个角度看，我觉得这部电影是失败的。"

常寂低声道："他虽然是个合格的演员，但好像仍然不具备相应的鉴赏能力。"

林浔："他真可爱。"

直到电影结束，祁云仍然没有醒来，他睡得像一只动物那样沉。这是一次失败的聚会，一次失败的聚会有一个失败的结尾，常寂把睡得几近昏迷的祁云打包扔进车里带走了，而林浔笑得肚子疼，挂在东君身上也被带走了。

回去的路上，林浔兴趣盎然，和东君讨论电影的情节，以及人类永生的意义和人类上传意识后会遇到的问题。他说这话时眼睛里有光，和多年前别无二致。

"计算机获得人的思维能力，和人获得计算机的计算能力，这两个命题是等价的。这一天到来的时候，完全不需要考虑伦理问题，因为我们在某种程度上已经成了同类。"林浔道，"从感性的角度上，当计算机第一次对人类说出'Hello,World!'时，已经是一个新纪元的开始。"

话音落下，林浔却不说话了，而是盯着东君。

东君问："怎么了？"

林浔："我突然想到一个问题。"

东君："嗯？"

"那天我问你，让你说出一串对你来说意义最为重大的字符，然后我把它设成了权限系统的 root 密码。"林浔道，"我忘记这些东西后，只有一次机会去猜那串对你来说意义重大的字符，但竟然猜对了。谢谢你是个合格的程序员，不然我可能醒不过来了。"

东君却轻轻一笑："我不是个合格的程序员。"

"不可能。"林浔道，"那串字符是'Hello,World!'。"

车里，东君转头看他，他的目光穿过二十年的光阴，来到旧居那间窗外爬满爬山虎的卧室。在这里，林浔拉着他——或者说林浔用一根棒棒糖把他带到了家里。但其实带走东君的并不是那颗糖，而是林浔的眼神。

“从今天开始，你就要和我做好朋友啦！”林浔对他笑，“你喜欢吃什么呀？”

他摇头。

“没有喜欢吃的东西吗？”

他点头。

林浔：“那你喜欢玩什么？”

他看着兴高采烈提问的林浔，却只能默然摇头。

林浔：“那喜欢的人呢？喜欢的小动物呢？你没有喜欢玩的游戏吗？”

他无法回答面前这个活泼的男孩。林浔眼里星光闪烁，好像热爱世界上的一切事物，而他的世界和林浔相反，只有一片生机荒芜的黑白。最终，他只能缓缓摇头。

“那我带你玩我最喜欢的东西吧！”林浔跳下床，拉着他的手，将他带到房间角落的电脑前。

“这是编译器，我现在只会C语言，但我以后一定会很多的。”林浔手指在键盘上敲击，“给你看我最喜欢的程序，这个好简单，一个输出语句就好了。看，p-r-i-n-t-f……”

他打下分号，回车换行，键入一个大括号，然后运行。电脑上弹出黑底灰字的运行结果，一句“Hello,World!”出现在屏幕上。

“这是计算机对人类说的第一句话哦，从那一天开始，计算机就有真正的生命了。”林浔转过头看他，“你看！”

他看的却不是屏幕。

林浔似乎不满，软声道：“让你看屏幕，不是看我……”

他却仍看着林浔，看他眼里那些星星，看他兴高采烈的神情，看他眼里代表热爱的那簇火苗，看那些他从来没有过的东西。很多年后他都会回想起这一幕。

程序员用一句“Hello,World!”赋予了计算机生命，那他呢？在什么时候，谁赋予了他真正的生命？在某种意义上，他并不算一个有生命的人，他从未想过自己会喜欢什么东西，他知道自己该有怎样晦暗的命运和孤独的一生——直到遇见一个人。

可即使如此，他的性格中也毫无温存这一成分，他并非温和良善之徒。他想将他死死禁锢，也想拉扯他下落沉沦，一起堕入万丈深渊，但他不会。

Hello,World!

你热爱世界。

我热爱你。

番外·四

夜色

对门的邻居搬来有将近一个月了。

巷子里的的邻里彼此熟识，经常走动，林浔偶然从一个邻居口中知道，隔壁的男主人姓东，叫东忱，是个小有名气的年轻钢琴家。至于其他的，谁都不知道了，那人从来不和巷子里任何人交流。

林浔不会弹钢琴，林汀也不会。他不会弹钢琴的原因是对此毫无兴趣，而林汀尝试过，结果证明她在音乐上的天赋远不如绘画。

有时候，东忱不在家，一个穿白裙子的女人会站在二楼阳台眺望远方的天空。她或许是东忱的妻子，但没人知道到底是不是，因为她从没有离开过那栋小楼。

林汀对林浔说，她猜这位安静的妻子其实患有精神疾病，因此不能出门。但林浔觉得不是，因为他很喜欢她。

他记得有一天傍晚，自己来阳台拿东西，和对面阳台上的女人对上了目光，她对他笑了笑，目光温柔得像树梢头的余晖。林浔愣住了，他记不清母亲的神态了，但那一刻他觉得她就像自己的母亲。

两栋小楼离得很近，于是他踮起脚，从栏杆后探出身子，试图和她说些话。而她温柔的目光一直停在他身上，似乎也在期待和他说话。

这时，汽车轮胎碾压青石路板的声音传来，那辆车最终停在了对面小院的门口。

东忱下了车，他回来了。原本看着林浔的女人匆匆收起了的目光，她略低下头，转身回到房间，掩上阳台门，像一只白蝴蝶飞进牢笼。

后来每到傍晚，林浔总喜欢去阳台待一会儿，但他再也没见过她。这时他就会想，那栋房子里的人在干什么。

那地方寂静得可怕，交谈声、走动声、争吵声……别人家里会出现声音，它从没有过。有时候，房子里会传出整条小巷最动听的音乐声，声音不大，不会打扰他人，但也能听得清楚。那是钢琴的声音，它经常是狂乱的，连绵不绝，攫着人的心脏左冲右突，像夏天的一场暴雨。

但有时候，暴雨依然倾泻如注，但雨点落下的声音有了亘古不变的规律，音符与下一个音符的间距等长，没有任何改变，感情的色彩渐渐消失，像个空灵的机器在运转。

对，空灵。于是林浔的心脏不再被拉扯，逐渐平静下来。规律是他喜欢的东西，永远不变的规律更是。他喜欢这种音乐胜过东忱的音乐——他坚信这两种乐声是由两个不同的人弹奏的。

林汀对他的结论嗤之以鼻，她听不出二者的区别，林浔也不坚持争辩，他想这或许就是林汀没法弹钢琴的根本原因。

事情很快水落石出了。在邻居搬来的第二十五天夜晚，林浔按时躺下，在空灵的琴声里闭上眼睛，但他没睡着，直到琴声停止都没有。他无事可做，于是爬起来，去阳台看星星。这时他看到邻居琴房里的钢琴前隐约有个不大、纤细的人影。不是东忱，也不是他的妻子，更像自己的同龄人，是他们的孩子么？

林浔这样想着，按亮了阳台的小灯，又熄灭，重复几次。这是种打招呼的方式，那边的人一定能注意到。

果然，没过多久，钢琴前的人影转头朝他看过来，林浔朝那边挥了挥手。那人离开琴凳，朝窗边走来，琴房冷白色的灯光映照下，人影站在了窗前。

林浔等他跟自己打招呼，然而，五秒钟后，那人伸手按下窗边的开关，窗户变得漆黑，什么都看不见了。夜色里，那栋安静的房子就像座充满秘密的城堡。

林浔很想知道城堡里到底有什么秘密，就像有一道数学题摆在他面前时，他总是忍不住去解一样。于是第二天晚上琴声停止时，他又来到阳台，闪了三下灯——得到的回应仍然是彻彻底底的关灯。

好像是个不近人情的人。可林浔看着那栋寂无声息的房子，又觉得那一定是个孤单的人。

这样的动作持续了十二天。第十三天晚上，林浔玩了一道极其复杂的密码题，他耗费了太多精力，晚上七点就在床上睡着了，两个小时后才惊醒。

耳边没有琴声，再一看床头的钟表，距离平时琴声停止的时间过了半小时。他单方面失约了，或者说失了一个单方面的约，那人肯定已经关灯睡觉了。

他皱了皱眉头，爬起来，打开阳台的门，没来得及开灯，愣了一下——对面的灯还亮着，而那人就站在窗前，好像正望着这边。

林浔在没人能看到的黑暗角落中站了一会儿，确认那人一直站在窗前，望着这里。他不知道为什么翘起嘴唇笑了笑。然后，他按亮了灯，声明自己来了。

这时那人伸出右手，掌心和五指轻轻贴在窗上，像是想把它推开，但最终没有，他们只是隔着窗子遥遥相对。

夏夜的微风里有栀子花的香气。那时，林浔就想，总有一天，他会敲开那扇琴房的门，和里面那位素未谋面却每天准时赴约的朋友见面。

很多年后，林浔站在落地窗前，望着窗外的夜景。城市霓虹闪烁，车辆川流不息。

身后传来脚步声，一个淡淡的人影投在面前的玻璃窗上，漂亮的长发、白色衬衫、冷白的室内灯光照亮的袖口银扣。

林浔笑了笑，想起多年前隔着一道窗户看见的那个很小的人影。那孩子也有着漂亮的长发，当他把手指和掌心贴在玻璃上时，林浔看清了他丝绸衬衫宫廷式的袖口，柔软又精致。

于是林浔也把五指轻轻贴在落地窗玻璃的表面。城市的夜色被手掌盖住，对面的大厦好像触手可及，他忽然发现这个动作并不是要推开窗户，而更像是在触碰玻璃窗外正对着的什么东西。

他听见身后的东君问：“在想什么？”

“想到了以前的事情。”林浔轻声说，“小孩子真可爱。”

洛的影像在角落闪了闪，似乎要探出头来。

林浔适时道：“不是说你。”

洛的光芒熄灭了。

林浔耳畔传来一声轻笑。

“你笑什么？”他问东君。

东君道：“小孩子是很可爱。”

于是林浔也笑。

东君走到他身边，两人并肩看窗外一望无际的夜色。

车辆来回穿梭，灯芒汇聚在纵横交错的道路上，像金色的星云。很多年前，从老房子的房顶往上看，天上的星星也是这么辉煌美丽。

这一生的光阴，就这样渐渐流淌成了璀璨的长河。

恍惚间，他们又嗅到栀子花的气息。

C语言修仙

作者

一十四洲

选题策划

知音动漫图书·时代坊

封帧设计

贺望兰

内文设计

王钰

策划编辑

邓苗

出版社

中国致公出版社

总出品

湖北知音动漫有限公司

图书在版编目（CIP）数据

C语言修仙. 下 / 一十四洲著. -- 北京：中国致公出版社, 2020（2025.5重印）

ISBN 978-7-5145-1583-1

Ⅰ. ①C··· Ⅱ. ①一··· Ⅲ. ①长篇小说—中国—当代
Ⅳ. ①I247.5

中国版本图书馆CIP数据核字(2020)第033302号

C语言修仙.下 / 一十四洲 著

出　　版	中国致公出版社 （北京市朝阳区八里庄西里100号住邦2000大厦1号楼西区21层）
出　　品	湖北知音动漫有限公司 （武汉市东湖路179号）
发　　行	中国致公出版社（010-66121708）
作品企划	知音动漫图书·时代坊
责任编辑	付　阳　邓　苗
装帧设计	贺望兰
内文设计	王　钰
印　　刷	武汉鑫兢诚印刷有限公司
版　　次	2020年11月第1版
印　　次	2025年5月第11次印刷
开　　本	710mm×1000mm　1/16
印　　张	18.5
字　　数	360千字
书　　号	ISBN 978-7-5145-1583-1
定　　价	39.80元

版权所有，盗版必究（举报电话：027-68890818）
（如发现印装质量问题，请寄本公司调换，电话：027-68890818）